東奥津軽 夢の松風

対訳

畑山信一

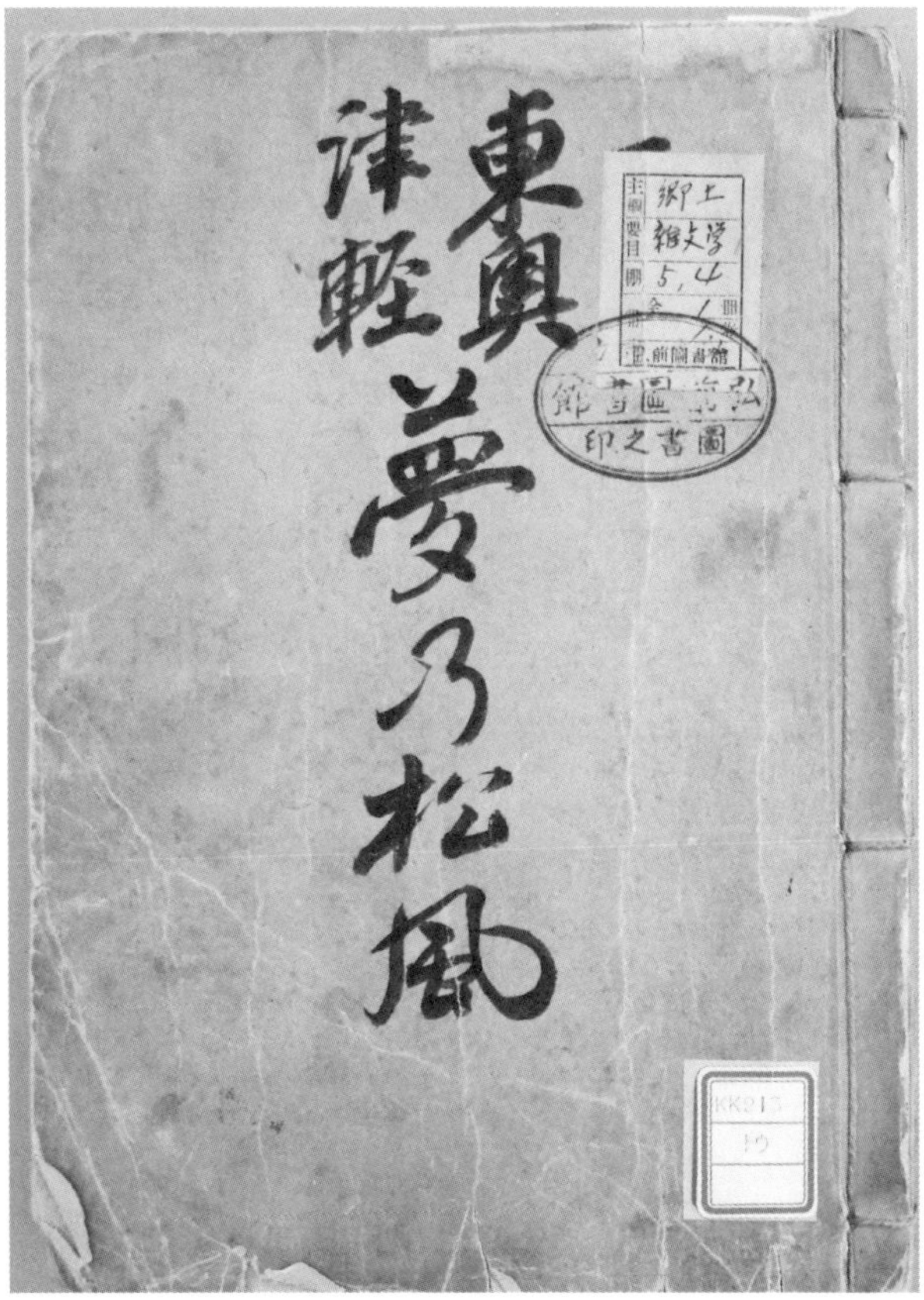

『東奥津軽夢の松風』原本

（弘前市立弘前図書館所蔵）

はしがき

『東奥津軽夢の松風』は、その「序」によれば、天明七年霜月日に書かれたものであることが分かる。天明七年と言えば、領民八万人余の命を奪った、天明卯辰の大飢饉から僅か三四年しか経っていない。作者は、刀槍の扱いにたけた刃傷沙汰を活写しているところから、弘前藩の武士と思われる。しかも、藩の中枢人物の動向を熟知していることから、中級以上の藩士と考えた。

題名の「東奥津軽夢の松風」は、「序」にも書かれているように、「邯鄲の枕」で有名な、廬生の故事に因んでいる。すなわち廬生が黄粱一炊の間に一生の栄華を夢みて、その儚さを嘆じた故事に倣ったものである。夢の松風もまた、吹き過ぎてしまえば何の痕跡も留めず消えてしまう松風に、天明大飢饉の無常を儚んだのである。

ところで、『東奥津軽夢の松風』の文献的な価値は二つある。一つは弘前藩の史料的な価値である。天明時代の歴史を知る上で、本資料は全く好個の材料である。国産奨励・天明飢饉の気候・領米の他出・青森騒動の出来・騒動鎮圧の様子・一石一升米の拠出・新田農民の決起・藩政の動揺など、実に天明時代の歴史を知る上で欠かせないものであろう。

今一つは、文学的な価値である。本資料は、馬琴などの読本的な作品としても優れた価値を有している。弘前藩に数少ない文学作品として、今後最も読み継がれるべき重要な作品であろう。盛下主馬（盛岡主膳）らの暗躍・二人の吉内非業の最期・和布苅右膳（津軽多膳）らの決起・飢民施行の悲惨・藩士削減による哀話・藩主の自害など、息も継がせない面白さがこの作品にはある。

ところで正にこの二つの側面を有するが故に、本資料の限界も見え隠れしてくる。歴史資料として極めて重要な価値を持ちながら、文学作品としての虚構も介在しているのが、その一。また、読本風の結構を持ちながら、歴史の制約からはみだせないのが、その二である。しかし歴史の厳正な目で文学作品を眺め、また文学作品としての興味を以て歴史の動乱を観察するならば、本資料は他にその例を見ないほど貴重な価値を有しているものと確信する。言うまでもなく、この『東奥津軽夢の松風』は、天明大飢饉の悲惨さに、その強い執筆動機を秘めていると思われる。渇命による一家離散・飢渇迫る窮乏・鬼哭啾々の人食・死臭漂う地獄の酸鼻、これら前代未聞の凶事は、ただ目を見張るばかりである。

「後世に到りて是を偽りと思ふべからず」と作者は書いている。ここには、天明大飢饉の悲惨さを後世に伝えようとする、作者の懸命な力が強く働いている。これこそが本作品の重要な執筆動機であろうと考える。領民の膏血を搾って栄華の夢を見た者も、粃米の一粒さえも口にできずに餓死した者も、全て通り過ぎてしまえば松風の跡かたもなく、廬生の夢を見たようなものであった。しかしこの悪夢のような天明の世相を書き残したことは、餓死して死んだ者に手向ける、最も崇高な鎮魂歌となっていたのであった。

さて末尾になったが、全国三〇〇藩の中には、弘前藩のように文学的資料が残されている藩もあるかと推測する。拙著『東奥津軽夢の松風』が、斯学の研究分野の先鞭をつけることになれば、誠に幸いである。

著者

凡例

本書『東奥津軽夢の松風』（対訳本）は、弘前市立弘前図書館所蔵の貴重一般郷土資料本を底本にしている。本書の解読文は、原文をそのまま忠実に書き出すことを基本にしている。しかし、原文そのものに仮名遣いや訛言などの誤りがある場合は、誤読のおそれがないように、これを正しく改めている。

本書対訳本は、原文の持つ文学的な味わいをできるだけ残すように努めている。同時に読解に困難をきたさないように、適宜ことばを補い、注釈をした。

右の点を踏まえ、本書の解読・訳読文の凡例を左に記す。

①原文をそのまま書き出すようにしたが、極端な用字・表記などの誤りがある場合は、これを改めた。
②助詞・助動詞は読みやすさを考えてひらがなに変えた。他は、ほぼ原文のままこれを表記した。
③送り仮名が無い場合は、歴史的仮名遣いでこれを補った。藩政時代に活用語の音便化が進んでいることも考慮に入れて、送り仮名を付した。
④原文にはないが、句読点・濁点・並列点・括弧などを適宜書き加えた。
⑤判読ができなかった文字は、□で記した。
⑥異体字や当て字、漢字の誤用などがあっても、誤読のおそれがない場合は、そのまま書き出すようにした。
⑦踊り字は印字のないものもあるので、そのまま字句を繰り返して表記したものもある。
⑧仮名遣いや文法上の極端な誤りは、これを正した。
⑨訛言などの使われているところは、これを正した。
⑩傍注の仕方は左のとおり。
　1原文に傍注がある時は、そのまま表記した。**例**　顯《カゲ》
　2誤った表記がある時は、（ママ）と傍注した。**例**　満塩《（ママ）》
　3判読が不確かな時は、（カ）と傍注した。**例**　易《（カ）》々
　4読みにくい漢字は、筆者の判断で〈　〉と傍注した。**例**　出来《（しゅったい）》
⑪割注がある時は、原文のままこれを書き出した。
⑫後注は、次のような場合に付した。
　解読文　1掛詞や縁語の使われている箇所。
　　2用字や仮名遣いに誤りがある箇所。
　　3訛言などが使われて読解に困難をきたしている箇所。
　　4衍字や誤字などがある箇所。
　　5文法的に誤っている箇所。
　対訳文　1掛詞や縁語など、読解上注意したい箇所。
　　2人物や地名、歴史的事件などのある箇所。
　　3本文中に和歌・俳句などがある箇所。
　　4その他。

その他にもいろいろ凡例として記しておきたいところがあるが、後は実際の書見にゆずりたい。

〈目 次〉

東奥 津軽『夢の松風』対訳

はしがき
凡 例
一、夢の松風序……4
一、大崎の浪花……6
一、獅子の小塚……19
一、弐人の吉内……42
一、借家の札……50
一、山の井の嵐……66
一、鈴森騒動……77
一、六の花駕……96
一、小栗の出火……112
一、盛下の露……125
一、折山の水連……134
一、現の曙……140

東奥 津軽『夢の松風』評説

一、『夢の松風』の文献的価値と文学的構成……155
二、『夢の松風』の史実検証と青森騒動……162
三、『夢の松風』の虚構表現と創作動機……170
四、天明飢饉後の民情と『夢の松風』の流布……176
五、宝暦の改革と青森騒動……183
六、落合仙左衛門の出自と末期……190
七、有能な家臣と無能な藩主……197
参考資料
主な参考資料
あとがき

東奥　津軽　夢の松風

東奥津国夢の松風

長内氏所持

夢の松風序

遠昔をおもん見るに盧生は、
かんたんの枕に五十歳の栄
花を極め今松風が近年①時行
礁枕に世上の風流を見て、
此なる夢のはかなさは現にた
らぬ春の夜の朧の顥《カゲ》の
暁は明ければ暮れるとしりながら
猶恨めしき夢の世の人の
噂も七十五日指を算へて跡
先に②筆を満たすも幻の定め
渚や③満塩《（マヽ）》の花の雫を
したゝれて夜の夢橋を④書き
立てる灯のくらき窓のうち
宵のまにまに三日月の
浅ましかりし世の芥ち
り積もりたる言の葉の闇は
あやなし色もなく香や

①「流行」と同じ意である。
②「筆を漬す」の意か。
③「満潮」。
④「（文筆を）書き立てる」と「（灯火を）掻き立てる」と掛けたか。

東奥　津軽　夢の松風

東奥津国夢の松風

長内氏所持

①夢の松風序

遠く昔を考えてみると、②盧生は
邯鄲の枕に人生五十年の栄
華を極めたが、今松風が近年流行りの
③砧の枕に吹き通い、この世の風情をかえりみたりするが、
人々が見る儚い夢は、現実には取るに足らない、
春の夜の朧の影のようなもので、
暁ともなって夜が明ければ暮れてしまうとは知りながら、
なお恨めしいのは夢である。その夢のような世の中に生きる人々の、
語る噂も七十五日と儚く消えてしまうが、指を数えてその前後
の経緯を墨筆に漬し、文を綴るのも幻の世に生きる者の定めであろうか。
渚に押し寄せる満ち潮に、その潮の花の雫を
滴れるようにして筆を漬し、夜の④夢の浮き橋のように儚い文を書き綴り、
燈火を掻き立てて、灯りの暗い窓の内から
宵のまにまに、⑤三日月のように細くも浅く、
浅ましかったこの世を振り返り、文を書き綴ってみても、芥や塵が
ちり積もったような言葉の闇の拙さは、
「⑥闇はあやなし香やは

①「夢の松風序」は文意のとりづらい序文である。
②「邯鄲の枕」で黄粱一炊の夢を見た廬生の故事による。
③「礁」は、砧。これを枕にする、という意であろう。
④『源氏物語』の「夢の浮き橋」をふまえたもの。
⑤「三日月」は、「細く浅い」意にとってみた。
⑥「春の夜のやみはあやなし梅の花色こそ見えね香やはかくるる」（古今集）に拠る。

も①かゝらふ夢暫誠盧生
にまさつたるこの松風の
朝ぼらけ、世の②音信に
なりにけり。

于時天明七（丁未）霜月日

目　録

一大崎の浪花　浅虫の近邊大浦と申所也
一獅子の小塚
一弐人の吉内
一借家の札
一山の井の嵐
一鈴森騒動　青盛の事なり
一六の花駕
一小栗の出火
一盛下の露
一折山の水連
一現の曙
右

目録　終

①「隠らふ」で、「ずっと隠れている」の意ととれる。
②「音信」は、「よすが・便り」といった意がある。

隠るる」という古歌のように、ずっと隠し通すことができないほど拙い筆であるが、誠に盧生が見た邯鄲の夢にも増さって、①跡形もなく儚く消えてしまう松風のような、夢も消えて朝ぼらけともなり、世に書き残すよすがともなったことであるよ。

于時天明七（丁未）霜月日

目　録

一大崎の浪花　浅虫の近辺大浦と申所也
一獅子の小塚
一弐人の吉内
一借家の札
一山の井の嵐
一鈴森騒動　青盛の事なり
一六の花駕
一小栗の出火
一盛下の露
一折山の水連
一現の曙
右

目録　終

①「夢の松風」は、「邯鄲の枕」と同じ意味で用いられている。つまり、この物語は天明時代の儚い栄華の夢を綴った作品ということができるのである。

夢の松風

大崎の浪花

夢は五臓の業なりとて、心に形を顕し
て見るがごとく聞くがごとく是をなすといへ共
誠にて誠にあらず。①しばらく只まぼろしに是を
見て、現に気をとりどりの噂を集めし
は何地《いづち》の国の事か、いつの頃かしらぬ。かくし
て夢成るべし。人間纔《ワヅカ》五十年の一期は、
ゆめのはかなきに増さりたるものを我人一
千年の思ひをなし、或いは亡び盛んにして身
極まるをしらぬ。誠に夢の世の中なり。是
に随つて此の書を見る人是を聞く人共一期
の夢なるべし。只まぼろしに目覚ました
る世諺の跡方なきを便りにして、松の風が
なせり。爰に溝口弥太郎といふ人は（樋口弥三郎）
譜代相伝の侍にして、三百石の禄を領じ、
殿の書院番を勤める人なり。知恵才覚にし
て、しかも賢しといへども心に欲を②忘れず、
色を好み酒に長じ、身を亡ぼしたるこそ口惜しけり。
抑も元々大老職盛下主馬と申す人（盛岡主膳）

①「頃」はシバラクと読む。
②原文は「忘れじ」とある。

大崎の浪花

夢は五臓の仕業であって、心の形を顕し、
現実に見るように聞くように映し出されるものであるけれども、
しかし、それは本当のようで本当ではない。ただ幻のような夢話を本当のように
思っては、現実のごとく心に受け取り、とりどりの噂話をとり集めて、いずこの国
のことかいつの頃か知らないのに現実のように語ったりするが、このように
それは夢なのである。人間僅か五十年の一期ではあるが、
それでも夢の儚さには増さっているものを、我一人は
一千年も栄え生きようという思いをなし、或いはすぐにも滅亡し
てしまい、己が身の極まることも知らないでいるのは、誠に夢のような世の中である。
更にはこの道理に従って、この書を見る人も聞く人もまた、一期の夢を見たというべき
であろう。このようにただ夢幻を見て目を覚ました時、世の諺どおり跡形もなく消
えてしまう故事に習い、夢の松風が邯鄲の夢と同様儚く消えてしまう事に因んで、
書かれたものなのである。さてここに、溝口弥太郎という人は（樋口弥三郎）、
弘前藩譜代相伝の侍で、三百石取りの禄を領地とし、
殿様の書院番を勤める人である。知恵才覚が優れ
しかも賢い人物であるが、心の中にいつも欲望が絶えず
女色を好み酒食に長けて、身を亡ぼしてしまったのは口惜しいことであった。
抑も元来大老盛下主馬と申す人①（盛岡主膳）は、

①「森岡主膳」のことである。

竹馬の友たるによって常に親しき参会
をなし、長夜の①つれづれを語り、四方山の
咄しに盃（ママ）を浮かべ②夜分けの寒さに袖をまくり
身の貧（ママ）しきを恨み、常に心に思ふよう、
いかんとして身の貪（ママ）を忘れん、我が願ひは、
主馬に所存を明かして事を致さば必ず出来
んものよと様々に心を労して一夕の種を
もとめ、是こそ目前の利なり。すべて近
年絹・木綿其の外諸事品々払底にて高《たかね》
直に③売々せり。是を思ふに能々仕入れを
致さば必ず当地にて出来んものを他国より呼び寄せ、
殊の外穀物津出しせり。譬へば萬の穀物を国に
とゞめ、諸事ものを以後当地にて出来《しゅったい》した
らば、百倍の利潤たるべき④事極、時々永く
国の長寶ならんと心付きにけり。扨亦夫より
有る夜主馬が屋鋪（ママ）に至り、世上の風聞をいふて、
機嫌を取る。有る事無い事尤もらしく舌
を曲げて軽薄をしつらい、透を伺って⑤取存の
一ツを明かせば主馬のいふ様、左様貴殿の言は
る様に事安く出来るものかと言へば弥太郎

①原文は「ちれぢれ」である。
②「夜更け」の意か？
③「売買」。
④「事と極め」の意か？
⑤「所存」。

溝口弥太郎と竹馬の友であったので、常に親しく会合を
して長夜のつれづれに語り合い、四方山の
話に盃を交わし、夜更けの寒さも厭わず袖をまくって歓談し、
身の貧しさをかこちながら常に思うことには、
どうして身の貧しさを忘れようか、我が願いは
主馬に自分の所存を明かして、事を実行したならば、必ず実現する
ものをと様々に心を労して、一夕の酒食の種を
求めて主馬のもとへ押しかけ、これこそ目前の利となる。すべて近年、
絹・木綿、その他諸事の品々は払底していて、高値に
売買している。これを思うに、よくよく仕入れを致したならば、
必ず当地にて生産できるものを他国から取り寄せて
殊の他我が国の穀物を津出ししてしまっている。もしも万の穀物を自国に
止めて、すべての品を我が国で生産したな
らば百倍の利潤が上がるだろうことは、受け合いである。
いつまでも永く国の重宝となるだろうと心づいたのであった。さてまた、それから
或る夜、主馬の屋敷にやってきて、世上の風聞を語って、
機嫌を取り、ある事ない事を尤もらしく事実を
曲げて軽薄な言動をし、隙を窺って所存の
一つを明かすと、主馬の言うことには、そのように貴殿の言われる
とおりに事がたやすくなるものかと言えば、弥太郎

の言ふ様、上の御威勢をもつて事成る時は、国民手足のごとし。誰か是を背くべき。速やかに出来んものをと薄き唇に油をぬつて言葉を餝り、今にも出来るように饗応す。主馬の言ふ様、如何にも貴殿のいふこと目前の利なり。扨亦当地にて諸事のものを拵へ、国の為になるべきや。弥太郎の言ふ様、夫は取るにたらず。譬へば、当地にて拾匁の米を買つて上方に到り、三拾目に越えたり。扨又上方にて八文目の木綿を積み下し、爰にて弐十匁に拂ふ。夫を又①売々の者共利潤を得て、賣り物なり。爰をもつて②高直なり。扨又毎年積み登せる穀物国にとめ、絹木綿其の外の種を③種を下して爰元にて仕出しなば、国の為④成るまじきや。夫に付いて私四五年以前鈴森へ罷り越し候ふ節、あまたの商船入津致し、得と売買のよう子を見るに、既に米・大豆・穀物積みたる大船六七艘、其の外小船数しれず積み登り、⑤穀もの。鈴森は鈴森に限らず、あの邊は小濱の浦《油川ノ事》貝田《カニタノ事》野中《野内の事》母衣ケ嶽《母衣月ノ事》

①「売買」。
②「高直」は、「高値」である。
③下の「種を」は衍字。
④原文は「成るましぎ」とある。
⑤「穀もの（数知れず）」の意か。

が言うことには、お上の御威光をもって事をなす時は、国民は手足のように働くものだ。誰がお上の命令に背こうか。どんなことでも速やかに実現できるものをと、軽薄そうな唇に油をぬったようにして言葉を飾り、今にもすぐに実現できるように言って饗応した。主馬が言うことには、いかにも貴殿の言うことは目前の利を説いたものでござる。さてところで、当地でいろいろな産物を拵えたとして、それが国の利益になるでござろうか。弥太郎が言うことには、それは取るに足らないことでござる。例えば、当地で十匁する米を買って上方に送れば、三十匁を越えた値段で売れる。さてまた上方で八文目の木綿を積み入れて、ここで売れば二十匁で売り払うことができる。それをまた売買の者達は利潤を得ることができて、売り物となるのでござる。こういうことで高値に売買できるのでござる。さてまた毎年積み登らせる穀物を国に留め、絹・木綿その他の材料を下してここで生産したならば、国のためになるまいことがござろうか。それについては私、四五年以前鈴森へまかり越しました節に沢山の商船が入港致し、よくよく売買の様子を見てみると、既に米・大豆・穀物を積んだ大船六七艘、その他小船は数知れず、穀物が積み登っている。鈴森は鈴森に限らず、あの辺は小濱の浦《油川ノ事》　貝田《カニタノ事》　野中《野内の事》　母衣ケ嶽《母衣月ノ事》

今崎今別の事穴厩三馬やの事など丶申す浦々。扨亦西は、
鮎ケ澤鯵ヶ澤の事是は鈴森に劣らぬ大湊。其の外
深崎《フカウラ》大満波大間越の事十山十三の事小鐇小泊の事邊より
年々江戸及び上方其の外諸国の積み登る穀物、既
に拾万石に越えたり。右の米穀半分だにあらば、
諸事の品物爰元にて心易く出来すべし。
扨又右の穀物国に有ると無いと、如何ほどの
違ひ御座候ふや。例年の秋田苅の頃は、諸事
穀物殊の外下直《げじき》にして、翌年の夏一倍の
①直段にて殊の外拂底せり。是を案ずるに甚だ
危ふし。如何としても當地より五穀ちらし
申さぬこそ国民の為なるべし。爰を以て
私に御任せ下し置かれ候へば、一先《ひとまづ》存知入る通り願ひ奉り、い
よいよ御立て下さる丶においては、そこらに大分
御有用もあるべしと、皆能き様に枝を付け葉を付け、
②そも花やかに抱へ揚げたる口のうまさにぬつて、
如何にも貴殿の言ふ事思ひ當たれり。近年③作
手不熟にして国民騒ぎを催《モヨヲ（ママ）》し、既に色を失
へり。其の④義《ママ》然るべし。追つ付け沙汰をすべし
と言へば、⑤延に延たる彌太郎尻より軽い色事

①「値段」のことである。
②「さも花やかに」か。
③「作毛」のことか。
④「儀」なり。以下同じ。
⑤「述べに述べたる」である。

今崎今別の事穴厩三馬やの事などと申す浦々がある。さてまた西は、
鮎ケ澤鯵ヶ澤の事の湊があるが、これは鈴森に劣らぬ大湊である。その他
深崎《フカウラ》大満波大間越の事十山十三の事小鐇小泊の事辺から
年々江戸及び上方その他諸国から積み登る穀物は、既に
十万石を越えている。右の米穀の半分だけでもあれば、
諸事の品々をここもとで心易く生産することができるでござりましょう。
さてまた、①右の穀物が国に有るのと無いのとではどれほどの
違いがござりましょうか。例年の秋田苅りの頃は、諸事
穀物が殊の外値段が安く、翌年の夏二倍の
値段となって、しかも穀物が払底してしまう。これはよく考えてみると甚だ
危ういことでござる。何としても当地から五穀を散らし
申さないのが国民の為でござりましょう。こういう訳で
私にお任せ下されますならば、ひとまずご存知のような施策を願い奉り、い
よいよお取り立て下されるにおいては、そこらに大分
お役に立てることもござりましょうと、皆よいように枝葉をつけて、
さも華やかに自慢して言う口のうまさにつられて、
いかにも貴殿の言うことは思い当たることがござる。近年作
毛（稲穂の実り）が不熟で国民が騒ぎを起こし、既に顔色を失
うほどである。そなたの言うことは尤もでござる。追っつけ沙汰を致そう
と言うと、述べに述べた弥太郎は、尻より軽い色事師で、

①「十万石の半分の穀物」を言う。

八百御機嫌能きにさまを付けて宜しく願ひ奉るなどとタべの月影も人こそしらず、能々主馬をあたゝめて夫より跡《ママ》は盃のめぐるや声の①高銚子替はり替はりて烏羽玉《ぬばたま》の夜中にこそは戻りけり。然るに其の後盛下主馬は、村中三太兵衛棟方作兵衛也和布苅左膳津軽内膳也此の人々に②得と相談に及びし處、元より主馬は随一の家老なれば、外の人々は③どうこう言はずして、頓《やがて》て夫成る。則ち④太守公へ申し上げるには溝口弥太郎儀、今度御国のおん為を存じ、産物仕り初めたく、願ひ申し出で御座候ふ間、仰せ付けられ下し置かれたくと申し上げ奉れば、早速申し付けよとあつて、盛下畏て御請けを申し上げ、下宿否や溝口が元へ申し遣はしければ、小踊りしてぞ悦び勇み、夫より産物仕入れの儀申したて、金子三千両請け取り、俄に其の年の冬上方へ申し遣はし種々様々の品々を調へ、頓《やがて》て夫にぞ成りにけり。扨其の年も⑤暮羽鳥囀り、深き初春の四方《よも》の旦《あした》と鳴き渡り、溝口が産物仕りたしとて其の春より俄に町の内へ役處を建て、四方八方へ仕入れをして威勢を振る舞ひ、始終を聞けば先づ町々には、

① 「高調子」の意を含む。
② 原文は「与得」である。以下同じ。
③ 原文は「とふこふ」とある。以下同じ。
④ 第七代藩主信寧公である。以下同じ。
⑤ 「年も暮れ」を掛けた。「鳥」の縁で「囀り」「鳴き渡り」と表現。

八百御機嫌、よいようにして宜しく願い奉るなどと言って、タべの月影もさやかな折に、人こそ知らないだろうが、よくよく主馬をおだてて、それから後は盃のめぐるにつれて、声が高調子となり、銚子も代わり代わりに差しつ差されつ、①烏羽玉の夜になって、戻って行ったのであった。さてその後盛下主馬は、村中三太兵衛棟方作兵衛也和布苅左膳津軽内膳也、この人達によくよく相談に及んだところ、元より主馬は、藩随一の家老なので、他の人々はどうこう言うこともなく、すぐにそれと決まった。そこで②太守公へ申し上げるには、溝口弥太郎儀が、今度お国の為を考え、お国の産物を生産致したく願い申し出てございまするので、仰せ付け下し置かれたくと申し上げ奉ると、早速申しつけよとあって、盛下は恐る恐るお請けを申し上げ、下宿するとすぐに溝口のもとへ申し遣わしたところ、溝口は小踊りして悦び勇み、その後すぐに産物仕入れの儀を申し立て、金子三千両を受け取り、俄にその年の冬上方へ申し遣わして、種々様々の品々を買い調えて、早速実行されたのであった。さてその年も暮れて暮羽鳥も囀り、やがて深い雪も消えいたるところで初春の旦が来たと鳴き渡り、溝口が産物を生産致したいというので、その春から俄に町の中に役所を建てて、四方八方へ仕入れをし威勢を振るっていたが、その始終を聞くと先ず町々には、

① 「夜」の枕詞。
② 第七代藩主信寧公である。以下同じ。

綿糸を引かせ木綿を織らせ、或いは瀬戸物・楽焼きを拵へ其の外色々の売り物、藤の細工に竹の組もの・塗りもの萬づ、余りに下駄の類まで①みなもみなもの拵へもの。何れを見ても善を儘くし、美を尽くし後日のほどはしらねども尤もらしく見えにけり。扨亦在々には其の村々の肝入りをもつて申し付け、山近き處には菜種を堀らせ、廣ひ（ママ）處には新畑を開き綿を仕付け家毎々々に蚕を養せ、川の邊には紙を漉かせ、海邊の村には塩を焚かせて費えをなしたることこそ聞け。先づ其の国の東に當つて城下より弐十里奥に系虫と言ふ村有り浅虫の事。此處は、②嶋は高き黒森山、前には湖水の満々たるに漁り火を燈し、右には名高き出温湯あり。左り（ママ）は村なり。然るに近邊近国より年々春秋湯治人入り乱れて、賑々しき事摂州の有馬に増されり。又其の汀に辰の頭に臍栗石沖のふらほに胎内くゞりなどと言ふて様々の風景有る中にも大崎の浦とて入江のありしを彼の溝口が思案にて其の浦に塩を焼かせん

①「皆々」か、「も」は衍字か。
②「嶋は高き」と「高き黒森山」を掛けた。

綿糸を引かせ木綿を織らせ、或いは瀬戸物・楽焼きを拵え、その他色々の売り物、藤の細工に竹の組み物・塗り物など全て作らせ、その余りに下駄の類まで皆拵え物である。何れを見ても善を尽くし、美を凝らし、後日のほどは知らないが、尤もらしく見えたことであった。さてまた在々にはその村々の肝入りをもって申しつけ、山近い所には菜種を掘らせ、広い野原には新畑を開き、綿を仕付け、家ごと家ごとに蚕を養い、川の辺りには紙を漉かせ、海辺の村には塩を焚かせて実に無駄な費えをなしたと聞いたことであった。先ずその国の東に当たって城下より二十里奥に系虫という村がある浅虫の事。ここは、嶋は高い黒森山があり、前には海水を満々とたたえ、漁り火を燈し、右には名高き山の出湯がある。左は村である。ところが、近辺近国から年々春秋湯治人が入り乱れてやって来、賑わしい事は摂津の有馬温泉に増さっている。またその汀には辰の頭に臍栗石があって、①沖のふらほに胎内くぐりなどと言って、様々の風景がある。中にも大崎の浦といって入り江のあったのを、彼の溝口の思案でその浦に塩を焼かせよう

①この箇所、意味不明。

とて山崩して海を浮かべ、木々を積んで
堤を築き石を重ねて浪よけ拵へ、既に年
半ばのうち日毎々々に千人余の人勢を上げて
骨を砕き《（ママ）》、四方十町に余る入江を築き埋めて
堤のうちに三ケ處の樋口をつけ、潮をた
れて大釜を数ケ處に建て、数多《あまた》のもの昼夜
を懸け焚くといへども、更に物入りの甲斐もなし。
①ようよう日々に塩壱石も揚げるや揚がらず
なれども其の塩用ひになってこそ②長寶す
べきに以ての外見立てそこない黒く苦くし
てしかも利なし。其の外諸事のものへ用ゐる時
は何となく臭し。去《（ママ）》によって一度買ひて
は再びぼめず。聞く人皆是に同じければ詮方な
く月日を送る内、其の年の秋大塩《（ママ）》みちて
堤・築地も③みぢんに打ち砕きて、元の入江に成り
にけり。扨其の仕入れの大金只海へ埋めしに似た
り。其の外馬の足運んで形を労する事
金にも替へがたし。只溝口があほふ《（ママ）》の振る舞ひ
いわぬものこそなかりけり。扨亦其の後憐《（隣）》国
より④草津の三平と言ふもの呼び寄せ、俄に

①原文は「よふよふ」とある。
②「重寶」である。
③「微塵」である。以下同じ。
④『封内事実苑』には、「新庄之者に而草刈三平」と出てくる。

というので山を崩して海を浮かべ、木々を積んで
堤を築き石を重ねて波除けを拵え、既に年
半ばのうち日毎々々に千人余りの人数を注ぎ込んで
骨を砕き、四方十町に余る入り江を築き埋めて
堤の中に三ケ所の樋口をつけ、潮を流
して大釜を数ヶ所に建て、数多の者どもが昼夜
をかけて焚くけれども、全く物入りの甲斐もない。
ようやく日々に塩一石も揚げたか揚がらないか
であるが、その塩も人に用いられてこそ重宝す
べきであるが、以ての外に見かけが悪くて、黒く苦い
上にしかも利益がない。その他諸事のものに用いる時
には何となく臭い。そういう訳で一度買った人
は二度と買い求めない。それを聞いた人も皆同じなのでしかたがな
く月日を送るうちにその年の秋、大潮が満ちてきて
堤・築地も微塵に打ち砕かれてしまい、元の入り江になって
しまった。そうして仕入れた大金はただ海へ投げ捨てたも同様になってしまった。
その他にも馬の足を運んで①無駄な労力を使うことは
金にも代え難いことであった。全く溝口の阿呆の振る舞いを
非難しない者はなかった。さてまた、その後隣国
から草津の三平という者を呼び寄せ、俄に

①「形を労する」の意、不明。仮に訳す。

城下より一里半程奥の唐笠坂と言ふ處今常磐山唐内坂と言ふ四方に仮屋を懸け、擂鉢を拵へるとて其の邊りに付け置きたる栗や豆の畑を潰し、数十人寄り集めて、三平を大将として土をこねり、樹木を切つて火焔を懸け、擂鉢を拵へる。其の見物男女群《クン》集して始めのうちは制するに暇あらず。夫について其の邊の①百性〈ママ〉は、骨を砕いて仕付けたる畑のものを倒され、其の上ならず、郷役なりとて二里三里先より玉の汗を流して土を付け賦り良共《やや》すれば散々に叱り付けられ、溝口を言はぬものこそなかりけり。然るに擂鉢をことごとく出来《しゅったい》し、是を売るに手持ち不沙汰の言ひ様なし、水を入れて擂子木《すりこぎ》を遣ふ時は泥にひとしくして用ひ得〈ママ〉られず、買ひたる人々は只②高々高々の銭を捨て、十人よれば十口の噂とりどりの評定なり。夫より擂鉢一向売れずに成りぬ。よつて③拵へるに業なればゞ三平始めとして手下のもの只金しめて逃げるとなり。是らは又いかばかりの損亡や。後日人の言ふ様は、擂鉢の出来たる数、仕入れの高

①「百姓」である。以下同じ。
②「高い銭」の意か？
③「拵へるのが」の意か。

城下から一里半ほど奥の唐笠坂と言う所今常磐山唐内坂と言ふの四方に仮小屋をかけ、擂鉢を拵えるというので、その辺りに植え付けて置いた栗や豆の畑を潰し、数十人を寄り集め、三平を大将として土をこねり、樹木を切って窯に火焔をかけ、擂鉢を拵えた。その見物に男女が群れ集まって、初めのうちはこれを制するに暇のないほどであった。それにつけてもその辺りの百姓は、骨を砕いて仕付けた畑のものを倒され、それだけではなく、郷役であるといって二里三里先から玉の汗を流して土を付け、運び配ってきたものを、ややもすれば散々に叱りつけられて、溝口の悪口を言わない者はなかったことであった。ところが、擂鉢をことごとく完成させ、これを売る時になって①いいかげんな言い訳をして鑿魘を買い、更にその擂鉢は、水を入れて擂子木を使う時には泥と同じで用いられず、これを買った人々は、ただ高い銭を捨てて損をし、十人寄れば十口の噂をとりどりにして、悪評をする。それより以来擂鉢は一向に売れなくなってしまった。よって擂鉢を拵える仕事も無いので、三平を始めとして手下の者は只金をせしめて逃げてしまったということである。これらはまた、どれほどの損失であろうか。後日人の言うことには、擂鉢の出来た数、仕入れの高

①「いいかげんな」ぐらいの意か？

に割りて見れば、一枚に付き四拾匁余となり、其の数すでに七八千枚も出来たるや亦々是で弥太郎は、げっそりはまっていよいよ心定まらず。其の外一切の産物、絹・木綿・薬種・紙漉・鬢付・壁物・竹細工・下駄類まで一ツとして徳《ママ》を得たるものなし。皆損して①詮方泣くにも泣かれず。人の口端に乗りたる心外如何はせんと思ふ心の短きは月日の明け暮れ、早や其の年の冬ざれの枝もならさぬ枯れ野原淋《ママ》しき増さる夕暮れに彼の弥太郎は主馬がえへ行き、おかしくもない事笑ひ立て、下腹懸けて背中まで②摺這廻る軽薄は、是は私仕入れの蚕の糸、是は篠巻き、是は何などゝ奥方や娘に持ち運び、③もてに持ちたる上首尾にて三日にあげず雪の夜の寒さを凌ぐ饂飩・素麺、是こそ鼻薬の口薬、腹薬とも言ふべきや。密かに機嫌を伺ふに盛下に言ふ様、扨私、當春より産物仕入れ候ふに付き、在方つくづく様子を見るに扨々人の気の付かぬ事御座候ふ。何卒《なにとぞ》して、私御用人に御取り立て下し置かれなば、三ケ年の

①「詮方無く」と「泣くにも」と両意を掛ける。
②「這ひ摺り廻る」の意か？
③「もてにもてる」の意か？

で割って見ると、一枚につき四十匁余となって、その数は既に七八千枚も出来たであろうか。またまたこれで弥太郎はげっそりはまってしまい、いよいよ心が定まらなくなって落ち込んでしまう。その他一切の産物、絹・木綿・薬種・紙漉・鬢付・壁物・竹細工・下駄類まで一つとして得をしたものはない。皆損をして詮方無く、泣くにも泣くことができない。人の口端に乗って誹られのは心外で、どうしようかと思う思慮の短さであった。更に短いのは月日の明け暮れで、早やその年の冬ともなり、冬ざれの枝も鳴らさぬ枯れ野原に寂しさが増さっていく夕暮れ時、彼の弥太郎は主馬のもとへ行き、おかしくもないことを笑いたて、下腹かけて背中まで這いずりまわる軽薄さで、これは私仕入れの蚕の糸、これは篠巻き、これは何などと奥方や娘に持ち運び、もてにもてる上首尾で、三日にあげず雪の夜の寒さを凌ぐ饂飩・素麺を持参し、これこそ鼻薬の口薬・腹薬とも言うべきであろうか。このようにして密かに機嫌を伺いながら、盛下に言うことには、さて私、当春から産物仕入れをしておりますが、つくづく在方の様子を見ていると、さてさて人の気のつかないことがございますものです。なにとぞ私を御用人にお取り立て下さいますならば、三ケ年の

内には、江戸上方の御借金済まし、其の上な
らず、此の末まつ代までも御遊用に相成り候ふ様、私
得と見出し置き候ふまゝ、此の儀仰せ付けられ①下置ならば、
千や弐千やその余の金は御苦労成され
ずとも出来るべし。其の子細と言へば、私仕入れ
の儀に付き冬在方に罷り有り候ふせつ、綿畑新
開致し候ふに付き御定めの竿を打ち候ふ處、古畑
より既に拾間余も四方狭く見え候ふまゝ
百性《ママ》共に相尋ね候へば、是は地廣とて田にも
畑にも何れ御座候ふ者《ママ》と申す。夫より年貢彼
是問ひ尋ね候ふ處、地廣の分は御構ひ御座なくと申す
事に御座候ふ。依つて私案ずるには御郡内一統を
定法の②反歩畝を以て相改め候ふに於いては、地廣の
分何ほどにても皆諸役・年貢相納まり候ふべし。
凡《およ》そ御郡内の地廣拾万石の余は、目前たるべし。
是らは中々人のしる處にあらじ。此の金は
③とふこさるとうなづきあかれは、主馬は言ふ
様扨々貴殿は能く④たんねんしたるや。如何
にも百性《ママ》共は、田を削り畑をふやし、彼是
すれども更に聞えず。貴殿の言ふ儀尤も然り、

①「下し置かれなば」か。
②「反畝歩（たんせぶ）」とあるべきか？
③「どうでござると頷き合はれば」の意か？
④「丹念」の意か、あるいは「観念」の意か？

うちに江戸上方の御借金を済まし、それだけ
でなくこの先、末代までも①遊興費に不自由せぬよう、私
よくよくその財源を見出し置きますので、この儀仰せ付けられ下さりますならば、
千両や二千両余りの金は御苦労なされ
ずとも捻出できるでござりましょう。その訳を言えば、私仕入れ
の儀があって、冬在方にでかけます節に、綿畑を新
開いたしました時にお定めの竿を打ちましたところ、古畑
よりも既に十間余も四方が狭く見えましたので、
百姓どもに相尋ねましたところ、これは地広といって田にも
畑にもいずれにもございますものだと申しまする。それから年貢のことをかれ
これ問い尋ねましたところ、地広の分はお上からお構いはございませぬと申す
ことでござりました。よって、私が考えますには御郡内の田畑をみなみな
定法の反畝歩をもって相改め測りました場合には、地広の分がたとえ
何ほどでも全て割り出して、皆諸役・年貢は相納まることでござりましょう。
およそ御郡内の地広の分、十万石の収益は、目前にございます。
これらはなかなか人の知るところではござりますまい。この金のことについては
どうでござるかと言えば、なるほどと互いに頷き合い、ついで主馬が言う
には、さてさて貴殿はよく②注意が行き届いておることだなあ。いか
にも百姓どもは田を削り畑をふやし、かれこれ田畑を広げて
いるが、全く上には聞こえてこない。貴殿の言うことは尤もなことでござる、

①「御遊用」は、「遊興費」の意か。
②「丹念」の意にとって、「注意が行き届いている」と仮に解する。

其の義《ママ》は捨て置きがたし。夫については、貴殿存知入りの通り、巨細《こさい》に書きて申し出すを主馬は取り持つに於いては、①家老なり用人なり急度《きっと》出来して呉れんずと一盃呑んだ舌先で受け合ひたれば、弥太郎天にも上る心地して②神しや有まい。③盛下が守らせ給へとふし拝み、夫より跡はろくに居て、ちりしこてんてん、酒から茶から煙草から呑みちらかして、戻りにけり。扨も其の後溝口弥太郎が存じ入りの次第巨細に書いて差し出せば一ッ穴の狐、盛下が取りなし、一から十まで上々吉にさまを付けて上聞に達しければ、早速夫になつて返るや否や溝口に斯くと告げければ、取る物も取りあへず、悦び勇んで主馬が元へ来たり、御機嫌ようは何もの挨拶口には物の入らざれは、只はいはいの八百石どつとばかりに頂戴して、頓《やが》て用人にぞなりにけり。其の後いや増し発向して、人を人共思わず、飛ぶ鳥も白眼《にらめ》ば落ちる威勢に恐れて今は噂もするものなし。然るに是まで仕損じたる産物の取り扱ひ、今に成つて岡に揚がり、其の身の罪を休めんとて在々の仕入れ方は、相澤文太左衛門

①「家老なり（とも）用人なり（とも）」の意か。
②「神じゃあるまい」の意か？
③「盛下」と「森下」と混用することあり、最初に「盛下」とあるのでそのまま最後まで「盛下」で統一した。

その件は捨て置きがたい。それについては、貴殿の存知入りのとおり、詳細に書いて申し出せ、と言われて申し出たのを、主馬が取り持って、家老でも用人でもきっとさせてやると一盃呑んだ舌先で受け合ったので、弥太郎は天にも上る心地がして、これは神の思し召しじゃあるまいか。盛下がお守りなされたのだと伏し拝み、それから後は①ろくに居て、ちりしこてんてんと正体不明になるまで、酒から茶から煙草から呑み散らかして、戻って行ったのであった。さてもその後溝口弥太郎は、存知入りの次第を詳細に書いて差し出せば、同じ穴の狐のこと、その上盛下が取りなしをして、②一から十まで上々吉でこの上なく良いことだと上聞に達したので、早速実現に及んで帰るや否や、溝口にこうだと告げると、取る物も取りあえず、悦び勇んで主馬のもとへやって来て、御機嫌ようの挨拶も③そこそこに、挨拶口には物が要らないので、ただはいはいと言って、八百石をどっとばかりに頂戴して、直ぐさま用人になったことであった。その後いよいよ用人の権力を嵩にきて、人を人とも思わず、飛ぶ鳥も睨めば落ちる威勢に恐れ、今は噂をする者もない。ところが、これまで仕損じた産物の取り扱いが、今になっては岡に揚がってしまい、自身の罪を逃れようというので、在々の仕入れ方は、相澤文太左衛門

①この箇所、意味不明。「ちりしこてんてん」は、津軽弁に、酒を呑んで正体不明になる意のことばで、「とろしことん」というのがあるが、それか？
②「すべて上々吉でこの上なく良い」の意であろうか。
③「何もの（でもなく、そこそこに）」の意か？

相坂文之助郡奉行也にぬり預け、其の外町奉行三浦要八郎三上与三郎にかけて鰐の口をのがれ、亦一方の一大事俄に城下脇清水森と言ふ處へ四方に仮屋を建て、溝口弥太郎罷り出て此の度御郡内一統田畑御吟味仰せ付けられ候ふ間、津々浦々・山澤の村まで、御定法の竿打ちを仰せ付けられ候ふ。よつて田畑割り方を御目に懸けん。譬へば三角の田あり。是をしらんには、其の三角の間尺をとつて、何十何間何尺まで、四ツに割れば四方何ほどゝしれり。扨又長く廣みたる田有り。是は此處より竿を取つて、あまる處を是を加へ、其の外①半月形りの仕たる田も有り。是をば此の通り割り合ひすれば、何程の地面とは速やかにしれりと、則ち色々の形を拵へて②逸々《(ママ)》手をもつておしへければ、皆感んじ《(ママ)》て是を相傳し、夫より五百に余る人々組み手を分けて面々誰々、東は此方、南北は何の誰、其の外海辺・山澤へと走り立つ事夥しくも、田畑を割り合ひ此の田は何十何反、地廣の分は何畝何歩、畑は何ほどとあまりに去年や今年せゝくり起こした萢の中の③むしのこ田までさがし出して、

①「半月形り（なり）」と読むべきか。
②「一々」なり。以下同じ。
③「むしのこ（虱の卵）田」の意か。

相坂文之助郡奉行也に押しつけ、その他町奉行三浦要八郎三上与三郎に罪をかけて危険な鰐の口をのがれ、また一方の一大事として、俄に城下の清水森というところへ四方に仮小屋を建て、溝口弥太郎が罷り出て行って、この度御郡内全て田畑の御吟味を仰せつけられ、津々浦々・山沢の村まで、ご定法の竿打ちを仰せつけられた。よって、田畑の割り方をお目にかけよう。譬えば、三角の田がある。これの割り方を知るには、その三角の間尺をとって、何十何間何尺まで四つに割れば四方何ほどと知ることができる。さてまた、長く広がっている田がある。これはここから竿を取って、余る所をこれを加え、その他半月の形をした田もある。これをばこの通り割り合いすれば、何ほどの地面とは速やかに知ることができると、則ち色々の形に拵えて一々手でもって教えたので、皆感心してこれを相伝し、それから五百人を越える人々を組み手に分けて、それぞれ、東はこなた、南北は何の誰、その他は海辺・山沢へと別れて走り立つこと夥しく、田畑を割り合い、この田は何十何反、地広の分は何畝何歩、畑は何ほどと余りに去年や今年と違って、せせくり起こした萢の中のむしのこ田まで探し出し、

①無生(ママ)に叱り付ければ土民の悲しさ、肝入りを始めとして、額に皺をよせながら、様々の酒肴を調へ、叱られたる下より面を替へて機嫌をとり、胸のうちは盗人に②鉧とやら、いまいましいと思ひながらも膝打ちすゑて頭を地に付け、何れに行くにも違背に及ばず、皆泣きながら畏まる。大なるものの呑まるゝ習ひ、恐れぬものはなかりけり。夫より人々罷り帰り、言上したる始終を聞くに、誠に溝口が眼力恐るに余り有り。御郡内の田畑より地廣の分何百万石を取り揚げたり。聞く人耳をすまし、見る人感んぜ(ママ)ぬは匆かりけり。夫より弥増し御意に應じ、太守の御側をこそはさらざりけり。然るに同役のうち③小田山五兵衛（山田彦兵衛なり）大津三郎（大谷津七郎 江戸御用人）と言ふて、是等も殿の側用人を勤むる人なり。勿論三郎は江戸家中にて、随一の④出銅なり。此の人々に懇意をとげて、今新参の見分けもなく、一口のものも喰ひ合ふ程になる(ママ)。殊に三郎、去年の春より中屋敷に下り居たれば、物事不自由の長屋のうち、折々弥太郎は居處に来れば、下に置かずの饗

①「無性」である。
②「鉧」なり。「鉈」の異体字。
③小山田五兵衛のまちがいである。
④「出頭」であろうか。

やたらと叱りつけるので、土民の悲しさ、肝入りを始めとして、額に皺を寄せながら様々の酒肴を調え、叱られたすぐにも下手に出て表情をかえ機嫌を取りもするが、胸の中では、盗人に鉈とやら、いまいましいと思いながらも膝を打ち据えてさも分かったように平伏し頭を地につけ、何れに行くにも違背はせぬようにして、皆泣きながら畏まっている。大いなるものへ呑まれる習いとして、溝口弥太郎を恐れぬ者はなかった。それから人々が罷り帰り、言上した始終の顛末を聞くと、誠に溝口の眼力は恐れるに余りのあるものであった。溝口弥太郎は、実に御郡内の田畑から地広の分何百万石を取り上げたのであった。聞く人は耳を澄まし、見る人は感心しない者がなかったことであった。それからますます御意のままに働き、太守公のお側を去らなかったのである。ところが同役のうち、小山田五兵衛（山田彦兵衛なり）、大津三郎（大谷津七郎 江戸御用人）と言う者がいるが、これらも殿の側用人を勤める人であった。勿論三郎は、江戸家中の者で、主君に最も目をかけられている、家中随一の①出頭である。この人々に懇意になって今新参の見分けもなく、一口のものも分けて喰い合うほどの仲になる。殊に三郎は去年の春から中屋敷に下りていたので、物事全て不自由の長屋住まいの中で、折々弥太郎が三郎の住まいにやって来ると、三郎は下にも置かない饗

① 原文は「出銅」とあるが、前後の脈絡から「出頭」（主君に最も目をかけられている人）をさしていると考える。

應で、足の下より①天窓まで、気に入る様に
調へたる同役の中、五兵衛といふも是にすかし、
誠に三人の人々は、帯紐解きて一躰の肉を
喰ひ、左もむつまじく見えにけり。親しき中に
禮義《（ママ）》有りといへども、忘るゝは人欲なり。されば、
此の三人は酒に長じて心爰にあらず。類を以て
友を集むるとは堅くて易し。扨亦盛下と言
へば、勤めの内は大分人の噂も悪からざるに、朱に
交われば其の色を変ずるとや、誰か是言わん。
早やそろそろと身をもんで、一度其の座に連なり、二
度は押し懸け、又或る時は屋鋪《（ママ）》へ伴ひ、人目も
恥ぢぬ乱舞の漂ふ。月に五度も十度も町人
猿楽の者を相手にして、②安座《（あぐら）カ》組むの投げ盃。
舌も心も乱れたるこそ口惜しき。人目も
しらぬ酒狂のとりどり。戸さゝぬ世の常、
口々の評判もれたる③耳の穴かしこ。爰や
かしこの取り沙汰こそ誠に浅ましき事
共なり。

獅子の小塚

然るに其の年春、④太守公御参勤に当たりて、江府

①「頭（あたま）」である。
②「胡座」か。
③「耳の穴」と「あなかしこ」と掛ける。「かしこ」の音に引かれて、「爰かしこ」と表現。
④原文は「大守公」とある。「太守公」が正しい。

応で、足の下から頭まで、気に入るように
調えた同役の中、五兵衛という者もこれに劣らず振る舞っている。
誠にこの三人の人々は、帯・紐を解いて、一躰の肉を
喰らい、さも睦まじく見えたことであった。親しき仲にも
礼儀ありというけれども、忘れるのが人欲というものである。だから、
この三人は酒にふけって心はここにあらず。類を以て
友を集めるというのは、難しいようで容易なことである。さてまた、盛下はと
言えば、勤めの最初のうちは大分人の噂も悪くはなかったのに、朱に
交わればその色を変えるとか言うが、誰がこれを言ったのであろうか。
早やそろそろと身を揉んで、一度その座に連なり、二
度目は押しかけ、また或る時は屋敷へ伴い、人目も
恥じぬ乱舞の振る舞いをし、月に五度も十度も町人
猿楽の者を相手にして、胡座を組んでの投げ盃をする。こうして
舌も心も乱れてしまったのは口惜しいことである。人目も
知らぬ酒狂のとりどり、人の口に戸をさされないのが世の常であるが、
世間の口々から洩れ出で聞こえてくる風評はああ恐ろしいことよ。ここや
かしこでの取り沙汰こそ誠に浅ましくあきれたこと
どもであった。

獅子の小塚

ところがその年の春、太守公が御参勤に当たって、江戸

に交代し、御供には家老村中三太兵衛登り
の筈なれども、既に七十に近き人なれば、病気に
よつて、盛下主馬と替はり、扱用人は大津三郎
其の外御供の人々已上（ママ）千人にみちて花を餝り
勇みすゝんで、頃しも春の末つ方、花の雪吹（ママ）も
桜木の雲井に交はる所縁が關關碇ヶ国の境
を跡に見て、名残ぞなしき山かつら。行けば
程なく東路の片舗く袖もかさなりて、江府
こそは付きにけり。夫より参着の旨、公儀へ達し、
首尾能く相済まし、是まで談合の人々引き替はりて江
戸を立ち登りたる人々には初めては申すに及ばず、幾
度来ても珍ら敷きは①石流（ママ）に将軍の御膝元、
何れを見てもまたたきをわするゝ程の事、
前代未聞の有りさまなり。去（ママ）によつて、人皆浮
氣になつて仕損じたる。極々は、国の親妻子
を捨て、其の身逐電するも今に限らず。何れ
の国にも多分のことなり。②嗜むべきは此處なり。然
るに盛下主馬は此の春より江戸へ登りて、
又二ヶ月も過ぎざる内に長屋の狭さに退屈し
て、そろそろと金を遣ひ、其の相手は江戸の大

①「流石（さすが）」である。以下同じ。
②「慎むべき」の意であろうか？

で交代し、お供には家老村中三太兵衛が上り
のはずであるが、既に齢が七十歳に近い人なので、病気の
ため盛下主馬と代わったが、さて用人は大津三郎である。
その他のお供の人々は、千人以上の大勢になって、華やかに飾り立て
勇み進んで江戸に上ったが、頃しも春の末つ方、花の吹雪も
桜木の、雲井の空に舞い上がり、所縁が関関碇ヶの国境
を後に見て、名残りを惜しむ山桂に別れを告げて旅をする。更に行けば
程なく東路の、片敷く独り寝の旅寝の袖も重なって、お江戸
にこそは着いたのであった。それから江戸参着の旨を公儀に告げ、
首尾よく手続きを相済まし、これまで談合し親しかった人々と引き替わり
江戸を立ち上った人々の中には、初めての人は申すに及ばず、何
度来ても珍しいのは、流石に将軍のお膝元、
何れを見ても瞬きを忘れるほどのことばかりで、
前代未聞の光景であった。そういう訳で、人は皆浮かれた
気持ちになって失敗した者が多い。極くたまには、国元の親・妻子
を捨て、その身を逐電することも今に限ったことではない。何れ
の国でも多分にあることである。慎むべきはここなのである。とこ
ろが、盛下主馬はこの春から江戸へ上って、
まだ二ヶ月も過ぎないうちに、長屋の狭さに退屈し
て、そろそろと遊興に金を使っていたが、その相手は江戸の大

津狐①たんた言葉に化かされて彼の盛下はへ
つらい廻り、先生よろしく頼むよと言葉も田舎、
形も見えたる盛下を、三郎頭として佐野
勘蔵《佐藤丹蔵 江戸家中》誘ひ、②吉原山遊女院へ佛参を
こそしたりけり。夫は③思ひの種となりて、能くも
後生を願ふたる人々かな、後には思ひしられ
にけり。其の有り様を聞くに誠に恐ろしき事仕出し
て、身の滅するをしらず。金は土より涌き出るか、
只澤山に有るものゝように蒔き散らかし、名を
揚げたればとて高のしれたる味噌役人。土民
の油を絞りて其の身の肉を助け持つに、其の極を
しらず。惣じて悪人は色にふけて欲に溺れ、身
を失ふ事掌を返すが如し。月に五度も十
度も居續けしたり、惣揚仕たり、④今は名高き
位に成りて、空の空へ首丈ぬかつて金を
ゆすやれ、指を切る爪を切るのと騒ぎ立て何
處も天氣は能きものと心得、いよまし深
き中となつて主馬も大津も勘蔵も引くに
引かれぬ弓張月の影を忍びて枕を重ねる、雨
をうらみ、風を誘ひ、思ひ深き編み笠に羽織

①「たんたん狐」という意か？また「只」の意も含むか？
②「吉原山遊女院」と院号でしゃれ、「佛参」「後生を願ふ」と縁語を使った。
③「思ひ」と、「火の種」とを掛けた。
④「吉原山遊女院」と院号をつけた縁で、「高き位」と引きずっている。

津狐で、ただひたすら甘い言葉に化かされて、彼の盛下はへ
つらい廻り、先生よろしく頼むよと話す言葉も田舎者、
①身形りも田舎者のように見える盛下を、三郎を頭として佐野
勘蔵《佐藤丹蔵 江戸家中》らが誘い、吉原山遊女院へ仏参を
したのであった。それが物思いの種となって、よくも②後生を願って
通い詰め、放蕩していた人々よと、後になって思い知らされた
のであった。そのありさまを聞くと、誠に恐ろしい事を仕出し、
身の滅ぶのを知らないほどであった。その金は土から涌き出るか。
ただ、金が沢山あるもののように撒き散らかし、浮き名を
上げたからといって、高の知れた味噌役人。土民
の油を絞って自分の身の肉を助け持っているだけなのに、その身の極まるところを
知らないでいる。総じて悪人というものは、色にふけって欲に溺れ、身
を失うことを、掌を返すように簡単にやってのけるものだ。月に五度も十度も
吉原に居続け、遊女を惣揚げしたりする。今は遊女院でも名高い
位になって、③無駄遣いの上に無駄遣いを重ね金を
ゆすられ、④指を切るの爪を切るのと騒ぎたて、
どこでも天気はよいものと甘く心得、いよいよ深
い仲となって、主馬も大津も勘蔵も引くに
引かれぬ弓張月のようになり、弓張月の光を忍んで逢瀬を重ね、雨のため会えない
のを恨んでは風を誘い、互いに想いが深くなっていくが、その深い編み笠に羽織

①「形」は、「なり」と読んで「身形（みなり）」の意にとる。
②「吉原の遊女に想いをかけて放蕩し、通い詰めていた」の意である。
③「無駄遣い」と訳してみる。
④「心中立て」のこと。男女が互いの情愛の誠を示す為にやった。

の長き夕暮れを只①うつよりと居れこそ。誠に②佛さまは眼にちらつき心にくまり、忘れん方なく通ひをなし、春より秋まで冬の寒さも身に満ちぬ。③言葉うらみの海の底しれぬ大借金をしちらかし、みぢん積もりて山程のくるしみ、揚げ代既に桝にて斗る何千両。其の身の知行を二・三年前たゝんでも成るやならず。サ、其の金は天から降るか、地より涌くか。義理につまつて④詮方の泣くより外の事ぞなし。凡そ此の三人の人々は、爰ではひそひそ、そこでは寄り合ひ、側から見ればさも苦労なる有り様なり。内々此の儀に⑤つつて（ママ）五日十日と行かずに見れば、恨みつ侘びつ、いのりさまざまされて夢も見はてぬ枕の廣さ思ひは絶へず苦に苦をたして男義理こそ出したりけり。されば、是悲（ママ）々々勘定立たねばならぬ場に成つて一ツの工みを拵へ、三人は表向きには御用と偽り、主馬が處に集まりて相談きわめようよう金を出し、双方の首尾を調へ、大きい口を聞きちらかし、饗應なさるゝも山吹の花の都の晴れ。

①「家よりと居るこそ」の意か?
②前文の縁語から、「遊女」を譬える。
③「恨み」と「浦見」、「海の底知れぬ」と「底知れぬ大借金」を掛けた。
④「詮方無く」と「泣くより」の両意を掛ける。
⑤「詰まって」の意か?

の長い着物を着て、長い夕暮れ時をただ家の中にいるからであろう。誠に遊女院の仏さまの姿が眼にちらつき心に①くまり、忘れる術もなく吉原通いをし、春から秋まで冬の寒さも身にしみわたってくる。不実の言葉を恨み、浦・海のような底の知れない大借金をしちらかし、微塵の金も積もっては山ほどの借金となり、遊女の揚げ代が既に枡ではかって払うほどで、何千両となっている。その身の知行を二・三年前にたたんでも払えるか払えないか。サ、その金は天から降るか、地より湧くか。義理につまって詮方無く、泣くより他に仕方もない。およそこの三人の人々は、ここではひそひそ、そこでは寄り合い、側から見ればさも苦労をしているありさまである。内々借金の事にかこつけて五日十日と行かずに様子を見ていると、遊女は恨みつ侘びつしてねだられて、夢も見果てず独り寝の枕の広さに恋しい想いは絶えられず、苦労の上にも苦労を重ねて、男義理をこそ出したのであった。そういう訳で、是非にも是非にもと勘定を払わなければならない場面になって、一つの企みを拵え、三人は表向きには御用と偽り、主馬の所に集まって相談を極め、ようやく金を捻出し、遊女と双方の首尾を調えて事を済まし、大きい口を叩いて、再び饗応し放蕩をなさるのも、②山吹の花色の小判のお陰、花の都の晴れやかさ、

①「絡まり」の意か?
②小判の色。

約束金は投げ袖、投げ頭巾、人目の闇に隠れたる胸の内こそ恐ろしき。誠に此の三人は、調達したる金子七千両に越えたり。高のしれたる①倍《ママ》臣者、国には銘々親・妻子をもつ。其の身一人纔かに此の春より登りて、是まで遣ひ潰せし金ばかりも少なからず。工面も繰り合はせもようこそしたるものかな。此の上ならず此の度は、一人り《ママ》について弐千両越えての拂ひ、見る人肝を消し、聞く人袖を引きて評定せり。然るに此の金何れより賄《カ》ひ足せしと尋ね見れば、工みに手なすといへ共、極々には顕れて、目も歯も浮かる事こそしたり。身の毛もよだつばかりなり。爰に佐野勘蔵が②親人に使われ手振り奉公して、小八と言ふものあり。江戸にも隠れなき奴なりしが、身まかりて後、父小兵衛が子共《ママ》小八、今勘蔵に奉公せしとなり。然るに此の小八より事起こりて、一大事こそあらわれけり。天に口なし、人をもつて言はしむ。湯島の宮の境内に小商ひする吉内と言ふものあり。人の賣りもの買ひ物に橋を懸けて、③歩間も取らするもしらぬも請け合ひ、

①「陪臣者」である。
②「親である人に」の意か？
③「歩間（歩合）取りする」の意か？不明。

約束の借金は袖から投げて返し、投げ袖に投げ頭巾の姿で、人目に隠れて振る舞っている胸の中こそ恐ろしい。誠にこの三人が、調達した金子は、七千両を越えていたのであった。高の知れた陪臣者で、国にはそれぞれ親・妻子を持っている。その身一人、僅かにちょっと前この春から江戸へ上ってきて、これまで遣い潰した金だけでも少なくはない。金の工面や繰り合わせをよくもまあしたものであるよ。それだけではなくこの度は、一人について二千両を越えての支払いで、見る人は肝を消し、聞く人は袖を引いて評判し合った。ところが、この金はどこから賄い足したかと尋ねてみると、巧みに手繰りをしてやったように見えるけれども、極く偶然に露顕して、①目も歯も浮くようなことをしていたのであった。誠に身の毛もよだつばかりのことをしていたのである。ここに佐野勘蔵の親である人に使われ、手振り奉公をしていた、小八と言う者がいる。江戸でも隠れのないほどの奴っこであったが、勘蔵の親がみまかった後、父小兵衛の子供で小八と言う者が、現在勘蔵に奉公していたということである。ところが、この小八から事件が起こって、一大事が顕れたのであった。天に口なし、人をもって言わしむるというものである。ところでここに湯島の境内で小商いする吉内と言う者がいる。人の売り物買い物に橋をかけて仲介し、②歩合取りしているが、知らないものまで請け合って、

①以下「小八」の一件をさしている。
②「手数料取りをする」の意にとる。以下の文意も不明、仮に訳す。

軽口①空半分の真ん中に節くれ立つて人をだまかす昼狐。もたい事を受け合ひて、既に罠にぞかゝりけり。其の故は、勘蔵が下人の小八、ある夕暮れ彼の吉内が元に来たり、ひそかに頼む帛紗包みうやうやしくも取り出し、是は内々内々にて旦那の身に金の入用出来、急に売り払ふて参れとなり。何卒《なにとぞ》して貴殿能きに御取り斗らひ下されかし、某《それがし》は未だ江戸もしかじか存ぜじ、元より商ひはしらず。首尾能く事済みなば太儀（ママ）分は旦那より有る筈の事。亦こちらの言ふた②直段より上へ越えては③唯取山、うまい事では有るまいか。片時も早く頼むよと箱から出せば、吉内はうやうや敷くも手に取りて帛紗ほどいて能々見れば金の小柄に毛彫りの三疋獅子。是こそ違ひなき後藤の細工。今一品は鶏の香爐。頭は卵子、翼と尾は金銀の打ち延べ、江州彦根の作をつくづくながら、吉内は手に取りあげて、扨も見事なり、結構なり。何れの御屋鋪（ママ）方にて御用得なさるゝとも少しも恥ぢず。見様もしらぬ事ながら

①「空言・虚言」の意か。
②「値段」である。
③「山」は、戯語である。

軽口空言半分の①真ん中にあらっぽく節くれ立って人をだまかす昼狐のような男である。それが②物々しい物騒なことを引き受けて、既に罠にかかっていたのであった。その訳は、勘蔵の下人である小八が、ある日の夕暮れ、彼の吉内のもとにやって来て、ひそかに頼むと帛紗包みをうやうやしくも取り出して、これは極く内々の話で、旦那の身に金の入用ができ、急に売り払って参れと言うことなのである。なにとぞ貴殿がよいようにお取り計らい下されたい。某は未だ江戸もはっきりとよくは存ぜず、元より商いは知らず。首尾よく事が済んだならば、大儀をかけたそのお礼分は旦那からあるはずとのことです。またこちらの言った値段よりも高く越えたならば、その分は唯取山でそちらにあげるが、うまい話ではあるまいか。一時も早く頼むよと言って箱から出すので、吉内はうやうやしくも手に取って、帛紗包みをほどいて見ると、金の小柄に毛彫りの三疋獅子。これこそ間違いのない後藤の細工である。今一品は鶏の香爐。頭は卵子、翼と尾は金銀の打ち延べ、江州彦根の作をつくづくと見ながら、吉内が手に取り上げて言うには、さても見事である、結構である。何れのお屋敷方でお用いなされても少しも恥ずかしくない品でござる。私は見ようも知らないことながら

①「半分」と言ったので、「真ん中」と添えただけ。「竹」を念頭に「節くれ立つ」と表現。
②「もたい」は、「勿体（もったい）」と読んで、「物々しい（物騒な）」というほどの意味であろうか。

天晴れ《あっぱれ》、金になり候ふべし。某も様々なる諸道具手にとつて世話もしたれども、斯く結構の品物は見ず。如何ほどに御拂ひ成されるやと先づよろこんで挨拶すれば小八言ふ様、右弐品①易々（カ）千両ならば拂ひ参れとの事なり。何と千両に成るべきかと言ふに、其處に連なる吉内は、成る程千両に成るかならぬか、何れはしらねど能き仕合はせは有るまい物でもなし。先づそんならば我に同道してあるき給へ。御屋鋪（ママ）方へ行つて見んと夫より吉内は小八を連れて、爰にかしこと走り行き、此方は廣げ、あなたとなぶり、②直を付けたるも③余多（ママ）あり。然るに獅子の小柄、ふと侍が買ひかゝつて、弐百両にぞ賣りて行く。其の日も頓《やがて》て黄昏の落ち方寒き秋の風、裾吹き拂ひ品物を賣り残してぞ帰りけり。然るに其の翌日吉内が、佐野が處へ来たり、時候の挨拶もすんで頓て咄に取りまぐれ、昨日の賣り物なんのかのふくれたてゝ、今日は急度埒明け、金子は暮れ方までに差し上げますと④伸（ママ）べければ、勘蔵踊り上がり、扨々過分至極。小八一人にかけては心元なく思ふ處、身

① 「安々」という意か？
② 「値（ね）」である。
③ 「数多（あまた）」に同じ。
④ 「述べ」なり。以下同じ。

あっぱれ、これは金になるでございましょう。某も様々な諸道具を手に取ってこれまで世話もしたけれども、このように結構な品物は見たこともない。いかほどの値段で売り払いなされるのかと、先ず喜んで挨拶をすると、小八が言うことには、右の品二品まあまあ千両ならば売り払って参れとのことです。何と千両になるのかと言うと、そこに一緒にいた吉内は、なるほど千両になるかならないか、何れかは知らないがよいめぐり合わせがあるまい訳でもござらぬ。先ずそんならば我に同道しついて来なされ。お屋敷方へ行ってみようと、それから吉内は小八を連れて、ここかしこと走り行き、こちらでは品物を広げ、あちらではひやかされたりして歩いたが、値段を付けられたことも沢山あった。ところが獅子の小柄は、ふと侍が買いかかったので、①二百両で売った。しかし他は売れずその日はやがて黄昏となり日も落ちて寒い秋の風が、着物の裾を吹き払い、品物を売り残して帰ることになった。ところが、その翌日吉内が、佐野の所へやって来て時候の挨拶もすんでから、やがて世間話に取り紛れ、昨日の売り物何のかのと②ふくれたてて、今日はきっと埒を明け金子は暮れ方までに差し上げますと述べたので、勘蔵は踊り上がって喜び、さてさて過分至極で有り難いことでござる。小八一人では心許なく思っているところ、自分の身

① 金高が前出と違うが原文のままに訳す。
② 「吹聴する」の意か？

に替へての世話、神妙々々片時も早く金子
見たい、暮れは一升買ふて置く、早く頼むと手づから
見送る、中の口からから笑ひしちらかし、吉内
小八いそいそとして出にけり。爰やかしこと駈け
廻り、大名屋鋪(ママ)は申すに及ばず、其の外御鎮(ママ)元・町家、
江戸中の金持ち分限者、兼々名の高き富者
にもちゆき、既に香爐は百両に賣り代なし、弐人
共に大いに悦び小踊りしてぞ帰りけり。然るに吉内
ふと心に思ふは、彼の勘蔵は曲者なり。纔かの
録(ママ)を喰んで栄花をきわめ、剰《あまつさへ》へ此の①高値
の道具中々もつて彼れが所持す品(ママ)にあらず。
是こそ盗み取りたるものなるべし。よし又有るにも
せよ、僕に手放し賣り拂ふからはわかつたもの。
何にもせよ此の小八を打ち殺し、八百両を手取りに
なさば、商ひせずとも一生心の侭成るべし。是今
我に天の与ひ(ママ)と心に思ひ、小八に用なき咄
を味のあるように聞かせながら、吉原の堤通り、暮れ
にかゝつて戻りけり。行き来の人も中絶へて、時雨
催し、長月の光り(ママ)も見へ(ママ)ぬ廿日過ぎ、嵐と
共に聲懸けて如何に小八ようこそ聞け。此の悪道

①「高値」である。

に代えての世話、殊勝なこと殊勝なこと、片時も早く金子が
見たい、夕暮れ時には一升買っておく、早く頼むと手ずから
見送る中戸口から、からからと笑いしちらかし、吉内と
小八はいそいそとして出かけて行った。ここやかしこと駈け
廻り、大名屋敷は申すに及ばず、その他お旗本・町家、
江戸中の金持ち分限者、かねがね名の高い富者
に持って行き、既に香爐は百両で売り代にし、二人
とも大いに悦び小踊りして帰ったのであった。ところが、吉内が
ふと心に思ったことには、彼の勘蔵は曲者である。僅かの
禄を食んで栄花を極め、あまつさえこの高値
の道具、なかなかどうして彼が所持する品ではない。
これこそ盗み取ったものであろう。よしまた彼が所持してあるに
もしろ、下僕に手渡して売り払うからは分かったものではない。
何にもせよ、この小八を打ち殺し、八百両を手取りに
したならば商いをしなくても一生心のままに生活ができよう。これは今
我に天が与えてくれた贈り物と心に思い、小八に用もない話
を味のあるように聞かせながら、吉原の堤通りを夕暮れ
にかかって戻ったのであった。行き来の人もとぎれてしまい、時雨が
催してきて、長月の光も見えない廿日過ぎのこととて、二百二十日の嵐と
ともに声をかけて、何と小八ようく聞け。この悪道者

に丸一日足のへるほど世話やくも金を我
手へ入れたいばかりなり。サア其の財布四の五も言はず
出せばよし、若し口明かば今より汝を焔《ママ》王の僕《しもべ》と
すると言ふより早く、小八が高股ずんと切り落とし
ければ、心得たりと飛びすさり抜き合ひては、己れ吉内能く
も此の金望んだり、汝のような大盗人《只やみやみと渡し》に小八あら
じと言へども、悲しや片足切り落とされ、起き上がらん
とする處へ吉内一世の力を出し、飛びかゝってうん
とばかりにから竹割に切り下げれば流石の小八もたま
らず、息もたへだへの堤の露とぞ消えにけり。
仕済ましたりと吉内はとゞめもさゝず、金取りて行
方しれずなりにけり。かくとしらず佐野勘蔵は、
其の夜も早く四ツ過ぎの時のうつるを①松虫の鳴く
音も凄き秋の夜の永々しきを待ち兼ねて
立つたり②居《ママ》たり寝屋の内、刻《とき》は子と成り丑なれど
小八が帰らず。如何はせんと気がゝりの、便りもさらに
③嵐なる明けはなれても戻らぬは、定めて金に
目がくれて逐電したるや、吉内がうちへ往き
て見んと顔をも清めず家来つれず、
只壱人夜明けの鐘に打ち連れて吉内が家へ行き

①「待つ」と「松」と両意を掛ける。
②「据つたり」である。
③「有らじ」「嵐」と両意を掛ける。

に丸一日足が減るほど世話をやくのも金を我
手へ入れたいばかりなのだ。サアその財布を四の五の言わず
出せばよし、もし口を開けて文句を言うなら、お前を閻魔王の下僕に
すると言うより早く、小八の高股をずんと切り落とし
たところ、心得たと飛びすさり刀を抜き合って、己れ吉内よく
もこの金に目をつけたな、お前のような大盗人にただむざむざと盗られる小八では
ないと言ったけれども、悲しや片足は切り落とされ、起き上がらん
とするところへ吉内が一世一代の力を出し、飛びかかってうん
とばかりに唐竹割りに切り下げたので、流石の小八もたま
らず、息も絶え絶えになってやがて堤の露と消えていったのであった。
仕済ましたりと吉内は止めもささず、金を取って行く
方知れずになってしまった。こうとは知らず佐野勘蔵は、
その夜も早く四つ過ぎの時の移るのを待って、松虫の鳴く
音ものの侘びしい秋の長々しい夜を待ちかねて
立ったり座ったりして寝屋の内にいたが、時刻は子となり丑となっても
小八は帰って来ない。どうしようかと気がかりになったが、便りも何も全く
なく、野分の嵐の夜は明けはなれても小八が戻らないのは、きっと金に
目がくれて逐電したからであろうかと疑い、吉内の家へ行っ
て見ようと顔も洗わず家来も連れず、
ただ一人夜明けの鐘にうち連れて吉内の家へ行き、

見れば錠のおりたる小廻し戸、叩いて見ても
叫んでも更に返(カ)事は①から家の仕方、思案
も何となく十方にくれて暫〻み、是こそ大
事と思ひ、直ちに詮義(ママ)と立ち歩き行く。漸々茶屋に
腰うち懸け、すごすごとして居る。折りふし
通りの人々口ずさみに、夕べ吉原の堤にて
切り殺されし人ありと誰言ふとなく、取り々々の噂、若し
やと思ひ勘蔵は、扨々夫は町人か侍かと聞き
糺せば、其の死人は御屋鋪(ママ)方の召使と見えますと、
聞けば胸にさつする勘蔵はすわやと②欠(ママ)け出し、堤に
走って見れば、小八が有り様、右高股より切り落とされて
天窓《あたま》より臍下まで二ツ成り、泥にまぶれ朱
はるいるいと地を満ちてこそいたりけり。目も當て
られぬ無念さに心も忽ち狂乱し、我が家へこそは
立ち帰り人を遣はし、小八死骸取り片付け、否や吉内
を尋ねしかども江戸の廣さ、中々十日や廿日に
見聞も出来ぬ③詮鑿(ママ)。勿論吉内は近年江都
に出て、獨身のものなれば、跡には思ひ置く事
なし。飯鍋一ツ椀壱具を裏店に残したばかりなり。
よるべ方なき勘蔵は、大津三郎が宅へ行き、始終

①「返事は空」と「空家」とを掛けたか。
②「駈け」である。以下同じ。
③「詮索」である。

見ると錠前の下りた小廻し戸があって、叩いてみても
叫んでみても全く返事がなく空き家の様子、思案してみて
も何となく途方に暮れて暫くたたずみ、これこそ一大
事と思い、直ちに詮議しなければと立ち歩いて行く。ようやく茶屋に
腰掛けてすごすごとして座っている。ちょうどその時
通りかかった人々の口から、夕べ吉原の堤で
切り殺された人があると、誰言うともなくとりどりの噂を聞き、もし
やと思い勘蔵は、さてさてそれは町人か侍かと聞き
ただすと、その死人は御屋敷方の召使のように見えますと言ったのを
聞いて胸の中に察するところがある勘蔵はすわやとばかりに駈けだし、堤に
走って見てみると、小八のありさまは右の高股から切り落とされて
頭から臍下まで二つになり、泥にまみれて朱に染まり、
①血潮がしたたり落ちて地に満ちていたのであった。それは目も当て
られないありさまで、勘蔵は無念さに心も忽ち狂乱し、我が家へ
立ち帰り人を遣わして、小八の死骸を片付けさせ、すぐに吉内を
尋ねたけれども江戸は広くて、なかなか十日や廿日では
とても見聞ができない詮索である。勿論吉内は近年江戸
に出ており、独身の者なので、跡には思い置くこと
もない。飯鍋一つ椀一具を裏店に残して行ったばかりであった。
②手がかりもない勘蔵は、大津三郎の家に行き、始終

① 血が「累々（物が重なるさま）」というのは変。「淋漓（したたり落ちるさま）」のつもりか。或いは「死骸が累々と」の意なのか。
② 「手がかりもない」ぐらいの意か。

を語りて如何はせんと言葉終はらぬ其の内に三郎眉をひそめ色を失ひ、扨々仕方もなき詮義《ママ》かな。最う此の上は我が身にも大事こそ出来ん。哀れ、此の義《ママ》露顕に及び候ふ。某《それがし》はじめ貴殿まで、立ち處に切腹せねばならず。①必騒《ママ》な吉内を見出し、夫々々詮義《ママ》せば下郎の悲しさ、有る様に白状すべし。さすれば、人の命は我が命。是こそ思案極め處なり、はやまるまいと口に耳、壁にも聞かさず、鎮まり返りて弐人は舌を振り舞はし、早速其の場で了簡も出来し、夜中になつて勘蔵は、②こそこそとこそ帰りけり。然るに其の故を尋ぬるに、小八が元主の勘蔵頼まれ、殿の寶蔵打ち破り、金子五千両・獅子の小柄・鶏の香爐文箱の中に入れ、是を盗み出して③金子に代なし、小八殺され不便共言ふべきなり。此の小八と勘蔵とは身内のものなるよし、④正徳直を の生にて旦那遊女通ひの度々供致し、主馬も三郎も随分しつたるものなり。去《ママ》によつて小八をたばかり先達にして金をとらせて寶の諸道具まで賣り拂はせて腹のうちまで

①「物騒な」の意か。
②「こそ」が三回繰り返され調子をつけている。
③「金子の代（り）になし」の意か。
④「正徳直（の生まれつきで）」ぐらいの意か？

を語って如何しましょうかという言葉も終わらないうちに、三郎は眉をひそめ色を失ってしまった。さてさてどうしようもない詮議でござるな。もうこの上は我が身にも一大事が及ぶことでござろう。ああ、この事件は露顕してしまうであろう。そうしたら、某始め貴殿までたちどころに切腹しなければならぬ。物騒な吉内を見つけ出し、糾明しなければならぬ。そうすれば吉内は、下郎の悲しさで直ぐにも白状してしまうでござろう。それだから、吉内の運命が我らの運命に関わっているのだ。これこそ思案のしどころである、早まるまいと口に耳、壁にも聞かせまいと心を落ち着かせる。やがて静まりかえって二人は舌を振るいまわして相談し、早速その場でよい考えもでき、夜中になって勘蔵は、こそこそと帰って行ったのであった。ところがこの事件の由来を尋ねてみると、小八の旧主の勘蔵が頼まれて殿様の宝蔵を打ち破り、金子五千両・獅子の小柄・鶏の香爐を文箱の中に入れ、これを盗み出して金子に代えていたので、小八が殺されてしまうとその不都合なことは言うまでもない。この小八と勘蔵とは身内の者であるということで、小八は「正徳直」の生まれつきの上、旦那が遊女通いの度々にお供をいたしていたので、主馬も三郎も随分よく知っていた者であったのである。そういう訳で小八をだまし泥棒の先達にして金を盗ませ、お宝の諸道具まで売り払わせて腹の中まで

見せたる同類なり。併し[1]下良《ママ》の悲しさ、首尾調ふる極々には小八を殺して口を留めよと相談して是までしたる此の事皆水の泡に成り、今は仕方もなかりけり。然るに其の後三郎は病氣と偽り出仕もなく對面もせず。此のこと苦労にして其の月も暮らし、冬立つ空のもの凄き千鳥の群がる川岸通り、小田原町の相模屋の五郎兵衛と申す町人ありしが、同家中細沼権之進（細井権左衛門）と言ふ人近習役を勤め一年御寳蔵を預かり、諸事道具取り扱ひ致したる事なれば、見覚えの有る鶏の香爐夫を五郎兵衛利取物に買ふて相手次第に賣り代なし夫とはしらず。権之進折々来たるものなれば、いつに替はらず立ちよつて四方山《よもやま》の咄《ママ》しに五郎兵衛は、此の間[2]ふと能き代ろ物を買ひまして御座ります。併し私所持致しても是を用うる座敷はなし。利取物にして賣り拂ふと存ずるゆへ《ママ》一寸御覧成し下されと差し出せば一眼見るより扨々結構と手にとり揚げて能々見れば違ひもなき御屋鋪《ママ》の香爐。細工と申し作と言ひ、二ツとなき[3]卯《ママ》子の鶏。しらぬ振りして細沼は、是は何れより何程に御求め成され

① 「下郎」である。以下同じ。
② 原文は「与風」、「ふと」である。
③ 「卵子」である。

見せ合っている同類の仲間である。しかし下郎の悲しさで小八はこの企みにかかり、首尾よくいった最後には小八を殺して口を止めよと相談していたことも知らず、これまで計画実行してきたことも皆水の泡になってしまい、今は致し方もないことであった。ところがその後三郎は、病気と偽って出仕もせず人と対面もしない。小八の一件を苦にしてその月も暮らしていた。ところでここに、冬立つ空の気配がもの凄い頃ともなり、千鳥の群がる川岸通りで、小田原町の相模屋に五郎兵衛と申す町人が暮らしていた。また、同じ家中で細沼権之進（細井権左衛門）と言う人が藩の近習役を勤め一年中ご宝蔵を預かり、諸事道具の取り扱いをしていたが、見覚えのある鶏の香爐を見て、それを五郎兵衛が利取り物に買い、相手次第で売り物にしようと商売にしていたが、それぞれは見知りがなかった。権之進はたまたまやって来ただけなので、いつにも変わらず店に立ち寄って四方山話をしていたが、その話の中で五郎兵衛は、この間ふとしたことで良い品物を買ってございます。しかし、私が所持いたしてもこれを用いる座敷はありません。利取り物にして利益があれば売り払おうと存じますので、ちょっとご覧なさって下さいませと差し出すので、それをちょっと見るよりさてさて結構な品物と手に取り上げよくよく見てみると、間違いもないお屋敷の香爐である。細工と申し作りと言い、この世に二つとない卵《ママ》子の鶏。びっくりしてしまったが知らぬ振りをして細沼は、これはどなたからどれほどの値段でお求めなされ

しやと尋ぬれば、五郎兵衛先頃ひょっとして見當て八百両に調へまして御座りますが、今申す通り金を寝かせて置くより五十両利付きならば相手次第で賣り拂ひたく存じ候ふ。何と御大名様方の御所持にはよもや不足では御座無くやと存ずるなど丶、一人自慢の商ひもの。權之進聞いて然らば拙者儀得と役人中に相談を致し、此方にて調へますから必ず脇方へ御遣はしなさるな。明日まで御知らせ申すぞ。其の節は御太（ママ）儀乍ら當屋鋪（ママ）へ御持参成し下さるべく候ふ。夫に付けて其の賣り手は慥かなるものや御存知あるべしと言へば、五郎兵衛、へヱ丶私もひよつと買ひまして御座りますれば委細は存じませぬが、先頃ちらと見た人の咄（ママ）しには是を賣つた人は慥かに吉原の堤にて害されしと人の風聞。夫は兎《ト》もかく私は金出して求めましたから、天下晴れて御構ひは御座りますまい。知らずながらも能き分限者の子息は是を盗み出して、しつかり饗應なさる丶で御座りますから。只其の上に切り殺され人に①無沙骨折りて死んだ後まで無念で御座りますや。いよいよ左様の事なれば、能くあてしと

①「無駄骨」の意か。

たかと尋ねると、五郎兵衛は先頃ひょっとした具合で見当てまして、八百両で買いましたが、今申すとおり金を寝かせて置くよりも、五十両の利がついたならば相手次第でどなたでも売り払いたいと存じております。何と御大名様方がご所持になっても決して不足の品ではないと存じます、などと一人自慢の商いものをする。権之進はこれを聞いて、然らば拙者よくよく役人中に相談をいたし、こちらで金を調えるから絶対脇方へお売りなさるな。明日まではお知らせ申すぞ。その節はご大儀ではござるが当屋敷へご持参して下され。それにつけてもその売り手は確かな者かご存じかと言うと、五郎兵衛は、へエ私もひょっとしたことから買ったものでございますから詳しいことは存じませぬが、先頃ちらと見た人の話では、これを売った人は確かに吉原の堤で殺された人だという噂でございます。しかしそれはともかく、私は金を出して買い求めましたから、天下晴れてお上からのお咎めはございますまい。私は知らないことですが、どこかのよい金持ちの息子がこれを盗み出して、随分放蕩したのでございましょうから。ただそれより切り殺された人は無駄骨を折って、死んだ後まで無念でございましたでしょうか。いよいよもってそのような訳ですから、①よくこの品を見当てたものと

① 前の文に「（この品を）ひょっとして見当て」とあるので、ここも「よく（見）当て（た）」の意にとってみる。

言ふもので御座りますと言つた通りの正直者。

何にもせよ、今申す通り此方にて調へまして御しらせ申すまでは必ず脇方へ遣はるなと言ひければ、五郎兵衛畏まつて立ち別れ、權之進は屋鋪《（ママ）》帰り登城、急いで右の訳を直々太守公に申し上げければ、馬次がせ給ひ早速盛下主馬を召し出され、寶蔵の諸道具①逸《（ママ）》々相改め候ふ様仰せ付けられければ、盛下畏まつて、則時に御寶蔵奉行を呼び出し、御用の儀之有り候ふ間、拙者立ち合ひの上、御寶蔵相改め候ふ様仰せ付けられ候ふ間御先立ち成され候へと申し渡せば西川岸三太左衛門畏まつて錠を開け封印を切り、帳面に合はすれば有り金のうち六千両、外に文箱一ツ獅子の小柄・鶏の香爐盗み出されて、少しも②からと白浪の隅から角《（ママ）》まで爪を立て、是を見れどもも有るべき様なし。立ち合ひ初め奉行其の外附き々々の人々色を失ひて③溜嗅《（ママ）》つき、顔と顔見合はせ居たるばかりなり。盛下右の趣上聞に達しければ、逐一詮義《（ママ）》致し候ふ様仰せ付けられ、扨亦權之進注進の趣早速取り返し候ふ様、仰せられに候へ共、一度町人の④手にふれ品なれば、取り出し候ひても御長《（ママ）》寶にて有るまじと申し上げけれ

①「一々」である。以下同じ。
②「空（から）と知らない」と「白浪」の両意を掛けた。
③「溜息」である。
④「手にふれた」の意か。

いうものでございますと言ったような正直者であった。

何にもせよ、今話したとおりこちらで金を調えて、お知らせ申すまでは必ず脇方へやってはいけないと言ったところ、五郎兵衛は畏まって承知したので立ち別れて、権之進は屋敷へ帰り登城し、急いで右の訳を直き々太守公に申し上げたところ、太守公は馬を継がせなさり早速主馬を召し出され、ご宝蔵の諸道具を一々改めるように仰せつけられたので、盛下は畏まって即時に御宝蔵奉行を呼び出し、御用の儀がある旨を伝え、拙者が立ち会いの上御宝蔵を相改めるよう仰せつけられた。そして先に立って案内するように申し渡したところ、西川岸三太左衛門が畏まって錠前を開け、封印を切って帳面と照合したところ、有り金のうち六千両が無くなっており、他に文箱一つ・獅子の小柄・鶏の香爐が盗み出されて、少しも中が空とは知らず、隅から隅まで爪を立てるようにして、これを探して見たけれどもあるはずもないことであった。立ち会いの者を始め、奉行その他お付きの人々も色を失って溜息をつき、顔と顔を見合わせて立ち尽くしているばかりであった。盛下は、右の一件を上聞に達したところ、逐一詮議致すよう仰せられたが、さてまた権之進の注進の趣きを受けて、早速取り返すように仰せつけられたが、一度町人の手に触れた品なので、見つけ出しても御重宝にはなるまいと申し上げた

ば太守公尤もに思し召し、只憎きは盗み取《（カ）》たるものなり
と仰せられける。次に盛下には早速吟味致し、盗人
からめ出し候ふ様仰せ付けられ候ふ。委細畏まつて退出し、直ち
に御寳蔵奉行西川岸三太左衛門閉門、其の下
役は梅原喜三治、舞坂与左衛門其の外蔵廻り、掃除
のもの五人、厳敷く遠慮仰せ付けらるゝ。其の沙汰浅
れて取り〳〵の評定夥敷き事共なり。其の後聞《（カ）》く
處へ出し召され、段々に御詮義《（ママ）》仰せ付けられ候へども、夢現《ゆめうつつ》
にも知らぬ佛に頭巾とは、此の事なり。しらぬ
と①言は直しくて、扨又喜三治・②与右《（ママ）》衛門、是も何
と言ふべきや。思ひは狐に化かされたる様な事、
前後を揃へて口を言ふたばかり。其の外掃除のもの
五人、是は獄屋に引かれ、度々の苦しみ、木馬
に懸けられ股を押され、譬へん方なく責められ
けれども、しらざる事を言ふべき様なし。
既に半死半生に成つて、五人のものども口
を揃へて申しけるは、段々申し上げ候ふ通り、何れの譯か前
後を存じ奉らず候ふ。御疑ひのほど恐れ入り奉り候。假に此の身は
ハツ裂きに相成り候ふ共、しらざる儀を何と申し上げん。
今日に於いては私共上へ命を差し上げ奉る。悪鬼

①「言うのが直（ただ）しくて」ぐらいの意か？
②「与左衛門」のまちがいか。

ので、太守公は尤ものことだと思し召して、ただ憎いのは盗み取った者である
と仰せられた。次に盛下には早速吟味いたし、盗人を
搦め捕るように仰せつけられた。盛下は委細畏まって退出し、直ち
に御宝蔵奉行西川岸三太左衛門を閉門にし、その下
役の梅原喜三治、舞坂与左衛門その他蔵廻り、掃除
の者五人に、厳しく遠慮を仰せつけられた。その沙汰が洩
れ聞こえ、とりどりの評定が交わされて夥しいほどであった。その後①取り調べ所
へ召し出され、段々にご詮議を仰せつけられたけれども、夢現《ゆめうつつ》
にも知らぬことで、知らぬ仏に頭巾とは、このことである。②知らぬ
と言うのが本当で、さてまた喜三治・与右《（ママ）》衛門の二人は、これも
他に言うべきことがあろうか。これらの人たちの感じでは、狐に化かされたような
気持ちで、吟味を受けながら前後の辻褄を揃えて返答しただけのことである。その
他掃除の者五人、これらは獄屋に引かれ、度々の苦しみを受け、木馬
に懸けられて股を押され、譬えようもないほど責められ
たけれども、知らないことは言いようもない。
既に半死半生の目に遭わされ、五人の者達が口
を揃えて申すことには、これまで段々申し上げてきましたとおり、どういう訳か事
件の経緯を全く存じ申し上げませぬ。お疑いのほどは恐れ入ります。
しかし譬えこの身が八つ裂きになりましても、知らないことを何と申し上げまし
ょうか。今日この場においては私ども、お上へ命を差し上げ申します。悪鬼

①「評定所」のような所か。
②「知らぬと言うのが正しく（本当）て」の意か？仮に訳す。

と成りて、御寳蔵の盗人立ち處にて命を
奪ひ、私共の御疑ひさらさら晴らし申したく存じ奉り候ふ間、首
を差し上げんと、泣き叫んだる有り様、目も當てられぬ
事共なり。誠に大悪無道の人々は岡に
上げて面を餝り、其の身の罪を人にかけ遁がれた
とても一寸たらず、天を恐れぬ働きこそたとへ
難き様ぞなし。只此の者に罪を懸け、責め殺し
て夫にせんと思ひしが、①存の外に開かれ、そっ
と足をぞ引きたりける。諺に悪事千里を走る
世の習ひ、此の沙汰洩れて前町の鶴屋五右衛門
聞くとひとしく、是こそ油断する處なり。先頃ろ《ママ》
佐野勘蔵様より預け置きし金子こそ心元なし。
夫をあんかんとさし置きて万一尻でも来る節は
投足の相伴、そうして見れば此の五右衛門は四
でも三でもなくなるぞ。早く此の金持ち行きて急度
渡して帰らんと只一飛びに駆け付けて、佐野が宿
へ来て見れば、折節家内残らず留守。扨めんよう
な②せんさくよな、个様《かやう》の節は半時ともいわれず。
今にどうこう言ふ事あれば沙汰の限り、よし
是の上は是悲《ママ》に及ばずと思ひ極めて、上屋鋪《ママ》の

①「存外に」の意か。
②「詮索よな、かようの節は」の意か。

となって、御宝蔵の盗人の命をたちどころに
襲い、私どものお疑いをさらりと晴らし申したいと存じますので、そうしたらどう
ぞ首を差し上げましょうと、泣き叫んだありさまは、目も当てられない
ものであった。誠に大悪無道の人々は岡に
上がってうわべを飾り、自分自身は罪を人にかけ遁がれた
としてもちょっとの間だけ、天を恐れぬ働きこそ譬え
ようもないことである。ただこの者たちに罪をかけ、責め殺し
て犯人にしようと思っていたのが、思いもかけなかった展開になり、そっ
と足を引いたのであった。諺に悪事千里を走るという
世の習いは正しく本当のことで、この沙汰が洩れて前町の鶴屋五右衛門は、
この話を聞くと同時に、これこそ油断するところであった。先だって
佐野勘蔵様から預かって置いた金子こそは気がかりなものだ。
これをただ安閑と手をこまねいて預かったまま、万一尻でも持ち込まれて来た時は
①何の手だてもない投げ足の相伴となる、そうなった時はこの五右衛門は身が亡ん
でしまい、五右衛門どころか四でも三でもなくなるぞ。早くこの金を持って行き必
ず返して来ようと、ただ一飛びに駆けつけて、佐野の家
へ来て見ると、ちょうどその時家内は残らず留守をしている。さて面妖
な詮索をしたものよ、このような時は半時とも言われず黙っている訳にはいかない。
今にどうこういう事があれば言語道断である、よし
この上は是非に及ばずと思いを決めて、上屋敷の

①「投足（なげあし）」は、足を投げ出す意であるが、ここは何の手だてもない投げやりの意であろうか？

中の口へ持つて行き、取り次ぎを願へば、當番の役早速罷り出る。其の時五右衛門先頃佐野勘蔵様金子七百両當分の内私に預かり呉れ候ふ様に御頼み御座りましても、今日只今まで差し置き候へども何となく苦労に御座候ふ侭、則ち勘蔵様へ持参仕り候ふ處、御留守に御座候ふ間恐れながら封印の侭七百両差し上げまして御座りますと敷臺へ差し出せば、取り次ぎの役人けしからぬ事よと思ひ、役人中へ持参して見せければ、盗まれたる文箱に金梨子地にむらさきの紐、銀の小縁りに内は金の溜塗中に金子七百両、見るよりはつと盛下はじめ並み居る人々大きに驫《おどろ》きて俄に勘蔵が元へ人を走らせ、御用とあれば詮方なし、其の日は女房の家に婚禮あつて終日罷り出、既に暮れになれば、はつとのほせてつゝつ立ち上がり、當世①時行の玉屋さん、うたひつ舞ひつ引きちらし居たる處へ呼びに来て、御用の使ひ来たり。はつとあわてゝ帰る否や、女房・娘・下女・半女あわてふためくばかりなり。然るに三郎は此の間の騒ぎに病気と偽り、胸の踊りもやまざる内に又一方の

①「流行」の意である。この語は、「序」にも出てくる。

中の入り口へ持って行き、取り次ぎを頼むと、当番役の者が早速出て来る。その時五右衛門は、先だって佐野勘蔵様が金子七百両を当分の間、私に預かってくれるようにお願いされまして、今日ただ今までそのまま預かって置きましたけれども、何となく心配でございますので、勘蔵様へ持参いたしましたところお留守でござりましたので、恐れながら封印のまま七百両を差し上げたいと存じますと、玄関先に立って差し出すと、取り次ぎの役人はけしからぬことと思いながら、役人達に持参して見せ改めたところ、盗まれた文箱で、金梨子地に紫の紐、銀の小縁りとなっており、内は金の溜塗がなされ、中に金子七百両が入っている、それを見るよりはっと、盛下を始め並みいる人々は大層驚いて、俄に勘蔵のもとへ人を走らせたところ、勘蔵は、御用とあればしかたがないと言って帰ったが、勘蔵はその日、女房の家に婚礼があって終日外出していたのであった。家内の者は既に暮れとなって、婚礼の時刻になってきたのではっと頭に血が上ってきて、つつつと立ち上がっては、当世流行の「玉屋さん」を、歌いつ舞いつしながら引き散らしていたところへ呼びに来て、御用の使いが来たのであった。はっとあわてて帰るや否や、女房・娘・下女・半女まであわてふためくばかりである。ところが三郎は、この間の騒ぎで病気と偽り、胸の動揺もおさまらないうちに、また一方の

大破れ、定めて勘蔵は気遣ひすべし。譬へ何れに
しても盛下の呑み込みなれば心の侭。よし又
本心あらわれて遁れぬ時は盛下が首の落ち
たを見ぬ内は①気遣（ママ）ひのない手下の我々。今
宵罷り出て勘蔵にしらせんと其の夜こつそり
塀を越えて人目を忍び戸端に到つて聲を
細め、三郎なり、勘蔵、と聞くより早い通りもの、
そつと引きたる片折り戸、座鋪へ入りて只弐人、
妻子もしらぬ兼ねての咄、一から十まで手前勝
手に、人は死ぬにも生まるゝにもうけ構ひなき銘々の
言睛相談仕済まし、此の上なき上分別、得たりや
得たりやとさゝやき渡つて心強くも酒を呑み、天
の高さもそつとこゞみ、地の厚さには抜き足
して、裏より裏へ帰りけり。扨も其の後三郎
は思ひ直して出勤し、②驚き入りて風情にて、
主馬が元に至り、示し合はする内々事、人も
よきよう我もよきよう、双方無事に事
極め世間に何と譯もみな尤もに仕拵ひ、
表向きには③魄々踏々内證向きには色々の工み
も深い事ぞかし。然るに其の後勘蔵は

①「気遣ひ」である。以下同じ。
②「驚き入りたる」の意か。
③「魄」字である。「鬼」の異体字で、タカシの意である。

大失敗が発覚したら、勘蔵は心配をすることであろう。しかし譬え何れに
しても盛下の了解の上でやったことなので安心である。譬えまた
本当のことが露顕して遁れられない時でも、盛下の首が落ち
るまでは、身の安泰は気遣いのない手下の我々である。今
宵出かけて行って勘蔵に知らせようと、その夜こっそり
塀を越えて人目を忍び勘蔵の家へやって来て、戸端に近づき声を
細めてかけた。三郎だと言うと、勘蔵でござると答えるのを聞くより早く立ち上が
り、そっと引いた片折り戸を通り、座敷へ入ってただ二人面会し、
妻子も知らぬ兼ねての話なので誰も知らない。一から十まで手前勝
手な企みで、人は死んでも生まれても一向にお構いのない、銘々勝手のことを
①言い晴らして相談を仕済まし、この上ない上分別をして、うまくいくぞ
うまくいくぞとささやきあって心強くも酒を呑み、天
が高いのにも拘わらずそっとこごみ、地が厚いのにも拘わらず抜き足を
して用心をし、裏道から裏道を通って帰って行った。さてその後三郎
は思い直して出勤し、驚き入った風情をして、
主馬のもとにやって来て、示し合わせる極秘の相談、人も
良いよう我も良いよう、双方無事でおさまるように事を
決めて、世間に何とで通るよう尤もな言い訳を拵え、
表向きには②正々堂々として慎んでいるように振る舞い、内証では色々企らみの
深い計画をしていたのであった。ところがその後勘蔵は

①「言い晴らし」の意か?仮に訳す。
②「正々堂々」と訳してみた。

會所に呼び出され、逸々《（ママ）》詮義《（ママ）》をする。其の座の出頭には大津三郎、目付弐人、其の外下役さも恐ろしき席を餝り、始終の様子御尋ね有れば、謹んで勘蔵は、私家来小八と申す者去月廿三日湯島の吉内と申す者に切り殺され候ふに付き、段々聞き及び候ふ處、金子七百両所持致し候ふよし、扨又鶴や《（ママ）》五右衛門方へひたと参り候ふよし。定めて小八義《（ママ）》此の度御詮儀《（ママ）》の御文箱、私名を責りて彼の方へ預かり置き候ふべし。私に於いては寸分左様の儀御座無く候ふ間、得と鶴屋五右衛門方御尋ね下し置かれたく願ひ奉りける、弁舌流るゝ會所の①板縁美しきこそ見へる《（ママ）》仕る。誠に是等は人目の言ひ譯口。問ふ人も問わるゝ人も同じ穴なる狐なり。夫より吉内を召し取らんと盛下始め三郎、勘蔵より集まつて、如何すべし、是ぞ大事の處なり、其の吉内を召しとらば片時も早く殺して仕舞ひ《（ママ）》②口を問ふの股をひそくのとあら立て逸々《（ママ）》白状せられては我々三人は死なねばならぬ。かうせよとひそひそ言ひて夫に究まる。俄に同心・足軽数十人召し出し、吉内を捕りたるもの

①「板縁美しくこそ、見え仕る」の意か？
②「拷問」の意。

会所に呼び出され、一々詮議を受けることになった。その座の重役には大津三郎、目付二人、その他下役がさも恐ろしい風にして席に座り、始終の様子をお訊ねがあったので、謹んで勘蔵は、自分の家来小八と申す者が先月二十三日に、湯島の吉内と申す者に切り殺されましたことについて、順序を追って聞きただしましたところ、金子七百両を所持致しておりました由、それからまた鶴屋五右衛門方へいつも行っておりました由でござりました。定めて小八儀はこの度ご詮議の御文箱を、私名を語って彼の鶴屋五右衛門方へ預かり置いたのでござりましょう。私は少しもそのような悪事を働くようなことはございませぬ、よくよく鶴屋五右衛門をお訊ね下されたく願いまする、と弁舌が流れるように言う。その会所の板縁は見るから美しくこそ見えたことであった。誠にこれらの人々は、人前での言い訳口を心得たものであった。問う人も問われる人も同じ穴の狐である。それから裁きが決まって吉内を召し取ろうと、盛下始め三郎、勘蔵が寄り集まり、どうしようかこれこそ大事の所である。その吉内を召し取ったならば一時も早く殺してしまえ、拷問をするの股をひそぐのと荒立てて、一々白状させられては我々三人は死ななければならぬ。こうせよとひそひそ声をひそめて話し、やがてそれと決まった。俄に同心・足軽数十人召し出し、吉内を捕らえた者

には望みの御褒美下し置かれ、其の上御取り立て仰せ付けらるとありければ、踊り上がって①究竟の若者共そこや爰やと手分けして、やたらにさがして御江戸の廣さ、南の果ては品川、河崎。東は上総、西は青山、北は千住。其の外遊女は申すに及ばず、隅からすみまで尋ね見れども行衛（ママ）は②更に白浪の船に隠れて風を見て乗り出したる商船、鼻唄かけてゆらゆらと廿日も過ぎて其の内に古郷へこそ着きにけり。夫とはしらず爰かしこ、鳥の抜けたる籠のうちへんてつもない詮義（ママ）の取り沙汰、月を送り日を経ても、③有家のしれぬ。手延べし詮方すぎて見えにける。時に三郎思ふ様、よしよし是に思案あり。彼れが事に付いて思ひ出せり。先年當屋鋪（ママ）逐電せし掃除小人の吉内と言ふもの慥か江戸のうちに居るよし。同名なるこそ幸いなれ。此の吉内を捕らへて小八を殺せし吉内を助け置くべし。搦め取りて万一人の耳へもれては千金に替へがたし。我が身の罪のあらわれべし。今もって吉内見（ママ）へぬ。いってとくと主馬に相談せんと夫より

①「屈強」である。
②「更に知らない」と「白浪」と掛ける。
③「ありか（在処）」の意か。

には望みのご褒美を下され、その上お取り立てを仰せつけられるとご沙汰があったので、踊り上がって喜び、屈強の若者達をそこやここやと手分けして、むやみに探し出そうとしたが、お江戸は広く、南の果ては品川、川崎。東は上総、西は青山、北は千住まである。その他遊女の居る所は申すに及ばず、隅から隅まで訊ねて見たけれども、行方は全く知らず、白浪の上漕ぐ船に隠れ、吉内は風を見て乗り出した商い船で、鼻唄を歌いゆらゆらと二十日もかけて乗り出して、そのうちにやっと故郷にこそは着いたのであった。それとは知らずここかしこ、鳥の逃げた籠の中のように、何の変哲もない詮議の取り沙汰をして、月を送り日を経ても、吉内の在処は全く分からない。対策が遅れて時機を逃し、手だても何も過ぎてしまったように見えたのであった。時に三郎が思うことには、よしよし自分によい思案がある。彼れのことについて思い出した。先年当屋敷で逐電した掃除小人の吉内と言う者が、確か江戸の中にいるという話を聞いたことがある。同名であるのが実に幸いなことである。この吉内を捕らえて小八を殺した吉内を助けて置くのがよいだろう。搦め取って万一人の耳へ洩れては一千金にも替え難い。そうなれば我が身の罪も露顕してしまうことであろう。ところが、今もって吉内は見えない。行ってよくよく主馬に相談しようと、それから

盛下が元へ行く。委細にこうと夕暮れの悪さも悪
い吉内には候へども、万一の儀あつて沙汰の限り。
[1]思ひは汗の出る事。夫より似せ吉内を取りて
事済ませば、是に増さりたる分別は御座りますまい。
夫を六ケ敷《むづかし》くしては今申す通り。扨々吉内と言ふ
奴は命の果報、福徳の三年、八百両を只とり
山、誠に我らは甘い趣向を[2]無沙にして、馬鹿
になつたと言ふたる主馬。夫に随ひ、悪意の
三郎、邪曲の勘蔵、理非無道悪逆大罪、
天の正覧なきものか。人を害せば人に害せら
れるとは世の言葉、左程命はおしいものか。
余りに非道至極せり。其の後いよいよ夫になつて、
似せ吉内を取るべしと天下町御奉行曲げ倒し、
甲斐守殿へ大津三郎罷り越し、大きな[3]虎との一から
十まで佛に頭巾を冠せて吉内を罪におとし、
色々の進物を送り、組下の同心数十人を頼ん
で吉内を尋ねる。其の有り様石流《ママ》江戸生まれの人摺れ
もの、浮き世は只の一分とり、天窓《あたま》に当たるは風ばかり、
仇口八百するとき、眼に角を立て詮義《ママ》に懸かる
捕り手の役々、更に怒りはするものか。頓て其の翌

①「思へば」の意か。
②「無駄に」か。
③「虎殿」の意で三郎らを譬えたか?

盛下の元へ行く。子細にこうだと告げて言うには、夕暮れ時の詮索には悪
い時節で、探し回っている吉内ではございまするが、万一の事があっては以ての外
のことでござる。それを思うと汗の出るほど危うい気持ちでござる。それでも似せ
吉内を捕まえて事を済ませば、これに増さった分別はござりますまい。
それを難しくしては今申す通り沙汰の限り、おしまいでござる。さてさて吉内と言
う奴は命の冥加な者、これまで裕福な三年間を過ごし、八百両を只取り
にしてしまったが、それに比べて誠に我らは甘い趣向を無駄にして、馬鹿みたいな事
になってしまったと言った主馬ではあった。主馬の指示に随って、悪意の
三郎、邪曲の勘蔵、これらは誠に理非無道悪逆大罪の者どもであるが、
天のご照覧もないものであるか。人を害せば人に害され
れるとは世上の言葉であるのに、それほど命は惜しいものか。
余りに非道至極であった。その後いよいよ実行に移されて、
似せ吉内を捕らえるべしと天下の町御奉行を言いくるめるため、
甲斐守殿へ大津三郎が出かけて行き、大きな三郎の虎殿が一から
十まで仏に頭巾を冠せて吉内を罪におとし、
色々の進物を送り、組下の同心数十人を頼んで吉内を訊ねまわる。その様子は、
流石に三郎は江戸生まれの人摺れ者である、おまえ達役人はこの浮き世を黙って
も只で[1]一分の俸禄を取って暮らしている。それでもおまえ達の頭に突き当たっ
てくるのは風ばかりの結構な身分だ。そう言って三郎は、悪口八百を並べ、眼
に角を立てて役人達をけしかけ詮索にとりかかったのであった。
しかし捕り手の役人達は、全く怒ったりはしないで捜索にかかる。やがてその翌月

①「一分（の俸禄を）取って」の意か。

十二月に入りて吉内召し捕られて、早速獄屋に
引かれ、夢にもしらぬ事、①不便(ママ)なりしこと共なり。
夫より吉内を會所へ召し出して、逸(ママ)々尋ねし
かども、思ひもよらぬ寝耳に水、言ふべき
様ぞなき。其の役々のもの得たりかしこし、
木馬にかけて石を釣り、両足既に抜くが如し。
其の叫び聲誠に虎の吠えるが如し。聞く人耳を
閉ぢるばかりなり。いかにしても覚えのなき事口から
言はれず。仕方も②さらに七ツ過ぎようよう③救る
してまた獄屋へ引き、只吉内半死半生聲
を潰れて股もかゞまず。薬用の段、上へ達せ
ば、其の節兼ねての一物爰ぞと心得、秘傳の毒
薬調合して是を細末し吉内に下し置かれ、取り
扱ひのもの吉内に呑ますれば、其の夜の内に惣身
紫になつて死したりけり。右の趣、進藤五郎
を以て御達し申しければ、④乞喰(ママ)に相渡され死人
の首を切り落とし、ようよう騒ぎしづまつて今
噺するものなし。光陰矢よりも早く、月、雪
の師走つめたき、鰐の口やつと遁れて
三人は、危ふき年を重ね改めたる⑤年の葉も若

①「不憫」である。
②「さらに無（な）い」と「七（な）なつ過ぎ」と両意を掛けた。
③「救はれて」の意か。
④「乞食」なり。以下同じ。
⑤「葉」の縁で、「若やぐ」と言った。

十二月に入って、吉内は召し捕られ、早速獄屋に
引かれ、夢にも知らないことを追及されて全く不憫なことであった。
それから吉内を会所へ召し出し、一々尋問した
けれども、思いもよらないことを尋ねられ寝耳に水で、何とも言いようの
ないことであった。この役人の者たちは、心得たとばかり、
吉内を木馬にかけ石を釣って責め、両足は既に抜けるような状態であった。
その叫び声は誠に虎が吠えるような凄まじいものである。これを傍で聞く人は耳を
閉じてしまうばかりのものであった。どんなにしても覚えのないことは口から
言われない。全く仕方もないことで、七つ時を過ぎようやく抱えられるように
してまた獄屋へ引かれて行き、ただひたすら吉内は、半死半生の目に遭い声
も潰れて股もかがむことができない。やむなく薬の使用をお上へ願い出る
と、その時兼ねて用意していた一物をここだとばかりに心得て、秘伝の毒
薬を調合してこれを粉末にし吉内にやって、取り
扱いの者が吉内に呑ませると、その夜のうちに総身が
紫になって死んだのであった。右のような経緯を、進藤五郎
をもってお上へお届け申したところ、死骸を乞食に渡され、吉内
の首を切り落として一件が落着し、ようやく騒ぎが静まって、今は
話をする者とていない。月日の過ぎるのは矢よりも早く、やがて月も替わり雪
の師走の冷たい頃ともなって、鰐の口をやっと遁れた
三人の者は、危うい年を過ごして改まった新年を迎え、木々の葉も若

やいでこそ見へ（ママ）にけり。然るに去月吉原の堤にて小八を闇討ちにせし湯島の吉内は、夫より便船をかりて本国に帰り、親手前の土産もの田舎の奥の土くれ親父、見た事もない飯櫃形耳を揃へて持つて来て、同村の内に売り家のあるを幸いに、金に任せて調へて今度顔をば大きくし、冬とこそいへ①金かするつめたい指を吹き付けながら、大工木挽きが集まつて急度出来したる家かゞりは左も立派にて②見世を出し、其の近郷の田畑を受け取り、俄に男女を召し抱へ、昨日に替はる太郎兵衛親父、金さへあれば御隠居さま強ひお飯は御腹に當たると③奢りぞおこる。人の口戸さゝぬ事も恐れずに腹一盃の働きこそ誰言ふとなく其の沙汰御上へ聞こへ（ママ）ければ、石流（ママ）の曲者吉内兎角《とかく》永居は無用と心得、親兄弟に金呉れて忍々に登る頃しも正月中旬、江戸の様子は亦聞きし、慥か吉内親元にありと同心足軽数十人居買村へ罷り越し、様子を見れば事々し。内へ這ひ入りて太郎兵衛に向かひ、吉内は何れに有り、御用有つ

①「金貸する」の意か？意味不明。
②「店」である。
③「奢りぞ奢る」か、あるいは「奢りぞ起こる」か。

やいで見えたのであった。ところが、先月吉原の堤で小八を闇討ちにした湯島の吉内は、それから便船を借りて本国に帰り、親の手前を飾って土産物をたくさん贈ってあげたのであった。田舎の奥の土くれ親父に、見たこともない飯櫃形を耳を揃えて持って来て、同村の中に売り家のあるのを幸いに、金に任せて買い調えて今は大きな顔をし、冬とは言いながら人に金を貸しては冷たい指を吹きつけながら、大工木挽きを集め、めでたく出来上がった造作は、いかにも立派なものにして店を出し、更にその近郷の田畑を買い取り、俄に男女の下僕を召し抱え、昨日に替わる太郎兵衛親父であったが、金さえあればご隠居様と言われ、強飯はお腹に当たると言って奢りに奢る贅沢をしたのであった。人の口には戸をさすことができないということも恐れずに、精一杯の振る舞いをしたので、誰言うとなくそのことがお上へ聞こえていき、流石の曲者吉内もとかく長居は無用と判断し、親兄弟に金をくれてこっそりと江戸へ上ったが、頃は正月中旬のこと、江戸の様子は又聞きしていたが、確か吉内の親元があったはずと詮索され、同心足軽数十人が①居買村へやって来て、吉内の様子を嗅ぎ廻ってみると、親元の生活はことごとしいほど贅沢なものであった。家の中へ入って太郎兵衛に向かい、吉内はどこにいるのか、御用あって

①『津軽編覧日記』には「境関村」とある。詳しくは本書一五六ページを参照されたい。

て罷り越したと聞くも果たさず、太郎兵衛は仰天ながら顔をふりあげ表を見れば、見た事もない大勢の侍衆。大きに振るひ手を合はせ、私儀七十に余る此の年にて何ぞんじましょ。①粋《ママ》吉内は既に七八年②已《ママ》前、江戸へ③登りますして御座りますが、去年秋下りまして、何れより金を持参致しましたか、家も買ひまし畑田も請け取りまして、又其の外に金をくれて、六七日先に出立致し、夫より外は存じ申さず。御救ひし下されと泪を流せば、捕り手の面々詮方なく家さがしても尋ねても、居らぬものには仕方なし。むだ骨折りて茶も呑まず、草鞋《わらじ》切らして帰りけり。

弐人の吉内

白昼に面を隠し、闇夜に片影を通る氣遣ひは、犬の泣くにも耳をすまし、行きたるにも跡先を見て、人目を包む□□□の吉内ま□□はつ春の花の雪山坂かけて、只一人枕を重ね日を算へ、頓て江戸にぞ着きにけり。扨も其の後吉内は一先づ江戸の様子を聞かんと浅草邊に隠

①「倅」である。
②「以前」である。以下同じ。
③「登りまして」の意か。

罷り越したと聞きも終わらぬうちに、太郎兵衛は仰天して顔を振り上げ表の様子を見てみると、見たこともない大勢の侍衆がいる。ぶるぶる体が震え手を合わせて、私は七十歳に余るこの年になって一体何を存じましょう。倅の吉内は既に七八年前、江戸へ上りましてござりますが、①去年秋下りまして、どこから金を持参致しましたか分かりませんが、家も買い畑田も買い取りまして、またその他に私どもにも金をくれて、六七日前に出立致してしまいましたから、それより外は存じ申しません。どうか私どもをお助け下さいと涙を流して言うので、捕り手の面々は詮方なく、家探ししても訊ねても、居らぬものは仕方のないことであった。役人達は無駄骨を折って茶も呑まず、草鞋を切らして帰って行ったのであった。

弐人の吉内

白昼に顔を隠し、闇夜に物影を歩いて通る気配りをしている者には、犬の鳴くのにも耳をすまし、外へ出かけて行っても後先を見て、②人目を忍ぶ□□□の吉内ま□□初春の花のような雪の、山坂を越えてただ一人旅枕を重ね、日を重ねてやがて江戸に着いたことであった。さてもその後吉内は、一先ず江戸の様子を窺ってみようと浅草辺に隠れ

①「去年の冬」とあるべきところ。
②人目を忍ぶ□□□の吉内ま□□……解読不能。

居て日々に通れど石流《ママ》は江戸繁ゆへ《ママ》しつた人にも行き逢はず。既に二月も過ぎければ、ある時熟意のちよぼ市仲間、吉内に行き當たり、コリャ珍らしいと言ふを見れば、兄弟分の三八なり。でもマア久しい、是ではならぬ、いざいざ茶屋へ座敷へ行つて肴品々酒出して吉内の言ふ様、いかに三八、汝を①見送りて頼む事あり、聞いて呉れよと言ふより、強い三八を頼むとあらば、②命は出すまい、手前の様子も聞いて居たと盃傾け吉内にさし遅《カ》に酔ひて何と爰が人もあり、我が家に晩に参れと約定してこそ別れけり。斯くて其の日の暮れ頃より彼の三八が處へ行き、身の悪逆をつゝまず語り、我に万一事あらば是までの懇意丈け世話を頼むと言ふも果たさず、気違《ママ》ひするな、凡《およ》そ江戸に隠れない三八なり。命は言わね人のもの。罷り違へば五人や三人、覚えある身の手の内、尻持ちするより億《ママ》すなと③言葉沙しき。其のうちに吉内慥かに聞いた事もあり。何れの事か胙年師走、吉内と言ふもの天下の御町同心に召し捕られ、殺されたと聞いた。我が身の外

①「見込んで」のまちがいか。
②「命は（投げ）出すまい（ものか。）」ぐらいの意か。
③「言葉沙汰」の意か？

いて日々に町を通るけれども、流石に江戸は賑やかな為か知った人にも行き会わない。既に二ケ月も過ぎたので、ある時懇意にしていた①ちよぼ一賭博の仲間吉内に行き会って、コリャ珍らしいと言うのを見ると、兄弟分の三八である。でもマア久しい、これではいけない、さあさあ茶屋へ座敷へと連れて行き、肴を色々注文し酒を出して吉内の言うには、何と三八、お前を見込んで頼みたいことがある、聞いてくれよと言うより早く、この強い三八を頼むとあらば、命は投げ出すまいものか、お前の様子も聞いていたよと盃を傾け吉内にさし、段々酒に酔ってきたが、何とここは人もいる、我が家へ晩に参れと約束して別れたのであった。こうしてその日の暮れ頃から彼の三八の所へ行き、自分の悪逆を包まず語り、自分に万一事件が起きたならばこれまで懇意にしていた分だけ、世話を頼むと言うことも終わらないうちに、心配するな、凡そ江戸に隠れのないこの三八である。自分の命は言わば他人のもの。まかり間違えば五人や三人位何でもない。腕に覚えある身の手の内だ。尻持ちするより気後れするなと指図して、力づけた。そのうちに吉内という名前を確かに聞いたこともあるので語った。何のことであったか、昨年師走吉内と言う者が天下の御町同心に召し捕られ、殺されたと聞いた。自分の他

①「樗蒲一」は、漢土から渡来した賭博の一種。

に又吉内と言ふものあるかと尋ぬれば、吉内大き
にうなづき、夫は何處の御屋鋪《ママ》の事、イヤサ
我が身の噺した佐野勘蔵と言ふ人の屋鋪《ママ》へ
出入りした①もの、そふた思へば、我が身の名違つ
てとられしが、殺されたに相違はない。夫は
以ての外、何にしても済む事。とてもの事に
委細を尋ねて、どうした吉内は取られた
と聞いて呉れろ。無難で済まば有り金五百両二
夕山どうぞ頼むと言ひければ、踊り上がつて三八が傳
手を廻りて聞いて見ん。まあまあ當分我
家に忍びおれ。逸《ママ》々聞いてしらせんと夫
より吉内をかくまつて、翌日彼の勘蔵が屋 鋪《ママ》
の邊り何となく来れば、向こうに風呂やあり。是幸
ひ《ママ》と湯へ入りての噂噺。旧冬の事なれや、亦
②ゆけ覚《ママ》ぬ風呂上がり、しらぬふりして聞き見れ
ば、しるもしらぬも取り付き口々、なんとも其の吉内
と言ふもの出しては大変役人がいたむゆへ《ママ》態
と科《とが》なき吉内と言ふものを取つて害したそう
サ。扨々名の同じばかりで命を失ひ、むごい
と言へば、夫は人の噂サ、誠のことか。マアマアそう

① 「(出入りした)者のそうだ」の意か?
② 「湯気冷めぬ」の意か。

にまた吉内と言うものがいるのかと尋ねると、吉内は大き
くうなずき、それはどこのお屋敷のことか分かるか、イヤサ
自分が話した佐野勘蔵と言う人の屋敷へ
出入りした者だそうだ、ふと今思えば、我が身の名違い
で捕らえられたが、殺されたに相違はない。それは
以ての外のことだ、何にしても済むことだ。いっそのこと
委細を尋ねて、どうした吉内は捕らえられたか
と聞いてくれろ。無難で済めば有り金五百両二
つに山分けをするからどうぞ頼むと言ったところ、踊り上がつてこの三八が伝
手を求めて聞いて見よう。まあまあ当分我が
家に忍んでおれ。一々聞いて知らせようと約束をし、それ
から吉内をかくまって、翌日彼の勘蔵の屋敷
の辺りをそれとなく探ってみると、そこは家の向こうに風呂屋がある。これ幸
いと湯へ入っての噂話をする。旧冬の事であったか、まだ
湯気も冷めない風呂上がりで、知らぬふりをして三八が様子を見ている
と、事件を知っている人も知らない人もこの件に取りつき口々の噂話、何ともその
吉内という者を表に出しては大変役人が痛むから態
と罪咎のない吉内という者を捕らえて殺したそう
サ。さてさて名前が同じばかりで命を失い、むごいことだ
と言うと、それは人の噂、誠のことか。マアマアそう

言ふ事で御座ると言ふたをしつかり聞いて来て、
残らず吉内にしらせければ横手を丁《ちょう》と打ち、誠に
夫は違い有るまじ。最前佐野が元より①卯《ママ》子
の香爐・獅子の小柄賣り拂ひ、其の時盗物と察
し捨て、走りがけに小八を殺しゝが、いよいよ左様の
事なれば少しも恐るゝ事はない。忝なくも身代はり
を立てた跡で、今更どうこう云ふ節は水桶から
火が出るようなもので無いか。三八もう此の上は
案堵しや。世間手廣き商ひせん。いざいざ
金は不足でも五百両は弐《ママ》人りして心の侭と
言ひければ踊り上がつて、三八が嚊よ一杯買うて来い
と徳利を出し酒屋へ遣はし、頓て肴二種を出し、
サア呑め、吉内、鬼でも蛇でもこの三八が付き添ふか
らは浮き世も②こわひ《ママ》ない事と張り込みける。其の氣で
なければ江戸におられぬ。夫より跡は呑み潰
れ、鼻音ばかり残りけり。凡夫の猿知恵一寸の
先の③まつくら闇分からぬ浮き世を屁とも
思わぬ。走り廻りて商ひする吉内は、運のつきにて
有りやせん。人を殺してたすかろとは浅間敷《あさまし》き心
懸け、天しる地しるとて遁れぬ罪の命にや、

①「卵子」である。
②「こわい（もの）ない」の意か。
③「まつくら闇で分からぬ」と「分からぬ浮き世」と掛けた。

いうことでございますと言ったのをしっかりと聞いて来て、
残らず吉内に知らせたので、吉内は横手を丁と打って感心し、誠に
それは間違いあるまい。先だって佐野のもとから卵子
の香爐・獅子の小柄を売り払い、その時盗物と察
して捨て、走りがけに小八を殺したが、いよいよそのような
ことであれば少しも恐れる事はない。勿体なくも身代わり
を立てた後で、今更どうこう言った節には水桶から
火が出るようなものではないか。三八もうこの上は
案堵しや。世間を手広く商いをしよう。さあさあ
金は不足でも五百両は二人して分け、思いのままに使おうと
言ったので踊り上がって喜び、更に三八の嚊よ一杯買うて来い
と徳利を出し酒屋へ遣わした。やがて嚊が酒と肴二種類を買って来たので、
サア呑めとばかり、吉内と三八は気炎を上げ、鬼でも蛇でもこの三八が付き添うか
らは浮き世に怖いものはないと張り込んだのであった。そういう強い気持ちで
なければこのお江戸にはおられないと言って二人は酒を酌む。それぞれ後は呑み潰
れてしまい、鼻音ばかりが残ったのであった。凡夫の猿知恵、一寸の
先の真っ暗闇、何が起こるか分からぬ浮き世を屁とも
思わぬ振る舞いをする。走り廻って商いをする吉内は、もはや運の尽きで
あったのであろうか。人を殺して助かろうとは浅ましい心
がけである、天知る地知るの言葉通り遁れられない罪の命であったのであろうか、

今こそ思ひしられける。然るに国元にて吉内の住
家居買村へ捕り手向かひしもの立ち帰り、又登つたと
親の口より言ふ事、江戸へ申し越せば盛下始め大
津の曲者皆能きように上を取り成し、譬へどのよう
にした事でも皆申し合はせてのめして置く。十に
一ツなして太守公へしらせず。夫で①半分越
ての空、余りに悪い事共なり。然るに其の沙
汰再び帰って又、吉内を尋ぬる沙汰に成りしが、江戸
足軽のうちに大懸《(カ)》新五兵衛と言ふもの有りしが、
元は四国の家中にて歴々たるよし。子細
之有り暇を乞ひ、五七年前より當屋鋪《(マヽ)》へ足軽
に抱へられ、朋友の中にも指折りなり。然るに此の儀
飽くまでしれり。爰こそ立身の處なり、是非
吉内を取つて見んと非番の折は方々へ懸けめ
ぐり、そこの人込み爰の見世もの其の外遊
所を心懸け、十日余りも廻りしに②思ひ合はし。
吉内衣物賣りに様をかへて風呂敷包みうん
と背負ひ出違ひ、四辻の左り《(マヽ)》へこそは曲がりけり
跡に續きて行く程なく通り町の店先で帯や
着るもの羽折《(マヽ)》の類廣げて何のかの③直段違《(カ)》ひ

①「半分以上は空（虚なこと）」の意か。
②「出合はじ」の意か？
③「値段」である。

今こそ思い知られたのであった。ところが国元では吉内の住
家居買村へ捕り手に向かっていた者達が立ち帰り、また吉内が江戸へ上ったと
親の口から聞いて、江戸へ申し越すと盛下始め大
津の曲者たちは、皆いいようにお上を取りなして、譬えどのよう
なことでも皆申し合わせて十分に打ち合わせをしていた。これまでの経緯についても十のものを一つに省いてよくも太守公へは知らせない。それも半分以上
はでたらめな話にしてしまうという、余りにもひどいやり方であった。ところがその沙汰も再び元の振り出しに戻り、もう一度吉内を訊ねることになってしまった。
ところでここに、江戸家中の足軽の中で大懸新五兵衛と言う者がある。
元は四国の家中で歴々たる侍であった由である。新五兵衛は、訳が
あると言ってお暇を乞い、五七年前より当屋敷へ足軽として
抱えられ、朋輩の中でも指折りの人物であった。ところで、この吉内の一件を
新五兵衛は、既に十分承知していたのであった。そこでここが立身の機会である、
是非吉内を捕らえてみようと非番の折は方々へ駈けめ
ぐり、そこの人混みここの見せ物、その他遊
郭を心懸け、十日余りも廻っていたところ、吉内に出会わせたのであった。
吉内は着物売りに姿をかえて風呂敷包みをうん
と背負っていたところに行き違い、四辻の左へ曲がって行った
跡について行くうちに、程なく通り町の店先で帯や
着物・羽織の類を広げて、何のかのと値段違い

の高聲を聞くより店へ腰を懸けて、其の縮緬能き道服を此方にて買ひますからと、ちつとはいれば吉内はアイト谷《(ママ)》へて、大懸を心悪にと手《(カ)》つくろふ。得たりやものと吉内の弓手《(ゆんで)》へ取り付きどうとたおしてとつて返すも打ち伏せていやおういわせて手利きの早業、何の造作なき縄懸けて、則ち店の亭主を呼び、大きに店をさわがし候ふ、其の儀は用捨《(ママ)》に預かりたしと言ひ捨て、片引き摺りに屋鋪《(ママ)》まで舞ふが如く連れて来て直ちに物頭山中七郎太を以て、兼ねて御尋ねの吉内と申すもの今日通り町に於いて見當たり候ふ間則ち搦め捕り参り候ふ段申し達しける。一圓済ぬ弐人の吉内、扨々夫は不思儀《(ママ)》千万、旧冬相果てたる吉内は又々出づべき様なし。①麁末はせぬかと尋ぬれば、全く麁略は②申し上げん。私御門番の節此のもの前々佐野勘蔵殿方へ③折度参り候ふに付き、能々存じ罷り有り候ふ處、今日此の者に見當たり候ふに付き、御觸れの趣を以て則ち搦め捕りて候ふと申しければ、委細聞き届けの上嚴敷く吉内に番を付けて直ちに登城し右の趣上聞に達しければ、主馬は聞いていか

①後の「粗略」と同じ意。
②「申し上げぬ」の意か。
③「折節」でときどきの意か。

の高声を聞くより店へ入って腰をかけ、その縮緬の良い道服をこなたで買うからと、さっと入ると吉内はアイと答えて、大懸に愛想をして手つくろう。うまく出食わしたものだと新五兵衛は、吉内の左手へ取りつきどうと倒し、とって返されたが打ち伏せていやおう言わせぬ手利きの早業を見せ、何の造作もなく縄を懸けて、早速店の亭主を呼び、大変店を騒がせた、その儀はご容赦下されと言い捨て、片引き摺りに屋敷まで舞うように吉内を連れて来て、直ちに物頭山中七郎太をもって、兼ねてお尋ねの吉内と申す者を、今日通り町において見つけたので早速搦め捕って参ったと、お上へ告げたのであった。これでは全く済むはずもない二人の吉内の出現に、さてさてそれは不思議千万、旧冬相果てた吉内はまたまた現れ出るはずもない。早まって粗忽なことをしたのではないかと尋ねたところ、全く粗忽なことは致しておらぬ。私がご門番をしていた頃、この者は前々から佐野勘蔵殿方へときどき行っていたので、よくよく存じておりましたが、今日この者を見当てましたので、お触れの趣をもって早速搦め捕ったのでござると申したところ、委細お聞き届けをした上、厳しく吉内に番を付けて直ちに登城し、右の一件を上聞に達したところ、主馬はこれを聞いていか

にも旧冬召し捕らへたる吉内と言ふもの餘りに
強く責められ、糾明も遂げず相果て候ふに付き、一圓相
分かり難く候ふ処、誠の吉内召し捕らへたる上は早速
沙汰すべしと言ひて、畏まつて山中は退出
したりけり。盛下は其の旨太守公にも達
せず。下宿否や三郎を呼んで扨々爰を
如何すべし、もう絶景のする處なり。能き
了簡もあるまいか。言ふより早く石流（ママ）の三郎、
譬へ何にしても御苦労遊ばすな。最前申す
通り何ん（ママ）なく①しんたで御座ります。今
吉内は②見得たばこそ、其の分旧冬見へ（ママ）ても
例の通り扨又牢死の吉内は何れへ聞こへ（ママ）ても
逐電の咎あり。殺すにもたらず。今此の吉内は
人を殺せし大罪もの、何と③しゆふが心のまゝ。併し
かの一物勘蔵に頼まれしと口より出されては
沙汰の限り。小八がどうしてとつたやら、死人に
口なし。始終の科《とが》を死んだ小八にぬりかけ、
彼の吉内に例の一物そつと口を留め、難な
く済みそうなもので御座りますと言ふに、
連なる盛下は出来たり出来たり、片時も早く

①「済んだ」か、あるいは「死んだ」か。
②「見えたればこそ」の意か。
③「(何と) しよう」の意である。

にも旧冬召し捕らえた吉内という者は余りに
強く責められ、糾明も遂げずに相果てたので、全く真相が
分からなかったが、誠の吉内を召し捕らえた上は、早速
糾明の沙汰をすべきであると言ったので、畏まって山中は退出
したのであった。盛下はその旨を太守公にも告げ
なかった。下宿に帰るや否や三郎を呼んで、さてさてここを
どのようにしたらよいであろうか、もう対策も尽き果ててしまった。よい
了簡もあるまいものか。と言うより早く流石の三郎が言うことには、
譬え何にしてもご心配を遊ばすな。最前申した
通り何ということもなく事件は済んでいたのでござります。今
吉内は現れたのでございますが、譬え今でなく旧冬現れても
例の通り始末するだけで、さてまた牢死の吉内はどこへ噂が聞こえても
逐電の咎あって、殺すにも足りませぬ。今この吉内は
人を殺した大罪人で、何としようが心のままでござります。しかし
彼の一物が勘蔵に頼まれたと口から出されては、
言語道断、おしまいでございます。小八がどうして盗ったかは、死人に
口なしで誰にも分かりませぬ。全ての咎を死んだ小八に塗りつけ、
この吉内に例の一物をそっと口に入れれば、難な
く済みそうなものでござりますと言うと、その席に
座っていた盛下は、でかしたでかしたと喜び、一時も早く

事済ませと残らず取り扱ひ、利根ふちにぞ帰りにけり。

夫より吉内を揚がり屋へ引いて、未だ一度も口さへ①問《（ママ）》じずに俄に吉内大熱起こりて病気にとり付き、舌も戻らず手足も叶はず、惣身焼けて三日の内に死したりけり。是則ち薬《（ママ）》りの悪い工みなり如何んとして毒薬を入れしや、餘の人是をしらず。さすれば吉内を見殺《（カ）》しする、其の内彼の人々の廻しものあるよと人の噂なり。吉内死して見たれば前後分からず。似せ吉内も変死する、本吉内も変死して、誠の事は分からばこそ。其の後国元の親太郎兵衛を江戸へ引いて親子對面の上沙汰すべしと言ひて直ちに国元へ人を飛ばして居買村へ人を遣はし、吉内が親の首に縄を付けて百余里浦の長道中、夜を日に継いで引きずり登りければ、死んだ子共《（ママ）》を突き出し、始終の事を尋ねしが、忍びにかたき親子の愛、せきくる泪拂ひもせず、有りのまゝに言ふた舌元、歯のない親父江戸の様子しらぬが因果。誠に吉内は一月余りの其の内に毒に命を奪われて、塩付けにこそ成り

① 文意からいえば「開かずに」である。

事を済ませと残らず指図をして、利根川縁に帰って行ったのであった。

それからすぐに吉内を①揚がり屋へ引いて、未だ一度も口さえ開かせないで糾問しているうちに、俄に吉内は大熱が起こって病気にとりつき、舌も回らず手足も動かすことが叶わず、全身が焼けてしまい、三日もしないうちに死んでしまったのであった。これが則ち毒薬を使って殺すという悪い企みであったのだ。どのようにして毒薬を入れたのであろうか、他の人はこれを知らない。そういう訳で吉内を見殺しにしてしまったのである。そのうち彼の人々の廻し者がいたのだという人の噂である。吉内が死んでしまったので事件の経緯が分からなくなってしまった。似せ吉内も変死する、本吉内も変死して、真実の事は分かるはずもない。その後国元の親、太郎兵衛を江戸へ引いて親子対面の上沙汰すべしと言って、直ちに国元へ人を飛ばして居買村へ人を遣わし、吉内の親の首に縄を付けて、百余里の海岸の長道中を、夜を日に継いで引きずり江戸に上って、死んだ子供を突き出し、事件の経緯を訊ねたが、忍びがたいのは親子の愛である、せきくる涙を払いもせず、ありのままに言う親父の口元には歯もなく、江戸の様子も事件のことも知らないのが当然のことであった。誠に吉内は一月余りのその間に毒で命を奪われ、②塩漬けにされて

① 「獄舎」のことである。主に未決囚を入れたようである。
② 重大な事件の犯人は、死骸を塩漬けにして保管することがあった。

果て、骸《むくろ》を人に恥づか敷く晒した上に親にまで①此の苦を懸けまいも後生助かる様ぞなき。誠に斯くなる仕方こそ非道と言はぬ人ぞなかりけり。無ざんや吉内は死んで此の世に二ヶ月居て、首を切られて②ふた返り死んだと人の噂《ママ》さなり。相手になつた三八、只口先で五百両丸取りにして臼を抜き、俵米積んで口利くこそ誠に運は天に有り、棚にあつたる焼き味噌より来《カ》ると人の口々なり。是らは扨置き、吉内を召し捕らへたる大懸《カ》新五兵衛五十石の所領を給はり、昨日に替はる今日の出で立ち、家来を連れて里きみたる、夢の浮き世の中々に言ひたる空の親玉なり。

借家の札

光陰矢の如く早や其の年も既に四月中旬なれば、太守公将軍家より御服を給はり、在城へ下る。御供には盛下主馬を③始めして、大津三郎其の外是まで江府詰めの面々、沙汰に及びけり。国元より交代の銘々には家老反田喜左衛門添田義左衛門用人和布苅右膳津軽多膳也其の外の人々勇み進んで江戸へ到着して太守公を拝し、是までの人々

①「此の苦を懸ける」の意か。反対表現である。
②「二返（遍）り」の意か。
③「始めとして」か。

しまい、死骸を人目に恥ずかしく晒した上に親にまでこの苦労をかけるのは、後生も助かる手だてがないことであった。誠にこのようなやり方を非道と言わない人はなかったのである。無惨なことよ、①吉内は死んでこの世に二ケ月いて、首を切られて二度死んだと人の噂である。相手になった三八は、ただ口先で五百両を丸取りにして、②臼を抜き俵米を積んだようにしてもうかり、でかい口を利いているのを見て、誠にこの幸運は天が与えた、③棚からぼた餅ならぬ焼き味噌であると言う人の噂である。この話はさて置き、吉内を召し捕らえた大懸新五兵衛は、五十石の所領を給わり、昨日に替わる今日の出で立ちとなり、家来を連れて村長のように振る舞っているのは、この夢のような浮き世の中で、なかなかな④したたか者と言われた親玉である。

借家の札

月日は矢のごとく過ぎ、早やその年も既に四月中旬になったので、太守公は将軍家から御服を給わり、在城へ下って行った。お供には盛下主馬を始めとして、大津三郎やその他これまで江戸詰めの面々が命ぜられたのであった。国元より交代の人々には、家老反田喜左衛門添田儀左衛門用人和布苅右膳津軽多膳也その他の人々がなり、勇み進んで江戸へ到着し太守公に拝礼をして、これまでの人々

①吉内は塩漬けにされて二ヶ月晒され、その後に死体の首を改めて切られた。
②労せずしてもうかる意か？
③「棚にあつたる焼き味噌」は、「棚からぼた餅」をもじって言ったものか。
④ここは「したたか」といった意にとってみる。

は引き替はりて花を餝り、左もゆゝしくぞ出立し、千に越えたる御供にて太守公御機嫌にて出馬仕給ひ、千里の行も一歩より始まると終に五月の上旬本城へこそ着き給へり。家中の諸士是を禮して首尾能く済み、国民悦びをなす。然る處に城下の取り沙汰には、溝口弥太郎仕初めたる産物みなことごとく仕損じて、西へも東へも向かはればこそ、首の廻らぬ大金を①只なくなくと是を捨て、萬民を己に嘲りなし、十人寄れば百口の囀。在々町々其の外職人凡て産物取り扱ひの金子五千両米三万俵皆是を捨て、一ツとして成就したるものなし。よつて弥太郎初めとして館田權内波美文内なるべし三浦要八郎三上与三郎なるべし是等の人々何と言ひ譯有るべきや。夫に連なる盛下は去年江戸に居て夥敷く盗み出し、其の上御重代の諸道具まで賣り拂ひ罪なき人の命をとり、ようよう其の身助かりて能々慎むべきに左はなくて、人民を悩み（ママ）せし事天是を免すべきや。追々其の沙汰に成りて、盛下・大津・小山田・溝口何れも②佞肝（ママ）邪曲の輩

① 「只無く（す）」と「泣く泣く」と両意を掛けた。
② 「佞奸」である。

は引き替わって、花を飾ったようにさもゆゆしく出立し、千人を越えたお供と一緒に、太守公はご機嫌よく出馬しなさり、千里の行も一歩より始まると出発し、遂に五月の上旬本城へ着きなさったのであった。家中の諸士はこれを礼拝して迎え、首尾よく旅行も済み、国民は悦びをなしたのであった。ところが城下の取り沙汰には、溝口弥太郎がし始めた産物が皆ことごとく失敗して、西でも東でも産物があればこそ、首の回らないほどの大金をただ無くして、泣く泣くこれを捨てるようにし、万民は嘲りをなし、十人寄れば百口もの噂をする。在々町々その他で職人がこぞって産物を取り扱い、作った金子五千両、米三万俵を皆無くしてしまい、一つとして成就したものがない。よって弥太郎を始めとして館田権内波美文内なるべし三浦要八郎三上与三郎なるべしこれらの人々は、何と言い訳があるだろうか。これに連なる盛下は、去年江戸にいて大津三郎と申すまやかし者に化かされ、殿様の貯金を夥しく盗み出し、その上ご重代の諸道具まで売り払い、罪なき人の命をとり、ようやくその身の命が助かって、よくよく慎むべきなのにそうではなくて、領民を悩ませた事は、天がこれを許すはずがあろうか。追々その沙汰になって、盛下・大津・小山田・溝口の何れも佞奸邪曲の輩が

百余里の道遠しと雖も江戸御屋鋪（ママ）へは書翰を
もつて是通じ逐一相談を極め、国元には村
中三太兵衛・和布苅左膳、扨用人には松山十五左衛門
江戸詰めには①反田喜左衛（ママ）・和布苅右膳、是皆盛
下再信して沙汰せし處に三太兵衛も左膳も
一向差し障（カ）りなく、返答に及ぶゆへ（ママ）用人は申すに及ばず、
皆盛下の威勢に恐れて是を背くべきや。
江戸には反田喜左衛、右膳に得と相談に及びし
が、右膳言ふ様其の儀は私早速承知仕り難く存じ
奉る。其の子細は主君御仁志に渡らせ給ふもの
を左様家中の難儀を申し上げなばいかでか御
悦び候ふべきや。扨又一家中申し渡し方三歩一差し
引き候ふとていか程の御ゆうよ候ふべき。左なくとも先
年よりの倹約田畑の地廣、其の外立てたる諸役
彼是既に三ケ年の内何程か御座候ふや。拙者
表用人なれば委細は存じ奉らず候へども、去るとし
御寶蔵紛失の②おん金又は產物仕入れ方何程
の御損亡にても是らにて埋まり候ふべし。夫らに
随ひたる下々の難儀いか程に候ふべきや。其の上

松浦甚五左衛門なるべし浮田将監喜多村監物也　橋建織江西館織部なるべし

① 「反田喜左衛門」である。以下同じ。
② 「御金」である。

百余里の道は遠いとはいっても、江戸のお屋敷へは書翰を
もってこれを通じ逐一相談をきめ、国元には村
中三太兵衛・和布苅左膳、それから用人には松山十五左衛門
松浦甚五左衛門なるべし浮田将監喜多村監物也　橋建織江西館織部なるべし、
江戸詰めには反田喜左衛門・和布苅右膳、これらの人々を皆盛
下が再任したところ、三太兵衛も左膳も
一向に反対もせず返事をした為、用人は申すに及ばず、
皆盛下の威勢に恐れてこれに背くはずがあろうか。
江戸には反田喜左衛門が、右膳によくよく相談しようとした
が右膳が言うには、①その事は私も直ぐには承知致しがたく存じ
まする。その訳は、主君がご仁心でおられるもの
を、そのように家中の難儀を申し上げたならば、どうしてお
悦びなされるであろうか。さてまた、一家中ご給分の渡し方を三分の一を差し
引いたとて、どれほどの余裕がござろうか。そうでなくても先
年からの倹約・田畑の地広で難儀を強いられ、それ以外にも取り立てた諸役
金が、かれこれ既に三ケ年の中に何ほどござりましょうか。拙者は
表用人なので詳細は存じませぬが、去年の
御宝蔵紛失のお金、または産物仕入れ方がどれほど
のご損失であっても、これらの金で埋まりましょう。このご政道に
従う下々の難儀は、どれほどでござろうか。その上

① 「その事」は、後出の「一家中三歩一御差し引き」のことをさす。

一家中の御差し引きなどゝは一圓承知仕りがたく存じ奉り候ふ。よって私儀御相談に御除き下され候へと①筋張り立て、左も大言を伸（ママ）べれば喜左衛門返す言葉なく、只然らばと言ひて退出せり。彼是するうち又々飛脚到来し、其の時反田思ふよう、事極まった上は何と言ふとも右膳に負けられじ。今一應對談せんと則ち書翰とり揃へ、右膳を呼んで又候《またぞろ》右の次第申し越したり。貴殿壱人御承（ママ）ちなく候はゞ、右の趣返答に及ぶべきか、いよいよ御承知有るべきやと言ひければ、良《やや》有って右膳申す様、再三御相談の趣承知仕り候ふ。扨々此の度の御催し是まで御出来の上私壱人承引《しょういん》申し上げざる儀も其の例にはづれ候ふ間、仰せの通り承知仕り候ふ。併し近年御家中小給のもの殊の外難儀の体に御座候ふ。よって百石已（ママ）上の分は左様右已（ママ）下のもの御給分のうち三歩一御差し引き成され候ひては、定めて相勤まり申すまじく存じ奉り候ふ間百石已（ママ）下の分は御差し除き下されたくと申し伸（ママ）べ、此の儀御承引相成り難く候はゞ、最初申し候ふ通り兎角拙者御相談から御除き下され候へと思ひきつたる返答に、只反田はいかにも左様の處も

①「筋」と言ったので「張り立て」と諧謔の表現をした。

一家中のお差し引きなどとは、全く承知致しがたく存じまする。よって私の事はこのご相談からお除き下さるようにと、筋道を張り立てていかにも大言を述べたてたので、喜左衛門は返す言葉もなく、ただそれではと言って退出してしまった。かれこれするうちにまたまた飛脚が到来してきたので、その時反田が思うことには、一旦事が決まった以上は、何といっても右膳には負けられぬ。今一度対決しようとそこで書翰を取り揃え、右膳を呼んでまたまた右の命令を伝えてやった。ご貴殿一人ご承知ござらぬので、右の件について今ご返答するのか、いよいよ①ご承知なさらないのかと言ったところ、ややあって右膳が申すには、再三ご相談の内容は承知致した。さてさてこの度のご催促、これまで話が運んで私一人承知致さぬのも、いつもの例に外れますので、仰せの通り承知仕りまする。しかし近年ご家中の小給の者達は、殊の外難儀の体でござる。よって百石以上の者はそのままにしておき、それ以下の者をご給分の中から三分の一お差し引きなされては、定めて相勤まり申すまいと存じますので、百石以下の分はお差し除き下されたいと申し述べた。そうしてこの件がご承引できないのでござるならば、最初申した通りに、ともかく拙者をご相談の人員からお除き下さるようにと、思いきった返答に、ただ反田はいかにもそのようなことは

①ここは「ご承知なさらないのか」の意にとる。

御尤もに存じ候ふ。然らばと言つて右の趣亦々委細に
国元へ申し遣はし相談に及びしかども、元右膳は御
一門の人なり。押すに押されず言ふに随ひ、頓て夫に
ぞ成りにけり。是にちつとも兄の左膳種も替は
らぬ身内にて似せても似ぬこそ口惜しけれ。
一言ならぬと言つたなら何處までもならぬで済む
事なれ共、主馬や江戸ものに引かされてわなわな
したる左膳の有り様、情けなくこそ見へ《ママ》にけり。弟
は用人なれども適《あっぱ》れ和布苅の御一門丈けあつ
て能くも返答したるかな。一筋の武士と誉めぬ
人こそなかりけり。夫より右の趣太守公へ達す
るに江戸京坂御返済方并びに去年御實蔵
のおん金紛失又は産物彼是申し立て紛れ無く
御家中渡し方三ケ年の内三歩一御さし引き仰せ付けられ
下し置かれたき旨願《カ》ひ奉れば太守聞こし召し、甚だ①不便《ママ》に
思し召すといへども時に随ひて、是を用ひ給へば
ならぬ義理あつて家中一統登城仰せ出されて
御染筆を下し置かれ、其の御文章誠に御仁心
の程②奉勘一同に皆感涙を流しけり。扨も其の
後十日に到りて三歩一と言ひて渡し方月々砕きて

① 「不憫」である。
② 「感じ奉り」の意か。

ご尤もに存じます。それならばと言って右の趣をまたまた委細に書いて
国元へ申し遣わし相談に及んだけれども、元来右膳はご
一門の人である。強く押すにも押されず、右膳の言うに従い、やがてそのように
事が進んでいったのであった。これにちっとも兄の左膳は、種も変わ
らぬ身内なのに、似せても似ぬこそ口惜しいことであった。
一言ならぬと言ったなら、どこまでもならぬで済む
ことであるが、主馬や江戸の者に引かされてわなわなと動揺
している左膳のありさまは、実に情けなく見えたのであった。弟
は用人ではあるが、あっぱれ和布苅のご一門だけあっ
てよくも返答したものだ。一廉の武士と誉めない
人はなかったのであった。それから右の趣を太守公へ告げ、
江戸・京坂のご返済方並びに去年御宝蔵のお金紛失のことや、
または産物のことで多分に使ったお金をかれこれ申し立てて、まちがいなく
ご家中ご給分の渡し方を三ケ年の間、三分の一お差し引き仰せつけられ
下されますようにとの旨を、お願い申し上げたので太守は聞こし召して、甚だ不憫
に思し召されたが、ご時勢に従いこれをご採用なされ、
どうしてもやむを得ない事情があるといって、家中全員を登城するよう仰せ出され、
太守公のご染筆を下されたが、そのご文章は誠にご仁心
の程がうかがわれ、感じ入って一同は皆感涙を催したのであった。さてもその
後十日に至って三歩一と言って、ご給分の渡し方を月々割って、

譬へば三千石の知行を千石引いて残り弐千石を
一年十二ケ月に分けて毎月是を渡し、其の外百
石まで是に同じ。夫に付いて一切の渡しもの
炭・薪・筆・墨・紙・油・蝋燭其の外少しのものに
いたるまで皆三歩一さし引いて相渡し、其の餘い
かばかり有らん。既に六千俵其の外渡りものは八十
五貫目余年中積んで千貫目に越えたり。米八
万に近し。是三年の数、口に延べ《(ママ)》難し。其の上な
らず、百性《(ママ)》には高より壱升宛の米を取りあげる。
其のゆへ《(ママ)》如何んとなれば万一凶作の年は、村の助
けと申し觸れ、全く上のおん為ならず、其の村々の
用意とあれば皆尤もに畏まりて、百性《(ママ)》無高小者
の果てまで田畑耕すもの一石より一升宛年貢
の外に集める處、村によつて百石余も有り。御郡
内一統村々より納めたる米、是もつて既に万石に
越えたり。①みぢん積りて山程な米銭何にする
のかしらね共盡く集め取りて其の翌春より
東は鈴森西は鮎ケ澤の湊より江戸上方そ
の外諸国へ積み登る。其の数十万石に越えたり。是
みな盛下大津のする事なり。是を取り扱ひには

①「微塵」である。以下同じ。

譬えば三千石の知行を千石引き、残り二千石を
一年十二ケ月に分けて毎月これを渡し、その他の知行取りも百
石まではこれと同じである。その他についても一切の渡しもの
炭・薪・筆・墨・紙・油・蝋燭、その他少しのものに
いたるまで皆三分の一を差し引いて渡したので、その余剰米はい
かほどあったであろうか。既に米が六千俵、その他のご給分の渡りものは銭八十
五貫目余を年中積んで千貫目を越えている。米は八
万石に近く収納している。この三年間の数量は、口に述べがたいほど多い。その上
百姓には石高から一升宛の米を取りあげている。
その訳はなぜかと言えば、万一凶作の年には、村の助
けにすると申し触れ、これは全くお上の為ではなく、その村々の
用意の為だと言うので、皆尤もと畏まってお承けし、百姓①無高小者
の果てまで田畑を耕す者は、一石から一升ずつ年貢
の他に集めたので、村によっては集まった米が百石余もある。ご郡
内全域の村々から納めた米は、こういう訳で既に一万石を
越えていた。小さな塵も積っては山程になる米銭を一体何にする
のかは知らないが、悉く領民から集め取ってその翌春から
東は鈴森西は鮎ケ澤の湊から江戸上方そ
の他諸国へ米を積み登らせる。その数量は十万石を越えたのであった。これは
皆盛下や大津のしたことである。これを取り扱った者は、

①「高無し百姓」を言う。小作人などをさす。

山の井四郎兵衛山木四郎左衛門なるべしと言ひて御城下の造り酒屋なりしが俄に取りあげて御用達と言ひて御目見え相済み、大身附き合ひして横柄至極の振る舞ひなり。外より是を考へれば、加様《かやう》米金銭三ツに分けて一ツは内々のやり繰り、耳を揃へて金分けていつも順氣の高枕、①けんへん拂②埨より聲、栄花は口に延（ママ）べ難し。夫に連なる手下のもの片引き擢りに取り立てられ、俄に鑓を立てるもの有り。其の外馬に乗り立て、人の口端に乗る事は本の鞍より落易（カ）い、ものものしくぞ見へ（ママ）にける。

然るに大津三郎は飽くまで金を溜めて折々江戸にて御金御入用の節は自分の金を主に用立て、其の場の首尾を調へければ、いよいよ太守の御意に居て御側をさらじの江戸狐、毛のない下腹擢り廻り、人を③化かす事虎狼よりも恐ろし。飽くまで国のもの盗んで主君に用立て過分の利潤を得て、其の身の二男三男には御膝元を勤めさせ、其の外江戸の内には三軒まで出店を張り、何苦なうして非道の歎きこそ譬へん様なし。④ハツさきにして飽たる

① 「けんへん拂」……意味不明。
② 「埨」である。
③ 原文は「化けし」とある。
④ 「八ツ裂きにして飽たる様なかるべきなれども」か。

山の井四郎兵衛山本四郎左衛門なるべしと言ってご城下の造り酒屋であったが俄にお上に抜擢され、御用達と言って御目見えも相済ませ、藩のご大身とお付き合いをし、横柄至極の振る舞いをしていたのであった。外からこれを見てみると、このように金銭を三つに分けて一つは内々のやり繰りをし、耳を揃えて金を分けいつも①順調の高枕をし、②けんへん拂埨より声、栄華は口に述べがたいほどであった。これに加担している手下の者も一方的に引き抜かれて取り立てられ、俄に鑓持ちを雇う者もあった。その他馬を乗り廻すほどに出世をし、人の口端に乗ることは本当の鞍よりも落ちやすく、危うく見えたことであった。

ところが、大津三郎は飽くまでも金を溜め、折々江戸でお金ご入用の節には、自分の金を主に用立て、その場の首尾を調えてやったので、いよいよ太守の御意にかなって、お側を去ることもない江戸狐であった。大津は毛のない下腹摺り回ってご機嫌をとり、人を化かすことが巧みで虎や狼よりも恐ろしい者であった。飽くまで国のものを盗んで主君に用立て過分の利潤を得て、自分の二男三男には太守公のお膝元を勤めさせ、その他には江戸の町中に三軒まで出店を張り、何の苦もなく豪勢に暮らしていたので、人々がこれを非難して歎く様子は譬えようもないほど大きいものであった。八つ裂きにしても飽きたり

① 「順気」は、天気の良いことであるが、ここは「順調」の意か。
② この箇所、意味不明。訳不能。

様①なし可なれとも、天の時を得ずんば人目
に隠れ罪を遁がれ、いよまし募る白髪の親
父名ばかり若三郎でも既に六十に満《ミツ（ママ）》ちて
余りの邪曲、今に限らず幾度も味はひ見
たる末なれば能き事にし、延上《（ママ）》ればしらぬは
佛、②見ねはくまのふ文殊の知恵の有りなば
こうしたものをば出来まいもの、しらぬと言ふは
③口惜しい事こそたんと秋の末、露の時雨
の良《（やや）》寒さ身しむ。沙汰の限りとて、いついつ
催した事やら下から上を斗ふべき事
極まり《（カ）》し。其の時に家中の内を評さんと
大番頭・物頭、其の外奉行支配の者名前書き
出し候様仰せ付けらるれば、其の役々の頭達内々にて相
談しけるに此の度彼の儀ありと寄り合ひて、さぐり
咄し、何かと言へば皆盛下の威勢に恐れて
意背《（ママ）》に及ばず。組子のもの算へて見たりなり。
へたり詮義《（ママ）》するも詮方なく、誰を残して
彼れをへらせと④岩木なる心のうちぞ苦し
げに取り々々沙汰の極はめには果論は本籤
抜いて當つたものは其の節の運と究めて組子

①前述のように「なかるべけれども」の意であるか。
②「見ねば熊野」の意か、熊野の文殊菩薩は有名である。
③「口惜しい事たんと（沢山）」と「たんと秋の末」になったの意か。
④意味から言えば、「岩木ならぬ」の意である。例の反対表現か。

ない者であるけれども、天の時を得なければ人目
に隠れて罪を遁がれ、いよいよ増え募る白髪の親
父、名ばかり若三郎でも既に年は六十にもなって
余りの邪曲な振る舞い、今に限らず何度も苦痛を味わってき
た末なので誰も言わないのをよい事にして、増長してしまったのを知らぬは仏で、
実際見ないことには分からない熊野の文殊菩薩と同じ、その菩薩の知恵があったな
らばこうしたことはできまいと思うが、知らないと言うのは
口惜しい事甚だしい。さていよいよ秋の末となって、露の時雨
が降りしきり、寒さに身がしむ秋の暮れとなったが、もはや言語道断だというので
いつ頃計画したことやら、①下から上を計らう手筈になっていたが、実行に移すことが
なかなか決まらないのであった。そのうちに家中の者を評定して人員を削減しよう
と大番頭・物頭、その他奉行支配の者が、削減の藩士の名前を書き
出すよう仰せつけられたので、その役々の頭達は内々で相
談していたが、この度この削減の事があるというので寄り合って、探り
話をいろいろする。それは何かと言えば、皆盛下の威勢を恐れて違背することが
できない。そうして組子の者を数え人員削減を考えて見たりしていたのであった。
②へたり詮議をしてもしかたのないことであるが、誰を残して
彼れを減らせと③岩木ならぬ人の心の中は苦し
げでとりどりの相談をし、結果としては本籤を
抜いて当たった者は、その時の運と諦めさせて、組子

①この箇所、意味不明。仮に訳す。
②「へたる」は、力が抜けて元気のない状態をさすと考えられる。
③「岩木なる」は、「岩木ならぬ」の意にとる。

のもの残らず披いて三寳へ鬮を出し、一人壱本をとつて頭に渡し、是を披ひ(ママ)て其の命を取りたるもの、名前を上へ達し、其の外役によつて木札を拵へ、夫に逸々(ママ)名前を書いて大きなる箱へ入れてふりまわし、上より針を付いて夫にさゝつたるものをすぐるもあり。又一方は次第の末より上へ算へて是をへらすも理《ことはり》なり。其の中に小比内新太左衛門と言ふ人小山内新左衛門のことなり大番頭を勤めし人なりしが、此の組の人々だれと言ふ沙汰もなく只打ち捨て置きたりしが、上より矢を突くごとく再三の人使ひ既に三度に及び、其の時新太左衛門登城して盛下に言ふ様再三仰せ蒙る趣承知仕り候ふ。よつて組のもの残らず詮儀(ママ)仕り候へ共是まで不勤不行跡の者、私し(ママ)組下にかつて御座無く候ふ間、上より人さし仰せ付けられたくと言ひて、未だ席を退がらぬ處へ白川左次馬も白取数馬也登城して申す様は、私組の者みなみな①出情(ママ)に相勤め、不行跡②相嗜(ママ)み罷り有り候ふ者ばかりに御座候ふ間、分けて申し上げがたく御座候ふ間、御用の儀御座候はゞ組下残らず名前書き付け、差し上げ申すべきやと思ひ

① 「出精」である。以下同じ。
② 「相慎み」の意か。

の者を残らず①集めて三宝へ籤を載せて出し、一人一本をとり組頭に渡してこれを抜き、その者の命を取ってしまう結果となるのであるが、その者の名前をお上へ告げ、その他役々によっては木札を拵え、②それに一々名前を書き大きな箱へ入れて振り回し、上から針を突いてそれに刺さった者をすぐってお上へ達する者もいる。また一方では役所の序列の末から上へ数えてこれを減らしてゆく者もいたが、尤もなことである。その中に小比内新太左衛門と言う人小山内新左衛門のことなりがいて大番頭を勤めている人であったが、この組の人々は削減を誰にするという沙汰もなくただ打ち捨てて置いたのであったが、上から矢を突くように再三催促の人使いがあり、既にそれが三度にも及んだので、その時新太左衛門が登城して盛下に言うことには、再三仰せを蒙っておりまするが、そのご趣旨はよく承知致しております。よって組の者を残らず調査(ママ)致しておりますが、これまで不勤不行跡の者は、私の組下にこれまでかつてございませぬので、お上の方から削減の者を指名して仰せつけられたいと言って、未だ席を退出しないでいるところへ、白川左次馬白取数馬也も登城してきて申すことには、私組の者は皆々出精して相勤めており、不行跡など(ママ)慎む者ばかりでございますので、誰彼と区別して削減の者をお上へ申し上げがたくございますので、それではならぬという御用の儀でござりますならば、組下の者残らず名前を書きつけ、お上へ差し上げ申そうかと思い

① 「披いて」は、「集めて」のまちがいか。
② これは富籤の方法である。

切つたる挨拶に何れも當迷して、只御両人
御退出と言ふ。其の時弐人は下宿せり。扨其の外々
より人数究めて十月のはじめなるに、臺所
廻り作事方郡處に同心・足軽其の外坊主・医
者の類、掃除・小人に諸職人其の外浦々扶〈ふち〉
持の者集まりて九百七十五人皆其の席々へ呼ん
で、永〈なが〉の御暇〈おいとま〉下し置かれ、其の騒動筆紙に尽くし
がたし。定めて内へ戻（ママ）つたら嚊や娘は泣いて
あろ。猿は葡萄の蔓にはづれ、死ぬより外
の事ぞなき。然るに其の日溝口弥太郎千
石を取り揚げられ、弐十里奥の沖の名高きしほに
流されけり閉門ス。ジカへ。夫に随ふ三浦要八郎・相澤
文太左衛門是知行を失ひ、身の置き處なく何
十里追ひちらされて①詮方も泣くより外の事ぞ
なく、昨日に②替はりて芦垂（カ）のあさましかりし世の
中に彼の相澤が振る舞ひには浪人したる其の晩
に肝返りして死したりけり。聞く人々あざ
けるには是までの騒動何人催（ママ）ふした事や
ら、余りに無ざん至極なり。春は昨日と思ひし
に早や巻き戻し暦の末、去年と今年に咲き分け

①「詮方も無く」と「泣くより」の両意を掛けた。
②「昨日に替はりて悪（あ）し」と「芦垂（あしだれ）」と掛けたか。

切った挨拶に全く当惑してしまい、ただご両人
ご退出と言う。その時二人は下宿していたのであった。さてその他
から人数を決めて、十月の初めから、台所
廻り作事方郡役所に、同心・足軽その他坊主・医
者の類、掃除・小人に諸職人、その他浦々のご扶
持をいただいている者を集めて、九百七十五人を皆その席々へ呼ん
で、永の御暇を下されたのであったが、その時の騒動は筆紙に尽くし
がたいものがあった。定めて家へ戻ったら、嚊や娘は泣いて
いるだろう。猿は葡萄の蔓に外れて食いはぐれ、死ぬより外
にすることもなくなってしまった。ところが、その日溝口弥太郎は一千
石を取り上げられ、更に二十里奥の沖に名高い潮のある海辺に
流されてしまったのであった閉門ス。ジカへ。これに随ってきた三浦要八郎・相澤
文太左衛門、これらの人々は知行を失ない、身の置き所なく何
十里も流され、追い散らされてどうしようもなくなってしまい、泣くより他のこと
もなく、昨日に替わるひどい境涯、芦垂の浅ましかった世の
中でも取り分けあきれてしまうのは、彼の相澤が浪人をしたその晩
に肝返りして死んでしまったことであった。これを聞いた人々が嘲って
言ったことには、これまでの騒動で①何人が犠牲になった事や
ら、余りにも無惨至極である。春は昨日のことと思っていた
が早や巻き戻して暦は年の末ともなり、去年と今年に咲き分けて

①「何人催した」は、「何人が犠牲になった事やら」の意か？

の梅の花ど（カ）も盛りなる二月、山の霞に化し
たる今朝の桜月。永き日影をはるばると
登りにこそはなりにけり。然るに倹約此の方居
城大破に及び候ふ段、公義（ママ）へ御申し立て成され、太守公三月
江府へ交代し御供には和布苅左膳、用人
松山重五左衛門、いつに替はりて御供も不足にて
道中御忍びと言つて国を立ち登り、扨其の跡
は居城の門をメめて往来をとゞめ、与力・同心番
を引かせて纔か留守居のもの昼夜かけて當番と
言ふは城中に拾弐三人も居るやおらず。四門の
内大手ばかりを開ひて、番の人々昼の七ツ限り
の出入り、昨日に替はる今日の有り様。草木繁りて道を
閉ぢたる居城の見悪《みにく》さ。是皆国の不吉なり。其の頃
何ものゝ書きたるや、四方の門の扉に城札を張れ
り。是を見れば「借屋有」と書きたり。其の外家中の
評定山の如し。川の流れの定まらぬ取り沙汰日々
まちまちたり。鳴る腹下ると町々へは用金を言ひ
付け、彼是すれば家居を失ふゆへ（ママ）に泣く々々違背
に及ばず。夫々調達する金子既に十万両に越えた
り。是らは扨置き御家人減少の猶豫いかほどか

梅の花の盛りとなる二月、山の霞に朧と化し
た今朝の桜月を迎え、日の長いの春ともなり、
はるばると江戸へ上る季節になったのであった。ところが倹約続きのこの方、居
城が大破れになったことを、公儀へお申し立てなされ、太守公は三月
江戸へ参勤交代して、お供には和布苅左膳・用人
松山重五左衛門が付き添い、いつに変わってお供も不足で
道中お忍びの旅だと言って国を立ち上って行ったが、さてその後
は居城の門を閉めて出入りを止めてしまい、与力・同心に番
を付けさせて、僅かに留守居の者が昼夜かけて当番を
していたので、城中には十二・三人もいるやおらずのありさまである。四門の
うち大手門ばかりを開いて、当番の人々は昼の七つ限り
の出入りのみを許した。昨日に変わる今日のありさま。草木が繁って道を
閉ざした居城の外見の悪さは言うまでもない。これは皆国の不吉である。その頃
何者が書いたのであろうか、四方の門の扉に城札を張って
いる。これを見てみると、「借屋有」と書いている。その他にも家中の
評定は山のように鬱積している。川の流れの定まらないような取り沙汰が、日々
まちまちに流れて不安な情況であった。[1]鳴る腹は下ると町々の分限者へは、御用金
を当たり前のように言いつけ、あれこれ不満を言えば家屋敷を失うため、泣く泣く出
して違背することもできない。それぞれ調達した金子は、既に十万両を越えて
いる。これらのことはさておき、[2]御家人減少でできた余裕はどれほどで

① 「当たり前のように」の意を譬えたか。
② 家中の武士を削減したことを言う。「御減少」と称した。

あらん。ケ様〈かやう〉に下々を脳〈ママ〉ませて何の御用に米銭を①集る取らんと言ふた人の何れへ通すべし。蚊の聲天に響く音といへり。誠に去年の九百七十餘人の人々思ひ々々に働いて、妻子を養ふ評定なり。或いは海邊在々へ欠〈ママ〉け廻りて無躰の無心を言ふ。申し②和解〈わけ〉すれば抜きちらかし、そこのは切られた、爰では金を取られたとはじめの内の沙汰なりしが、春の末になつて城下の端、曲り坂と言ふ處あり。此處は町と家中の境にて、其の坂既に一丁余り、左右に漆生え茂りて、坂の下に流れを抱へ、然も淋しき處なり。然るに此處へ徒〈いたづ〉らもの集まりて、夜々往来の人追ひ剥ぎせり風説斗にてなき事せ。爰に家中の内安藤權之丈と言ふ人用事あつて彼の曲り坂を夜の九ツに到りて通りければ、左右の漆の中より大の男三人顕れ出、思ひもよらぬ處へぬつと出、如何に侍衆頼みたき事あり。御承引なくば此處御通し申すまじと にじり寄れば、權之丈少しも騒がず、頼みたきとは何事に候ふ、仰せ聞かされ候へ。いや余の儀にても御座無く候ふ。某ども殿有るものに候へどもあまりに凌ぎがたく候ふまゝ

①「集め取らん」か。
②「訳」である。以下同じ。

あろうか。このように下々を悩ませて、何の御用に米銭を集め取るのだろうと、言った人の声をどこへ通じてやったらよいのだろうか。しかし、蚊の声でも天に響く音となるということである。誠に去年人員削減をされた九百七十余人の人々は、それぞれ思い思いに働いて、妻子を養っているという評判である。ところが、ある者は海辺在々へ駆け廻り、無体なことをして金品を無心をしたという噂が聞こえている。申し訳をすれば刀を抜きちらかし、そこの人は切られたの、ここでは金を取られたのという話は、初めの頃のことで噂になったがその後はもっとひどい事件が伝わってきた。それは、春も末になって城下の端に、曲り坂という所があったが、それは町と家中の屋敷との境にあり、坂の長さは一丁余りもあって、左右に漆が生え茂り、坂の下には川が流れていて、しかも淋しい所であったのだ。ところが、そこへ徒ら者が集まってきて、夜々往来の人々に追い剥ぎを働いているということであったのである風説斗にてなき事也。さてここに家中の者で安藤権之丈と言う人が、ある用事があってその曲り坂を、夜の九つ時にもなってから通りかかったところ、左右の漆の木の中から、大の男が三人現れ出て、思いも寄らないところへぬっと現れ出、何と侍衆頼みたいことがござる。ご承引なければ、ここをお通し申すことはできぬとにじり寄ってきたのであるが、権之丈は少しも騒がず、頼みたいとは何事でござるか、仰せ下されと言った。いや他の事でもござらぬ。某どもは殿のある身でござるが、あまりに生計《たつき》が凌ぎがたくござるので

面目なく候へども金を御無心申したしと言へば、権之丈近頃おんいたわしく候ふ係、進じ申したく候へ共、只今は持参之無く候ふ。拙者は安藤権之丈と申すものにて、家名明かし候ふ上は疑ひ給ふな。明晩持参致し進じ候ふべし。夫まではおん待ち候へ。更に相違はなしと言へば近頃御深《(ママ)》節忝なし。申すまでになく候へども明晩は御待ち申すと言ひて、頓て其の場を過ぎにけり。扨翌晩権之丈は又夜前の處へ行き、①持《(ママ)》ち合はすれば彼のもの共坂の下より来るを聲懸けて、安藤なり、これへ来給へ、お待ち申すと言へば、三人一處近よつて何の言葉もなかりしが、権之丈懐中より金を取り出し、不足には候へども是をと言つてさし伸《(ママ)》べれば、おし戴いて地にひれふし、行方しれずに成りにけり。同家中の浪々ゆへ《(ママ)》心有る身はいとおしみ、是に同じ人々数多ありと言ふ事なり。其の外町人在のもの折りに懸かれば②おんきせり。命に怪我はなけれども止む事得ず騒々し。然るに笠懸形部③笠井園右衛門と言ふ人當田流の上手にて、太刀能く師範する人なりしが、不圖《ふと》用事あつて

① 「待ち合はすれば」の意か。
② 「恩着せり」か。
③ 笠井園右衛門定益か。園右衛門は相良町の火事場で、山田彦兵衛を襲撃した張本人と目されている人物でもある。(『津軽藩旧記伝類』)

面目もござらぬが、お金をご無心申したいと言うと、権之丈は近頃お気の毒でござる、進上致したく存ずるが、ただ今は持参致しておらぬ。拙者は安藤権之丈と申す者でござる、家名を明かした上はお疑いなさるな。明晩金を持参致し進上致そう。それまではお待ちなされ。本当に相違はござらぬと言うと、近頃ご親切なことで忝ない。申すまでもないことでござるが、明晩きっとお待ち申すと言って、やがてその場を通り過ぎて行った。さて翌晩権之丈はまた昨夜の所へ行き、待ち合わせていると、彼の者どもが曲り坂の下から来たのを見て声をかけ、安藤だ、ここへ来なされ、お待ち申していたと言うと、三人一緒に近寄って何の言葉もなかったが、権之丈は懐中から金を取り出し、不足ではござるがこれをと言って差し伸べると、押しいただき地にひれ伏して金を受け取り、行方知れずに行ってしまったのであった。同じ家中で浪々の身であることを知っているので、心ある人はいとおしんで応対したのであった。これと同じような境遇の人々が沢山あると言うことである。その他町人在の者は折りに触れて出くわした時には、その浪人達に恩恵を施したということであった。命に怪我はないけれども止むを得ず騒々しい事件があったのであった。ところが、笠懸形部笠井園右衛門と言う人がいて、彼は当田流の上手で、太刀をよく師範する人であったが、ちょっとした用事があって

彼の曲り坂を夜更けに及んで通りければ、坂中の左右より大の男三人出合ひ、如何に御侍、御無心こそ候へと近くより形部見るよりきやつばらは兼ねて聞きし浪人なるべし。足早に退くべし。安藤が如きにては迷惑せんと聞こえぬふりして行き過ぎければ、跡より追ひ懸け帯をとらへ、斯くまで呼ぶに貴殿は聾か頼む儀ありと、三人前後に進んで聲々に頼む々々と言ひければ、形部からからと打ち笑ひ、是は扨某を①つんぼとか、急ぎのまゝ聞き付け申さん。頼みたしとは何儀なると言はせも果てず、金を呉れろといふ。夫は思ひも寄らず、進上仕りたく候へども持参なしといへば三人のもの共、いや一應無心申し懸けし上は通さず。然らば羽織・袴・大小申し受くべしと言ふ。其の節様々形部言へども聞き入れず。後には三人ぬいて懸かる。然らば②是悲（ママ）に及ばず、羽織を遣はすべしとそつとぬいて両手に懸け、前なる男に差し延べればすつと寄つて、右の手に取らんとするを、羽織の下より抜き打ちに本の車切り、腰より上は地に落ちる。残り弐人はさつと分かれて左右より一度に切りかゝる。其の時形部飛びすさり、己らよつく能々聞け。兼ねてより

① 原文は「ちんほ」である。
② 「是非」である。全文同じ。

あの曲り坂を夜更けになってから通りかかったところ、坂の左右から大の男が三人出会い、やあやあお侍、ご無心を致したいと近寄ってきたが、形部はそれと見るよりこいつらは兼ねて聞いていた浪人であろう。足早に退いて行ってしまおう。安藤が出会ったような相手では、迷惑すると聞こえないふりをして行き過ぎたところ、後から追いかけてきて帯をとらえ、こんなにまで呼んでいるのに貴殿は聾か、頼みたいことがあるのだと、三人は前後に進んで声々に頼む頼むと言ってきたので、形部はからからと笑いながら、これはさて某を聾とか言っているが、急ぎの用事があるので歩きながらお聞き申そう。頼みたいとは何事でござるかと言い終わらないうちに、すぐ金をくれろという。それは思いも寄らないことだ、進上致したくはござるが、生憎持参しておらぬと言えば三人の者どもが、いや一度金の無心を申しかけた上はただでは通さぬ。金の持参がないとあらば、羽織・袴・大小を申し受けたいと言う。その時様々に形部が言ったけれども相手は聞き入れない。後になると三人は刀を抜いてかかる。それならば是非もないと考え、羽織をやろうと形部は言い、刀をそっと抜いて両手にかけ前の男に差し伸べると、男はすっと寄ってきて、右の手に取ろうとするのを、形部は羽織の下から抜き打ちにした。これが本当の車切りで、相手の身体は腰から上が地面に落ちる。残りの二人はさっと分かれて左右から一度に切ってかかる。その時形部はぱっと飛びすさり、おのれらよっくよく聞け。兼ねてから

双方にて諸人を脳《(ママ)》ますと聞いた、相手があらば
幾らも出よ、目にものを見せんと両刀抜いて
渡り合ひ既に十余合切り合ひしが、右へ廻りし大男
ちらりと抜いて後へ廻り、只一打ちに切り付けるを少し
ひらいて刀をまわし、後へのびてやつと突け
ば、鳩尾《(きゅうび)》より背中まで突き通されてわつと
轉び、左《(ママ)》りの男は是を見て行衛《(ママ)》もしらず成り
にけり。形部はほつと息つき、得たりやおう
と肘を見れば臂先かけて二の腕半身へつ
かれ、くらさはくらし詮方なく羽折《(ママ)》の袖を
引き放し腕を包んで直ちに大番頭和布苅
門蔵津軽主水のことなりの處へ行き案内に及び、私只今曲り坂
にて盗賊に出合ひ、三人の内弐人を切り留め候ふ處、一人り《(ママ)》は
散乱仕り候ふ間、其の場立ち退き候へども少々疵を受け候ふに付き、
病氣御断り申し上げると言へば、門蔵はじめ其の外も大き
に驚き、先づ々々御手柄に候ふ。併し其の儘には相済み難く候ふ。
何れ①死し合ひの様子、見聞の上向き々々へ相達し申す
べしと俄に桃灯《(ちょうちん)》数を燈し、曲り坂に到りて
尋ね見れば、漆の元に一人りは《(ママ)》車切りに成つて仰向け
に倒れたり。今壱人りは《(ママ)》鳩尾より背中まで突き

① 「死んだ様子」の意か。あるいは、「殺し合ひの様子」か。

①双方で諸人を悩ましていると聞いている、相手があらば
いくらでも出て来い、目にものを見せてやろうと両刀を抜いて
渡り合い、既に十余合も切り合ったが、右へ廻った大男が
ちらりと刀を抜いて後へ回り、ただ一打ちにと切りつけてきたのを少し
身体を開いて刀を回し、後へ伸びるようにしてやっと突く
と、みぞおちから背中まで突き通されて、わっと
転んで倒れ、左の男はこれを見て行方も知らずになって
しまった。形部はほっと息をつき、勇み立って
自分の肘を見ると、臂先にかけて二の腕まで半身にかけて突
かれ、暗さは暗し仕方なく、羽織の袖を
引き放し腕を包んで、直ちに大番頭和布苅
門蔵津軽主水のことなりの所へ行き案内を乞い、私ただ今曲り坂
で盗賊に出会い、三人の中二人を切り止めたが、一人は
取り逃がしたのでその場を立ち退いてござるが、拙者も少々疵を受けたので、出仕
のことは病気お断り申し上げたいと言ったので、門蔵始めその他の者も大変
に驚き、先ず先ずお手柄でござる。しかしそのままにはしておかれぬ。
何れ相手が死んだ様子を見聞した上、関係の向き〳〵へ相達し申し
たいと言って、急遽桃灯の数を増やして燈し、曲り坂にやってきて
探して見ると、漆の木の下に一人は車切りになって仰向け
に倒れている。今一人はみぞおちから背中まで突き

① 「双方」が何をさすのか、不明。あるいは「方々」の意であるか？

通され、轉んでこそは死したりけり。門蔵はじめ皆々肝を冷やし、夫より形部は我が①肘のべちかれたる肉を拾ひ、みなみな處へ帰りにけり。扨其の翌日和布苅門蔵登城して、右の始終を上ぶんに達しければ上より御医者下し置かれ疵養生にとり懸かり、程なく愈々其の後ついに立身せり。扨又其の後内藤小兵衛斎藤茂兵衛のことなりと言ふ武士用事あつて中野村といひしへ行き、深更に及んで長野原を通りけり。此處は矢尻ケ原と言ひて往昔乱のせつ②敵（ママ）をことごとく負けて、矢を捨て逃げたりとて、その③矢擱（ママ）いまだ石に成つてあるよし。かゝる所に遠近《おちこち》しらぬ林の中より大の男三人出、てんでに棒をもつて道を閉ざし、障らばこそと立てりけり。是を見るより内藤は刀を抜いて羽織の下に隠し、するすると行つて左右より違ひたる、棒の上をやつと言ふもはね越えたり。其の時三人一度に立つて突いてかゝる。心得たりと言ふより早く左（ママ）りの棒をしつかと請け、右の棒を引きはづし、延ばしたる腕を中にとり、真逆様にどうと落とし、うんと拂ひて横にひらき④灸（ママ）處を蹴上げて忽ち

①「肘延べ突かれ」の意か。
②「敵にことごとく負けて」の意か。
③「矢尻」である。
④「急所」である。

通され、転んで死んでいたのであった。門蔵始め皆々は肝を冷やして見ていたが、その後形部は自分が肘を伸ばした時、相手に突かれ切り落ちた肉を拾っておさめ、それぞれ皆々帰ってきたのであった。さてその翌日和布苅門蔵は登城して、右の始終を上聞に達したところ、お上よりお医者を下されて疵養生にとりかかり程なく治って、いよいよその後取り立てられついに立身したのであった。さてまたその後、内藤小兵衛斉藤茂兵衛のことなりと言う武士がいたが、その武士が用事があって中野村という所へ行き、深夜になってから長野原を通ったのであった。ここは矢尻ケ原と言って①その昔戦乱のあった時敵にことごとく負けて、矢を捨てて逃げた所だといって、その矢尻が未だ石になって残っている由である。こういう所に地理もよく知らない林の中から、大の男が三人現れ出て、てんでに棒を持って道を閉ざし、障らば飛びかかろうと立っていたのであった。これを見るより早く、内藤は刀を抜いて羽織の下に隠しするすると進み、左右から交叉して待ちかまえていた棒の上を、やっと声を上げて跳ね越えたのであった。その瞬間三人は一度に飛び上がって突きかかってきた。内藤は心得たと言うよりも早く、左の棒をしっかと受けとめ、右の棒を引き外し、伸ばした相手の腕を中に取り抱え、真っ逆さまにどうと引き落とし、うんと払って横に身体を開き、急所を蹴上げてたちまち

①どういう乱があったのか、不明。

殺し、残り一人を首筋掴んでねぢ殺し、今一人は手捕りにして腰より三尺を解き、思ふまゝにくゝり付け、引き摺り引き摺り村へ来たり。急に庄屋をもつて上へ達せば、早速見届け相済み、小兵衛は處へと帰りけり。誠に彼らの働き一家中の評定となり、夫より御取り立てに預かり、家中の若者を集め、①和術師範して稽古常に絶へざりけり。是らは皆人の空より出でし空言なるべし。

山の井の嵐

人を損じて己を利する事勿かれとかや。夫より見聞厳しく制するに暇なければ所々の徒《いたづら》者ようようしづまりて其の沙汰耳を遠のく。然るに此の春より取り集めたる数万の米、山の井四郎兵衛が再信して鈴森や鮎ケ澤へ附け賦《くば》りて、江戸上方へ積み登せる、其の数既に弐拾万石に満つ。其の時四郎兵衛は心に思ふ様、是まで毎年積み登せる御米殊の外破舟して、大米流失せり。是定めて破船に殊の外損じ、少しの難風を種とすべし。諸国の浦々へ船を付けて責り拂ひ金に替へて、たぶさを切り命がけの言い譯して諸役人の

①「柔術」のこと。

殺し、残り一人は首筋を掴んで捻じり殺し、今一人は手捕りにして腰から三尺を解き、思う存分にくくりつけ、引き摺り引き摺り村へやって来た。急いでその所の庄屋をもってお上に告げると、早速見届け検分も相済み、小兵衛は自分の居所へと帰ってきた。誠に彼らの働きは一家中の評判となり、それ以来藩のお取り立てに預かって出世をし、家中の若者を集め柔術の師範をして、稽古熱心に勤めたのであった。これらの話もしかし、皆人の①根拠のない噂から出た、空言であろうか。

山の井の嵐

人を損じて己を利することをしてはいけないとか。これ以来監視を厳しく懸命に取り締まったので、各地の徒ら者がようやく鎮まってきて、その噂は耳を遠のいてきたのであった。ところが、この春から取り集めた数万石の米を、山の井四郎兵衛が再任されて、鈴森や鮎ケ沢へ駄下げにして運び、江戸や上方へ積み登らせたのであったが、その数量は既に二十万石となっていた。その時四郎兵衛が心に思うことには、これまで毎年積み登らせた米が殊の外破船して、大量の米が流失してきたことであった。これは定めて破船のために格別損害をきたし、②少しの風でも破船の原因となっていることであろう。諸国の浦々へ船を着けて米を売り払い金に替え、たぶさを切って神仏に祈願し、命がけの言い訳をして、諸役人の

①「空」は、「空虚」あるいは「空言」などの意である。「根拠のない」と訳してみた。
②「少しの難風を種とすべし」は、「少しの風でも原因となっている」の意か？仮に訳す。

眼を盗め共万里の海上是をしらず。此の末万一左様の儀も候ひては人の為に勤め働きて、岡へ上がるようなものなり。爰の處を①得と相談して、船中に目付を乗せいやおう言わせぬ仕方もあらんと思ひ付き、夫より小山田が屋鋪《（ママ）》へ行く。日もくれ方のつれづれに彼の四郎兵衛は機嫌を見て、委細に及《（カ）》ぶとばかり、月の朧に残る只二人、既に其の夜も九ツまで逐一相談仕済まし、酒に連れたる②舌本の曲がる心の浅ましさ。何に譬へん様もなし。夫より小山田は盛下主馬に右の③和解《（わけ）》を具《（つぶさ）》に語れば、盛下聞いて誠に四郎兵衛が言ひし事至極せり。いか様の押し揉みしても海中の事証據のほどなし。夫を只ゆるがせにはすまじ。片時も早く沙汰すべしと俄に足軽の内より人物を選んで、廻船一艘に一人宛《（づつ）》上乗《（うはのり）》と号し、目付を添へ、夫々出帆せしは鈴森の湊より千石已《（ママ）》上の大船五十餘艘、是は江戸廻りの分なり。扨又西は鮎ケ澤是も同じく五十餘艘の大船、是は大阪廻りの分。何れも正米を積んで五三日前後を隔《（カ）》て出帆せり。夫を取り扱ふ者には山の井四郎兵衛在々

① 原文は「与得」とある。
② 「舌元（舌の根元）」である。
③ 「訳（わけ）」である。

眼を盗んで脇へ運んでも、万里の海上のこととて、誰もこれを知らない。この先万一そのような事があっては、人の為に勤め働いて、岡へ上がるようなものである。ここの所をよくよく相談して、船の中に目付けを乗せ、否応言わせずごまかせないような仕方もあるだろうと思いついて、それから小山田の屋敷へ行く。日も暮れ方のつれづれに、彼の四郎兵衛は機嫌のよい様子を見、委細に及んで熟談致し、月が朧に残る夜、ただ二人で既にその夜も九つ時まで逐一相談し済まし、その後は酒になって舌元がもつれて、話し企む心の浅ましさ。それは何に譬えようもないほどである。その後小山田は、盛下主馬に右の事情を具さに語ったところ、盛下が聞いて、誠に四郎兵衛が言った事は当然のことである。どのように押し問答しても、海での出来事は証拠などない。しかし、それをただゆるがせにはすまい。片時も早く沙汰すべしと、俄に足軽の中から人物を選んで、廻船一艘に一人ずつ上乗りと言って、目付けを添え、それぞれ出帆させたが、鈴森からは千石以上の大船五十余艘、これは江戸廻りの分である。さてまた西は鮎ケ沢、これも同じく五十余艘の大船、これは大阪廻りの分である。何れも正米を積んで五三日前後を隔てて出帆したのであった。これを取り扱う者として、山の井四郎兵衛が在々

の百性(マヽ)田畑を耕したる中、人馬の閙敷《さわがし》きを
きびしくせり立て、田高に割り合ひ、いやおう
言はせず、人馬を出して在々處々の蔵元より
幽の道を隔て米を附け下げ、万一送りの手形
より貫目切れたる時は、馬士のもの米一俵に付き
弐升三升身銭を出して足し米をなし、散々
に呵られて是を言わぬはなかりけり。夫のみ
ならず、城下には米①直段を下直《げじき》に申し付け、彼の
山の井が盛下や小山田を言ひなだめ、上の用金
を借り出し、夥敷《おびただし》く米を買ひ込み除きの果てに、
家中渡し方のうち買ひ上げと言ふて三ケ一
銭渡しになして米を集め、在々町々へ人を廻わ
して、纔かの米までさらひ集め、俵に直して
是を②駄下げにし、人の死ぬるも構ひなく、思ふまゝな
る仕方こそ餘りに我が侭至極なり。既に以て
買ひ集める米八万俵なり。是を皆上の廻り(マヽ)船に
入れ交じへ、江戸・上方へ賣り拂ひて十倍の利勘を得て
分け前の大金壱人について何百両、耳を揃へ
て口を潤はする有り様。かの山の井の③へひ遣ひ
美肉美酒を調へ、盛下始めとして小山田を饗

①「値段」である。
②「ださげ」と読む、陸運のこと。
③「蛇使い」のことか。

の百姓が田畑を耕している最中、人馬の騒がしく働いている時に
きびしくせき立て田高に割合いし、否応
言わせず人馬を出して、在々処々の蔵元から
①幽の道を隔て米を付け下げ、万一駄送りの手形
から貫目が切れて少なくなった時は、馬子の者が米一俵につき
二升三升と自分で身銭を出して不足の米を補充し、散々
に叱られて、これに不平を言わない者はなかったのであった。それ
だけではなく、城下では米値段を安く申しつけ、彼の
山の井が盛下や小山田を言いくるめ、お上のご用金
を借り出し、夥しい米を買い込み、その果てに、
家中へのご給分渡し方のうち、お買い上げと言って三分の一の
銭渡しにして米を集め、在々町々へ人を廻わ
して、僅かの米まで浚い集め、俵に直して
これを荷物に運び、人の死ぬのもお構いなく、思う存分勝手
な仕方をしているのは、余りにも我がまま至極のことである。既にこれでもって
買い集めた米は八万俵にもなっている。これを皆、お上の廻(ママ)船に
入れ交じえて江戸・上方へ売り払い、十倍の利益勘定を得ており、
分け前の大金は一人について何百両となって、耳を揃え
てそっくり自分の物にし、口を潤わせるありさまである。彼の山の井の蛇使いは、
美肉美酒を買い調えてこれを喰らい、盛下を始めとして小山田を饗

①この箇所、意味不明。

應[1]たんくわをたたき度重なつて奥方娘に到る
まで町家に遊んで人品を忘れ帯紐解いて
舌の根を喰ひ合ひ、人目の関に泊まりたる夏の
夜明けを長しする氣を浦少しくぞ見
へ《（ママ）》ける。扨亦江戸には大津三郎誠に是ら
は国元より積み登りたる米と、自身再信し
て金を取れども二人り《（ママ）》としらぬ。内々には己が金
を上へ用立て七八異名を付けて事すれば、同役
とてもしらぬこと夫についてハ山の井の仕出し
米皆夫になぞらへて金になし、江戸は遠
しといへども何としようか。心の侭一老職の盛下
が呑み込みなれば、商人の四郎兵衛まで我意を
振るひて家中の人を事ともせず、其の年の五月
大阪へ登り、金持ちに背中を競べ大きい
口を利きちらかし、国元より積み登り船着き次第に
是を改め通し、上の返済米は其の分餘、菰冠りの
四万俵内々指を折り、この位の胸算用、其の外江戸
廻船四万俵是も何ほど位と箱はめて船
待つ處が、既に海上数日を満ちて、時しも五月
はじめの頃、遠近しらぬ浪の上を打ち越えるうち

① 「啖呵」の意か。

応し、啖呵を切り、度重なって奥方や娘に至る
まで町家に遊んで、武家としての人品を忘れ帯紐解いて
舌の根を吸い合い、人目が煩わしい夏の
夜明けを長く感ずる気持ちが、少しく見えたので
あった。さてまた江戸には大津三郎が、誠にこれら
は国元から積み登らせた米を、自分で再任し
て金を集め取ったけれども、[1]二人とも知らない。内々には自分の金
をお上へ用立て、七つ八つほど異名を付け融通したので、同役
とても知らぬことであった。その事については、山の井が捻出した
米も、皆これにならって金に換え、江戸は遠
いとは言ってもどれほどでもない。心のままに一老職の盛下
が全て了解済みであるので、商人の四郎兵衛まで我がままを
通して家中の人を問題にもせず、その年の五月に
大阪へ上り、金持ちと張り合って大きい
口を利きちらかし、国元から積み登った船が着き次第、
これを改め通し、お上の返済米はその[2]余分を菰被りの
四万俵にして、内々指を折り数え、この位の胸算用だと腹づもりをする。その他江
戸廻船の四万俵も何ほどと、箱をはめて船を
待つところに、既に海上で数日が経って、折しも五月
初めの頃、遠近も知らない波の上を打ち越えて進むうちに、

① 「二人」が誰をさすか、不明。
② 「分餘」は、「余分」の意か。

大風起こりて東西を失ひ大石へ船を乗り上げ、①みぢんに打ちこわし、米は扨置き大切人の命まで夥敷く海に沈む。其の外荷を捨て髪を切るに、ようよう命助けて追々揚がるもあまたあり。危ふき中にも満足にて江戸へ着いたは四十八艘、大阪廻りしは四拾六艘、破舟の分は拾弐艘、水死のものは数しれず。船中目付の上乗りは十人海に沈みけり。其の中に小山喜兵衛と言ふもの既に海上五里餘の沖にて船を②もみこぼち、船頭はじめ船の者皆海底に沈む。其の外喜兵衛は譬へ船中のものなくとも我壱人有る上は御疑ひ有るまじ。いかんとして助かるべしと諸神諸佛へ祈念を懸け、既に昼夜三日の内浪をくゞって難を凌ぎ、ようよう命助けて下総《しもふさ》の国の濱へ這ひ上がり、此の由を申せば早速手前屋鋪（ママ）へ申し参り着類大小を下され、江戸へ到りて右の譯注進に及び、外に工藤与右衛門と言ふもの加賀の国へ這ひ上がり、ようよう江戸へ當着（ママ）し、其の外は行衛（ママ）しらず。誠に拾弐艘に積みたる大米人の口を分けて利勘に目がくれること、成時（ママ）は

① 「微塵」である。
② 「揉み毀ち」である。

大風が起こって東西も分からず方向を失ない、大岩へ船を乗り上げ、微塵に船を打ち毀し、米はさておき大切な人の命まで夥しく海に沈めてしまった。その他荷を捨て髪を切って神仏に祈願をし、ようやく命が助かり追々陸地に揚がる者も沢山いた。危うい中にも満足な気持ちで、江戸へ着いた船は四十八艘、大阪へ廻ったのは四十六艘、破船の分は十二艘あり、水死の者は数知れなかった。船中の目付役をした上乗りの者は十人海に沈んだのであった。その中に小山喜兵衛と言う者がいたが、既に海上五里余の沖で船を揉み毀してしまい、船頭始め船の者は皆海底に沈んだ。それで喜兵衛は譬え船中の品物がなくとも自分一人生きていたなら、お上からはお疑いあるまい。何とかして助かろうと諸神諸仏へ祈念をかけ、既に昼夜三日の間波をくぐって難を凌ぎ、ようやく命が助かって下総の国の浜へ這い上がり、この由を申し上げると早速自分屋敷の江戸藩邸へ告げてくれ着物と大小を下され、江戸へ着いて右の訳を注進に及んだのであった。ところで他に、工藤与右衛門と言う者がいたが、加賀の国へ這い上がり、ようやく江戸へ到着した者もいた。その他は行方も知らない。誠に十二艘の船に積んだ大米を、人の口をつもり、利益勘定に走って目がくれるような時には、

天是を亡ぼし、欲を好み鷹は爪を失ふと言へり。実におそろしき事共なり。然るに此の春より四郎兵衛は、国中の穀物買ひ集めてより此の方、五・六月に到り、殊の外穀物不拂ひにて在々浦々ひそひそと騒ぎて當年陽氣不順にして、是までさしたる暑さもなく、田畑の①作もの例年よりしばらくおくれて今に出穂もなく、此の寒き事如何ばかりやあらん。罷り違ひ候はゞ何とせんと諸人色を失ふ。只中に四郎兵衛に饗應なされ、既に七月の末に又江戸廻りの大船弐万石出帆の沙汰に成つて鈴森の湊へ付け賦り、其の外鈴森の者共寄り集まりて沙汰しけるは、扨々今更當時不拂ひの穀物出帆しては双方いかばかり難儀ならん。勿論當春より方々へ米留役を②居ゑ《（ママ）》置き、海邊へ一切の穀物買ひ下げならず。最早頃日《（けいじつ）》町々に小賣り米多少手切らし續く事なければ、此の度出帆する弐万石の廻米當處に留め置くべしと鈴森の者共一かたまりに成つて當處町奉行へ願ひ差し出すといへども取り次ぎして返し、其の時亦々巨細《（こさい）》に書きて當時米相場より③一倍の直《（ママ）》段にて町々へ

①「作物」である。
②「据ゑ」である。
③「二倍」の意である。

天がこれを亡ぼすと言い、欲を好む鷹は爪を失うと言うことである。実におそろしいことである。ところがこの春から四郎兵衛は、国中の穀物を買い集めて以来、五六月になり殊の外穀物が不足がちで、在々浦々の人々はひそひそと騒ぎ始め、当年は陽気が不順で、これまで大した暑さもなく、田畑の作物が例年よりしばらく遅れて今に至っても出穂がなく、この寒いことはどんなものであろうか。まかり間違えば凶作となってしまうが、どうしようかと人々が色を失っていた。ただしかし、そういう中でも四郎兵衛に饗応されて既に七月の末にまた、江戸廻りの大船へ二万石を積んで出帆の沙汰になり、鈴森の湊へ米を駄下げにしようとしたので、鈴森の者たちが寄り集まって相談したことには、さてさて今更①当村で不足の穀物を出帆されては、②双方ともどんなに難儀なことであろうか。勿論当春から方々へ米留役を据え置いて、海辺へ一切の穀物が買い下げできないようになっている。最早この頃では町々で小売り米が多少に拘わらず手切らしており、商いができなくなっているので、この度出帆する二万石の廻米は当所に留め置かなければならないと、鈴森の者たちが一団となって当所の町奉行へ願いを差し出したけれども、ちょっと取り次ぎして追い返されてしまったので、その後詳細に渡って紙に書いて渡し、当時の米相場より二倍の値段で町々へ

①当時青森は、「町」である。
②「双方」とは、「町」「在」をさすか、不明である。

御拂ひ下されたくと願ふ。其の時奉行尤もに思し召し差
出さんとすれ共中々もつて盛下や小山田は取り
上げはすまじ、只口よごしと心得、また夫を
も返せば町々のもの詮方なく、よし此の上は
是非に及ばず。譬へ何ほどの①直《(ママ)》段にても苦しからず、江戸
へ着岸して賣り拂ふ値段にて、町々へ下されたき段
願ひ出せば必定當年は昨年と違ひ作合ひよろし
からず。さすれば銭は喰はれまじ、又沙汰仕直
して右の趣願ひければ、町奉行是を見て再三の
申し出で尤もなり。併しながら取り次いで相済む義《(ママ)》ならば最前
取り次ぐべし。中々もつて仰せ付けられぬによつて差し出せ
ば、紙費えと言ひて是も返せば力及ばず、夫に
成つて居たりしが頓て其の後十日の餘を過ぎ、右
の米を船に積んで近日出帆の沙汰なり。然る
に鈴森の人々と心替《(ママ)》はりて其の沙汰聞くと②過《(ママ)》急に
米直《(ママ)》段上がつて最早賣買もなければ毎日是
を求むるものども渇命に及んで町中の小者
いかにしても右の廻船出帆さすな、今にも出でらば
海へくゞつて引き留めよと相談究めて居るとも
しらず出帆の沙汰しければ、町々の小者騒ぎ渡り

①「値段」である。
②「火急」である。

お払い下げいただきたいと願った。その時奉行は尤もに思し召し、そのようにして
差出そうとしたけれども、中々どうして盛下や小山田は取り
上げはすまい、ただ口汚しだと心得、またその願いを
も取り上げずに返したので、町々の者は仕方なく、よしこの上は
是非に及ばず。譬えどれほどの値段でもかまわない、江戸
へ船を出して廻米を売り払う値段で、町々へ米を下されたいと願い出たが、また考
え直し、きっと今年は昨年と違い作柄がよろしくないので凶作になろう。
そうなれば、銭はあってもこれを喰うことはできない、とまた相談し直
して、①右の趣を願い出たところ、町奉行はこれを見て再三の
申し出尤もなことである。しかしながら取り次いで相済むことならば、とっくに取
り次いでいたであろう。中々お上から許可が出ないのに差し出せ
ば、紙の無駄だと言ってこれも突き返したので町民は力及ばず、そのままに
なっていたのであったが、やがてその後十日余り過ぎた頃、右
の米を船に積んで近日出帆の話が聞こえてきたのである。ところ
が鈴森の人々は、心が変わってその話を聞くと、火急に
米の値段が上がり最早売買もなくなってしまったので、毎日米を
を求めて暮らしている者達が渇命に及ぶ事態となってしまい、町中の小者達は
何としてもこの廻船を出帆さすな、今にも湊を出ようものなら
海へ飛び込んで止めよと相談を決めていた。それとも
知らず出帆の沙汰となったので、町々の小者達は騒ぎ渡っ

①この箇所は、文が重複している。「右の趣」は、「江戸廻米の値段で小売りする」意であろうか。

ていかに其の船出さじやらじと大勢取り付き、此の
米出帆しては国民渇命に及ぶ、とゞまり給へと
数千の者共我も々々と船へ飛び移り、大いに吼へ（ママ）
れば船の者漸々静めける。兼ねて船へ揚がり、右の趣役
處へ訴へれば、すわやと言ふも湊目付・同心・足
軽早速欠（ママ）け付け、製（ママ）すといへども止む事を得ず、據んどころ無く上
へ達せば翌日到来して家老用人色香をな
らべ居たる處へ小山田五兵衛進み出、昨日鈴森に
於いてケ様《かやう》の儀之有る段、同處町奉行より申し越すと
言ふて一通りを差し出せば盛下是を見て不
届きに思ひ、片時も早く役人を遣はし縄うてと
外人の前も無く大きに怒れば、其の時反田あま
りとや思ひけん、左様には候へども夫は雑人《ぞうにん》①丈け、
上をもしらぬもの共なり。兎角なだめ候ふ様然る
べきやらんと言はせも立てず、盛下は貴殿存じ
よりあつてか承らんと詰め懸かれば、反田いや外に
存じ入りも之無く候へども、一躰鈴森には穀物賣買
なきゆへ（ママ）②角（ママ）無法の儀も之有り候ふまゝ、上より新豆
出候ふまで小者の飯料③支へなく、商賣申し付けなば④背い
に及び候ふまじ。其の上にて兎や角致し候はゞ其の

①「丈けに」とあるべきか。
②「斯く」である。
③「差し支えなく」の意か。
④「(違) 背いに」の意か。あるいは「背くに」の意か。

て、何としてもその船を出させまいと大勢で船に取りつき、この船の
米が出帆してしまっては領民が飢え死にしてしまう、止まり下さいと
数千の者達が我も我もと船へ飛び移り、大いに叫び吼えたので、船の者はようやく
船を止めて町民を鎮めたのであった。船の者がやっと陸に揚がり、右の事を役
所へ訴えたので、すわやと言って湊目付・同心・足軽達が早速駆けつけ、制止しよ
うとしたが制止できず、止むを得ずどうしようもなくなって、お上
へ告げたところすぐ翌日やって来て、家老や用人が色をなして
並んでいた所へ、小山田五兵衛が進み出、昨日鈴森に
おいてこのような事件があり、同所町奉行から申し越してきたと
言って一通の報告書を差し出すと、盛下はこれを見て不
届きに思い、片時も早く役人を遣わし縄を打てと
大勢の人の手前も考えず大層怒ったので、その時反田は余りだと思ったのであろう
か、さようではございますが、それは身分の低い雑人だけに、
お上をも知らぬ者達がやったことでございます。あれこれとなだめてやるようにす
るのがよいでござりましょうと、言いも終わらないうちに、盛下は貴殿存じ
寄りがあるのか、それならば承ろうと詰めかかってきたので、反田はいや他に
存じ寄りもござらぬけれども、一体鈴森には穀類が払底し、穀物の売買も
なくなってしまったため、このように無法な事件も起こるのでござる、お上より新
豆出るまで小者の飯料が差し支えないように、商売を申しつけたならば違背
に及ぶこともござりますまい。その上であれこれ処置致しますならば、その

節は格別。先づ此の度は左様にもいたさんと申しけれ
ば残りの人々①如何にも言ひて夫に極まり、頓て其の日
も退出せり。然るに和布苅右膳下宿に到り、つ
くづく盛下や小山田の様子を案ずるに、肝を以て
面（ママ）てを餝り内には邪を含んで、万民のかなしみ
をしらぬ人でなし。何もつて捨て置き難し。某《それがし》
罷り出て出帆の米をとゞめ、国民の心を休めんと怒り
けり。②一仁たん禮なれば、一国乱を起こすとは誠に
主馬ごときの人なり。勿論五兵衛は何をしつて
おるや、罷り違へば打ち捨てんと思ひ定めて、五兵衛が宅に
到り案内に及んで座鋪（ママ）に通り、いかに小山田今日
殿中において承り候ふ儀、其の座に於いて申したく候へ共
喜左衛門殿挨拶に及び候ふ間、某延引に及び候ふが、愚案
には候へども下々日用の飯料差し支へ極難の場
合、いかようの和解《わけ》にて今更大出米させしや。
定めて鈴森や鈴森に限るまじ。双方一度に
穀物拂底のこのせつ、諸人の③なんきいかばかり。
新作とても今少しの事万一凶作彼是致し
候はゞ如何致すや。穀物④浚ひきつて何の御用に登ら
せらるゝ。勿論上の廻米とく出帆相済み候ふに今又

①「如何にもと」か。
②「仁」と言ったから、「仁丹」と洒落れたか。
③「難儀」か。
④「洗ひ」の字にもとれる。洗いざらい、の意味か。

節は格別どうこういうことはござりませぬ。先ずこの度はそのようにいたそうと申
したところ、その他の人々はいかにもそのとおりだと言ってそのように決まり、
やがてその日も退出した。ところが和布苅右膳は下宿に着いてから、つ
くづく盛下や小山田の様子を考えてみて、彼らは①ずぶとくも
表面を飾り内には邪悪な心を含んで、万民の悲しみ
を知らぬ人でなしである。この件は何をもっても捨て
置きがたい。某が罷り出ていって出帆の米を止め、領民の心を休んぜようと怒っ
たのであった。一に仁二に礼であるから仁義礼智信も知らず、一国乱を起こすよう
な人物とは誠に主馬のような男である。勿論五兵衛は領民の窮状について何を知っ
ているものか、場合によっては切り捨てようと心に決め、五兵衛の宅に
やってきて案内を乞い座敷に通り、何と小山田今日
殿中において承ったことは、その場において申したくござったが、
喜左衛門殿が挨拶に来たので、その事は某延引致してしまったが、愚案
ではござるが、下々の者が毎日の飯料に差し支えてしまい極難の
現在、どのような訳で今更大量の出米をさせたのか全く納得が行かぬ。
定めて鈴森や鈴森のことに限るまい。②双方一度に
穀物が払底のこの節、諸人の難儀はいかばかりであろうか。
米の新作も今少し時間がかかり、万一凶作となってあれこれ致し
たならどのように致すつもりか。③穀物を洗いざらい廻米にまわして何の御用に米を
登らせられるのか。勿論お上の廻米はとっくに出帆が相済んでいるのに今また

①「肝を以て面を餝り」の意不明。仮に訳す。
②「鈴森町」「弘前町」の「双方」か。あるいは「町」「在」の「双方」か。
③この箇所意味が難解、仮に訳す。

何の米にて積み登せ候ふや。願はくは鈴森より申し出の通り、右の米爰元にて賣り拂ひなば下万民の悦び国の為なるべし。①角《ママ》申し上るは、某右の米申し受けん。若し②相成らば逐一申し聞けられよ。返答によつて聞き捨て置かじと膝立て直しすりよれば、五兵衛は五躰に汗をかき、いや某其の儀は存じ申さずとよ うようと盛《ママ》下に御尋ね有るべしと跡へすさり言ひければ、右膳いよいよ進みより、御存じ無いとは其の意を得ず。何分しらぬかとてたゝみ懸ければ、一向其の儀は知り申さず、只盛下と言ふに取りつくばかりなり。和布苅は③牙《ママ》をかみかみ、詮方無くぞ我が屋鋪《ママ》へこそは帰りけり。瓢《ひさご》は内よりくびれると彼の小山田は大息《カ》突き、いざ盛下に知らせんと夜中忍んで戸を叩く、音をも人にしられじと言ふた通りの右膳が事、委しく語れば盛下はからから と笑ひ、推参千万の小侍かな。今にもおれに向かつて一言たりとも出して見よ。忽ち呑まんと言ふにつけ、五兵衛も少し案堵をし、言葉を添へて帰りけり。扨翌日何れも亦々登城し、席を定めて烈座《ママ》せり。處へ和布苅右膳中席より盛下に向かひ

①「斯く」である。
②「相不成らば」の意か。
③「牙」は「歯」である。以下「歯」に置き換えて訳す。

何の米を積み登せるのか。願わくば鈴森から申し出のとおり、右の米をここもと領国で売り払ったならば、下万民の悦びとなり国の為になるでござろう。このように申し上げた以上、某が右の米をお引き受けしよう。もしそれができぬのならば、逐一ご説明いただきたい。返答によっては聞き捨てならぬと膝を立て直しすりよったので、五兵衛は五体に汗をかき、いや某はその事は存じ申さぬとようやく言い訳をし、盛下にお尋ねなされと後ずさりして言ったところ、右膳はいよいよ進み寄り、ご存じないというのはその訳が分からぬ。どうしても知らぬのかと言ってたたみかけると、一向にその事は知り申さず、ただ盛下だけが知っていると言う言葉に、五兵衛は取りつくばかりであった。和布苅は歯がみをし、仕方もなく我が屋敷へ帰って来たのであった。①瓢は内側からくびれると彼の小山田は大きく息をつき、さあ盛下に知らせようと夜中に人目を忍んで戸を叩く、その音を人に知られまいと言ったとおりに右膳の事を、委しく語ると盛下はからからと笑い、推参千万の小侍め。今にも俺に向かって一言たりとも言い出して見よ。忽ち呑んでやろうと言う言葉を聞いて、五兵衛も少し安堵をし、言葉を添えて帰って行ったのであった。さて翌日何れの面々もまたまた登城し、席を定めて列座した。そのところへ和布苅右膳が中席から盛下に向かい

①自ら挫折してゆくことを譬えたか。

某昨夕五兵衛殿挨拶によつて参上致さんと存じ候へ共夜中に及び候ふまゝ、其の儀大きに遅く成り候ふ。然れば昨日御沙汰に及び候ふ鈴森の儀、何分江戸へ登せ申すべきや、五兵衛殿に相尋ね候ふ處、御手前御承知のよし、何分此の度の米積み登せ候ふ儀、鈴森より申し出候ふ通り御扣《ひか》へ、成し下さるべく候ふ。殊に喜左衛門殿申し出の通り小者共の為、商賣致させ然るべしと存じ候ふ。夫もつて御承知なくば、不躾ながら、某申し請けたしと言わせも果たさず、盛下はさも①悪き躰に咳拂ひ、いかにも夫は左様にも候へども、御内々さまざまの②御趣《ママ》段あるを貴殿御存じあるまじ。譬へば国民の為を存じ、此の度の廻船留め置き候へども、公用に《カ》は替へがたしと伸《ママ》べければ、和布苅然からば四民を渇死させ公一人相残りて諸事相済むや。公用とばかり申せども現世のもの、苦しみも救はずば如何ん。傳へ聞く仁徳天皇は一天の君たりといへども、四民の為に極寒に御衣を薄しといへり。我が君にも国民只今③こくなんの旨申し上げ奉らば、左様貴殿の片意地のようなるは致すまじとや思ひ候ふ間、某に御任せ下さるべし。貴殿公用何分相違致せば、拙者いかようとも御用済まし申すべしと、盛下をきつと白眼《にら》んだる有り様に烈《ママ》座の

①「悪（にく）き」と読むべきか。
②「御手段」である。
③「極難」の意か。

某は、昨夕五兵衛殿に挨拶に寄って参上致そうと存じたが夜中になってしまったので参上が大変遅くなり申した。そこで昨日評議のご沙汰に及びましたる鈴森の件でござるが、どうしても江戸へ米を登せ申すべきなのか、五兵衛殿に相尋ねたところ、お手前がご承知の由、何分この度米を積み登せる件は、鈴森から申し出のあったとおり、お控えなされるのがよいと存ずる。殊に喜左衛門殿が申し出のとおり、小者達の為に米の売買をさせるのがよろしいかと存ずる。それがご承知なければ、不躾ながら、某がお引き受けしたいと言わせもせず、盛下はさも憎らしげに咳払いをし、いかにもそれはそうではござるが、ご内々で様々のご手段を講じているのを貴殿はご存じあるまい。譬えば領民の為を考え、この度の廻船を留め置いたけれども、①公用には替えがたいのだと述べたところ、和布苅はそうだからといって四民を渇死させ太守公一人相残っても諸事相済むことでござろうか。公用とばかり申すが現在領民の苦しみも救わなければいかがなものでござろうか。伝え聞くに仁徳天皇は一天の君ではあっても、四民の為に極寒に衣服を薄くしたと言うことである。我が君にも領民がただ今極難の事情を申し上げ奉ったならば、そのように貴殿の片意地のようなことはなさらぬのではないかと思ったまでにござるので某にお任せ下され。貴殿の言う公用が何分にも相違致してきておるので、拙者がどのようにでも御用をお済まし申そうと言って、盛下をきっと睨んだありさまに列座の

①「太守公の御用」をさすか。

諸士一言の出すものなし。其の時主馬も大に怒りをまし、長々しい御物語り耳(ママ)がいたし。そこらの御世話御無用御無用、表用人ならば表の世話をおやき召されと則ち席を立つて、奥の間さして入りにけり。夫より右膳牙(ママ)をかみ①呼々(ママ)天今に風ありや。追付け地には珍事が出来んと座中を見廻し、胸を②すへそ下城しけり。夫より盛下ますます邪を振るひ、頓て七月下旬に弐万石の廻船を出帆させけり。時に鈴森の町奉行少しの斗略をもつて在々處(ママ)より米を買ひ下げ、町々搗き米家業のものへ申し付け、小賣り米を致させければ、マアママアやつと静まりけり。此時鈴森町奉行八戸庄蔵なり

鈴森騒動

扨も其の後八月に又々漸々田畑の③作もの出穂に成つて諸人悦ぶといへども朝夕冷たくして④早敢取事なく所によつて月中末に出穂のなきもまゝあり。ひそひそと騒々敷くなつて、其の米直(ママ)段上がる事日々たり。然るに其の国の城下より西に當つて三里奥に国の鎮守⑤岩間山と宮あり。誠にふしぎなる事あり。八月十日の夜、御堂鳴り渡りて震動せり。神主未明に起きて是を見れば、御堂の前にありし神木

①「嗚呼（ああ）」か。
②「据へ（ゑ）てぞ」の意か？
③「作物」である。
④「ハカドル」と読む。「捗る」の意である。
⑤「岩木山」のことである。

諸士は一言も言い出す者がいなかった。その時主馬は大変激怒し、長々しいお物語は耳が痛い。その辺のお世話はご無用ご無用、表用人ならば表の世話をおやきなされとすぐに席を立って、奥の間をさして入ってしまったのであった。そのため右膳は歯がみをし、ああ天には今に風が起こるだろうか。追っつけ地には珍事が起こるであろうと座中を見廻し、心を落ち着けて下城したのであった。その後盛下はますます邪悪に権力を振るい、やがて七月下旬に二万石の廻船を出帆させたのであった。時に鈴森の町奉行が少し計略を使って在々処々から米を買い下げ、町々の搗き米家業の者へ申しつけ、米を小売りさせたので、マアママアやっと騒動が鎮まったのであった。此時鈴森町奉行八戸庄蔵なり

鈴森騒動

さてもその後、八月に漸く田畑の作物が出穂して人々が悦んだけれども、朝夕冷たくて捗る事なく所によっては、八月の中・末に出穂のないものもままあった。人々がひそひそと評判をし騒々しくなって、米値段の上がることが日々続いた。ところが、この国の城下から西に当たって三里奥に国の鎮守岩間山という宮があったが、その宮で誠に不思議なことが起こったのである。八月十日の夜、御堂が鳴り渡って振動したのであった。神主が未明に起きてこれを見たところ、御堂の前にあった神木が

一夜にかれて落ち葉道を高し。又宮のうちに
釣り置きたる鈴弐つにわれて落ちたりけり。神主是を
見て大きに恐怖し、早速①趣（ママ）、城下へ注進に及び、
御神楽を奉らんと申しければ此の由を聞きて盛下の言ふ様、
何事の候ふべき。其のまゝに捨てんと言ふ。其の時反田喜左衛
門かゝる神慮を背きなば天是戒めんや。其のまゝ差し置か
れまじと俄に用意して別當千澤寺をもつて御神
楽を奏し奉れば、御託宣新たにして、諸人色を
失へり。然るに其の月十六日の夜より大風起こりて雨を
催し、其の寒き事冬に増さりて皆人綿入れを重ね
袖を②巻（ママ）り、ようよう其の夜を凌ぎ、次の朝起きて
表を見れば草木伏して露にうづまり、不思
議なるかな（カ）、津々浦々山の麓海邊は其の夜
のうちに雪弐尺にまして積もれり。老若男女是
は是はと③十（ママ）方にくれ、泣き叫ぶこそ④同（ママ）理なり。田の
實畑のもの昨日や今日に花をして、今を盛り
の只中に、斯く雪積もりて何とせんと後悔先に
立たずといへども此の春より国中の穀ものさらひ
集めて高直（ママ）になるよし。今更ケ様《かやう》になつてその
騒ぐ事城下を初めとして山の間海のきしの村

①「赴き」である。
②「捲り」である。
③「途方」である。以下同じ。
④「道理」である。

一夜のうちに枯れて落ち葉が道を埋めたのであった。また宮の中に
釣って置いた鈴が二つに割れて落ちたこともあった。神主はこれを
見て大変に恐怖し、早速出かけていって城下へ注進に及び、
お神楽を奉ろうと申し上げたところ、この事を聞いて盛下の言うことには、
何事がござろうか。そのままにうち捨てておけばよいと言うのであった。その時反
田喜左衛門が、このように神慮を背いたならば天がこれを戒めないことがあろうか。
そのままにはしては置かれまいと俄に用意して別当①千沢寺をもってお神
楽を奏し奉ったところ、ご託宣あらたかであったので、諸人は色を
失ってしまったのであった。ところで、その月十六日の夜から大風が起こって雨を
催してき、その寒いことは冬にも増し、皆人々は綿入れを重ね
袖を捲ったりして、ようやくその夜を凌いだのであった。そして、次の朝起きて
表を見ると草木が伏して露に埋ってしまい、不思
議なことに、津々浦々山の麓海辺などは、その夜
のうちに雪が二尺以上に積もったのであった。老若男女全ての人々がこれ
はこれはと驚いて途方にくれてしまい、泣き叫ぶのは尤もなことであった。田の
稲や畑の物は、昨日や今日に花を付けたばかりで、今を盛り
のただ中に、このように雪が積もってしまい何としようと困惑したことであった。
後悔先に立たずとは言うけれども、この春から国中の穀物を浚い
集めて高値になっているという事である。その上今このようになってしまって、領
民達の騒ぐことは、城下を始めとして山の間海辺の村

①「百沢寺」のことである。

々に到るまで、最早銘々覚悟して町々には五穀は勿論、味噌・油・酒・酢・醤油・肴・青物、是一ツ下直《げじき》ならばこそ。夫も八月末頃には折々賣り切れ、小者の分渇命に及び、是を制してどうこうすれ共、①角《ママ》から隅まで行き届くべきや。最早②騒動に及び、然るに鈴森の町々には賣り米きれて六十文に八合し、夫も手廣く求め得ずんば渇命に及んで、其の乞喰《ママ》の出る事誠に夥し。然るに其の町のものひそひそ沙汰しけるこそ恐しけり《ママ》。誰か是を仕出しけん、先づ町々へ名もなく當てもなき廻章を出して相談するに、町々の家主當處諏訪大明神の社内へとくとく罷り出づべしと書きたるを見て、何事かあらんと是を聞けば、合点なきものは存知より有ると言ひて騒ぎ立て騒ぎ立て、翌日より集まるほどに五人三人と打ち連れ群がり渡りて、誰言ふとなく當年は大凶作にて最早我人凌がん様なし。然るに當所には夥敷く米を囲ひ置きたるもの有り。知りたる人は是を言ひ、斯かる折から左様に米を貯へ置きたる人々、此の節賣り出して諸人助けてこそ人の本意なるべし。其の儀なくば無理無躰に踏み

①「隅から」である。
②「騒動に及ぶ」とあるべきところ。

々に至るまでこぞって、最早銘々が飢渇の覚悟をするようになったのである。町々では五穀は勿論、味噌・油・酒・酢・醤油・肴・青物など、これらの品物が一つとして値段の安いものはなかったのである。それも八月末頃には時々売り切れ、小者達は渇命に及び、これを統制してどうこうするけれども、隅から隅まで行き届くはずがあろうか。最早騒動になってしまい、鈴森の町々では売り米が切れて、値段が①六十文に米八合しか買うことができず、それも手広く求めなければ渇命に及んでしまい、その為乞食の出る事は実に夥しかったのであった。そうして、その鈴森町の者達がひそひそ騒動の用意をし始めたのは恐しいことであった。誰がこれを考え出したのであろうか、先ず町々へ名もなく宛て所もない廻文を出すことを相談し、町々の家主に当所諏訪大明神の社内へ早々に罷り出るようにと書いたのである。これを見て、町民達は何事であろうかとよくよく見てみると、承諾しない者は考えがあると言って脅かし騒ぎ立て、その翌日から集まるうちに、五人三人とうち連れ群がり集まってみると、誰が言うともなく、当年は大凶作で最早我らが凌ぐこともできない情況である。ところが、当所には夥しい米を隠し置いている者がいるという。それを探り出した者がこれを言うには、このような折にそのように米を貯え置いている人々が、この節米を売り出し人々を助けてこそ人間としての本分というものであろう。米を売り出さないのならば無理無体にでも踏み

①銀一匁が銭六十文である。

込んで米を出させ、人数に割り合ひて是を賣らせん。此の義(ママ)如何と言ふにつらなる貪のひがみ、如何にも此の義(ママ)尤もせり。何れの町には何の誰、こなたの町には何の某と分限大家の米持ちを撰(ママ)び出して、右の人数に米を買ひかゝり、賣らぬと言ふせつにはこうこうすべしと既に町々の人々三日の内、諏訪の社へ集まりて相談を究め、夫より五人三人と手分けして米を無心にかゝれば、中々もつて拂わんと言ふ。又一方は六十文に黒米六合に賣らんと言ひ、十弐人の人々皆是につらなる。然るに町々の小者今は詮方なし、此の上は是悲(ママ)に及ばず。相談の通りせよと八月二十日の宵、又々町々へ廻文を出し、町人残らず諏訪へよつて相談を究め、夜明けの鐘に打ち連れて出たる人々三千八百余人何れも鉢巻きに股引きをはき身支度して、雲霞の如く町々へ出し来たり、古物店へ踏み込んで鳶口・斧、或いは錫(カ)・鎌・鍬・鋤・十手棒の類まで踏み込んで是を奪ひ、又一方は鍛冶屋え行きて①鉄手ご鑓鋸り、彼是手に當たるを出しければ、すは狼藉と手向かふものをば棒

①鉄梃子（てこ）・鑓（やり）・鋸（のこぎり）か。

込んで米を出させ、人数に割り合いしてこれを売らせよう。この件についてはどうかと言ったのに、賛成するのは貧乏人のひがみで、いかにもそれは尤もなことだ。どこの町には何の誰、こちらの町には何の某と、分限大家の米持ちを選び出して、右の人数の分限大家に米を買いかかり、売らぬと言う時にはこうこうしようと、既に町々の人々が三日の間に、諏訪の社へ集まって相談を決め、それから五人三人と手分けして米を無心にかかったので、どうにもならずやむなく米を売り払おうと言う。また一方では銭六十文で黒米六合を売ろうと言い、十二人の分限大家の人々が皆これと同じようにした。ところが、町々の小者達は今はどうしようもない、この上は是非もない。相談のとおりせよと八月二十日の宵、またまた町々へ廻文を出し、町人残らず諏訪社へ寄って相談を決め、夜明けの鐘にうち連れて出た人々三千八百余人が、何れも鉢巻きに股引きをはき身支度をし、雲霞のごとく町々へ繰り出して、古物店へ踏み込み、鳶口・斧、或いは鉈・鎌・鍬・鋤・十手棒の類まで店の中へ踏み込んでこれを奪い、また一方では鍛冶屋へ行って鉄梃子《てこ》・鑓《やり》・鋸《のこぎり》、あれこれ手に当たるを幸いに持ち出してきたので、さあ狼藉だと手向かってくる者を棒

を喰らわせ縄を懸けて柱につるし、道具を集めて打ち連れたる有り様、町中おめき渡り、何事やらんと門戸を閉ぢ、蚊の聲もさらになし。然るに當町の入口に辻屋勘助と言ひしものあり。右の處へ六七人行き、内へ踏み込みいかに①勘助ケ當時ケ様《かやう》の折からなれば、飯料つきて再應無心すれども貯へなき《ママ》と言ひて出さぬよし、無人常至極、いよいよなくば家蔵を潰して見ると口々に罵る《ママ》れば、狼藉千萬當處町奉行處へ此の義《ママ》告げんと立ち向かひければ、大勢の人々矢聲を掲《ママ》げて、いざや砕け打ち潰せと数百人屋根へ上がつて、石を押し退け矢聲高くかけやをもつてみぢんになれと打ち付ければあわてふためき腰を抜かし、亭主はじめ下部《しもべ》のもの裏を廻りて散乱し、其の内に片脇より柱の根をきり、家根を落とし、胴突をもつて壁を打ち砕き、八方より内へ入つて、すべての諸道具衣類かけものまで②みぢんに砕いてどろに埋め、扨又蔵へ廻りたるもの共赤肌ぬいで斧をふり上げ、苦もなく踏み破りて内へ入る。積み置きたる米・豆表へ出してまきちらし、

①「ケ」は衍字である。
②「微塵」である。

を喰らわせ縄を懸けて柱につるし、道具を集めて徒党を組み町へ繰り出すありさまで、町中おめきわたり、何事であろうと人々は門戸を閉じて鳴りをひそめ、蚊の声もしないほどであった。ところが当町の入口に辻屋勘助と言う者があったが、その所へ六七人と群衆が行き家の中へ踏み込んで、何と勘助現在このような飢渇の時節なので、飯料尽きて再三お前に無心したけれども貯えがないと言って出さないという事だが、誠に不人情至極である、いよいよ無いというのならば家蔵を潰して見ると口々に罵ると、勘助は狼藉千万なこと、当処町奉行所へこの事を訴えてやろうと立ち向かってきたので、大勢の人々は矢声を上げて叫び出し、さあ砕け打ち潰せと数百人が屋根へ上がって、石を押し退け矢声も高く、掛け矢でもって粉微塵になれと打ちつけたので、あわてふためき腰を抜かし、亭主を始め下僕の者達が、家の裏を廻って逃げ去って行った。そのうちに人々は、片端から家の柱の根元を切り出して屋根を落とし、胴突きでもって壁を打ち砕き、八方から家の中へ入って、すべての家財道具を衣類や掛け物まで微塵に砕いて泥に埋めたりした。さてまた、蔵へ廻った者達が赤肌脱いで斧を振り上げ、何の造作もなく踏み破って蔵の中に入る。そして、積み置いた米・豆を表へ出して撒き散らし、

人々夥敷く騒動なり。亦一方は村林平右衛門とて當町の酒屋なりしが、此の家へ打ち向かひて是も同じく打ち砕く。突き懸け苦もなく酒蔵を踏み砕き踏み砕き入れ置きたる酒桶を打ち割り、流るゝ中を漕ぎ返し、夫へ脇より味噌・糀・醤油・肴の類持ち運んでやたらに投げ入れ、鉄へらをもつて是を①突きまそへ小便をしちらかし、其の中へ衣類・絹巾・木綿六人してうんと背負ひ、散々になげ入る。刃ものにて切り入れ、雪隠より糞を汲んで一圓にかける。亦一方は海原や五兵衛と言ひしものへ廻り、是も同じく無理無躰に叩き潰して店へ踏み込み、賣りもの見當たり次第表へ投げ出せば、是を見るもの絹・木綿・まきもの・瀬戸物・其の外種々品々みぢんになれと切り損《（ママ）》んじ、足下にかけ夫より座敷へ入りて金箪笥を引き摺り出して②鐇りをもつて打ち砕けば、金子夥敷く出でけるを雪隠へ投げ入れ、其の上饂飩・素麺・多葉粉・砂糖を投げ入れて踊り上がり、大音上げて走り廻り、蔵より銭叺《〈せにかます〉》を出し、何百と言ふ数もなく、叺の口を切つて八方へまきちらし、譬へいかほどの金

① 「突き交じへ」の意か。
② 本来「ちょうな」の意である。

人々が夥しく集まって騒動が起きていた。また一方では村林平右衛門といって当町の酒屋であったが、この家へ立ち向かってこれも同じく打ち砕いたのであった。家を突き毀し苦もなく酒蔵を踏み砕き踏み砕き、入れて置いた酒桶を打ち割り、酒が流れる中を漕ぎ返し、その中へ脇から味噌・糀・醤油・肴の類を持ち運んでやたらに投げ入れ、鉄へらでもってこれを突き交え小便をしちらかし、その中へ衣類・絹巾・木綿を六人がかりでうんと背負い、散々に投げ入れたのであった。衣類は刃物で切り入れ、雪隠から糞を汲んで辺り一帯にかけたのである。また一方では海原や五兵衛と言う者の所へ廻り、これも同じく無理無体に叩き潰して店へ踏み込み、売り物を見当たり次第表へ投げ出したので、これを見ていた者達は、絹・木綿・①巻物・瀬戸物・その他種々品々を粉微塵になれと切り損じ、足にかけて踏み散らしたのであった。それから座敷へ入って金箪笥を引きずり出し、鉞でもって打ち砕いたので、金子が夥しく破れ出たのを雪隠へ投げ入れ、その上更に饂飩・素麺・多葉粉・砂糖を投げ入れて踊り上がり、大音声を上げて走り廻ったのである。そうして、蔵から銭叺を出し、何百と言う数も知らないくらい、叺の口を切って銭を八方へ撒き散らしたが、譬えどれほど金

① 布地を巻いた物。

めのものでも惜しみ心はあらばこそ、死にものぐ
るひに成つて働くこそ恐ろしけり《（ママ）》。大勢の中にも
数十人の目付を①居へ《（ママ）》、あわれ一銭のものたり共
隠し盗むものを、目付のものども縄を懸けて
柱にしばり度々吟味すれば、譬へ何ほどの者
たりとも目に懸けず。此の次には何處、其の次は誰
と押しよせ押しよせ家を破りければ、分相應の者
ども恐れをなし、大釜をもつて飯を焚き出し、
戸板に乗せて表へ出し、亭主罷り出て飯
を参らば爰にありと言ふて、支度をさせし
人々数しれず。其の外酒を手桶へ入れ、みな
に呑ませるものも有り。扨亦肴・菓子・喰物の類は
何にても家毎に出して是を振る舞へば、賄ひには
氣遣ひなし。いざや是より小濱屋宇八が方へ
行き、家を潰さんと言ふ。則ち亭主御座《（ママ）》をして
色々に侘けれども聞くもの更にあらばこそ。取り付く
否や家を潰し、有る物一ツもなく失ふ有り様
②逸《（ママ）》々口に延《（ママ）》べ難し。かゝる處に當所町奉行八戸
庄蔵大きに驚き、数十人の同心足軽を連れ
てかのもの共に立ち向かへば、得たりや得たりや奉行は

①「据ゑ」である。以下同じ。
②「一々」である。以下同じ。

目のものでも惜しむ心があればこそで、全く惜しげもなく死にものぐ
るいになって狼藉を働くのは恐ろしいことであった。大勢の中にも
数十人の目付けの者を置き、あわれ一銭のものであっても
隠し盗む者がいれば、目付けの者達が縄を懸けて
柱に縛り度々吟味をしたので、譬えどんな者
であっても品物に目を懸けたりはしない。この次にはどこ、その次は誰
と押し寄せ押し寄せ家を毀していったので、分相応の者
達は恐れをなし、大釜でもって飯を焚き出し、
戸板に乗せてこれを表へ出し、亭主が出ていって、ご飯
を食べたいのならばここにありますと言って支度をさせたが、そういう
者達は数知れないほどであった。その他酒を手桶へ入れ、皆
に呑ませる者もいる。さてまた、肴・菓子・食物の類は
何でも家ごとに出してこれを振る舞ったので、食事を賄い調える
心配は要らない。さあ、これから小濱屋宇八の所へ
行き家を潰そうと言う。そこで亭主は莫蓙をしいて
色々に詫びたけれども聞く者は全くないのであった。家に取り付くや
否やこれを潰し、残る物が一つもなく失う有り様で、
一々口には述べがたいほど無惨であった。こうしているところに当所町奉行八戸
庄蔵が騒ぎを聞きつけ大変驚き、数十人の同心足軽を連れ
て彼の騒動の者達に立ち向ったところ、心得た心得た、奉行が

来たぞ①情《ママ》出せもの共、万一に我々に手向かへば
奉行はじめ縄を懸けろ、あますな奴原懸かれや懸かれや
とためろふ處へ、八戸罷り出て大音聲にていかに
もの共よつく聞け《キケ》。国政を背き上を軽んぜしめ、
此の騒動に及ぶ事不届き至極、止めざるに於いては打ち
取ると舌の根も切らぬ内に能くこそ言ふた、殺さ
れよと鉢まきをメめ直し、一度に弐拾四五人
奉行の前へ罷り出、幾度となく申し出たる儀、
一ツとして御自分取り次いで下されず。右ゆへ《ママ》ケ様《かやう》
に成り、取り次ぎ下さらば譬へ凶作たりとも此の難儀
には及ぶまじ。是まで一向構ひなく、今になつて切る
の打つのとは烏が笑ふ。サア切れ々々、ねぢ寄り
ねぢ寄り何十人となく詰め懸かれば、奉行はじめ残
りのもの持て余してぞ見へ《ママ》にける。詮方なく逃ん
とすれど引かれず、工夫も出来ぬ。其處へテも
な《カ》い奉行だ侍だ、逃げるかやるなと追ひ懸けて鑓
持ちをとらへ、己れ旦那の身替はりと思へ、悪《にく》さも
悪い奴なりと鑓を散々に打つて捨てれば、同心
足軽刀・脇差し投げ捨てゝ、我先にと逃げ出しけり。
いよいよ勝に乗つて、其の次には三国屋平吉、是も

① 「精出せ」である。

来たぞ、精出せ者ども、万一我々に手向ってきたならば
奉行始め誰であれ縄を懸けろ、余すな奴原かかれやかかれや
と①いきり立っているところへ、八戸が罷り出て大音声を上げ、何と
者どもよっく聞け。国政を背きお上を軽んじ、
この騒動に及んだことは不届き至極である、どうしても止めないならば討ち
取ると言った②舌の根も乾かないうちに、よくも言ったものだ。さあ殺さ
れよと鉢巻きを締め直し、一度に二十四・五人が
奉行の前へ罷り出ていき、これまで何度となく我らが申し出た事は、何
一つとしてご自分は取り次いで下されなかったではないか。こんなことだからこの
ようになってしまったのだ。ご奉行が取り次いで下さったならば、譬え凶作であっ
てもこのような騒動に及ぶことがなかったであろう。これまで一向に何のお構いな
く、今になって切るの打つのと言うのは烏が笑う。さあ切れ切れと叫んで、ねじ寄
りねじ寄り何十人となく大勢で詰めかけたので、奉行を始めその他
の者達は持て余しているように見えたのであった。しかたがなく逃げよう
とするけれども引くこともできず、他に何の工夫も出来ない。そこへ、手も
ない奉行だ侍だ、逃げるかやるなと追いかけて、鑓
持ちをとらえ、おのれ旦那の身替わりと思え、憎さも
憎い奴だと鑓を散々に打って捨てたので、同心
足軽達は刀・脇差しを投げ捨てて、我先にと逃げ出したのであった。
いよいよ勝ちに乗じて、その次には三国屋平吉を目指して行ったが、これも

① 文意から考えて「躊躇う」意はないので、このように訳してみた。
② 「舌の根も切らぬ」は、常套的な表現としては、「舌の根も乾かぬ」である。

同じく家蔵を失ふて《（ママ）》、散々にこそ逃げたりけり。然るに今朝より打ち砕き踏み破りて取り集めたる穀物其の数既に一万俵、逸々《（ママ）》札を付けて表に積み置き、番人を附けて是を守らせ、其の日は既に暮れければ、兎角夜中は延引《（えんいん）》すべし。①残るは天の明けると皆々帰りけり。然るに當處町奉行肝を消して夜を日に継ぎ、早打ちをもつて城下へ注進に及べば、盛下はじめ家中の面々大きに驚き、スハ大事こそ出で来たり。片時も早く静めよとて、人を撰《（ママ）》んで足軽大将には田中重右衛門・佐々木源作、勘定奉行は笹作之丞、郡奉行は工藤庄司、其の外目付・与力・同心其の勢都合八百余人。弓を張り玉を詰めて雲霞の如く城下を出立する。其の勢ひ誠に軍《（いくさ）》をしらねども、咄《（ママ）》しに聞きし如くなり。通り懸かりて日暮れれば、村々より数十の②明松を出して矢聲を上げ續きたる有りさま、天に響き地に通りて、③明火《（ママ）》□を焼くかと見えたり。ほどなく夜明けて鈴森に到り様子を見れば、只うんかのごとく集まりて、前後三日の内鳴渡《（ママ）》して潰されたる町人

①「残るは天の明ける（を待つて）」の意か。
②「松明」である。
③「明火天を焼く」か。

同じく家蔵を失って、散々になって逃げたのであった。ところで、今朝から打ち砕き踏み破って取り集めた穀物は、その数が既に一万俵となり、一々札を付け表に積み置いて、番人を付けこれを守らせていたが、その日は既に暮れたので、兎も角夜中は取りやめにして延引するのがよいだろう。残るは天が明けるのを待ってと皆々人々が帰って行った。ところが当所町奉行はこの騒動に肝をつぶして、夜を日に継ぎ、早打ちをして城下へ注進に及んだので、盛下始め家中の面々が大変に驚き、さあ大事件が起こってしまった。一時も早く鎮めよといって鎮圧隊の人選をし、足軽大将には田中重右衛門・佐々木源作、勘定奉行は笹作之丞、郡奉行は工藤庄司、その他目付・与力・同心などその勢合わせて八百余人を派遣することにした。弓を張り玉を詰めて雲霞のごとく鎮圧隊が城下を出立する。その勢いは、誠に戦さのことは知らないけれども、話に聞いたとおりのものであった。途中で日が暮れたので、村々からは数十の松明を出し、鎮圧隊の兵士が矢声を上げて続いて行く様子は、その声が天に響き地にとおり、松明が天を焼くかと見えたものであった。ほどなく夜が明けて鎮圧隊が鈴森に到着し町の様子を見てみると、民衆が全く雲霞のごとく集まっていて、前後三日の間①おめき叫び、家を潰された町人で

①「鳴渡して」の意不明。仮に訳す。

名のあるものども十三軒踏み破りて、騒ぎも止まず。今日は誰明日は誰と騒ぎの中に到りて見れば、早速静むべきようなし。誠にこの三千余のものどもは死にもの狂ひになつて、弓鉄砲や脇差は恐ろしいか引くなものものども逃げるな、かゝれやかゝれと罵りければ、四人の大将左①さらぬ躰にて當町の禅家常光寺と言ふへ入りて、委細和尚に示し合并びに浄土正覚寺、門徒蓮心寺、法花蓮花寺、是を②かれて夫々手分けして、先づ落ち付いて様子を見れば、中々もつて止む事を得ず。時に四人の面々謀《（はかりごと）》を廻らし、足軽のもの数十人召し出し、③得と申し含めて姿を拵ひ、忍びを廻して町々の様子を見れば、此の間の騒ぎにて少し弱りて見へ《（ママ）》けれども、さらに④臆するしきなく一かたまりに成つて表はれ、どうこう言わゞ江戸へ船に乗りて行き、公義《（ママ）》へ罷り出て逐一言上すべし、此の国のような政事はないぞ、若しも打手《（ママ）》などゝ騒がばそうすべしと浪打際に集まつて沙汰をするこそ恐ろしけり《（ママ）》。此の躰を見て忍びのもの斯くと告げければ四人

①「さ」は衍字。
②「借りて」か。
③原文は「与得」である。
④「臆するけしきなく」の意か。

名のある者達の家蔵が十三軒踏み破られ、騒ぎも止まないのであった。今日は誰明日は誰と騒いでいる中に鎮圧隊が到着して、様子を見てみたが、早速鎮圧する方法もない。誠にこの三千余の者達は、死に物狂いになって、弓鉄砲や脇差しが恐ろしいか、引くな者ども逃げるな、かかれやかかれと叫んでいるので、四人の大将はさらぬ体に振る舞って、当町の禅宗常光寺と言う所へ入って、委細を和尚に示し合い、並びに浄土正覚寺、門徒蓮心寺、法華蓮花寺、これらの寺を借りてそれぞれ手分けをし、先ず落ち着いて騒動の様子を見てみると、中々どうして騒ぎが止む気配もないのであった。時に四人の面々は謀を廻らし、足軽の者数十人を召し出し、よくよく申し含めて姿を変えさせ、忍びの者達を廻して町々の様子を見てみると、この間の騒ぎで町民達が少し弱って見えたけれども、全く臆している気色はなく、皆一かたまりになって現れ、どうこう言うものならば、江戸へ船に乗って行き、公儀へ罷り出て逐一言上しよう、この国のような政事はないぞ、もしも討っ手を向けようと騒ぐならばそうしようと、鈴森の波打ち際に集まって、相談するのは恐ろしいことであった。この様子を見て忍びの者がこうだと告げたところ、四人

の面々は、馬に鞍を置き既に八百余人を
召し連れ、町中欠け（ママ）廻る事昼夜一寸の暇
なし。あわれ當たらば打ち取れ、①肘取れと下知を
して馳せ廻れば雑人のかなしさ、我行つて働か
んと言ひしものなし。斯かる處にて彼の者
共に向かひて言ふよう適れ《あつぱれ》今度の働き②感るに絶へた
り。一躰當處は前々③無人常の段、上に達せり。
然る所今度無仁無意のものども難儀に及び候ふ
儀已（ママ）来見せしめに成し下され候ふ間、汝らに御構ひ之無く候ふ間、
早々銘々宅へ引き取るべし。此の末夫々難儀なき
ように政道申し付けんといへば、三千餘の者共如何
にも左様にこそ有りたし。御尋ねあらば存念のほど
申し上げんと言ひ捨て、皆家々へ引き取りけり。然るに四人
の面々旅宿に帰りて一所に集まり、其處の町役共
其の外潰されたる者共ひそかに呼び寄せ、此の度騒
動催したる頭取有るべし、包まず申せと
尋ねければ、誰々とは大勢の中分けて申し上げ難く候へ共、
一度に罷り出候ふ内④あらひたる者共は誰々と
申し上げる。則ち右の名前其の外住家を聞いて其の翌日
町役をもつて申し觸れるには當處騒動早速静

①「肘取れ」は冗語か。
②「る」は衍字か。
③「無人情」である。
④「荒びたる」の意か。

の面々は馬に鞍を置き、既に八百余人の鎮圧隊を
召し連れ、町中を駆け廻って昼夜少しの暇も
ない。あわれ騒動の者に行き当たったら討ち取れ、肘を取れと命令を下
して馳せ廻った為雑人の悲しさで、自分が行って立ち向かってやろ
うと言う者もいなかった。このような様子を見て、彼の騒動の者
達に向って言うことには、ああこの度の汝らの行動は感に堪えない
ものである。一体当所は、前々から不人情の仕打ちで、その事はお上にも聞こえて
いる。ところがこの度は無仁無意の無頼の者達が騒動に及んだという
ことで、その為見せしめに鎮圧隊を下されたのであるが、汝らにお構いはないので、
早々銘々自宅へ引き取るがよい。この先それぞれ難儀なことのない
ようにご政道を申し付けようと言うので、三千余の者達はいか
にもそのようでありたいものだ。お訊ねがあれば存念のほどを
申し上げようと言い捨てて、皆家々へ引き取ったのであった。ところが四人
の面々は旅宿に帰って一所に集まり、そこの町役達や
その他家を潰された者達をひそかに呼び寄せて、この度の騒
動を催した頭取がきっとあるはずだ、包まずに申せと
訊ねたので、誰々とは大勢の中のことで、区別して申し上げることはできませぬが、
一度に町へ繰り出した人数の中で、特に暴れ回っていた者達は誰々と
申し上げたのであった。そこでその名前やその他住家を聞いて、その翌日に
町役をもって申し触れたことには、当所の騒動は早速鎮ま

り候ふまゝ我々引き取り候ふ。以後何義に《ママ》よらず願ひの儀
是あらば早速申し出せ、沙汰すべしと言ひて、い
よいよ明日罷り帰ると言へば、双方やっと静まりけり。
然るに其の夜四ツ過ぎに到り、四人の面々會
合してひそひそと用意して爰の大事の
處なれば寺のもの共しらざる内、スハ出立と
数千人の人々①灯ちんを立ちならべ、町々へ手分
けして爰へおしよせかしこへ押し詰め、名前の
②□いやおうなしに前後もしらず伏したる所
へ、のさのさと仕懸けられて何なく縄懸かり三十余人。
今少しと言ふ處に、残りのもの共スハ捕り手よと
表へ欠《ママ》け抜け是を見れば、かげろふ稲妻天に
輝き③高灯桃大きに恐れ、裏口より逃げんと
すれども油断はさらにするものか。入口出口に大
勢付け置く所へ走りかゝって取られたもの六七人。
今壱人町端の大助と言ふもの古今強力にて此の
音聞くとはね起きて屋ねに上り、④闇《ママ》さはくらし、
大勢の中へ石を打つ事雨のごとし。是にな
やめられてあまたの人々、桃灯《ちょうちん》を差し上げ何れ
を見ても、形も見へ《ママ》ず。只家根より大石を

①「提灯」である。
②□……解読不能。あるいは「者」か。
③「高桃燈」である。
④「暗さ」である。

ったので我々は引き取る。以後どのようなことでも願いの筋が
あったならば早速申し出せ、善処致そうと言い、い
よいよ明日罷り帰ると言うので、双方やっと鎮まったのであった。
ところがその夜四つ時過ぎになって、四人の面々が会
合しひそひそと準備して、ここが大事の
ところなので寺の者達が知らないうちに、さあ出立と
数千人の人々が提灯を立ち並べ、町々へ手分
けしてここへ押し寄せかしこへ押し詰め、名前の
者をいやおうなしに前後も知らず寝ている所
へ、のさのさと仕かけられて、何なく縄にかかる者が三十余人いたのであった。
今少しと言うところに、残りの者達がさあ捕り手だと騒いで、
表へ駆け抜けこれを見てみると、陽炎か稲妻が天に
輝くように高桃燈がかざされているので大変に恐れ、裏口から逃げようと
するけれども油断など少しもするはずがない。入口出口に大
勢捕り手を付けて置いた所へ走りかかって、召し捕られた者が六七人いる。
今一人は町端の大助と言う者で、昔から力が強くこの
物音を聞くと跳ね起きて屋根に上り、真っ暗な闇の中
大勢の捕り手に向かって石を雨のように投げたのであった。これに悩まさせ
られて大勢の人々が、桃灯を差し上げてあちらこちら
を見てみたが、大助の姿形は見えない。ひたすら屋根から大石を

なげおろせば近付くものなし。其の時用意の弓
鉄砲やたらに放せば是に恐れて大助は家
根より①刎《ママ》ねて逃げんとしけるが、ひさしの釘に
高股を突き抜きわつと叫ぶを聞いて大勢の足
軽我先にと欠《ママ》け付ければ、得たりかしこし、大助は
事ともせずに六七人とつて投げ退き、逃げんと
すれども大勢押し重なりければ、詮方なく終《つい》に縄目
に及びけり。其の夜の明け方に四拾五人のもの共早速
城下に引かれけり。其の後會所へ呼び出し、天下一統
の掟を背き汝ら右の頭取致し候ふ段、御聞に及び候ふまゝ
尋常に申し出ろとあれば右のもの共畏まりて、恐れ入り存
じ奉り候へ共御国政を背くには御座無く候ふ。夫に付いて
先年凶作の節は、端々風情の者共御憐愍下し
置かるゝ御政道をもつて万民御助け遊ばされ誠に其の
節は上を御仁君と仰ぎ奉り候ふに、恐れ乍ら當年は
左様の御情けも御座無く、私共渇命に及び候ふまゝ無人
常のもの共打ち砕き、貯へ置きたる穀物商賣相成り候ふ
ように仕りたく踏み破り見届け候ふまゝに御座候ふ。全く頭取か
れこれと申すもの一人も御座無く候ふ。罷り出候ふもの共は
残らず頭取と申し上げる。然らば御上の御役人に向かひ、手向ひ

①「跳ね」である。

投げ落したので近づく者はいない。その時、用意の弓
鉄砲をやたらに放したところ、これに恐れて大助は屋
根から飛び跳ねて逃げようとしたが、家の庇の釘に
高股を突き抜きわっと叫ぶのを聞いて、大勢の足
軽達が我先にと駆けつけたので、心得たとばかり大助はそれを
事ともせずに、六七人取って投げ退き逃げようと
したけれども、大勢が押し重なってきたので仕方なく、遂に縄目
にかかってしまったのであった。その夜の明け方には四十五人の者達が早速
城下に引かれていったのであった。その後①会所へ呼び出し、天下一統
の掟を背いて汝らが騒動の頭取を致したことは、既に太守公の御聞に達しているか
ら、尋常に申し出ろと言ったので、右の者達が畏まって、恐れ入り存
じ奉りますが、御国政を背くのではございませぬ。それについて申し上げますが
先年凶作の節には、端々風情の者達にもご憐憫を下し
置かれて、お上のご政道をもって万民をお助け遊ばされ、誠にその
節はお上をご仁君と仰ぎ奉りましたものでございますが、恐れながら当年は
そのようなお情けもござりませず、私ども渇命に及んでしまいましたので、心
ない者達が家蔵を打ち砕き、隠し置いていた穀物を、米の売り買いが成り立ち
ますように致したく、踏み破っていたのを見届けていたまでの事でございます。こ
の事件では全く、頭取が誰彼であると申す者は一人もございませぬ。罷り出ました
る者達は残らず頭取であると申し上げたのであった。それならばお上のお役人に向
かい、手向い

①ここは、弘前城内評定所をさすか？

致し候ふ儀いかゞと御尋ね有れば、寸分手向かひ仕り候ふには御座無く候ふ。是まで私どもさまざまの願ひ一ツとして御世話下し置かれず候ふまゝ、是位にても御世話下されまじくと申し上げ候ふまでに御座候ふとあれば外に尋ねんようもなく夫より町々へ①手向かひして一町にて壱人宛是を預け、厳しく番を附けられたり。然るに十日も過ぎざるうち、同国の下在作木木作也新田の百性《(ママ)》共よりよりに沙汰をして、②一方廻りになつて今この凶年の儀承知せぬものをば、鈴森同様に家潰せと相談して廻文を出し、先年より上へ揚げ置きたる一石一升米當年凶作に及び候ふまゝ御觸れの通り下し置かれ候ふよう申し出せ、先づ鈴森は左までの事もなけれ共適《（あっぱれ）》の振る舞ひかな、夫に競べては百万の利あり。中々もつて代官や郡奉行の手に懸けて③埒《(ママ)》の明く事でない。残らず城下に相詰め、皆々請け取り方へ渡し米のなき時は音に聞いたる盛下を初めとして其の外の奴原万人の敵にとつて命を奪へ。いざや支度と打ち連れたる人々三千四五百人水の流るゝが如くつれだつて、大聲を上げて通り懸かれば、村々に到り右の趣を言ふて、人を集め

①「手分けして」か、あるいは「手（を）向けて」の意か？
②「ひとかたまり」で「一塊り」の意か。
③「埒」である。

致したことはどうなのだとお訊ねがあったところ、少しも手向かい致しましたることはございませぬ。これまで私どもの様々の願いが、一つとしてお世話下されませぬので、これほどの難儀でもお世話下されぬのかと申し上げましたるまでのことでございます、と言ったので他に訊ねようもなく、それから後は町々へ手分けして一町に一人ずつ捕縛した者を預け、厳しく番を付けられたのであった。ところが十日も過ぎないうちに、同国の下在作木木作也新田の百姓達が寄り寄りに相談をし一塊りになって、今この凶年の時に小売り米をしない者をば、鈴森同様に家を潰せと相談して廻文を出し、先年よりお上へ供出して置いた①一石一升米を、当年は凶作になったのでお触れのとおり下されますように申し出し、先ず鈴森はそれほどの事でもなかったが、あっぱれな行動であったものよ、それに比べてこの作木は百万の利がある。中々どうして代官や郡奉行の手では埒の明くことではない。残らず城下に集まって、皆々米の受け取りに行こうではないか。渡し米のない時には、噂に聞いた盛下を始めとして、その他の奴原を領民万人の敵とみなし命を奪え。さあ支度をしようとうち連れて行った人々が三千四、五百人、水の流れるように連れだって、大声を上げて通りかかり、村々に到着しては右の趣を言って、人を集め

①凶年に備え、一石につき米一升を郷倉に貯えさせたことをさす。

違背に及べば家を潰さんと罵れば、夫に付いて我も
我もと如く（カ）七千餘の百性（ママ）共昼夜を懸けて山を
越へ（ママ）川を渡りて跡（ママ）に成り先に成り、皆みの笠に
棒を突き、或いは鋤・鍬・鎌をもつて城下に到る有り
様、誠に夥敷（ママ）し。城下の入口に岩間川とて
大川ありけるが、渡しに着いて舩に乗らんとす。其の
人々真つ先に四五百人舩に乗りかゝつて、渡し守に
言ふ様我々此の度御用あつて新田の百性（ママ）残らず
来れり。情（ママ）を出して舩を出せ、あわれ小口を
聞くと水を①喰（ママ）ませると怒るありさま恐ろしく見へ（ママ）
にけり。夫より次に續きたるものども算へるに暇あらず。
押し重なりて舩に飛び移れば、渡し守大に恐れ、舩を
捨て逃げにけり。是を見るより俄に城下騒ぎ渡り、
其の近邊の町々は戸を閉ぢて色を失ひ、右の趣
役々より早速注進に及べば盛下主馬はじめ、
②例（ママ）座の人々スハ③何事とぞよあらん、用意せよと
騒ぎ立て、先づ大手には士大将渡辺三十郎、与力
組のもの数拾人④召供（ママ）し、厳敷く木戸を堅む。扨又
⑤弱（ママ）め手には小笠原庄右衛門、同じく木戸を堅め、其の
外厳敷く用心して岩間側の様子を聞けば、

①「飲ませる」である。
②「列座」である。
③「何事ぞあらん」の意か。
④「召し具し」である。
⑤「搦め手」である。

命令に背いたならば家を潰そうと叫んだので、それぞれ賛同して我も我もというように七千余人の百姓達が、昼夜をかけて山を越え川を渡って、後になり先になり皆蓑笠に棒を突き、或いは鋤・鍬・鎌を持って城下に到るありさまで、その人数は誠に夥しいものであった。城下の入口には岩間川といって大川があったので、渡し場に着いて船に乗ろうとした。その人々が真っ先に四五百人も船に乗りかかり、渡し守に言うことには、我々はこの度御用があって新田の百姓が残らずやって来たのだ。精を出して船を出せ、あわれ小口を聞くと水を飲ませると怒鳴るありさまは、誠に恐ろしく見えたのであった。更にその後続いて来た者達は数えることもできないほど大勢であった。人々は押し重なって船に飛び移ったので、渡し守は大いに恐れ、船を捨てて逃げてしまったのであった。この様子を見るより早く、俄に城下が騒ぎわたり、その近辺の町々では戸を閉じて色を失い、右の様子を役々から早速お上へ注進に及んだところ、盛下主馬を始め列座のお歴々は、さあ何事であろうか、用意せよと騒ぎ立て、先ず大手には士大将渡辺三十郎が与力組の者を数十人召し連れ、厳しく木戸を固めたのであった。それからまた搦め手には小笠原庄右衛門が同じく木戸を固め、その外も厳しく用心して岩間川の様子をうかがっていたが、

数千の百性（ママ）送（ママ）れたるを待ち合せ、川の手前に居な
らんで大龍のごとく押し集まり、おめきさけぶあり
さま只山の崩れるがごとし。川向かひには我先にと船に
飛び移り、一さんに進む。其の外瀬を越え馬に乗り、
或いは①おみき水をくゞり、其の日の朝より昼過ぎ
まで川原に集つて手んでに石を集め、鉢巻きをメめ直し
いざや城下に到れよと既に打ち立たんとする所へ
代官②酒井琳（カ）之丞早駒に乗つて飛ぶが如くに欠（ママ）け来たり、
いかにもの共能うこそ聞け。国恩を忘れ上へ③敵体（ママ）
は何事ぞ、早々引き取れ。左もなくば打（カ）ちとるよと
大聲上に申しければ、数千のもの共大盗人の
④開山め日頃我々が骨を盗んだ恩もなく⑤様こそ
言ふた。いざとらまへて膾《なます》にせよと石を打つ
事雨のごとし。中々もつて近よらず。是の内に
見物人集つて、川原の堤を七重に巻き、口々の評定
には、山の井四郎兵衛が家を潰さんと集まりたるとや。
いよいよならば我も手傳ひすべしと贔屓こそ
せよ悪うは言はず。斯かる處へ郡奉行工藤庄司、
勘定奉行石川徳右衛門、足軽大将崎野左兵衛御
目付大寺要人何れも馬に乗りて川原に欠（ママ）け付け

① 「おめき」か。
② 木造新田の代官は、葛西林之助である。
③ 「敵對」である。
④ 「開山」は冗語か。
⑤ 「能（よ）う」である。

数千の百姓が遅れて来た者を待ち合せ、川の手前に居な
らんで大龍のごとく押し集まり、おめき叫ぶあり
さまは、全く山の崩れるように凄まじいものであった。川向かいでは我先にと船に
飛び移り、一散に進む。その他瀬を越え馬に乗り、
或いはおめき水をくぐり、その日の朝から昼過ぎ
まで川原に集って手んでに石を集め、鉢巻きを締め直し、
さあ城下に行こうと既に出発しようとする所へ
代官酒井琳之丞が早駒に乗って、飛ぶようにして駆けて来たのであった、
何と者どもよう聞け。国恩を忘れお上へ敵対すると
は何事か、早々に引き取れ。さもなければ討ちとるぞと
大声を上げて申したので、数千の者達は大盗人の
開山め、日頃我々が①骨身を惜しまず働いた恩も忘れ、ようこそ
言った。さあ我らを捕まえて膾にしてみろと石を打つ
こと雨のようであった。中々どうして近寄ることができない。そのうちに
見物人が集ってきて、川原の堤を七重に取り巻き、口々に評定
するには、山の井四郎兵衛の家を潰そうとして集まってきたそうだ。
いよいよならば我らも手伝いしようと、贔屓こそ
すれ悪くは言わない。こうしているところへ郡奉行工藤庄司、
勘定奉行石川徳右衛門、足軽大将崎野左兵衛、御
目付大寺要人らが、何れも馬に乗って川原に駆けつけ

① 「骨を盗んだ」の意、不明。仮に訳す。

大勢の中に分け入り、百性(ママ)共如何ようになつて罷り越した。言ふ事あらば申し出せ、何義(ママ)によらず願ひの通り申し付けんといへば、其の節百性(ママ)申すには、私共渇命に及び候ふまゝ先年より差し上げ置きたる一石壱升米唯今御渡し下し置かれたく候ふ。左なくばいつまでも引き取り申さずと言ふ。其の時庄司いとやすき事なり。申し出でずとも下さるゝる米なり。夫々①取らせべしとて、直ちに注進に及びければ②手持ち無沙汰只の一盃壱粒もあらばこそ。三ケ年此の方取り集めたる米すでに五万石余やたらに失ふて今に出づる様なし。百性(ママ)共に口を閉ぢられ、仕方なく夫より斗略を以て申し渡すには是までさし向けたる米、則ち右の拾一ケ村に預け置かるゝまゝ其の村庄屋を以て右の人数より取りどり申せと書きたる表に印判を③居へ(ママ)、是を渡し、其の子細はさしかゝつて據ん所無く、新田中の分限者を撰(ママ)んで作木邑には松野七郎、五所川原には飛島五郎助、木槌村には成田十右衛門、何れの村には何の誰、其の外何處の誰々と已(ママ)上拾一人の者を居へ(ママ)て夫々通用致し候ふまゝ、片時も早く罷り帰り取り々々申せと、だまされて皆々戻る沙汰

① 「とらすべし」とあるのが正しいが、このようにも読む。
② 「手持ち無（く）」と、「無沙汰」とを掛けたか。ここの「無沙汰」は、何の沙汰もないの意を含むか。
③ 「据ゑ」である。

大勢の中に分け入り、百姓どもどんな訳があって罷り越したのか。言いたいことがあるならば申し出せ、何事によらず願いのとおりに申しつけようと言うと、その時百姓が申すには、私どもは渇命に及んでしまいましたので、先年より差し上げて置いた一石一升米をただ今お渡し下されますようお願い致します。さもなければいつまでもお引き取り申しませぬと言う。その時庄司は、大変たやすいことである。申し出でがなくても下される米である。それぞれ銘々に米を取らせようと言って、直ちに注進に及んだところ手持ちの米はなく、ただの一盃一粒でもあればよいが、全くないのであった。三ケ年この方取り集めた米は、既に五万石余にもなるがすっかり無くなってしまい、今に出てくる手だてもない。百姓達に口が開かなくなり答えることもできず、仕方がなくてそれから計略を以て申し渡すにはこれまで差し向けた米は、①右の十一ケ村に預け置かれたままであるので、その村の庄屋を以て右の者達へとりどり申し上げろと書いた書状の表に、印判を据えてこれを渡したが、その内容は差し当たって当面拠ん所なく、新田中の分限者を選んで木作村では松野七郎、五所川原では飛島五郎助、木槌村では成田十右衛門、何れの村には何の誰、その他どこの誰々と、合計十一人の者を置いてそれぞれ米を手渡すから、片時も早く村に帰りとりどり申し出ろと言ってだまされ、皆々戻る相談

① 「書状」の文面「右」には、それぞれ村名と分限者の名が書かれていたのであろう。

になり、①はつみの抜けた草臥《くたびれ》足踏み直して見
たれども、皆々空腹に及びすゝみ兼ねて、いざ
飯を無心せよと戻り懸けに其の町内西澤与《カ》助、
境屋久左衛門と言ふものへ、数千の者共無理無ざん
に踏み込んで、飯を焚かずと家を潰さんと言ふ。その
体を見て大いに恐れ、俄に大釜をもつて
飯を焚《ママ》き出しくれたる處、其の時の拾匁余の米一
軒して拾五俵余喰ら《ママ》せたり。百性《ママ》共は村々
へ別れ々々て戻りけり。其の時山の井四郎兵衛が表の
大戸に張り紙有り。是を見れば㊮と書きたり。この
心は凮《しらみ》をとつて②毛焼にそふり潰そふりと言ふ
よし。誠に夥敷き騒動なり。然るに其の後四方八
方へ人を遣はして凡そ新田中より右の頭どりとも
覚しきもの六拾九人大勢罷り越して縄を懸け、早
速城下に引いて町々に預け、中にも手強い奴原を
撰《ママ》び出して牢に入れ、其の後せんぎあれば新田の百性《ママ》
共申す様全くもつて無理非道の儀申し上げ候ふ所存③却而無
御座候ふ。一躰先年御觸れには毎年御収納の儀は勿
論其の外一石より一升の米御取り立て遊ばされ、万一凶作彼
是の節は其の村々の用意に成され候ふよし、仰せ付けられ候ふ

①「はつみ弾み（はづみ）」か。
②「毛焼きにぞ振り潰す」くらいの意か?
③「決而」の間違いか。

になり、弾みの抜けて草臥た足を踏み直して見
たけれども、皆々空腹になって進み兼ねてしまったので、さあ
飯を無心せよと戻りがけに、その町内の西澤与助、
境屋久左衛門と言う者へ、数千の者達が無理無体
に踏み込んで、飯を炊かないと家を潰すぞと言う。その
様子を見て大いに恐れ、俄に大釜でもって
飯を炊き出してくれたのであったが、その時の十匁余の米を一
軒して十五俵余食わせたのであった。やがて、百姓達は村々
へ別れ別れて戻っていった。その時山の井四郎兵衛の店表の
大戸に張り紙が書かれてあった。これを見ると㊮と書いてある。その
心は凮をとつて毛焼にしてふり潰すぞと言う
由である。誠に大勢の者が繰り出した騒動であった。ところが、その後四方八
方へ人を遣わして、凡そ新田中から右の騒動の頭取と
覚しき者を六十九人、大勢の捕り手が罷り越して縄を懸け、早
速城下に引いて町々に預けたのであったが、中にも手強い奴原を
選び出して牢に入れその後詮議をしたところ、新田の百姓
どもが申すことには、全くもって無理非道の儀を申し上げる所存では決してないの
でございます。一体先年お上のお触れには、毎年ご収納の年貢は勿
論、その他一石から一升の米をお取り立て遊ばされ、万一凶作があってあれ
これ難儀の節には、その村々の用意になされますことを、仰せつけられました

ま〻、私共差し上げ置きたる右の米頂戴仕りたく罷り越し候ふまでに御座候ふ。扨亦御代官をもつて願ひ奉りたく候へども、早速相済む儀に御座無く候ふ間夫までのうち渇命に及び候ふま〻、百性《（ママ）》共思ひ立ち罷り越し候ふ間、頭取彼是一人も御座無く候ふ。何卒《（なにとぞ）》右の米下し置かれたくと言ふた通りの百性《（ママ）》原もてあましたるもの共なり。扨亦鈴森入牢の者既に七拾に満ちて其の名を①九三子と言ふ才智他に越へ《（ママ）》、常に俳諧を業として月日を送るうちに斯かる難こそ出来《（しゅったい）》せり。上には是を聞こし召し、定めて彼れが分別にて頭取なるべしと會所へ呼び寄せ、逐一御詮義《（ママ）》仰せ付けられ候ふ處九三子の申す様恐れ入り奉り候へ共極老無弁の私委細の儀申し上げ難く存じ奉る間、恐れ乍ら筆・墨・紙頂戴仰せ付けられ下し置かれたくと願ひければ、逐一の儀書き付け差し上げ奉らんと言ふ。何とか聞きとりけん、御用相済むとて本の獄屋へ引かれ、②みぢんもしらぬ難題を③不便《（ママ）》と言わぬ者ぞなし。其の頃九三子の出した前句附けに

なんのけもないへんてつもなひと言前に

老子端の仕そこなふたる万年酢と言句を

殊の外賞美して是を巻頭に置きけり。今是を

①「九三子」は、青森の俳人、町年寄をつとめた落合仙左衛門のことである。
②「微塵」である。
③「不憫」である。

ので、私どもが差し上げて置いたこの米を頂戴致したく罷り越しましたるまでの事でございます。さてまた、ご代官を通してお願い致したかったのでございますが、早速相済むことではございませぬし、それまでのうちに我々皆渇命に及んでしまいますので、百姓どもが思い立って罷り越しましたる次第で、騒動の頭取などかれこれ一人もございませぬ。そういうことなので、どうかして右の米を我々に下されますようお願い致しますと言った、何の嘘もないそのとおりの百姓原を持て余した役人達ではあった。さてまた、鈴森入牢の者の中で、既に七十歳を越えその名を九三子と言って、才智が他に越えて優れた人がいた。彼は常に俳諧を業として月日を送っていたが、このような災難が出来して投獄されてしまったのであった。お上ではこれを聞こし召して、この騒動は定めて彼れの分別でやったことで、きっと頭取であろうと会所へ呼び寄せ、逐一ご詮議を仰せつけられたところ、九三子が申すことには誠に恐れ入りますが、極老無弁の私で詳しいことは申し上げがたく存じまするので、恐れながら筆・墨・紙を頂戴仰せつけられ下さいますようにお願いし、そうすれば、逐一騒動の次第を書きつけ差し上げ申しますと言ったのであった。①何と書き認めたのであろうか、用事が相済んだということで、元の獄屋へ引いて行かれたが、全く身に覚えのない罪をかけられて、世間では不憫だと言わない者がなかった。その頃九三子の出した前句付けに

②なんのけもないへんてつもなひと言前に

という句に、

老子端の仕そこなふたる万年酢と言句を

と言う前句を付けた者がいたが、
九三子は殊の外賞美して、これを巻頭に置いたことがあった。今これを

①「聞きとりけん」では、文意が通らない。
②句意は、「老いの身が仕込み損なった万年酢は、何の気も失せて無くなり、変哲もないことであるよ。」、含みとしては、「この度の騒動は、老いの身の私にとって、何の意趣も無く、ご政道に背いたりする意図はないのだ。」である。

思へば九三子が①身にてつしたりと人々耳を済ましけり。扨亦深崎と處同じ騒動して分限の者五軒家を打ち潰され、其の外處々の一乱筆紙に尽くしがたし。出火の有る事、真っ先には鈴森の湊十月七日の夜出火して前後三日のうち三千五百軒余類焼し、次に②木作り新田千に越し、其の外百や弐百の③少しき火事一夜の内にも二ケ所三ケ所指を折るに暇あらず。端々風情のたおれものいかんとも助かる情（ママ）なく、自ら手前の住家に火を付けて騒ぎ渡り、其の隙にものを盗み、一日も助かる事をせんとして騒ぎはじめり。恐ろしさ誠に夢か幻か、實《まこと》、定めなき浮き世なり。

六の花駕

爰に深崎の湊と言ひて、城下より四十里西なるが、此處に浄土の末寺④高嚴寺と言ふあり深浦町の荘嚴寺也。然るに用心無雙にして諸々の山寺其の在社人家の遠きを見込んでおしよせ、金銭財宝奪ふと聞きしが、案のごとく或る夜、彼の高嚴寺に数十人踏み込み寺中のもの一ツも残りなく盗まれ、住持心に思ふ様、扨も當国ケ様《かやう》乱に及ぶ事近カ

①「身に徹したり」か。
②「木造新田」である。
③「少しき（少しの）」の意か。あるいは、「小さき」か。
④深浦荘厳寺住職は、聞岌（もんぎゅう）である。

思い返してみると、九三子が自分の生き方を貫いたのだと、人々は感じ入って耳を澄まして聞いたのであった。さてまた、深崎という所で同じく騒動が起こって、分限の者五軒が家を打ち潰されたことがあったが、その他にも処々の混乱は、筆紙に尽くしがたいものがあった。また、出火のあることが多く、真っ先には鈴森の湊で十月七日の夜に出火があり、前後三日のうち三千五百軒余が類焼し、次に木作新田では火災が千軒を越した、その他百軒や二百軒の小さな火事は、一夜のうちに二ケ所や三ケ所もあって、指を折って数えることもできないありさまであった。端々風情の貧民達は、何としても助かる見込みがなく、自ら手前の住家に火をつけて騒ぎわたり、その隙に物を盗み、一日でも助かろうとして騒ぎ始めたのであった。その恐ろしさは、誠に夢か幻のように無惨なもので、誠に定めのない浮き世ではあった。

六の花駕

さてここに、深崎の湊といって、城下から四十里西に湊があるが、ここに浄土の末寺で高厳寺と言う寺がある深浦町の荘厳寺也。ところで、盗賊達がこの上なく用心深く諸々の山寺やその在社で、人家から遠い所を見込んで押し寄せ、金銭財宝を奪っていると聞いていたが、思ったとおりある夜、その高厳寺に数十人の盗賊が踏み込んで、寺中の物が一つも残るところなく盗まれてしまったのであった、そこで住持が心に思うことには、それにしても当国がこのように混乱している事

頃もつて面目なき事かな、余国に聞こへ（ママ）て何とか評さん。譬へ国の太守江戸詰めなればとて是を制する役人有るまじきや。扨亦太守このよし聞こし召すや、誠にもつて国の大事なり。斯く有る時は国家の為命を捨て、日頃悪しき奴原を打明して失わんとするものないか。一ツは国の政事宜しからざるによつて、下々上を恨み我が侭至極の事なり。中々もつて始終の事太守しり①給はんこそ疑ひなし。今我爰にとゞまつて何かせん。いざ打ち立たんと其の身一人墨の衣に②袈沙（ママ）を懸け、鉦打ちならし口には弥陀の名号を唱へ、諸国修行の有りさまへ身を拵へ、百余里も有る東の都と冬の路氷を渡り、雪を踏み、十月上旬たどりたどりて江戸へ着き、悦び③勇みんて太守の屋鋪（ママ）を尋ねんと、名におふ両国橋を越へ（ママ）、間もなく本所へ到り御門外にすゝみ、番人の者へ言ふには拙僧儀は御国深崎の高厳寺にて候ふ。此の度はるばる御用の儀あつて罷り登り候ふ間右の趣仰せ通されたくと願ひければ、早速此の旨上聞に達しければ、然らば旅宿申し付けよと仰せ出でられける。よつて取り次ぎのもの疾と申されければ、頓てやゝ遠けれど馬喰丁にぞ

① 「給はぬ」とあるべきか。
② 「袈裟」である。
③ 「勇んで」で、「み」は衍字か。

は、近頃面目のないことであるな、他国に聞こえたら何と評するであろう。譬え国の太守が江戸詰めであるからといって、これを制止する役人はいないのか。さてまた、太守はこのことを聞こし召しているのか、誠にもって国の一大事である。このような時は国家の為命を捨て、日頃悪い行いをしている奴原を太守公に打ち明けて、失脚させようとする者はいないのか。一つは国の政事が宜しくないため、下々の者が上を恨み我がまま放題のことをするのである。中々どうして、これまでの経緯を太守がご存じにならないのは疑いない。今自分がここに安閑として留まっていても何になろうか。さあ江戸へ出立しようと自分一人で墨染めの衣に袈裟を懸け、鉦を打ち鳴らし、口には弥陀の名号を唱え、諸国修行のありさまに身を変え、百余里もある東の都へと冬の道路に張りつめた氷を渡り、積もる雪を踏みながら旅を続けたのであった。十月上旬に道をたどりたどり江戸へ着き、悦び勇んで太守の屋敷を訪ねようと、名にし負う有名な両国橋を越え、間もなく①本所へ到着しご門前に着いたのであった。そうして、番人の者へ言うには、拙僧はお国深崎の高厳寺でございまする。この度はるばる御用の儀があって罷り上りましたので、その趣を太守公へ仰せ通されたいとお願いしたところ、早速この旨を上聞に達したので、そういうことならば旅宿を申しつけなさいと仰せになられたのであった。それで取り次ぎの者が懇ろに申されたので、やがて少し遠いけれども馬喰町に

① 本所に弘前藩の上屋敷があった。

宿しける。其の跡にて役人中ひそひそのさぐりばなしは何か浄土の寺中に公事《くじ》沙汰あって使ひの僧なるべし。夫より外の覚えなし。何かはしらず尋ねんと、翌日人を遣はして召し出しければ、袈裟衣を改めて御屋敷に到り、少しも憶《ママ》せず、座に付いて高嚴寺の言ふ様、今度おん国不慮の儀に付いて、言上仕りたき儀御座候ひて拙僧罷り登り候ふ間、恐れ乍ら御前御逢ひの儀御取り成し願ひ奉ると言へば、大津三郎此の由を聞いて、定めてかれよい事をすまじ。家中の者とぐるに成つて人の足を欠きに来たる坊主なる①なるべし。悪《にく》い奴かな、片時も早く追ひ帰さんと夫より高嚴寺に向かひて、貴僧御前に御逢ひを願ふとは②毎々敷ぞや。何義《ママ》によらず某にとくと御明かし候へ能き様に執り成し参らせんと言ふ。其の時高嚴寺申すよう、有り難く御座候へども御太《ママ》切の儀に御座候ふ間申し上げがたしと言ふ時に、三郎然らば御前御逢ひの儀申し上ぐべく候へども御不快に渡らせられ候ふまゝ、取り次ぎ難しと言ふ。御機嫌を待つて、何れ申し上げざる内は罷り下り申さず候ふ間宜しく頼むと言ひて、下宿したりけり。然るに其の夜三郎は得と高嚴寺の様子を尋ね、浄土の末寺にて

①下の「なる」は、衍字。
②「事々しく」である。

宿をとったのであった。その後に役人達がひそひそと探り話をするには、何か浄土の寺中に①訴訟沙汰があって、その使いの僧であろう。それより他には考えられない。何かは知らないが尋ねてみようと、翌日人を遣わして召し出したところ、袈裟衣を改めてお屋敷に到り、少しも臆せず、座について高厳寺が言うことには、この度お国で不慮の事件が起きており、言上致したいことがございますため、拙僧が罷り上りましたので、恐れながら御前に御会いの儀をお取りなし願い申し上げますると言うと、大津三郎はこの由を聞いて、定めて彼はよいことをすまい。家中の者とぐるになって人の足を引っぱりに来た坊主であろう。憎い奴よ、一時も早く追い帰そうとそれから高厳寺に向かって言うには、貴僧が御前にお会いを願うとは大事なことでござろう。何事によらず某にとくとお明かしなされ、よいように取りなしてさしあげようと言う。その時高厳寺が申すことには、有り難くございますけれどもご大切の儀でございますので、申し上げがたくございまするというと、三郎がそれならば御前お会いの儀は申し上げるべきでござるが、太守公はご病気でおいでになられるので、取り次ぎができぬと言うのであった。それでは御太守様の御機嫌を待つことにして、何れ申し上げないうちは国元へ罷り帰ることはできませぬので宜しく頼みまするとと言って、下宿に帰って行ったのであった。ところが、その夜三郎はよくよく高厳寺の様子を訊ねてみて、浄土の末寺で

①「公事」は、「訴訟」の事である。「くじ」と読む。

殿の目見えなきを聞き付け、早速このよし申し聞かせ、追ひ返さんと翌日呼び出して三郎が曰く、貴僧は殿の目見えもなき身にて、御逢ひなどゝは存じもよらず。何義(ママ)にても本寺をもつて申し出るを、無禮至極と申しければ、高厳寺是悲(ママ)に及ばず、拙僧儀は末寺ゆへ(ママ)に本寺をもつて申し出せとあれば、則ち本寺芝の増上寺をもつて御前御逢ひの儀申し上げんと席も恐れず居丈高に成つて申しければ、三郎言葉なくそつと席をぞ引いたりけり。時に三郎扨面倒な坊主ならん。あわれ増上寺より申し来たらば、事やかましく候ひしと思ひ、直ちに上聞に達しければ、太守驚かせ給ひ俄に人を遣はして、高厳寺御逢ひとあれば悦ぶ事限りなし。勇み進んで早速登城し、御目見えを申し上ぐ。恐れ多く存じ奉り候へども御太(ママ)切の儀御座候ふ間御人拂ひ仰せ付けられ下し置かれたき旨申し上げ奉れば早速御側を①退けせ給ひ、何儀なると仰せければ、畏まつて御上段へ近付き奉り、恐る々々申し上げ奉るに、委細御国の有り様此の春より當月まで寸分残る處あらばこそ。言ひもいふたり、知りもしつたり、誠に見るがごとく聞くがごとく、逐一に申し上げ奉り、細かくは是にと懐中より一通差し出せ

① 「退けさせ」か。

殿のお目見えもないのを聞きつけ、早速この事を申し聞かせ、追い返そうと翌日呼び出して三郎が言うには、貴僧は殿のお目見えもない身分で、御前お会いなどというのは思いも寄らぬことでござる。どのような事でも本寺を通して申し出るべきなのを、無礼至極だと申したところ、高厳寺は是非にも及ばず、拙僧が末寺であるからというので本寺を通して申し出せとあれば、早速本寺芝の増上寺をもって御前お会いの儀を申し上げようと、その席も恐れず居丈高になって申したので、三郎は言葉もなくそっと席を立ったのであった。時に三郎はさて面倒な坊主である。あわれ増上寺の方から申し越してきたならば、事がやかましくなるだろうと思い、直ちに上聞に達したところ、太守は驚きなされて急に人を遣わして、高厳寺にお会いするとあったので、悦ぶことこの上ない。高厳寺は勇み進んで早速登城し、御目見えを申し上げたのであった。恐れ多く存じ奉りまするが、ご大切な話がございますので、お人払いを仰せつけられ下さいますようにと申し上げたので、早速お側の者を退けさせなさり、どういう話かと仰せになったので、畏まってご上段へ近づき奉り、恐る恐る申し上げ奉ったのであるが、詳細にわたりお国のありさまを、この春から当月まで少しも残るところなく話したのであった。言いも言ったり、知るも知ったり、誠に見るがごとく聞くがごとくに、逐一申し上げ奉り、なお細かいことはこれにと懐中から一通の書状を差し出したので

は太守大きに仰天し給ひしが、過分と言ひて重ねて問わんと仰せ有つて奥へ入らせ給ふ。其の後高厳寺数度御前へ召されて、残る處なく存念のほど申し上げ、重き御意を蒙り《(カ)》江戸を立つて下るもしらず、国元の騒動処々在々のもの共が、最早露命を繋ぎ兼ねて親を捨て子を捨て、集まりたる乞喰《(ママ)》城下に到り、山の井四郎兵衛が前に来たり口々に言ふ様、譬へ當年凶作なりとも、国中の穀物其の侭置けばケほどに成るまじきを、汝一人の為に万人渇命に及び、我々命を失ひなば汝一時も助け置かじと数千の者共罵ること地に響きて往来足を①留め。然るに其の沙汰上に聞こへ《(ママ)》て、俄に城下の端和国町和徳町を云ふ②と處に四方三十軒に余る小屋を掛け、此處に集めて夫より四郎兵衛が粥をたひて乞喰《(ママ)》を養へば、聞き傳へ聞き傳へ、其の集まる事僅か十日の内に三千六百人群集をなして夜は人目を盗んでものを奪ひ、昼は乞喰《(ママ)》に出て様々の徒ら《(いたづ)》をなし、弥《(いよ)》以て城下騒々敷きことといわん方なし。然るに此の沙汰津々浦々まで聞こへ《(ママ)》て、誰言ふとなく施行と名付け、残らず御助け成さるといへば、我も々々と集まる事

① 「留める」の意か。
② 「といふ」とあるべきか。

太守は非常に仰天なされたが、これは大変な事だと言い、重ねてまた尋ねようと仰せがあり奥へお入りなされたのであった。その後高厳寺は数度御前へ召されて、残るところなく存念のほどを申し上げ、重大な御意を蒙り江戸を発ち、国元へ下って行ったのであった。そんなことも知らず、国元の騒動は激しく処々在々の者達が、最早露命を繋ぎ兼ね、親を捨て子を捨て、集まってきた乞食が城下に到り、山の井四郎兵衛の家の前にやって来て口々に言うことには、譬え当年が凶作であっても、国中の穀物をそのままにして置けばこれほどまでになるまいものを、汝一人の為に万人が渇命に及んでしまった、我々が命を失ったならば汝を一時も助けては置かぬと数千の者達の罵る声が地に響き、往来の人々は足を留めてこれを見ていた。ところがその評判がお上に聞こえて、俄に城下の端和国町和徳町を云ふという所に四方三十軒に余る小屋を掛け、ここに窮民を集めてそれから四郎兵衛が粥を炊いて乞食を養ったので、聞き伝え聞き伝え、その集まること僅か十日のうちに三千六百人もの人々が群集をなし、夜は人目を盗んで物を奪い、昼は乞食に出て様々のいたずらをなし、いよいよ以て城下の騒々しいことは言いようもないほどであった。ところがこの評判が津々浦々まで聞こえて、誰言うとなくこれを①施行と名づけ、お上が残らずお助けなさるという噂があったので、我も我もと集まってきたのであった。

① 最初は「施行小屋」と名づけて、貧民に粥米を施したのであるが立ちゆかなくなり、後には「非人小屋」と称した。

二日も三日もその先より分相應の百性（ママ）
原、牛馬家財を奪ひ余分のものは賣り拂ひ
家屋鋪（ママ）を捨て、親子兄弟徒弟の類まで
打ちつれ打ちつれ城下に集まる事、昼夜かけて数を
しらず。サア此の人数に四郎兵衛もこまり困つて、
朝夕弐度の粥弐石焚いても廻したらず、又三
石でもあまらばこそ。詮方つきて①足を引き、それ
より町脇の非人小屋の後ろに数十軒の小屋
を懸け、集まりたる老若男女既に一万を越えたり。
このもの共に上より施行して壱人片時めし
三夕の粥喰はしむるにみぢん積もりて一日の賄ひ
米五石に近し。此の粥を焚く大釜を三處に
立て昼夜かけて焚き出し、升に斗りて取り拵ふ
有り様②目様（ママ）數事共なり。中々もつて日に六夕
餌食をボめて助からばこそ。皆よわり果て、みい
らの如く痩せおとろへ、方々へ廻わつて③喰（ママ）を乞へい
へども味あるものを呉れらばこそ。寒さは寒し
雪は降るし、只泣き叫んで死ぬるもの数をしらず。
家中の通り町のもの犬馬に喰ひちらされ、紅に
雪を満ちて體をさらしたる有り様、軍《いくさ》は思ひし

①「手を引き」とあるべきだが、諧謔的に表現したか。
②「目覚ましき」である。
③「食を乞へども」か。

二日も三日もその前から分相応の百姓
達が、牛馬家財を奪い余分のものは売り払い
家屋敷を捨て、親子兄弟徒弟の類まで
うち連れうち連れ城下に集まること、昼夜にかけてその数を
知らないほどであった。さあこの人数に四郎兵衛も困り果てて、
朝夕二度の粥を二石炊いても廻したらず、また三
石炊いても余ればこそである。どうしようもなくて手を引いてしまい、それ
からは町脇の非人小屋の後ろに数十軒の小屋
を掛けて対策を講じたが、集まってきた老若男女は既に一万人を超えたのであった。
この者達にお上から施行して、一人①片時飯
三夕の粥を食わせたのであったが、塵も積もって一日の賄いが
米五石に近いほどであった。この粥を炊く大釜を三ケ所に
立て昼夜にかけて炊き出し、升にはかって取り拵える
ありさまで、誠に目覚ましい限りであった。中々どうして日に六夕の
食事では助かることができない。皆弱り果て、みい
らのように痩せおとろえ、方々へ廻って食べ物を乞うた
けれども味のあるものをくれる者はいない。寒さは寒し
雪は降るし、ただ泣き叫んで死んでゆく者は数を知らないほど多い。
家中の通り町の者達が犬馬に喰い散らされ、紅いの血に
雪が積もって死体をさらしているありさまは、戦さのことが思い知

①当時日に二度の食事のうち、一方を「片時飯」と言ったようである。

られけり。其の後①籾田と言ふ村の脇へ大きなる穴を堀りて四方八方の死人を集めて、爰に埋めるを誠に夥敷き事なり。扨亦少し力らの有(ママ)る者は處(ママ)詮爰に居れば助かる様なし。何れ成りとも行くべしと西の関所は小間越町、東は野中、南の果ては所縁ケ關、是の三方より昼夜かけて離参のもの数をしらず。關守咎むる時は我々国に居ては助かる様なし。去(ママ)によつて他国へ行き、露命を繋ぎ申したく参るとて通りかゝりの者共数百人關處に洶まりて大きに罵れば、②伏せがん様なく木戸を明(ママ)けて通りけり。其の外山を越え船に乗りて他国へ行く者止む事なく騒ぎ渡りて、国中の騒動たり。其の時和布苅右膳、最早国家の大事に及べり。是を沈(ママ)めずんば有るべからず。罷り違はゞ盛下はじめ手下のもの打ち果たして諸人の怒りを休めん。いざ③あんかんとするに有らずと、夫より小山田五兵衛が處へ行き差し向かひて言ふ様、譬へ當年凶作たりとも、ケ様《かやう》に国中騒ぎ渡りて万民渇命に及び、諸国に散乱して悪口言わん事こそ末代の恥なるべし。あわれケ様《かやう》の義(ママ)公義(ママ)へ聞こえて御

①「富田」のことか。
②「防がん」である。
③「安閑」である。

られてきたほどであった。その後籾田と言う村の脇へ大きな穴を掘り四方八方の死人を集めて、ここに埋めたが誠に夥しい数であった。さてまた、まだ少し力のある者は、所詮ここにおれば助かる道はない。いずこなりとも行ってしまおうと西の関所は小間越町、東は野中、南の果ては所縁ケ関、この三方から昼夜をかけて離散した者が数を知らないくらい多い。関守が咎めた時は、我々は国にいては助かる道がない。それだから他国へ行き、露命を繋ぎ申したくて参るのだと言って通りかかりの者達が数百人関所に留まって大声を上げて騒ぐので、防ぐこともできず木戸を開けて通したのであった。その他、山を越え船に乗って他国へ行く者はとどまることなく騒ぎわたり、国中の騒動となっていた。その時和布苅右膳は、最早国家の大事に至ってしまった。これを鎮めない訳にはいかない。まかり間違っても、盛下始め手下の者達を討ち果たすことで諸人の怒りを鎮めよう。さあ安閑としている場合ではないと、それから小山田五兵衛の所へ行き、差し向かって言うことには、譬え当年が凶作であっても、このように国中が騒ぎわたり、万民が渇命に及び、諸国に離散して、他国で藩の悪口を言われることは末代までの恥辱でござる。あぁこのような事が公儀へ聞こえてご

不審あらば家の大事に及ばん。鈴森は鈴森にかぎらず、深崎・①作木所々の騒動其のまゝに②其のまゝに打ち捨て置かれ候ふや。最前某《それがし》申したる鈴森の廻船留め置かば、今になつて万民の助けなるべし。上にて下を恵まざれば、下亦上を恐れず。扨亦先年より御家中三歩一御差し引き、其の外在々より御取り立て成され候ふ米銭如何成され候ふや。今こそ万民助けてこそ政道よろしきとやせん。先年凶作の節、時の役人仕置きよければ、上を貴んで非道の事なし。サテ當年に於いては以ての外に上を③歴（カ）め、国政を背きて我が俀至極の振る舞ひなれども、是を制し兼ねて上と言わんや。太守此のよし聞こし召し、如何思し召しけん。段々申す通り中々もつて貴殿の胸中にて国家□得んはあるべからず。既に是まで貯へ置きたる米銭の有り處《ありか》を申し聞けよ（カ）。表用人なれ共貴殿ごときのことはすまじ。イヤ何處に御座ると大の眼に角を立て居丈高にせりたつれば、其の時小山田わなわな振るへて段々御尋ねは御尤もに御座候へ共、私に於いては前後存じ申さず。右の義は（ママ）盛下氏に御尋ね下されよとふるへふるへの塩辛聲、

① 「木作（木造）」である。
② 下の「其のまゝに」は衍字である。
③ 「歴」の意、不明。

不審を蒙ったならばお家の大事に及ぶことでござろう。鈴森は鈴森に限らず、深崎・木作他、所々の騒動をそのままにうち捨てて置かれようか。最前某が申した鈴森の廻船を留めて置いたならば、今になって万民の助けとなったことでござろう。上が下に恩恵を施さなければ、下はまた上を恐れぬ。それからまた先年以来ご家中のご給分を三分の一に差し引いて渡し、その他にも在々からお取り立てなされた米銭があるが、それはいかがなされたのか。今こそこれを出して万民を助けるのがご政道よろしきと言うものでござろう。①先年凶作の節、時の役人の仕置きがよかった時は、上を貴んで非道の事はなかったものでござる。ところが当年に於いては、以ての外に上を軽んぜしめ、国政に背いて我がまま放題の振る舞いをしているが、これを制止することができないでお上と言えるだろうか。太守がこの由を聞こし召したならば、どのように思し召すでござろうか。これまで段々申してきたとおり、中々どうして貴殿の胸中で②国家□得んばあるべからず。既にこれまで貯えて置いた米銭のありかを申し聞かされよ。表用人ではあっても貴殿のようなことは致すまい。いやどこに米銭がござるのかと大きな眼に角を立て居丈高になって立ち上がったので、その時小山田はわなわなと震えて、これまで段々お尋ねなされたことはご尤もでございまするが、私に於いてはその前後の事情は存じませぬ。右の件は盛下氏にお尋ね下されと、震え震えの塩辛声で、それを

① 宝暦の飢饉に際して、藩の救済策が成功したことをさすか。
② この箇所、判読不能。

聞くも右膳はたまりかねしらぬとあれば仕方なし。左様未練な御自分とは是までしらず。能く下々に言はれしやつた、無念でないか、腹を切れ、六十に越して其の上何十年生きよ、イザ某《それがし》が介借《(ママ)》せん、サア切れ〳〵と言ひまくれば、虎に盗まれたる狗の①形《(な)》りになして、唯②はいはいの③種を失ひ、遠ひ廻つて次の間へ腰を引いてぞ逃げたりけり。其の時右膳はものも言はず取つて返し主馬が屋鋪《(ママ)》に至り、御用と言ひて座敷へ入り取り次ぎを申しければ、何事やらんと對面に及ぶ其の時、右膳前のごとく言ひて血眼に成つて委細五兵衛に相尋ね候ふ處御手前御承知のよしにて何れ相分からず候ふ。よつて右の米銭御出し成され候ひて、万民御助けと成され候はゞ、いかがいかがと畳懸ければ盛下つまりはてゝ成るほど御尋ね候へども、其の儀は夫々調べついて方々へ御返済又は御公務、彼是罷り成り、残りと申すは御座無くと言ふ。右膳言ふ様、然らば定めて御帳合ひも候ふべし。主君にも御達し候ふべし。右の④調《(ママ)》は何れに候ふや、承らんと思ひきつたる右膳が顔色、事六《(ママ)》敷くば打ち捨てんと面にあらわれ、ぢ

①「姿・形」の意である。
②「狗」と言ったので、その縁で「はいはい（這い這い）」と表現、また「はいはい」と返事の意も含ませたか。
③「種（いろ）」と読んで、「色」の意をもつか。
④「帳合ひ」のことか。

聞くにつけても右膳はたまりかね、知らぬとあらば仕方がござらぬ。そのように未練なご自分とはこれまで知らなんだ。よくこれまで下々にご命令を為されしやつたものだ、残念ではござらぬか、腹を切れ、六十を越してこの上何十年生きようか、さあ某が介錯をしよう、さあ腹を切れ切れと言いまくったので、①虎に睨まれた犬の形になって、ただはいはいと返事をし色を失い、這い廻わるようにして次の間へ腰を引いて逃げたのであった。その時右膳はものも言わずに取って返し、主馬の屋敷に来て、御用があると言って座敷へ入り、取り次ぎを申したので、何事であろうと対面に及んだが、その時、右膳は先のように言って、血眼になり詳細を五兵衛に相尋ねたところ、お手前が全てご承知の由で、いずれが本当かよく分からぬ。よってともかく右の米銭お出しなされて、万民をお助けなされたならばよいかと存ずるが、②いかがいかがと畳みかけたところ、盛下は言葉に詰まってしまい、なるほどお尋ねではござるが、その事はそれぞれ調べがついて、方々へご返済またはご公務にあれこれ使い切り、残りと申すものはござらぬと言う。右膳が言うには、それならば定めて御帳面もござろう。主君にもお話しなされたことでござろう。右の帳面はいずれにござるのか承ろうと、思い切ったような右膳の顔色で、事が面倒ならば打ち捨てようとする気持ちが面に表れ、③あからさまに

①「虎に盗まれ」は、「虎に睨まれ」の意と取れる。仮に訳す。
②意味の上からは「いかゞいかゞ」にとれる。
③ここの「直に」は「あからさまに」くらいの意に取れる。

きに怒れば此の躰を見て、盛下恐れなし
て、其の儀某も方々の儀へ候へば、委細存じ申さず候ふ。
始終の儀は大津三郎方に御座候ふ。右の義《（ママ）》同人へ
御尋ね下さるべく候ふといへば、然らば御自分三郎に御任せ
成され候ふや。①高三郎は江戸ものにて一代到りの奉
公人、夫に左様の御挨拶は憚り乍ら家老職の
方御心違ひと言わんか。いよいよ左様ならば中々以
て②御太《（ママ）》切の御役、御勤まりはなされますまい。余りの恥
を取らぬに、隠居なり切腹なりなされたが
能き様に存じます。拙者に於いては江戸でも上方で
も三郎へ對面して急度詮義《（ママ）》仕らん。言ひ違ひ
して後悔なさるな、主馬殿が命おしまいの高聲
に、耳も潰れて盛下は俄に虫をおこして返《（ママ）》る
事もせず、小居間に入りければ右膳は始終を《（カ）》
心に急度覚《（ママ）》へ、翌日反田喜左衛門が屋鋪《（ママ）》に到り、
右の趣逐一申して某江戸に到り三郎に相尋ね、事
分からざる時、三郎を二ツにして再度に返らず。
其の節は書翰をもつて申し越すべく候ふまゝ、彼が
首をとつて国家を③次給《（ママ）》ひ。此の義《（ママ）》は木田将監・
松山十五左衛門に申し含《（カ）》め置き候ふまゝ偏に頼むといひけり。必

①「高が」の意か。
②「御大切」である。以下同じ。
③「継ぎ給へ」である。

怒ったのでこの様子を見て、盛下は恐れをなし、
その件は方々へ関わっていることがござるので、某も詳しくは存じませぬ。
始終の経緯を書いたものは、大津三郎方にござる。右の件は同人へ
お尋ね下さるようにと言うので、それではご自分で三郎にお任せ
なされたのか。高が三郎は江戸者で、一代限りの奉
公人ではござらぬか、それにそのようなご挨拶は、憚りながらご家老職の
方としてお心違いと言わねばならぬ。いよいよそうであるならば中々どうし
てご大切のお役は、お勤まりなされますまい。余りに恥
を知らぬことで、隠居なり切腹なりなされたが
よいように存ずる。拙者に於いては、江戸でも上方で
も三郎へ対面してきっと糾明致す。言い違い
して後悔なさるな、主馬殿の命もおしまいだという高声
に、耳も潰れて盛下は俄に虫をおこして帰る
こともできず、小居間に入ったところ、右膳は事の始終を
心中重大に考え、翌日反田喜左衛門の屋敷に来て、
右の件を逐一申して、某が江戸に行って三郎に相尋ね、それでも始終のことが
分からない時は、三郎を二つに切り捨て二度と帰らぬつもりでござる。
その節には書翰をもって申し越すように致すので、彼の
首をとって国家を継ぎなされ。この事は木田将監・
松山十五左衛門に申し含めて置くので、偏に頼むと言ったのであった。必ず

夫に①氣遣《（ママ）》ひあるな片時も早く江戸へ急げ、跡《（ママ）》は
某請け合ふよと一より十まで示し合はせ、夫より
木田・松山にとくと申し聞かせて、十月末の凩《（こがらし）》の雪
の用意の蓑笠も、僅かに上下拾四人勇み進んで
明け六ツ花の白雪ふみメめて、供の廻りもいそ
いそと城下をこそは立ちたりけり。然るに家中の
面々此の沙汰を聞いて、心ある人々身をしのんで
先へ②欠《（ママ）》け抜け、村の端れ野の末に五人三人と
うち連れ右膳を待つて居るともしらず、通り
懸かれば近よつて③冠《（ママ）》りをとつて名をなのり、
跪てケ様《（かやう）》の趣承り仕り候ふまゝ、我々御同道仕りたく
存じ奉り候ふと口を揃へて言ひければ、其の時右膳大いに感ん《（ママ）》
じ、其の儀は平に留まり給へ、御忠躰のほど感じ
入り候へども御同道は思ひ寄らず、左様の事之無く候ふ。
併しもし似合ひたらば、反田・松山・木田などに傳へを
廻して尋ね給へ、思ひ當たれる④事もへあらん。国々国々
とのがれ、駕をはやめて急ぎ行く。別れて戻
る人々は後にぞ思ひしられけり。頓て其の夜右膳
は国の境所縁ケ關 に一宿して翌朝關の
奉行野宮勘解由へ挨拶して通りかゝれば其の

①「気遣ひ」である。以下同じ。
②「駆け」である。
③「被り（もの）」か。
④「事もあらん」か。

それに気遣いなさるな一時も早く江戸へ急げ、後は
某が請け合うと答え、一から十まで示し合わせて、それから右膳は
木田・松山によくよく申し聞かせ、十月末の凩や雪
の用意に蓑笠の準備をして、僅かに上下十四人の者を引き連れ、勇み進んで
明け六つに花の白雪を踏みしめて、お供廻りの者もいそ
いそとして城下を出立したのであった。ところが家中の
面々がこの様子を聞いて、心ある人々は身を忍んでこっそりと
先へ駆け抜け、村の外れ野の末に五人三人と
うち連れ、右膳を待っているとも知らず、通り
かかったので、近寄って被り物をとって名をなのり
跪いて、このような話を承りましたので、我々ご同道致したく
存じますると口を揃えて言ったのであった。その時右膳は大いに感激
したのであったが、その儀は何卒留まりなされい、ご忠義のほどは感じ
入りますがご同道は思いも寄らぬ、そのような事はござらぬ。
しかしもし似たような事があるならば、反田・松山・木田などに連絡して
尋ねなされ、思い当たる事があるかも知らぬと答えたのであった。それから村々里
々と逃れ、駕を早めて急いで行ったのであった。別れて戻
る人々は後になってから事の始終を思い知ったことであった。やがてその夜右膳
は、国の境所縁ケ関 に一宿して翌朝関の
奉行野宮勘解由へ挨拶して通りかかったところ、その

時勘解由罷り出て駕を支へて申す様、此の度御登りの
ようす具《つぶさ》に承り待ちか兼ねて候ふ。時ならざる御登り、
定めて御所存あつての事なるべし。推参を
もつて某初めとして同志の面々三十余人御
座候ふまゝ、當地に於いて万一の事あらば御味方に
成り候ふべし。某ケ様《かやう》申すからは御登りの趣是非
御明かし候へ。承知仕らず候ひては此處御通し申さず候ふ間、
のつ引きならず仕懸けられて右膳が曰く、誠に貴殿
御心中察し入り候ふ。昨日も途中に於いて数多《あまた》の
面々ひそかに御意を得候ふが、彼らにも申す通り、委細
は反田を初めとして木田・松山に尋ね給へ。此處
にて①申し難しすな。去《ママ》ながら先々ケ様《かやう》の趣とかすりに
騒ぎ、唇も思ひ切つてぞ斯く言ひけり。是を聞くより
頭を下げ、勘解由ははつとばかりにて関の扉
の内外へ足とるばかり残りけり。鹿追ふ猟師は山
を見ずと言へり。誠に右膳は夜を日に継いで、
遠近しらぬ細道を②上日に近付いて、思ひもよら
ぬ山中にて深崎の高厳寺に行き逢ひしが、
右膳は夢にもしらねども、隠れぬ家の紋處。
是を見るより近寄つて供の廻りに家名を尋ね、

①「申し難し」の意か。「すな」は衍字か？
②「上り、日に近づいて」の意か？

時勘解由が罷り出て駕を押さえて申すことには、この度のお上りの
事は具に承わり待ち兼ねておりました。時ならざるお上りは、
定めてお考えあっての事でござりましょう。推して参上しようと、
某を始めとし、同志の面々が三十余人ほどご
ざいまするが、当地に於いて万一の事があったならばお味方に
なろうと考えておりまする。某がこのように申す以上は、お上りの趣旨を是非
お明かし下され。ご承知下されなければ、ここをお通し申しませぬと、
のっぴきならず言いかけられて右膳が言うには、誠に貴殿の
ご心中は察し入り申す。昨日も道中に於いて沢山の
人達がひそかに拙者の意向を尋ねられたが、彼らにも申すとおり、委細
は反田を始めとして木田・松山に尋ねて下され。ここ
では申しにくいことでござる。しかしながら①先ず先ずケ様《かやう》の趣とかすりに
騒ぎ、口ぶりも思い切ってこのように言ったのであった。これを聞くと
頭を下げ、勘解由ははっとばかりに関所の扉の内外へ、右膳の足を
取らんばかりにして応対し、自分は後に残ったのであった。鹿を追う猟師は山
を見ずと言うことである。誠に右膳は夜を日に継いで、
遠近も知らない細道をたどり、江戸へ到着する日が近づいて、思いもよら
ぬ山中に深崎の高厳寺と行き会ったのであるが、
右膳は夢にも高厳寺を知らなかったが、右膳の羽織は隠れもない家の紋所である。
これ見るや否や近寄って、供廻りの者に家名を尋ねてそれと分かり、

①「先ず先ず」の意。

是こそ願ふ處なりと少しも①億《（ママ）》せず駕に近
付き拙僧儀は御在處深崎高巌寺にて御
座候ふ。ちつと申し上げたき儀御座候ふ間御休らひ下されかし
と慇ぎんに申し伸《（ママ）》べければ右膳此の躰を見て何
事の候ふやと一樹の預ケによしみ、あたりを拂ひ
て只弐人、高巌寺は逐一江戸の様子を申し
ければ、右膳大いに悦び始終を語りて、貴僧下りな
ば反田・木田・松山に對談して、此の末何儀に寄
らず変義の事を上へ達せ。某は様子に
よらば是切りなるべし。貴僧の思ひ立つこそ
是ぞ佛の方便なり。然る上は疑ひもなき事
なれども、是を印に得よと席筆を取り出し
一封を取り認め、則ち三人の人々へと書いて②是《（カ）》となへ
片時も早く下れと有れば高巌寺こそ踊り
上がり、③念頃にこそ立ち別れ跡をも見へ《（ママ）》ず成りに
けり。斯くとはしらず国元には盛下・小山田相談し
て、右膳江戸に着かば何事か言わん。有る事
ない事枝を付け葉を付け上聞に達しなば、我々
なんとかならん。最早是までなり。然る上は
邪魔、④ひろく奴原を助けては置くまじ。片時も

①「臆せず」である。以下同じ。
②「是（を）唱へ」の意か？名号を唱えるの意と思われる。
③「懇ろ」である。
④「（天下に）広く」の意か？

これこそ願うところであると少しも臆せず駕に近
づき、拙僧儀はご在所深崎高厳寺でご
ざいまする。ちっと申し上げたい事がございますので、お休み下さりませ
と慇懃に申し述べたところ、右膳はこの様子を見て何
事があるのだろうかと、見知らぬ人に一樹の縁と誼みを結び、辺りの人を払っ
てただ二人になり、高厳寺は逐一江戸の様子を申し
たので、右膳は大いに悦びこれまでの一部始終を語って、貴僧が国に下ったなら
ば反田・木田・松山に会って話して下され、この先どのようなこと
でも変った事があったならばお上へ告げて下され。某は場合に
よったらこれきりになってしまうかも知れぬ。貴僧が思い立って江戸へ上ってきた
のは、これこそ仏の方便というものでござる。この上は疑われることもないこと
でござるが、これを印にせよとその場で席筆を取り出し、
一封を取り認め、三人の人達へと書いて、これを宛所とし
片時も早く下れと言ったので、高厳寺は踊り
上がって喜び、懇ろにして立ち別れ、後も見えずに去っていったので
あった。これとは知らず国元では、盛下・小山田が相談し
て、右膳が江戸に着いたならば何事を言い出すであろうか。ある事
ない事に枝を付け葉を付け上聞に達したならば、我々は
どういうふうになることであろう。最早これまでである。この上は
邪魔者だ、天下に広く奴原をのさばらしては置くまい。一時も

早く用意して右膳を追ひ懸けさせ、打ち捨つべし。
悪さも悪い奴なりと俄に相談して、①追ひ欠《（ママ）》けたる
人々には館田権内・赤石弥左衛門。是らは盛
下の手に付いて其の夜九ツ過ぎに城下を発して、
一散に馬を早めて急ぐといへども、既に三日
めの日を②送《（ママ）》れて飛ぶがごとくせき切つて、二人り《（ママ）》は
二人で今日追ひ付かば打ち捨てん、明日は一處に
ならんものと昼夜を懸けて急ぎければ、既に
追ひ付いて今日一日と言ふ處に大雨降りて、止む事なく
急ぐといへども、其の日の昼過ぎに川渡りに差しかゝり
ければ、船留められていかんとしても越すべき
手段なく③牙《（ママ）》をかんで逗留せしが、大水にて
昼夜三日往来とまりて、弐人とも④評《（ママ）》しぬけこそ
天のなす處なるべし。斯くとはしらず、右膳は
難なく江戸に到り屋鋪《（ママ）》に付いて思ふよう、爰ぞ
大事の處なり。唯何事にも替へず、三郎が宅へ
到らんと急度《きっと》思案し門番に挨拶して、三郎
が居宅に到り案内に及びければ、石流《（ママ）》の曲者如何ん
とは思へども、差し置きて仕方なく座敷へ通し
時候の挨拶もすんで右膳が曰く、某御用の儀

①「追ひ懸け」である。
②「遅れて」である。
③「牙」は「歯」である。以下「歯」に置き換えて訳す。
④「拍子ぬけ」である。

早く用意して右膳を追いかけさせ、討ち捨ててしまおう。
憎さも憎い奴だと俄に相談して、追いかけたのであったが、その
人々は館田権内・赤石弥左衛門である。これらは盛
下の手について、その夜九つ過ぎに城下を発して、
一散に馬を早めて急いだのであったが、右膳は、既に三日
目となり、日数遅れて飛ぶように息せき切って急いでいたので、なかなか追いつか
ず、二人は二人で今日追いついたならば切り捨てよう、明日は一所に
なろうと昼夜を通して急いだところ、もう少しで
追いついて、今日一日で追いつくというところに大雨が降ってやむを得ず、
急いだけれどもその日の昼過ぎに川渡りに差しかか
ったので、船を留められてどうしても川を越すべき
手段がなく歯がみをして逗留していたが、大水の為
昼夜三日も往来の通行が止まってしまい、二人とも拍子抜けをしていたのは、
天の所為というものであろうか。こうとは知らず、右膳は
難なく江戸に到着し、屋敷に着いて思うことには、ここが
大事のところだ。ただ何よりも先ず、三郎の宅へ
行こうと厳しく思案し門番に挨拶して、三郎
の居宅に来て案内を頼んだところ、三郎は流石の曲者で右膳の来訪をどんなもので
あろうかとは思ったけれども、差し置いて当面は仕方なく座敷へ通し、
時候の挨拶もすんで右膳が言うには、某は御用の儀が

御座候ひて罷り登り候ふ間、御前御逢ひの儀御取り成し頼むと言ひければ、にくにくしも三郎はそこら爰らに返答して、頓て其の夜は更けにけり。扨翌日三郎登城して上聞に達しけるは、昨日私方へ右膳御用の由にて到着仕り、御前御逢ひの儀願ひ奉れども、様子をとくと吟味仕り候ふ處、右膳は乱心の様子に御座候ふ。外人より申し上げ候ても、御逢ひの儀留まらせ給へ。勿論人傳てを以て如何様の儀申し上げ候ふとも御取り揚げは尚《なほ》遊ばすな。太守聞こし召し誠なるやと仰せければ、事相違は①申し上げんと、其の身の罪を②凌がん為ふるなの弁を改初めて支へたるこそ極々の重罪、譬へん様なし。然るに其の頃太守の御若君寿廿歳にたらざりしが、御生まれかしこく三徳を兼ねさせて、今東都にも御名高く渡らせ給ひしが、先達つて深崎の高巌寺事聞こし召し、御氣の毒に思し召す處に、今又和布苅右膳が事を聞き及ばせられ、御心痛に遊ばさるゝといへども、大津三郎と言ふ曲者さゝへに成りて御前を取り斗らひ、追ひ返さんと思ひしが、若君此の事を聞こし召し早速大津を召され、其の方父上に申したる儀具に聞けり。右膳乱心と相成れば、

①「申し上げぬ」か。
②この箇所、意味不明。

ござって罷り上りましたので、御前お会いの儀をお取りなし頼むと言ったところ、憎々しくも三郎はそこらここらに言い回し、好い加減の返答をして、やがてその夜は更けてしまったのである。さて翌日三郎が登城し上聞に達して言うことには、昨日私方へ右膳が御用の由で到着致し、御前お会いの儀を願い申し出ましたが、様子をよくよく吟味致しましたところ、右膳は乱心の様子でございまする。他の人から人を介して申し上げましても、お会いの儀はお留まりなされ。勿論人伝てを以てどのような事を申し上げましてもお取り上げはやはり致しまするなと三郎は忠言したのであった。太守はこれを聞こし召し、誠であろうかと仰せになったところ、間違ったことは申し上げませぬと、自分の身の罪を①凌がん為ふるなの弁を改め始めて、御前お会いの儀を阻んでしまったのは極々の重罪、譬えようもないほどであった。ところがその頃太守の御若君が年齢二十歳にも満たなかったのであるが、お生まれ賢く②三徳を兼ねておられて、今江戸でもその名が高くていらっしゃったが、先だって深崎の高厳寺のことを聞こし召し、お気の毒にお思いになっていたところに、今また和布苅右膳のことを聞きつけられ、ご心痛でいらっしゃったが、大津三郎と言う曲者が妨げになって御前を取り繕い、追い返されようとしていたので、若君がこのことをお聞きになり早速大津を召され、その方が父上に申したことを詳しく聞いた。右膳が乱心と相なれば、

①この箇所、意味不明。
②『中庸』では、智・仁・勇の三徳をさす。

父上御逢ひは相成るまじ。其の乱心を見込んで
尋ねる事あり。早々右膳に罷り出よと①申し聞けよ
と仰せなればはつと三郎は畏まり、何とも申し上げ
らばこそ。上意に恐れて詮方なく右膳に右
の趣申しければ、大きに悦び早速登城して若
殿に逢ひ奉り、国家の騒動、事すさまじき
有りさまを委細に申し上げ奉れば、大きに驚かせ給ひ、
早々右の趣父上に仰せ上げられ給へば、俄に右膳を
召して始終を御尋ね有りければ、高厳寺の申し
上げたるよりは亦上越して事多し。太守②仰天
給ひて夫より再三御逢ひ之有り。凡《およ》そ三ケ年此の方国の政
事③逸《ママ》々聞こし召して、右の趣早飛脚を以て盛下に
御尋ね有れば、其の節盛下病氣と号し、御答へも
なく引き籠もるこそ悪々《にくにく》し。扨亦赤石・館田、右膳
を④追ひ欠《ママ》けて江戸に到り、大津に相談して如何すべ
しと取り々々の最中。右膳此のよしを聞いて早
速弐人を呼び出し、某が跡を追ふて何の御用に
登りたるやと申しければ、両人つまり果て申す様、何に
御用か早く江戸へ登り候ふ様、仰せ付けられ候ふまゝ、是まで到着
仕り候ふと振るへ振るへに申しければ、大きに怒つて早速弐人

①「申し聞かせよ」の意である。
②「仰天し」である。
③「一々」である。
④「追ひ懸けて」である。

父上へのご面会はかなうまい。その乱心を見込んで
尋ねることがある。早々右膳に罷り出るように申し伝えられよ
と仰せがあったので、はっと三郎は畏まり、何とも申し上げ
ることができないでいた。上意を恐れて仕方なく右膳に右
の返事を申したところ、右膳は大変悦び早速登城して若
殿にお会い申し上げ、お国の騒動の、すさまじい
ありさまを詳しく申し上げ奉ったところ、若殿は大変に驚きなされ、
早々に右の件を父上に仰せ上げられなさったので、急に右膳を
召して事の始終をお尋ねなされたが、高厳寺の申し
上げた話よりももっと事態が急迫していることが分かった。太守は仰天
なされて、それから再三右膳にお会いなされたのであった。凡そ三ケ年この方お国
の政事を一々聞こし召されて、右の件を早飛脚を飛ばして盛下に
お訊ねなさったところ、その時盛下は病気と言って、お答えも
せず引き籠もってしまったのは憎々しいことであった。さてまた赤石・館田は、右
膳を追いかけて江戸に到着し、大津に相談してどのようにしたらよいか
と、とりどりの談合の最中である。右膳は、この事を聞いて早
速二人を呼び出し、某の跡を追って来たそうであるが、何の御用で
登ってきたのかと申したところ、両人は言葉に詰まり果てて申すことには、何に
御用かは分かりませぬが早く江戸へ上るよう、仰せつけられましたので、これまで
到着致しましたと震え震えに申したところ、右膳は大変に怒って早速二人

を追ひ返しけり。弐百里にたらぬ冬の道、只犬の川原を走るがごとく何のけもなく、頓て所縁ケ関に到着せば、當町奉行野宮勘解由此のよしを聞いて大いに怒り、直ちに旅宿に到り両人に向かひ、定めて貴殿達は首尾調はずして追ひ返されたるべし。委細は某飽くまでしれり。中々もつて左様手軽くなり候ふべき。ようこそ下つた、定めて其の侭城下に到らば義士の人々に逢ふて命を奪われ給ふこそ疑ひなし。斯く申す某はじめとして一味の人々三拾余人候ふが、恐ろ敷く候ふ①候ふまじや。②城下到りて亡びんよりは、今此處にて御腹を召されぬか。麁相《そそう》ながら某③介借〈ママ〉して進ぜん。何と何とすゝむれば、両人勘解由が勢ひに恐れて赤面に及ぶ。其の夜の内に、こそこそ夜逃げするこそ心地よし。跡に関奉行、早や静謐のもようの印あるべしと、尚も江戸の様子を相待ちけり。

④小栗の出火

然るに其の後いよいよ騒ぎ渡りて、騒動止む事なし。去れば深崎の高厳寺、国へ下りて右膳の様子を詳《つまびらか》に聞かせ、其の後貞昌寺に逗

①下の「候」は、衍字。
②「城下に」か。
③「介錯」である。
④目録に合わせて「の」を入れた。

を追い返したのであった。二百里もの冬の道を、ただ犬が川原を走るように①何の目的もなく旅をして、やがて所縁ケ関に到着したが、当町奉行野宮勘解由がこの事を聞いて大いに怒り、直ちに旅宿に行って両人に向かい、定めて貴殿達は首尾調わずして追い返されたのでござろう。事の詳細は某が十分知ってござる。中々どうしてそのように②手軽く事が成功するはずがあろうか。ようこそ帰ってきた、定めてそのまま城下に到着したならば、義士の人々に会って命を奪われなさるのは疑いござらぬ。このように申す某を始めとして一味の人々が三十余人ござるが、恐ろしくはござらぬか。城下に着いて死ぬよりは、今ここでお腹を召されぬか。③粗忽ながら某が介錯して進ぜよう。どうだどうだとすすめたので、両人は勘解由の勢いに恐れて赤面してしまった。そうして、その夜のうちにこそこそと夜逃げしてしまったのは痛快なことであった。後に関奉行は、追っつけ事件が落ち着いてきた兆しがあろうと考えたが、なおも江戸の知らせを待っていたのであった。

小栗の出火

ところが、その後いよいよ騒ぎが広がって、騒動の止むことがなかった。そこで、深崎の高厳寺が国元へ下って右膳の様子を詳しく伝え、その後貞昌寺に逗

①前出、九三子の句にも「なんのけもない」とある。意は、「何の意趣・目的もない」くらいに訳せばよいか。
②この箇所、やや意味不明。仮に訳す。
③「粗忽」の意にとってみた。

留して沙汰するこそ恐ろしけり（ママ）。其の人々には
①家老反田喜左衛門、大番頭大寺集太、和布
苅門蔵、溝口傳十郎、用人松山十五左衛門、木
田将監、是らの人々相談に及んで、盛下・小山田・
大津の仕方を②逸（ママ）々上聞に達さんとて、③折度
の會合なるよし。然る處に早の飛脚到来し
て、反田を江戸へめす。時も十二月上旬、夜
を日に継いで発足し、扨其の跡の取り々々に
は何れも右膳が返事傳へ兼ねて、何と師走の
取り沙汰には大寺集太、是ぞ大事の處なりと
そろそろ用意に及びけり。重代の刀・脇ざし
五拾七腰、研師《とぎし》をよんで是を仕揚げ、鑓・長刀・
弓の弦を張りかへ今にも手迷ふ事もなく、
其の外何れも用意して、すわやと言わゞ④送（ママ）
れじと皆々支度調へけり。扨亦家中の人々
には野宮勘ケ（ママ）由、笠懸形部、今藤兵衛、和田兼蔵、
同小太郎、田中重左衛門、小館権十郎、小山四郎兵衛、
内藤小兵衛、小笠原喜三太、村松平内、笠懸孫兵衛、
野崎五郎右衛門、三戸七郎太夫、桜井又太郎、長坂
十郎、斉藤兵司、成瀬又内、山元金右衛門、一子三郎兵衛、

① 反田喜左衛門は添田儀左衛門、大寺集太は大道寺隼人、和布苅門蔵は津軽文蔵、溝口傳十郎は溝口傳左衛門をさすと考えられる。
② 「一々」である。
③ 「丁度」の意。あるいは「折節」の意。
④ 「遅れじ」である。

留して対策を廻らしていたのは恐ろしいことであった。その人々には
家老反田喜左衛門、大番頭大寺集太、和布
苅門蔵、溝口傳十郎、用人松山十五左衛門、木
田将監などがいて、これらの人々が相談をし、盛下・小山田・
大津のやり方を一々上聞に達そうとして、丁度
会合していたのだということである。そうしているところに、早飛脚が到来し
て、反田を江戸へ呼び寄せる知らせが来た。時も十二月上旬、夜
を日に継いで出立して行ったが、さてその後、談合の面々が
何れも右膳の返事を待ちかねて、何と師走の
取り沙汰では、大寺集太が、ここが大事のところであると
そろそろ盛下追い落としの準備に及んだのであった。重代の刀・脇差しを
五十七腰、研師を呼んでこれを仕上げ、鑓・長刀・
弓の弦を張り替え、今にも事あらば手迷うこともなく決起しようとしていたが、
その他何れの者も準備して、すわやと言えば遅
れまいと皆々支度を調えていたのであった。さてまた、家中の人々
には野宮勘解由、笠懸形部、今藤兵衛、和田兼蔵、
同小太郎、田中重左衛門、小館權十郎、小山四郎兵衛、
内藤小兵衛、小笠原喜三太、村松平内、笠懸孫兵衛、
野崎五郎右衛門、三戸七郎太夫、桜井又太郎、長坂
十郎、斉藤兵司、成瀬又内、山元金右衛門、一子三郎兵衛、

唐牛文五郎、岩井五郎太、其の勢都合三百五拾余人、
皆大寺の手に付いて沙汰するこそ恐ろしけれ。夫
ともしらず盛下・小山田相談するには、我々最早
絶景の尽きる處なり。右膳江戸に到り如何様に
申し上げるとも斗《(はかり)》り難し。再三の御不審を蒙り其の上ならず
今度喜左衛門江戸に召さるゝ上は、逐一上聞に達す
べし。此の義《(ママ)》如何すべしとうなづき上げて言はるれば
其の時盛下、されば候ふ、是まで様々の事も候へども
其の儀は言ひ訳の仕方候ふか、只鈴森の事此の儀は
上聞に達せずして御不審を蒙り、申し開きなしと
言へば、小山田の言ふ様如何にもさし①差しつまったる
事かな。然る上は彼らが為に、我々口閉ぢられて
済む者《(ママ)》に候ふべきか。鈴森や新田の入牢の者
残らず殺して口を留め候へ。昔秦の趙高と言ふ人、鹿
に鞍を置いて庭上に引かせ、万人に是を見せて
馬か鹿かと言ふ時に、明らかに馬といひしものを助け、鹿
といひしものを一時に殺せり。然る處趙高
の威勢に恐れて非を②利《(ママ)》になし、如何様の事
にても背く事なし。今是を思へば今度の
奴原一人も残らず命を取らば、此の末口を開くもの有るまじ。

①下の「差し」衍字である。
②「理」である。

唐牛文五郎、岩井五郎太、その勢は合わせて三百五十余人、
皆大寺の手について立ち上がったのは恐ろしいことであった。そう
とも知らず盛下・小山田が相談するには、我々は最早
運も尽きてしまった。右膳が江戸に到着したらどのように
申し上げるか分かったものではござらぬ。太守から再三のご不審を蒙り、それだけ
ではなく今度喜左衛門が江戸に召された以上は、逐一上聞に達してしまうことでご
ざろう。これはどうしたらよいであろうかと、①うなだれながら言われたところ、
その時盛下はそうなのでござる、これまで様々のことがあったが、
それについては言い訳の仕方がござろうか、ただ鈴森の事この件については
上聞に達しないで今ご不審を蒙り、申し開きができぬと
言うと、小山田の言うことには、それはいかにも差し詰まった
ことでござるな。この上は彼らの為に、我々が口を閉ざされて
済むことでござろうか。鈴森や新田の入牢の者を
残らず殺して口を塞いでしまえ。②昔秦の趙高と言う人が、鹿
に鞍を置いて庭上に引かせ、大勢の者にこれを見せて
馬か鹿かと尋ねて言ったことがござる。はっきり馬だと答えた者は助け、鹿
だと答えた者は即座に殺してしまった。ところが趙高
の威勢を恐れて、非を理になし、どのような事
をしても趙高に背くことはしなくなってしまった。今この事を考えてみると今度の
鈴森の奴原を一人も残らず命を取ってしまえば、この先口を開くものはござるまい。

①「うなづき」は、「うなだれ」くらいの意にとれる。仮に訳す。
②『史記』の「秦始皇本紀」に出てくる故事。

①森下聞いて、いかさま左様こそ候へ。片時も早く
首を刎ねろと申しければ、小山田頭を傾け、是に大い
なる思案あり。當時ケ様《かやう》に払底の米一日の牢
米一石に近し。今②相庭《ママ》にして六十文に四合の
米なり。是を思へば喰《ママ》をへらして是を
殺せと言ふまゝに、其の日より牢のもの一人に付き
三夕の粥をくらわしむれば、其の日の暮れ頃
より弐百人余りのもの共、其の叫び出したる事、
只③畜の落るがごとし。我々さしたる咎もな
きに、斯く苦しみを懸けて殺すに於いては、立ち處にて
舌を抜かん。或いは嘲るに④咽に喰付かん。大悪無道の仕
方よと其の罵る聲耳も潰るゝばかりなり。盛下・小
山田色を失ひ大に《ママ》恐れて、やにわに又元の扶持
を⑤價けり。是を聞いて、盛下が妹の子に竹内舎人
と言ふ人足軽大将を勤め、年こそ若けれども
能き侍にて、常々叔父のやり方を悪んで出入り
もせざりしが、此の節こらへ兼ねて主馬が處に
到り諫め曰く、君子家を出でずして、教へを国になす
と言へり。今叔父一国の司として、是を郭《カ》め
ずんば有るべからず。あやまつて改むるに憚る事なし

①「盛下」に統一した。以下同じ。
②「相場」である。
③「畜（生）の落つる」か。
④ノドと読む。
⑤「与ひけり」か、あるいは「価を払って」の意か。

盛下はこれを聞いて、なるほどそうでござった。一時も早く
鈴森の奴原の首を刎ねろと申したところ、小山田は頭を傾け、拙者にとても良い
考えがござる。①現在このように米が払底の時に、一日の牢
米が一石近くもかかる。今の相場にして②六十文に四合しか買えない
米でござる。この事を思えば鈴森の者を殺すのは当然のこと、食を減らしてこれを
殺してしまえと言うや否や、その日から牢の者一人につき僅か
三夕の粥しか食わせなかったところ、その日の暮れ頃
から二百人余りの者達の、叫び出した声が実にものすごく、
まるで畜生が絶壁から落ちて行くような悲鳴を上げたのであった。我々が大した咎
もないのに、このように苦しみを懸けて殺すというのであれば、たちどころに今す
ぐ舌を抜いてやろう。さもなければ喉に喰らいついてやろう。大悪無道
のやり方をするものだと、その罵る声は耳も潰れるほどであった。盛下・小
山田は色を失って大いに恐れ、急にまた元の扶持米
を与えたのであった。これを聞いて、盛下の妹の子に竹内舎人
と言う人がいて足軽大将を勤め、年こそ若いけれども
良い侍で、常々叔父のやり方を憎んで出入り
もしないでいたが、この節我慢しかねて主馬の所に
行き諫めて言うには、君子という者は家を出ないでも、自分の教えを国家に及ぼす
と言うことでござる。今叔父上は一国の司として、これまでの政事を改めない訳に
はゆかぬ。誤ったならばこれを改めるのに憚ってはいけない

①「当時」は、「現在」のことである。
②銀一匁が銭六十文である。

と言へり。誠に一家中の①淀《ママ》定少なからずと言ふも果たさず、盛下腹に②居《ママ》へ兼ね牙をかみて、推参なる小兵かな、能くも言ひたり。汝胸中をしつたるや、罷り立てと言ひまくれば、返す言葉なく、夫より大寺集太が一味に付き扨亦五兵衛が振る舞ひには誰か諫めを言ふものなし。子を先立ちて幼なき孫に背わるゝ《ママ》年をして、強さもちがひ脾臓院、明日の③命も白髪首振り舞はしてぞ思ひしれ、爰ぞ大事の處なり。然るに十二月半ばの頃、小栗徳弥と言ふ人出火して、家中の面々御城へ相詰める中にも、兼ねての人々には真先かけて、今藤兵衛・笠懸形部・野宮勘ケ由《ママ》、是らの人々大手に集まりて、相談するこそ恐ろしけれ。所詮右膳は江戸に居て能き事すまじ。よし又首尾能く事済むとも、其のまゝに置うか。幸いなるかな、今夜の火事是に待ち合はせて小山田を切つて捨つべし。何かいつまで延ばそうぞ、鬱憤はらして仕まへよと皆夫に成つて待つ處に、つゞきたる人々には、小館権十郎・桜井又太郎・成瀬又内・斉藤三郎おし重なりて此の沙汰を聞き

① 「評定」のまちがいであろうか。
② 「据ゑ」である。
③ 「命も知（しら）らぬ」と「白髪（しらが）首」と掛けた。更には「首」の縁で「振る」と言ったか。

と言うことである。誠に一家中の評定がよろしくござらぬと言いも終わらないうちに、盛下は腹に据え兼ね歯がみをして、でしゃばりの小兵者め、よくも言ってくれたな。お前は俺の胸中を知っているのか、出て行けと言いまくったので、返す言葉もなく、それから後は大寺集太の一味についたのであったが、ところでまた五兵衛の振る舞いに対しては誰も諫める者がいない。子に先立たれて幼ない孫に背負われる年をして、①体力の強さもちがうくせに、明日の命も知らないで白髪首を振り回し、我が身の程を思い知ればよいのに、ここが大事のところであったのである。ところが十二月半ばの頃、小栗徳弥と言う人の家から出火して、家中の面々がお城へ相詰めたのであったが、その中でも兼ねて相談の人々は真っ先かけてお城に詰めたのであった。その面々は、今藤兵衛・笠懸形部・野宮勘解由らで、これらの人々は大手門に集まって、いろいろ相談していたのは恐ろしいことであった。結局右膳は江戸にいても良い結果にはなるまい。たとえまた首尾よく事が済んでも、向こうはそのまゝにして置こうか。幸いなことに、今夜の火事でこれに待ち合わせ、小山田を切って捨てよう。何をいつまで延ばそうか、鬱憤を晴らしてしまえよと、皆そうと決めて待つところに、これに従って続いた人々には、小館権十郎・桜井又太郎・成瀬又内・斉藤三郎らがいたが、これらの人々は押し重なってこの沙汰を聞き

① 「体力の強さも違うくせに」くらいの意か。「脾臓院」の意不明、仮に訳す。

皆いかにもと一味して、いまやいまやと待つ處に
笠懸形部進み出、某《（それがし）》心に思ふ事あり。彼の
小山田はあの曲者、若し東の川より入らんもしれず。
いざ見て参らんと①欠《（ママ）》け抜けて東の門に来て見れ
ば、最早数多人々我先にと懸け入る處に、形部が
後よりつゞきたる人誰ならんと見返る處に、
待設ふけたる小山田なり。得たりかしこし、爰
なりと見るより早く身をひそめ扉のかげに
皆つと隠れ、②力《（カ）》らをくくれとこそは待ち懸けたり。
夫とはしらず、小山田は与力同心前後につけ、
はるばると来るをよつく見すまし、如何に
小山田思ひしれと拝み討ちに切り付ければ、大聲
たてゝ腰を抜かし、大地へどうと倒れけり。
是を見るより中小性《（ママ）》松之助と言ふもの、何者や
と出向かへば、こしやくな土虫めら近寄つて二ツ
になるなとためらふ處へ鑓持ち飛んで出、
一突きにせんとする鑓を中にとつて表に進み、
松之助耳先懸けて討ち付ければ灯ちんに躓ま
づ《（ママ）》き、③はつと降たる灯の闇よりくらき
④下良《（ママ）》もの、刀脇差し投げすてゝ、てんでにこそは

①「駆け」である。
②この箇所、意味不明。
③「はつと落としたる」ぐらいの意か？
④「下郎」である。

皆いかにもそのとおりだと味方をして、今来るか今来るかと待つところに
笠懸形部が進み出て、某心に思うことがござる。彼の
小山田はあの曲者のこと、もしかして東の門から入るかも知れぬ。
さあ見て参ろうと駆け抜けて東の門に来て見れ
ば、最早たくさんの人々が我先にと既に駆け入っており、形部の
後から続いて来た人々も、誰であろうと振り返って見たところに、
待ちかまえていた小山田がいたのであった。うまい具合にここ
にいたと見るより早く身をひそめ、扉の陰に
皆さっと隠れ、満を持して待ちかけていた。
それとは知らず、小山田は与力同心を前後につけ、
はるばるとやって来たのをようく見すまし、いかに
小山田思い知れと拝み打ちに切りつけたところ、大声を
たてて腰を抜かし、大地へどうと倒れたのであった。
これを見るや、中小姓の松之助と言う者が、何者か
と立ち向かってきたので、こしゃくな土虫めら近寄って二つ
になるなと①あしらっているうちに、松之助は鑓を持ち飛んで出、
一突きにしようとした、その鑓を間に取って表に進み、
松之助の耳先を目がけて打ちつけたところ、提灯に躓き
はっと落として灯りが消え、闇よりも暗くなり、
下郎者のこととて、刀脇差しを投げ捨てて、てんでに

①「あしらっているうちに」と訳してみる。

逃げたりけり。騒ぎに紛れ小山田は、背中を押され手を引かれ、やつと其の場を逃げて行く。危ふいかな、後日是を沙汰しければ、其の時切れたる五兵衛が①冠《ママ》りもの、通例のものならば何かはもつてたまるべき。形部が業の手の内は②それべきようはなけれども、鉢金にとめられて③百會《ひやくえ》に残る太刀疵の浅ましくこそ見へ《ママ》たり。笠懸とつて返し大手の様子を見てければ、今や遅しとみなみな血眼になつて待ち居たり。形部ケ様《かやう》の支度打ち捨てたりと言ひければ、扨はおくれしものかなと牙《ママ》をかまぬはなかりける。斯かる處へ小山田は、追手へ廻らばまたまた面倒なりと思ひ、其の場を立ち送りて病氣と偽り引き籠もりて、様々見聞致されけれども、中々もつてしらばこそ。少々しつたる人々も、しらぬと言ふに仕方なし。其の節五兵衛が表門に落書あり。是を見れば

切られたる其④恥かねを
しらずしておや又生て居るや
五兵衛は

其の外、人の評判揚げて算《かぞ》へがたし。扨又江戸

①「被りもの」である。
②「逸れべきよう」の意か。
③「脳天」あるいは「顔の中央」の意である。「ひゃくえ」と読む。
④「恥がね」と「鉢金」を掛けた。

逃げて行ったのであった。騒ぎに紛れ小山田は、背中を押され手を引かれ、やっとその場を逃げて行く。危ういことよ。後日このことが取り沙汰されて、その時切れた五兵衛の被り物が、普通のものならばどうしてたまるはずがあろうか。形部の剣の腕前は逸れるはずがなかったけれども、鉢金に止められてしまい、①脳天に残った太刀疵はあきれるほど凄まじいものであった。笠懸達の方はとって返し大手門の様子をじっと見て、小山田の来るのを今や遅しと皆々血眼になって待ちかまえていたのであった。しかしやって来ないので形部はこのような待ち伏せはうっちゃってやめてしまおうと言ったので、それでは遅れてしまったかと歯がみをしない者はなかったのであった。そうしているところへ小山田は、追手が廻って来たならばまたまた面倒だと思い、その場を立ち去り病気と偽り引き籠もってしまったので、その後様々小山田の行方を②見届けようとしたけれども、中々もって知ることはできない。少々様子を知っている人々でも、知らないと言うのでどうしようもない。その節五兵衛の表門に落書があった。これを見ると

③切られたる其恥かねを
しらずしておや又生て居るや
五兵衛は

その他人々の評判は、挙げて数えることができないほど沢山あった。さてまた江戸

①「百會」は、ここも「脳天」と訳してみる。
②「見聞」は、「見届ける」と訳してみる。
③句意は、「切られた恥も知らず、刃を受けた鉢金も飛んでしまい、五兵衛も鉢金も行方が分からなくなってしまったが、おやまだ生きているのか五兵衛は。」となる。

には和布苅右膳太守に奉り、心のまゝに上聞に達し、夫より殿中に於いて三郎に向かひて言ふよう、某国元にて盛下・小山田に段々相尋ね候ふ處、委細貴殿御存じのよし、右に付き罷り登り候ふ。然れば御国元三歩一或いは新田所々の取り立て米如何成され候ふや。御国元にては①ケ様《かやう》仕義《ママ》、既に大事に及び候ふぞ、早々聞たてにじりよれば、大津なるほどと承し致し候ふ。覚え御座候ふ分は申すべし。昨年御登りのせつ御米五十何万石、右の内何万石は御返済、又何ほどは御公務、残りは何ほど渡し方にて残りと申すは御座無く候ふと言ふ。其のとき右膳は、いやさ其の儀にてはなし。凡そ御用、江戸是までの御倹約、何ほど御座候ふや。此の儀御尋ね申す事に御座候ふ。片時も早く聞けられ候へと膝立て直してつめ懸かれば、其の時大津はかつて存じ申さず。憚り乍ら御国元の御家老中の存ぜざる義某《ママ》如何にして存じ申すべくや。一旦取り扱ひ候ふ事は存じ罷り有りと言ふ。右膳然らば先年御倹約始めのせつ、随一に御世話成され候ひて、いかに御存知なきとは二言かき、御承知なくて済む事か、いかにいかにとせき切つて、今一言しらぬと言わゞ二ツにせん

① 「ケ様の」か。

では和布苅右膳は、太守に対し思いのまま申し上げ奉り、それから殿中に於いて三郎に向かって言うには、某は国元で盛下・小山田へ順序を追って相尋ねたところ、委細は貴殿がご存じの由であったので、そのような次第で江戸に上ったのでござる。それ故国元三分の一のご給分差し引きや、或いは新田各地の①取り立て米はどうなされたのかお答えなされい。国元ではこのようなやり方が、既に大事に及んでおりますぞ、早々にその経緯を聞きただそうと躙り寄ったところ、大津はなるほど承知致しました。覚えがございまする分は申しましょう。昨年江戸へお登りの節には、お米五十何万石、右の内訳として何万石はご返済に当て、また何ほどはご公務に使用、残りは何ほどと渡し方へ割り振りして、残りと申すものはございませぬと言った。その時右膳は、いやそういう事ではござらぬ。一体お上の御用を勤めて、江戸でこれまでのご倹約を、何ほどしてござったのか。この事をお尋ね申しているのでござる。片時も早くお聞かせなされと膝を立て直して詰めかかったところ、その時大津は、それは未だ嘗て存じ申しませぬ。憚りながらお国元のご家老中の存ぜぬ事を、某がどうして存じましょうか。しかし、一旦私が取り扱いました事は存じておりますると言う。右膳は、それならば先年ご倹約を始めた時、一番にお世話をなされていたのに、何とご存じないとは二言掻きめ、ご承知なくて済む事か、どうだどうだとせき込んで訊ね、今一言知らぬと言ったならば二つに切って捨てよう

① 一石につき一升の備蓄米をさす。

と早々呑むかと責め懸かれば、其の時石流《（ママ）》の江戸
者顔色替《（ママ）》はりて成るほど左様の儀も之有り候ふ。去《（ママ）》り乍ら
老体の私、勿論方々の儀候へば、多分ものわすれ
致し候ふ。とくと詮義《（ママ）》の上申さんと、①一寸逢れの②言
和解《（わけ）》にして既に危ふき所へ、御部屋様より御意《（ぎょい）》
なりと言葉無きにて三郎は奥に入り、跡に
右膳は牙《（ママ）》をかみ、扨々悪き三郎かな、馬
鹿の間似して某をなぶらんとな。真二ツにと
おもひしに、御意とあらば仕方なし。重ねて思ひ
しらせんと、胸を鎮めて立ちたりけり。されば大津
の口上手、御前手のよい事には御部屋さまを出
しにして内々ぐるになり、何ほども金貸しを
して利を分けて、つまらぬ事の出来たる時は、
皆能きように御前をとりなし、御部やの口
紅まつかな空の美《（カ）》なるもの取り斗らひて首尾
調へ、やるまいものか、内々は御部屋さまの兄分なり、
口惜しからん。右膳は、ねたむにたらぬ三郎を真っ
二ツにと思ひしが、御部や様に取り成され右膳を
めして太守の御意、諸事三郎に逆ろ《（ママ）》ふな、
③用捨《（ママ）》あれば仰せければ、右膳ははっと恐れ入り、是

①「一寸逼れ」か。
②「言ひ訳」である。
③「容赦」である。

と、早々に呑むかと責めかかったところ、その時流石の江戸
者顔色を変えて言うには、なるほどそういう事もござりましょう。しかしながら
老体の私、勿論多方面へ政務に関わり、多分物忘れ
致したのでございまする。とくと調べた上で申しましょうと、その場逃れの言い
訳をし殆ど危うくなってきたところで、①お部屋様からお呼びが
あると、お部屋様からの言葉もないのに三郎は奥に入って行ってしまったが、後に
残った右膳は歯がみをして悔しがり、さてさて憎っくい三郎め、馬
鹿の真似をして某をなぶろうとしたな。真っ二つにしてやろうと
思っていたが、太守のお召しとあれば仕方がない。重ねて問い詰め思い
知らせてやろうと、胸の怒りを鎮めてその場を立ったのであった。そういう訳で、
大津の口上手は、太守の御前で都合のよい時にはお部屋様を出
しにして内輪の者とぐるになり、いくらでも金貸しを
して利を分け、つまらない事件が起きた時には、
皆よいように御前を取りなし、②お部屋様の気に入るように口
紅真っ赤で、はでに美しいものを取りはからって首尾を
調えるやり手であるが、逃がすものか、右膳は内々ではお部屋様の兄分である、
どんなに口惜しいことであろう。右膳は、妬むには足らない三郎を真っ
二つにと思ったが、お部屋様に取りなされ、右膳を
呼んで太守の仰せは、万事三郎に逆らうなと、
太守公からご容赦するよう仰せがあったので、右膳ははっと恐れ入りこれはこれ

①「側室（歌喜／ウタギ）」の事である。
②「お部屋様の口紅まつかな空の美なるもの」は冗文で、単に「お部屋様の美なる（美しいと気に入る）もの」ぐらいの意にとれる。仮に訳す。

(カ)はと思ふばかりなり。頓て江戸を立つて夜を日に継ぎ、庄内・酒田へ廻つて夥敷く米を買ひ集め、暫く逗留して居たりけり。光陰矢よりも早く、又新しき初春の国の取り沙汰を聞く。誠に神武天皇より人の世に成りて凡そ三千年に近かりしといへども、未だケ様《かやう》の事を聞かず。国中の穀もの一切きれて、其の高き事歯の浮くるばかりなり。先づ黒米は六十文に弐合五夕、大豆は四合、小豆は三合、麦八合、粟三合、其の外雑穀に至るまで一ツとして下直《げじき》ならばこそ。鯣《するめ》壱枚拾八文、身欠き鯡一本拾文、人の死ぬこそ無理はなし。去(ママ)によつて町々は其の喰ひ物の売れること、餅やせんべい・甘酒・焼きめし・小豆粥・麺るいは申すに及ばず、何れの辻にも多分あり。是をもとめて喰はんものには端風情のたおれもの、股引きをぬぎ帯を解き裸になつて、①喰仕舞ひ死しもの数しらざりけり。よつて諸道具・衣類売らんとすれば、安すき事(ママ)襟も垢付かぬ綿入れを三百文なり。帯・襦袢のるい只呉れて来たるほどなり。小さい鍋壱匁八文

① 「喰ひ終ひ（しまひ）」の意か。

はと思うばかりであった。やがて江戸を発ち夜を日に継いで急ぎ旅、庄内・酒田へ廻って夥しく米を買い集め、暫くそのまま逗留していたのであった。光陰は矢よりも早く時が過ぎて、また新しき初春ともなり、国の取り沙汰をいろいろと聞いたのであった。誠に神武天皇から人の世になって凡そ三千年に近くなったことではあるが、未だこのような騒動は聞いたことがない。国中の穀物が一切きれてしまい、その値段の高いことは歯が浮いてしまうほどであった。先ず①黒米は六十文で二合五夕の値段、大豆は四合、小豆は三合、麦八合、粟三合、その他雑穀に至るまで、何一つとして安値のものはない。鯣一枚が十八文、身欠き鯡一本十文もし、人の死ぬのも無理はない。そういう訳で、町々ではその食い物の売れること、餅や煎餅・甘酒・焼き飯・小豆粥・麺類は申すまでもなく、何れの町辻でもたくさん売れていた。これを求めて食おうとする端風情の倒れ者は、股引きを脱ぎ帯を解き裸になって衣類を売り飛ばし、最後の食い仕舞いをして倒れていったが、その死人は数えきれないほど多かったのである。だから諸道具・衣類を売ろうとすれば、その値段の安いこと、襟に垢も付かない綿入れがたったの三百文である。帯・襦袢の類はただでくれてやるほどの値段であった。小さい鍋でも一匁八文の値段がし、

① まだ精米をしない、玄米の事である。

絹布の夜具・皿・火鉢・米搗き臼の類まで
馬に付け觸れ賣りしたりけり。扨①文銭ちく銭は
他国へ出たりけん、不足なり。炭や薪木の類、在々
より賣りに来て城下せましと附けあるき、
馬に乗つて觸れて行くもあり。是らを咎める節は
倒れ付いて歩行ならず。殺さば殺せ打たば
討て、②命出し前の過言なり。實に政道も
何もかも行き届くべき様ぞなし。扨又家
屋敷、是らは何と言ふべきや。只弐匁五六分
よいと言ふので、拾匁にすこし越えたる家屋
敷中にある時、弐百匁にもとめられし。是を
思へば湯を呑んで銭を白眼《にら》んで居たいか。此の節
されども早速相手なく、皆死に絶へて空家
なり。夜中は町中なりともむざと通られず。
然るに其の後③竹森町の施行のものども、其の
頃既に一万人に近かりしが、中々もつて
日に六夕の粥を喰らひ、助かる情《(ママ)》なく四方へ
④乞喰《(ママ)》に出、目のすきあればものを盗み、或いは
友喧嘩して、蕎麦切り桶や箱ものを散
々に打ちこわし、騒ぎ渡つて取り喰らひ、

①「文銭」は「一文銭」か、下は「蓄銭」か、意味は不明。
②「命（投げ）出そう」を逆に表現したのか？
③「松森町」のことか。
④「乞食」である。

絹布の夜具・皿・火鉢・米搗き臼の類まで
馬につけ、触れ売りをしていたのであった。さて文銭蓄銭は
他国へ出てしまったのであろうか、不足である。炭や薪木の類は、あちこちの村里
から売りに来て、城下狭ましと付け歩き、
馬に乗って触れ売りして行く者もいた。これらの者達を咎めた時には
その場で倒れ死に歩行もできない。そうして、殺すなら殺せ打つなら
打てと叫び、命はくれてやろうなどと過言をいう。実にご政道も
何も行き届くべきはずがなかったのである。さてまた家
屋敷のこと、これについては何と言ったらよいであろうか。①ただ二匁五六分
よいと言うだけで、十匁に少し越えた値段で家屋
敷を売り飛ばしてしまう。しかし中には昔二百匁で買い求めた家屋敷である。この
ことを思えば、湯を呑んで銭を睨んでいるのがよいか。この節は
しかし早速家屋敷を売る相手もなく、皆死に絶えて空家
になってしまっている。夜中は町中であっても、たやすくは通ることもできない。
ところが、その後②竹森町の施行の者達が、その
頃既に一万人に近かったが、中々どうして
一日に六夕の粥を食らっても、助かる見込みがなく四方へ
乞食に出て、人目の隙があれば物を盗み、或いは
仲間喧嘩して、蕎麦切り桶や箱物を散
々に打ち毀し、大騒ぎをしてこれを取り喰らい、

①この箇所、やや意味不明。仮に訳す。
②松森町には施行小屋が作られた。

頭を割られ口を裂かれ泣き叫ぶ有りさま、身の毛もよだつばかりなり。扨亦在々浦々には、分相應の百性《(ママ)》原喰《(ママ)》ひ物つきて助かる情《(ママ)》なく、夫々牛馬を喰ふ取り沙汰あり。去《(ママ)》によつて其の馬盗人の有る事ひどし。是を喰《(ママ)》するには四足をしばりてどうとたおし、耳の中へ煮え湯をつんで是を殺し、或いは柱につるし、眼の間に針を打ち、命を奪ひて喰ふ事端々一統なり。其の外、川骨・松の皮・竹のふしぶし・蕨の根・馬の①餌喰、大豆の葉も皆つきて、後々には犬・猫・鼠是らの吸ひ物、多くは東濱《(カ)》に於いて犬一疋三百文余せしとなり。極々是も②喰付て、人を喰ふたは③空になし。国の端の藪村に親子三人有りしもの、既に廿日の餘絶食して女房は枕元に倒れて死す。然るに夜中其の夫は死にたる女房の高股をへずり、火にこがして飽くまで喰《(ママ)》し、残りの身を子共《(ママ)》に喰らはせて、何なりと聞けば何かはしらずあまりに甘きものに候ふ間、又喰《(ママ)》せんと言ふ。父の言ふには夫こそ汝らの母なりといへば、その

①「餌食」または「餌」のことか。「馬の餌の大豆の葉」の意か。
②前後の文脈から判断して、「喰ひ尽きて」の意に取れる。
③「空（言）でなし。」の意か。

頭を割られ口を裂かれて泣き叫ぶありさまは、身の毛もよだつばかりであった。さてまた在々浦々では、分相応の百姓達が食い物を食べ尽くして助かる見込みもなく、それぞれ牛馬を食っているという噂であった。このような訳で、この馬盗人の出現することは、全くひどいものであった。この牛馬を食するには四足を縛ってどうと倒し、耳の中へ煮え湯を積んでこれを殺す、或いは柱に吊るして、眼の間に針を打ち、命を奪ってから食うということで、これが端々風情の者一同のやり方であった。その他、①川骨・松の皮・竹の節々・蕨の根・馬の餌、大豆の葉も皆尽きてしまい、後々には犬・猫・鼠などこれらを吸い物にして食って、多くは東濱に於いて犬一匹が三百文余りしたということである。最も甚だしいのはこれも食い尽きてしまい、人を喰らったという話は嘘ではない。領国の端の藪村に親子三人が暮らしていたが、既に二十日余り絶食して女房は枕元に倒れて死んでしまった。ところが夜中、その夫は死んだ女房の高股をへずり、火に焦がしてこれを食べ尽くし、残りの身を子供に喰らわせて、これは何だと聞くと、子供は何だかは知らないが余りに甘いものなので、又食べたいと言う。父の言うには、これがそのお前達の母であると言ったので、その

①「こうほね」である。スイレン科の多年草。葉は里芋に似る。

子大きに驚き縊れて死す。是を見るより
父たるものもおくれて死す。其の外色々の
評定あり。人の身の甘い處は臍（カ）なりと
いへり。是を思へば喰らはざるもの味わひしる様なし。
去（ママ）によつて人を喰らひ盗みをなし、身の
①擄るをしらぬもの何人となく取り集まり、手足に
石を付けて海底に沈む。其の外川へ落とし、
又は両足に縄を付けて大木へ逆さに②鈎（ママ）り上げ、
どうと落として殺すもあり。其の叫び聲耳を貫く
ばかりなり。後世に到りて是を偽りと思ふべからず。
誠に大切なるものは口なり。扨亦其の後施行
小屋のもの共沙汰するには、處（ママ）詮我々助かる情（ママ）は
なし。明日は町々へ走り廻り店々へ踏み込ん
で、思ふ保物を喰ひ夫を最期に死すべし
とて、次の日昼頃より一万人の乞喰（ママ）共、夫々
手分けして四方八方へ押し来たり、酒を呑みたきもの
は酒屋へ入りて、大勢おし重なりて賣り場に到り、やた
らに呑む。或いは菓子屋・蕎麦切りや・餅や・肴や・
青物屋へ踏み込んで、なまもの・干物手に當たれと
取り喰へば、得たりやかしこし店のもの頭を打ち

①「擄る（所）」の意か。
②「釣り」である。

子は大変に驚いて悲しみ、縊れて死んでしまった。これを見てすぐ
父たる者も遅れて死んでいった。その他色々な
評判があった。人の身の甘い所は臍であると
言っている。しかしこれを想像してみても、食ったことがない者にはその味わいを
知るはずがない。そういうことで人を喰らい盗みをなし、身の
拠るべを知らない者達が何人となく取り集まり、手足に
石を付けて海底に沈め殺された者もあった。その他川へ落とし、
または両足に縄をつけて大木へ逆さに釣り上げ、
どうと落として殺された者もある。その叫び声は耳を突き通す
ほどであった。後世になって、後の人々がこれを偽りだと思ってはいけない。
誠に大切なものは人の口、食べ物である。さてまたその後施行
小屋の者達が取り沙汰するには、所詮我々は助かる見込みが
ない。明日は町々へ走り廻り、店々へ踏み込ん
で思うままに物を喰らい、これを最期にして死のう
といって、次の日昼頃から一万人の乞食どもが、それぞれ
手分けをし四方八方へ押しかけて、酒を呑みたい者
は酒屋へ入り、大勢押し重なって売り場にやって来、やた
らに酒を呑みほす。或いは菓子屋・蕎麦切り屋・餅屋・肴屋・
青物屋へ踏み込んで、生物や干物、手に当ったのを幸いに
取ってこれを喰らい、心得たとばかり店の者の頭を打ち

割り、口を聞き肘を折られて①叫ぶより、其の騒動ふせぎがたし。是より②乞喰(ママ)頭へ申し付け手下の餓鬼めら夥敷く連れ来、四方八方へ懸け廻り大きなる十手棒振りて八十余人打ち殺しければ、漸々静まりて残る奴原三百余人選び出して、③籾田村の後へ三丈余りの穴を堀(ママ)り、右のものども生きながら埋めけり。目覚しきかな、其の吼ゆる事百千の雷一時に落つるがごとし。然りといへども時なればこそ、まさしく死人の上を渡りて恐るる人は更になし。犬や鷹の餌喰(ママ)なる人の死骸は数しらず。あらあら恐ろしの浮き世とて数多の凶事に逢ひにけり。

盛下の露

扨も其の後和布苅右膳は、庄内・酒田の邊より夥敷く米を買ひ集めて正月末国へ下れば、皆人賞して仰がぬはなしとや。扨又国の取り沙汰には、彼の小山田が師走の太刀疵癒えてけれ共、頓て④早敢なきなれば、手下の人々と力ら(ママ)落として見へ(ママ)にけり。然るに山の井四郎兵衛が、是を見るより早くも察し、最早絶景のつきたる處なり。

①原文は「叫けふ従」とある。
②「乞食」である。
③「富田村」か。
④「早敢取（はかどり）なき」の意か。

割り口を返したりして、終いには肘を折られて叫び、それからこの騒動は防ぐこともできなくなってしまった。そこで乞食頭へ申しつけ、手下の餓鬼めらを夥しく連れて来させ、四方八方へ駆け廻らせ、大きな十手棒を振って八十余人の者を打ち殺したので、漸く騒ぎも鎮まり、残る乞食の奴らを三百余人選び出して、籾田村の後方へ三丈余りの穴を掘り、右の者達を生きながら埋めたのであった。驚きあきれたことに、その吼える声は百千の雷が一時に落ちたような凄まじいものであった。そういうことで、ご時世であろうか、本当に死人の上を渡って歩いても、恐れたりする人は全くなかったのであった。犬や鷹の餌食になった人の死骸は、数知れないほどである。あらあら恐ろしの浮き世とはなって、数多の凶事に出くわしたことであった。

盛下の露

さてもその後和布苅右膳は、庄内・酒田の辺りから夥しく米を買い集め正月末領国へ下ったところ、皆人々が誉めて仰がぬ者はなかったということである。さてまたお国の取り沙汰では、彼の小山田は師走の太刀疵は癒えたけれども、完全には治らないので、手下の人々は力を落としたように見えたのであった。ところが山の井四郎兵衛は、これを見るより早くも事態を察し、最早我々の運命も尽きてしまったのだ。

今朝も四方の空を見るに面白からず。よって我爰におらば命のほど心もとなしと、夫より米を買ひ下げの儀申し立て、何れへ行きしか、足元の①明る内に②逐天《（ママ）》してぞ失せにけり。扨亦盛下といへば、凡そ霜月より病氣と言ふて引き籠もり、江戸より再應御不審を得たれども、一ツとして御答へもなく、誠に一寸のがれの手段、匆論小山田の樣子を聞いていよいよ恐ろ敷くなつて、心爰にあらず。既に三度の御不審を蒙り、恐れ入る風情にて遠慮を申し立て、門戸を閉《（カ）》ぢて出入りを留め、かたから息を継ぎたりけり。其の頃何人の仕業なるや夜中になつて、盛下の屋鋪《（ママ）》の内にて鉄砲放す事度々たり。弓の矢などは既に座鋪《（ママ）》の間数を超えて、主馬が居間の柱に立つ事③折度なり。是を恐れて④盛《森》下は八重九重に居間を囲ひ、屏風を立て幕を張り、高聲とてもするものなし。然るに正月廿日余りの事なりしが、大寺の相談には五兵衛を殺して彼を助ける樣なし、近日早々打ち取るべしと示合、夫より組子の面々に斯くと告げる《（ママ）》

①「明るいうち」か。
②「遂電」である。
③「数度」か。
④原文は「盛」に「森」のふりがな有り。姓名の混乱有り。

今朝も①まわりの様子を見ても面白くない。よって自分がここにいたならば命のほども心もとないと、それから米を買い下げに行く旨を申し立て、どこへ行ったのか、足元の明るいうちに逐電して逃げ失せてしまったのである。さてまた盛下といえば、凡そ十一月から病気だと言って引き籠もり、江戸から再三ご不審を蒙ったけれども、一つとしてお答えすることもなく、誠にその場逃れの手段を使ってごまかしていたが、勿論小山田の様子を聞いていよいよ恐ろしくなり、心ここにはあらず。既に三度のご不審を蒙り、恐れ入る様子で遠慮を申し立て、門戸を閉じて家の出入りを止め、肩から息を継いでやっと暮らしていた。その頃誰の仕業であろうか、夜中になって②盛下の屋敷の中へ鉄砲を放すことが度々あった。弓の矢などは既に座敷の部屋をいくつもを越えて、主馬の居間の柱に立つことが数回もあったのである。これを恐れて盛下は八重九重に居間を囲い、屏風を立てて幕を張り、高声などもするものもいない。ところが正月二十日余りのことであったが大寺が相談し、五兵衛を殺してしまえ、彼を助けておいてはいけない、近日早々五兵衛を打ち取るべしと申し合わせ、それから組子の面々にこのようにすると告げた

①周囲の雰囲気を表すか。
②森岡主膳の屋敷は現在の元寺町にあった。

れば、悦び勇んで其の日を定め、皆大寺が屋敷に集まるといへども、廿日あまりの闇まぎれする人さらにあらばこそ。我①送（ママ）れじと裏門より懸け付けたる人々には、田中重左衛門・②野呂（ママ）勘ケ（ママ）由・笠懸形部・竹内舎人・今藤兵衛・和田兼蔵・同小太郎・小館権十郎・内藤小兵衛・小笠原喜三太・村松平内・斉藤三郎・笠懸孫兵衛・野崎五郎右衛門・小山四郎兵衛・三戸七郎太夫・桜井又太郎・長坂十郎・斉藤兵司・成瀬又内・山元重右衛門・同三郎・唐牛新吾・岩井太郎、其の外何れもきらびやかな有り様。みな紋處の変はり道具に、太刀・鑓・長刀・十手懸け・③随柄兵の鎌・桃灯嚴敷く用意して立ちならんだる有りさまは、赤穂の義士は思ひしられり。扨又大寺初めとして、右膳・文蔵・傳十郎・将監・重五左衛門、何れも寄り集まりて、其の夜は既に四ツ過ぎまで盃をほして④氣暇（カ）を調へ、九ツうつと罷り出ると相談決して待つ處に右膳が曰く、日頃のうつぷん今夜にあり。然る上は何義（ママ）によらず、何れも不承知是⑤有るまじきやと言へば、皆人口を揃へて是

①「遅れじ」である。
②「野宮勘解由」である。
③語意不明。
④あるいは、「気脈」か。
⑤原文は「有間敷や」とある。

ところ、悦び勇んでその日を定め、皆大寺の屋敷に集まったけれども、二十日過ぎの闇まぎれする頃で、相手は暗闇でなかなか見つからない。我こそ遅れまいと裏門から駆けつけた人々には、田中重左衛門・野宮勘解由・笠懸形部・竹内舎人・今藤兵衛・和田兼蔵・同小太郎・小館権十郎・内藤小兵衛・小笠原喜三太・村松平内・斉藤三郎・笠懸孫兵衛・野崎五郎右衛門・小山四郎兵衛・三戸七郎太夫・桜井又太郎・長坂十郎・斉藤兵司・成瀬又内・山元重右衛門・同三郎・唐牛新吾・岩井太郎などがいて、その他何れもきらびやかな出で立ちをしていた。皆紋所の変わり道具に、太刀・鑓・長刀・十手懸け・①随柄兵の鎌・桃燈を厳めしく用意して立ち並んだありさまは、赤穂の義士が思い知られてくるようであった。さてまた大寺を始めとして、右膳・文蔵・傳十郎・将監・重五左衛門らが、何れも寄り集まって、その夜は既に四つ過ぎまで盃を乾し気脈を調え、九つを打てば出かけると相談を決めて待っているところに、右膳が言うには、日頃の鬱憤を晴らすのは今夜である。この上はどんなことがあっても、何れも不承知はござるまいなと言うと、皆は口を揃えて

①語意不明。

なしと言ふ時に、右膳夫に付いて某《それがし》夜奇
妙な夢を見たり。各《おのおの》是を聞かれ候へ。某御
前へ召され堪忍を忘れてはならじ、今三
十日を待つべしと仰せ之有り。君爰に座るごとく
見て、夢覚めたり。各《おのおの》何と思ひ給ふぞ。今夜
ケ様《かやう》に思ひ立ち候へども、留まらずして事なるに
於いては、果たして家の大事に及ぶべし。左有る時
は①忠不忠に成るべきぞ。某つくづく思ふ所、
譬へ盛下なればとて、何の恐るゝ事かあらん。始
終の事を上聞に達し、②真直の事を申し
上げなば、盛下はじめ手下の奴原腹を切る事
疑ひなし。佞人《ねいじん》盛んなる時は忠臣衰ふ
とはいへども、今に成つていかでか彼に③正利あ
らん。誠に夢のごとく、今三十日に到らば事極
まらん。各々は如何と言ひければ、並み居たる人々
④利に伏《ママ》して、口を明くものなかりけり。危ふいかな、
盛下は右膳一人この場になくば、今宵《カ》限り
の命なるべきに、暫くの内は遁れけり。誠に
一味の人々は何れも牙《ママ》をかんで、銘々我が家
へ帰りけり。然るに其の後深崎の高厳寺を呼びよせ、

①「忠が不忠に成る」の意か。
②「真っ直ぐ」の意か。
③「正理」である。
④「理に伏して」とあるべきか。

不承知はござらぬと言う時に、右膳はそれにつけても、某は夜奇
妙な夢を見たのだ。各々方これをお聞き下され。某は御
前へ召された夢を見たが、太守公様から堪忍を忘れてはならぬ、今三
十日を待てと仰せがあったのでござる。我が君が目前に座っているように
見て、夢が覚めたのでござる。各々方は何とお思いなさるか。それにしても、今夜
このように思い立ってやったにしても、これが止まらないで事が成就したる
場合には、果たしてお家の大事に及ぶことでござろう。そうなった時に
は忠義も不忠になるでござろうぞ。某がつくづく思うには、
譬え盛下であるからといって、何の恐れることがござろうか。始
終の経緯を上聞に達し、真っ直ぐに事を申し
上げたならば、盛下を始め手下の奴原が腹を切ることは
疑いござらぬ。佞人がはびこる時は忠臣が衰える
ということがござるが、今になってはどうして彼に①正義がご
ざろうか。誠に夢を見るように安々と、今三十日たったならば事が成就
することでござろう。各々方いかがでござるかと言ったところ、側に並み居た人々
はその道理に感服して、口を開く者はなかったのであった。危ういことよ、
盛下は右膳一人がこの場にいなければ、今宵限り
の命であったのだが、暫くのうちは虎口を逃れることができたのであった。誠に
一味の人々は何れも歯がみをして、銘々我が家
へ帰って行ったのであった。ところが右膳は、その後深崎の高厳寺を呼び寄せ、

①「正義」と訳してみる。

大寺[1]集太が屋敷に集まり始終の事を申し含め、貴僧早く江戸に到り此の由上聞に達し候ふべしと言ひければ、委細畏まりて正月末の凍り解けを踏みメ《ママ》てこそ立ちにけり。扨も其の後盛下は、我が身の罪の[2]てつしたると、此の度の評定具《つぶさ》に聞く。所詮今度に於いて遁るゝようなし。今度高厳寺江戸に到らば、某《それがし》切腹に極まるべし。左様の事は武士の覚悟と言ひながら、笑わるゝこそ口惜しけり。いかゞはせんと昼夜伏したる事既に五日、家内のものには大病と言ひて食を留め、衣類[3]冠《ママ》りて顔を出さず。一族親類其の外には誠のように評定し、今や遅れじと盛下は、頃しも[4]二月はつ方に雨ふり重なりてもの凄く、朧に残る有明けの燈そばに[5]書《ママ》き立て、斯く口ずさみしたりけり。

夢でなしいゝや現《うつつ》のはる霞

と行燈に書き付けて心のまゝに腹かき切り、合掌してぞ伏したりけり。是とはしらず伽のもの、何とも疲れつき果て、前後もしらぬ高鼾、覚めてぞ思ひしられけり。ほどなく夜明けて鐘

① 前に「集太」とあるので統一した。
② 「徹したる」か。
③ 「被り」である。
④ 「二月初つ方」で、「初旬」の意か。
⑤ 「掻（か）き立て」である。

大寺集太の屋敷に集まり始終の経緯を申し含めて、貴僧は早く江戸に到着しこの事をご上聞に達して下されと言ったところ、高厳寺は委細畏まって承知し、正月末の氷り解けの道を踏みしめて出立して行ったのであった。さてもその後盛下は、我が身の罪が極まったと覚悟をして、この度の裁定を具に聞いた。所詮この度に於いては逃れる手段はない。今度高厳寺が江戸に到着したならば、某は切腹に決まることであろう。切腹は武士として覚悟の前だとは言いながら、しかし人に笑われるのが口惜しいことである。どうしようかと昼夜床に伏して既に五日、家内の者には大病と言って食事を止め、衣類を被って顔も出さない。一族親類その他の者は病気を本当のように噂をし、今や遅れまいと盛下は、頃しも二月初旬方で雨が降り続いてもの凄く、朧に残る有明けの月がまだ空に残る夜、燈火を側に掻き立て、このように吟じて辞世の句を残したのであった。

[1]夢でなしいゝや現《うつつ》のはる霞

と行燈に書きつけて心のままに腹を掻き切り、合掌をしてうつ伏したのであった。それとは知らず夜伽の者達は、何とも疲れきってしまい、前後も知らず高鼾をかいて寝ていたが、眠りから覚めてやっと不慮の死を思い知らされたのであった。程なく夜が明け鐘

① 句意は、「これが夢であればいいのだが、夢ではない。いいや、このように切腹に到ってしまったのは誠に現実のことで、外は現の春霞が立ちこめる時節になったのだ。」。

の音、旦那の手懸け足懸けども是を見るより
仰天し大きにあわて腰を抜かし、泣くやら
叫ぶやら遠ふやら逃げるやら、屋鋪《（ママ）》の内は大
騒ぎ、死ぬべき時に死せずんば、死に増さる恥あり
と、唐の親聖の言句も今こそしられけり。去《（ママ）》ほど
に高厳寺は夜を日に継いで江戸に到り、早速
御屋鋪《（ママ）》へ①当《（ママ）》着して御用の由を達しければ、
大津是を聞いて、扨々悪き坊主ならん。一度
ならず又此の度何用あって来た事ぞ。定めて
きやつは②推了に違ひなく、家中のものとぐる
になって③其《（ママ）》ども失わんとするな。推参千万
思ひしれ、身の悪逆は顕れて命を失ふ其の
時は只は死なぬと急度《（きっと）》思ひ、御前をさゝへ
たるこそ極々の重罪、口にも④延《（ママ）》べがたし。太守
このよしを聞いて、早速御逢ひ仰せ出されけり。時
に三郎御側に畏まり奉り申し上げけるは、頓て御夕膳
に御座候ふ間御前後御逢ひ遊ばされ候ふよう申し上げ奉れば、い
かにもと仰せ有りて、直ちに御膳を召し上がられたり。
扨亦高厳寺は今朝より御城へ相詰め、今や々々
とかたづを呑んで居たる處へ、太守機嫌

①「到着」である。
②「推量」である。
③「某」か。
④「述べ」である。

の音が聞こえる頃、旦那の①手懸け足懸け達はこれを見るや否や
仰天し、大変慌てて腰を抜かし、泣くやら
叫ぶやら言うやら逃げるやらで、屋敷の中は大
騒ぎをしたが、死ぬべき時に死なければ、死に増さる恥あり
と、唐の聖人の言葉も今こそ思い知られたのであった。そうしているうち
に、高厳寺は夜を日に継いで江戸に到着し、早速
お屋敷へ行って御用の旨を伝えたところ、
大津はこれを聞いて、さてさて憎い坊主である。一度
ならずまたこの度、何用あって来たことか。定めて
きゃつは自分の推量にまちがいなく、家中の者とぐる
になって、某どもを失脚させようとしているな。無礼千万な奴め、
思い知れ、自分の悪逆が顕れて命を失うその
時は、ただでは死なぬと厳しい面持ちをして、御前へのご面会を阻もうとし
たのは極めて重い罪で、口では述べがたいほどである。太守は
この旨を聞いて、早速ご面会すると仰せになったのであった。時
に三郎は、太守のお側に畏まり申し上げることには、やがてご夕膳
でございまするので、その前後にご面会遊ばされるよう申し上げたので、そう
しようと仰せになって、直ちにご夕膳を召し上がられたのであった。
ところで高厳寺は、今朝から②お城へ詰めて、今か今か
と固唾を呑んで待っていたところへ、太守はご機嫌

①「側妻」のことである。
②「お城」は、江戸藩邸上屋敷のことである。

能く御膳を召し上がられる。然らば高厳寺に逢はんと仰せ有りて書院に入らせ給ひしが、俄に①けんうん頻りにて御汗玉のごとくにて、御惣身叶わせられず御苦しの有《(ママ)》り様。是を見るより御側の面々労り奉りて俄に典薬を召されしが、折悪敷く其の日は何れもの御医師、他行にて早速登城致さず。只御殿上よ下よと返す事東の轟く如く、御代参御祈願其の外處々の御人遣ひ、②其闇《(ママ)》より早馬に乗つて四方八方へ懸け付けること、只風の通るがごとし。何んとぞやら手にもの付かぬ大騒ぎ。此のよしを聞き、典薬の面々只一飛びに③懸《(ママ)》け来て、御枕に近付き奉り御病躰を見奉るに御苦しみのおん有りさま、御眼の光らせ給ふまでなり。薬も道も通らばこそ。是はいかにと労り奉れど其の甲斐更になく、頓て其の日暮れ頃に黄《(よみ)》泉にこそ④趣《(ママ)》き給へり。老少不定の世の中とは云ひながら、斯かるふしぎの⑤御誓《(ママ)》去、あまりに御はかなきとぞ袖をぬらさぬはなしとかや。悔みて返らぬ習ひなれば泣く々々御葬禮を催し奉り、御家中の面々御供にていと懇ろに葬し奉る

① 「うんうん」か?
② 「其の暗(き)より」の意か?
③ 「駆け」である。
④ 「赴き」である。
⑤ 「御逝去」である。

よくご夕膳を召し上がられた。それでは高厳寺に会おうと仰せがあって書院にお入りなされたが、俄にうんうんと頻りに呻ってお汗が玉のごとく流れ、ご身体全身がまんのできないご様子で、お苦しみのありさまであった。これを見るや否やお側の面々がご介護申し上げ俄にご典薬をお呼びになったが、折悪しくその日は何れのご医師も、余所に出かけて早速にも登城致さないのであった。ただ御殿は上よ下よとごった返しているばかりで、呻き声は車の轟くごとく聞こえ、病気回復のご代参やご祈願に、またその他へも所々へお人を遣わし、まだ暗いうちから早馬に乗って四方八方へ駆け回らせたが、それは全く風が吹き通るように慌ただしいものであった。何がどうやら、手に物もつかない大騒ぎである。この事を聞き、典薬の面々がただ一飛びに駆けて来て、御枕に近づき申し上げご病体を見奉ったがお苦しみの御ありさまで、御眼が苦痛で光りなさっているほどである。①薬も道も喉を通ればよいのだが、全く喉を通らない。これは大変だとご介護申し上げたけれども、その甲斐は少しもなく、やがてその日の暮れ頃に黄泉路に赴きなされたのであった。老少不定の世の中とは言いながら、このような不思議なご逝去は聞いたこともなく、余りに儚いことだと、袖を濡さぬ者はなかったということである。悔やんでも返らぬ習いで、泣く泣くご葬儀を催し奉り、ご家中の面々がお供をしてたいへん懇ろにご葬礼申し上げたのであった

① 「道」は冗語である。

御自害に及たるよし。早速御国へ飛脚到来し、御家中の面々登城して、評義《(ママ)》既にまちまちなり。其の日は盛下主馬死して三日めなり。誠に国の騒動あげて算へ難し。扨亦深崎の高厳寺は斯くの仕合せ力ら《(ママ)》なく、再び国へ立ち帰りけり。去《(ママ)》ほどに江戸の屋鋪《(ママ)》には未だ騒ぎも止まざる内、御国の百性《(ママ)》共山を越え海を渡りて、上屋鋪《(ママ)》の門前に集まりたるもの、旅つかれに疲れ果て一夜の内に三百余人格子の下に居ならんで皆口々に罵りければ、番のもの是を見付け咎むる處に、数多《あまた》のもの共我々は御在所の百性《(ママ)》共にて御座候ふ。御国表旿年大凶作にて皆々露命を繋ぎ兼ねはるばる罷り登り候。御慈悲をもつて御助け下されたくと口を揃へて申しければ、此の旨早速上聞に達し①逸々《(ママ)》御詮義《(ママ)》を遂げられ、夫より賄ひ下し置かるゝ否や、御目付姥島源太郎其の外下役、数多の人々百性《(ママ)》共を召し連れて早速江戸を下る。其の道々街道に漂ひたるもの共、五人三人②つどひ集まり弥生《やよひ》半ばに到来せり。去《(ママ)》ほどに大津の三郎心に思ふよう、扨も我危ふいかな。カラ《(ママ)》

①「一々」である。
②原文は「ちとひ」とある。

①御自害に及たるよし。早速国元へ飛脚が到来がし、ご家中の面々が登城したが、評議は既にまちまちであった。その日は、②盛下主馬が死んでから三日目である。誠にお国の騒動は、一々挙げて数えきれないほどである。さてまた深崎の高厳寺は、このような成り行きになって力もなく、再び国元へ立ち帰ったのであった。こうして江戸の屋敷では未だ騒ぎも止まないうちに、領国の百姓達が山を越え海を渡って江戸に辿り着き、上屋敷の門前に集まって来たが、道中疲れに疲れ果て、一夜のうちに三百余人の者が格子の下に居並び皆口々に大声を上げて騒いだので、番をしていた者がこれを見つけ咎めたところ、大勢の者どもが我々はご在所の百姓どもでございます。お国表が昨年大凶作で皆々露命を繋ぎ兼ね、はるばる江戸へ上って来たのでございます。何卒ご慈悲をもってお助け下されと口を揃えて申したので、この旨を早速上聞に達したところ一々ご詮議なされ、それから食事を賄い下されたが、すぐにお目付姥島源太郎始めその他の下役など、大勢の人々が百姓どもを召し連れて、早速江戸を下って行ったのであった。その道々街道にさすらっていた者達が、五人三人つどい集まりそれらの者も引き連れて、弥生半ばに国元へ帰って来たのである。そうしているうちに大津の三郎が心に思うには、さても我が身の危ういことよ。力

①藩主信寧の自害は正史である『弘前藩庁御日記』にはない。
②実際に森岡主膳が死んだのは、藩主信寧の死後一年以上も経ってからである。

にしたる盛下先立ちて、五兵衛といへば人手に懸か
り残りしものは我一人。只①あんかんと日を暮らさ
ば命の大事爰なりと能々案んじ《（ママ）》、四十九日の
御回向に當たつて御菩提寺に到り、住持に厚く
く禮として太守のおん為とて髪を切つて
捨て、誠に発心に表を餝りたる。石流《（ママ）》の江戸者、
其の上②当君へは御奉公御暇を願ひ奉る。上是を
聞こし召し、未だ御沙汰もなき内にふと病氣に
③取次食する事のならばこそ。二日も三日も一切
喰ひ物少したりとも喰わんとすれば、眼を怒ら
し胸を苦しめ瀧水のごとく汗を流して苦
痛のありさま、万人の命を取りたるむくひのほど
こそ恐るべし恐るべし。既に廿日あまりに
惣身みいらの如く④疲《（ママ）》せ衰へ、昼夜一寸《（ちよつと）》眠る事
能わず。養生いろいろ尽くすといへども、其の甲
斐更にあらざれば、最期を待たん其の時に暮れ頃
より大雨降りて止む事なく、雷地に響きて耳
を閉ぢ看病のもの共大きに恐れて、其の夜三郎
の枕元に六七人居たりしが、惣身⑤振るひわなめて
さまざま恐ろしくなつて居る事叶わず、

①「安閑」である。
②第八代藩主信明公である。「若殿」「若君」とあるのも同じ。
③「取り付き」の意か。
④「痩せ衰へ」であろうか。
⑤「振るひわななきて」ぐらいの意か？

にしていた盛下に先立たれてしまい、五兵衛と言えば人手にかか
り、残った者は我一人である。このままただ安閑と日を暮らしたなら
ば大変な事になる、ここが命にかかわる大事であるとよくよく思案し、四十九日の
ご回向に当たり太守のご菩提寺に来て、住持に厚く
くお礼をし、太守のおん為といって髪を切って
捨て、誠に発心の意思を表に飾ったのであった。そこは流石の江戸者であるが、
その上更に当君へは、ご奉公のお暇を願い申し上げたのであった。お上がこれを
聞こし召し、未だ何の沙汰もないうちに、三郎はふっと病気に
取り憑かれてしまい、食事も叶わないようになってしまった。二日も三日も一切食
べず、食い物を少しでも食べようとすると、眼を怒ら
して胸を苦しがり、瀧水のように汗を流して苦
痛のありさまであった。万人の命を奪った報いのほどは、
実に恐るべし恐るべしである。三郎は、既に二十日余りにもなって、
満身みいらのごとく痩せ衰え、昼夜にかけて少しの間も眠ることが
できない。養生を色々尽くしたけれども、その甲
斐が少しもなかったので、今は最期を待つばかりとなったその時に、暮れ頃
から大雨が降って止むことがなく、雷が地に響いて皆耳
を閉じ、看病の者達が大いに恐れをなしていたところ、その夜三郎
の枕元に六七人の者が看病にいたが、皆全身が震えおののき、
さまざまに恐ろしくなって側にいることができず、

みなみな勝手へ逃げたりけり。其のひまに黒雲
たなびき雷のごとく音して、百千の悪鬼三
郎が頭ら《ママ》にとり付き舌を抜いて失せたりけり。
呼々《ああ》恐ろしや、生きながら地獄に①落り《ママ》入りたる有り様
日夜朝暮の苦しみは、言ふにはたらざるべし。
よつて渡世の人悪事をすることなかれ。

折山の②水連

扨も其の後弥生に當たりて、若殿御家督を受け
させたまひ極上々に首尾は済み、御一門の御
儀式御家中の面々禮拝少なからず、万民悦びをなせ
り。然るに其のとしの八月、太守はじめて御在《ママ》ひ
城へ下らせ給ひて四民の難儀をすくひ給ひ、御
仁心浅からず諸人名君と称し奉る。爰に御譜代
相傳の家中折山忠太と言ひて祭司役勤めし
人ありしが、正月元日年始の祝義《ママ》を詰めて相勤め、
夫より禮に出て木村杢女と言ひし人の家来、
急のまゝに飛ぶがごとく③懸《ママ》け来たり、辻にて彼の折
山に礑《はた》と行き合ひ、刀の柄へ袖を懸けて鯉口四五寸抜き
出したり。時に折山こらへ兼ねて、悪い奴よと言ふまゝに、
すわと抜き放し首筋どうと切り付ければ、むざん

①「落ち入りたる」の意か。
②「水練」の意である。
③「駆け」である。

皆々勝手へ逃げたのであった。その隙に黒雲が
たなびき雷のような音がして、百千の悪鬼が三
郎の頭に取りつき、舌を抜いて消えたのであった。
ああ恐ろしいことよ、①三郎は生きながら地獄に落ちた様子で、
日夜朝暮の苦しみは、言葉で言っても言い足りないほどである。
よって、渡世をする人々は、悪事をしてはいけないのである。

折山の水連

さてその後弥生になって、若殿はご家督をお受け
なされ、ごく上々に首尾よく済んだが、ご一門の御
儀式というので、ご家中の面々が礼拝することこの上なく、万民が悦びをなし
たのであった。ところがその年の八月、太守が初めてご在
城へお下り遊ばされて、四民の難儀をお救いなさり、ご
仁心浅からず、人々は太守を名君と称し奉ったのであった。ところでここに、ご譜
代相伝のご家中に、②折山忠太と言って祭司役を勤めた
人がいたが、正月元日年始のご祝儀にお城へ詰めて祭司役を勤め、
それから年始の礼参りに出た時、木村杢女と言う人の家来が、
急の様子で飛ぶように駆けて来て、町辻で彼の折
山にばったりと行き合い、刀の柄へ袖をかけ鯉口四五寸ほど抜き
出したのであった。その時折山は堪え兼ねて憎い奴よと言うままに、
やあと刀を抜き放し首筋をどうと切りつけたところ、無惨にも

①実際に大谷津七郎が死んだのは藩主信寧の死後七年以上経ってからである。
②折山忠太の話も実話である。

や此の者足元に倒れ、折山が履き物に喰ひ付けば、踏みのけ蹴りのけ早くも其の場立ち退きけり。遠近更に人目なき雪の暮れ凄じく、跡方しらず成りにけり。是はと驫《おどろ》く通りの人々、否や木村が元へしれ、検使を①欠《ママ》けて取り調べ、夫より見聞仰せ付けられ候へども、中々もつてしるべきや。扨亦其の後寺町と言ふ處にて多葉粉屋多助と言ふもの、正月半ばのころふと用事あつて金子四、五両懐中し、折しも暮れ頃に町端の堤にさしかゝれば、思ひもよらぬ片脇より聲を懸けし多助が②片《ママ》先切つて落とせば、わっと轉んで町人の悲しさ手を合はせて泣きけれども、聞き訳③さらにあらけなく、頭《ママ》らを割つて懐中を奪ひ、行衛《ママ》は更に④白雪の朱を満ちてこそ倒れけり。多助が有りさま目も當てられぬ事どもなり。此の由早速上へ聞こへ《ママ》、厳敷く御詮義《ママ》仰せ付けられ、此の節一統蔀《しとみ》頭巾と言ふを御停止《ちゃうじ》に相成り、色々見聞隙なしといへども止む事さらに⑤永き日の、弥生はじめの事なりしが、同家中の福山文太と言ふ人用事あつて川岸町を通りければ、橋の脇より大男すつと

①「駆けて」か。
②「肩先」である。
③「さらにあら（ず）」と「荒らけなく」とを掛けた。
④「知らぬ」と「白雪」と両意を掛けた。
⑤「さらに〈な〉し」と「永〈な〉がき日の」と両意を掛けた。

この者が足下に倒れ、折山の履き物に喰いついたので、踏みのけ蹴りのけ早々にその場を立ち退いてしまったのである。辺り一帯全く人目のない雪の暮れ方で凄まじく、行方も知れずになってしまったのであった。これはこれはと驚く通りの人々、すぐに木村のもとへ事件が伝えられ、検使が駆け遣わされて取り調べをし、それから見聞の者の聞き込みを仰せつけられたけれども、中々どうして知ることもできない。さてまたその後寺町という所で①煙草屋多助と言う者が、正月半ばの頃ちょっと用事があって金子四、五両を懐中にし、折しもちょうど暮れ頃に町端の堤にさしかかったところ、思いもよらず片脇から声をかけた者がいて、突然多助の肩先を切って落としたので、わっと転び町人の悲しさで手を合わせ泣き叫んだが、聞き分けが全くなく、②荒けなく頭を割って懐中の物を奪い、行方は更に知らず、白雪を朱に染めて倒れたのであった。多助のありさまは、全く目も当てられない様子であったのである。この事を早速お上に伝え、厳しくご詮議を仰せつけられたが、この時に全て蔀頭巾というものがご禁止になったりして、その他色々見聞に暇なく事件が無くなるという事は全くなく、更にまた日の長くなる三月初めのことであったが、同家中の福山文太と言う人が、用事のあって川岸町を通ったところ、橋の脇から大男がすっと

①「煙草屋」である。
②「荒っぽく」の意である。

出、文太が後ろよりうんと付け切ると見るより
早くかひくゞつて、弓手《ゆんで》に取り付き橋の下へ投げお
とし、知らぬふりして行き過ぎたり。其の後上へ聞
こへ《ママ》再三御尋ねを蒙るといへども、何者か更にし
れず。然るに三浦要助と言ふ人当田流の上
手にて師範をなし、門弟数多《あまた》ありしが
流人の身のかなしさ、此の節上の御疑ひを蒙り
再應御詮義《ママ》仰せ付けられ、覚えもなき事なれども
つひに御城下追放仰せ付けられ、其の外御坊主木村
小竹と言ふもの和術の上手にて、江戸詰めなどは
折々手柄有るよし頼母《たのもし》敷きことなりしが、
此の節上の御疑ひを蒙り、遂《ママ》に御役下げに相成り、
其の外騒がしき事揚げて算へ難し。後日に
人の評定には是らは皆、折山の仕方なりと
舌を巻かぬはなかりけり。然るに一統此の節
御家中渡し方四合扶持と言ふて、一日一
人に付き黒米四合ヅヽの御扶持下し置かれ、其の節
上へ偽りを申し上げ、纔《わづ》か一人や二人して七八人前
の御扶持を受け取り、時節も弁へず賣り肉を喰ひ、栄
耀は口に①延《ママ》べ難し。譬へば其の頃一人前扶持

①「述べ」である。

出て来て、文太の後ろからうんと刀を付け切るや否や、
さっとかいくぐって左手に取りつき、橋の下へ投げ落
とし、知らぬふりをして行き過ぎたのであった。その後お上に聞
こえ再三お尋ねを蒙ったのであるけれども、犯人が何者かは全く分から
ない。ところで、三浦要助と言う人は当田流の上
手で師範をし、門弟が沢山あったが
浪人の身の悲しさで、この時お上のお疑いを蒙り
再三ご詮議を仰せつけられ、身に覚えもない事であるけれども、
ついにご城下から追放を仰せつけられたことがあったが、その他にも御坊主木村
小竹と言う者がおり、①和術の達人で江戸詰めなどの時は
時々手柄があった由で、頼もしいことであったが、
この節またお上のお疑いを蒙り、遂にお役下げになってしまったことがあったりし
て、その他にも騒がしい事が沢山あり、一々挙げて数えることができないほどであ
る。後日人の評判では、これらの事件は皆、折山がやったことだと吃驚して
舌を巻かない者はなかったのであった。ところで、全てこの節には
ご家中のご給分渡し方が四合ずつとなって、一日一
人につき②黒米四合のご扶持を下されたが、この時
お上へ偽りを申し上げ、僅か一人や二人の家族に七八人前
のご扶持を受け取り、時節も弁えず売り肉を喰らい、その贅
沢ぶりは口で述べがたいほどであった。譬えばその頃一人前の扶持米

①「柔術」の事である。
②玄米の事である。

一ヶ月分壱斗弐升ツヾにて弐拾匁余せり。是三
人前もあらば、此の節弐足三文の捨て賣りもの買い
まいものか。誠左様の人々には角田専四郎
と言ふ人獨身にて此のせつ七人前の扶持
を受け取り、大きい口を聞きちらかし人寄せをし
て①擔（ママ）花叩き、昼夜分かたず②酒に畏（ママ）し利口
な弁に道を失ひ、頓て流人したりけり。然るに
彼の折山がひたと角田に参會し、其の頃壱升
四文匁余の酒、あるいは呑み散らし夕べは蕎麦
切り拾匁代喰ふたり。爰では雑煮何ほど
喰ふたりと自慢のように心得借金をしち
らかし、済ます時は渡し方を③縮（カ）ひ、纔かの家内
も口を干るばかりなり。去（ママ）によつて自然借金に
せまり事を仕出して、後代に悪名残したる
こそ口惜しからんや。爰に折山が信（ママ）友に板橋
三次郎と言ふ人ありしが、年こそ未だ若けれども
おとなしき人にて中々折山ごときの人はなし。
勿論内輪にて少々かしもする人なり。不断懇
意の折山が段々世話になつて、其の身の放埓
棚に上げ空に異名を④つけつけとだまして、

①「啖呵」である。
②「酒に長じ」の意か。
③「縮ひ」は、「渋り」ほどの意か。
④「異名を付け」と「つけつけとだまして」の両意を掛けた。

一ヶ月分、一斗二升ずつで二十匁余する。これが三
人前もあれば、この当時二束三文の投げ売り物を買う
まいものか。誠にこのような人々の中に角田専四郎
と言う人がいて、この人は独身者でこの時七人前の扶持米
を受け取り、大きい口を聞きちらかし、人を呼び寄せ
て啖呵を切り、昼夜分かたず大酒を喰らっていたが、利口ぶった
弁舌に信用を失い、やがて浪人になっていったのであった。ところが、
彼の折山がばったりと角田に出くわし、その頃一升
四文匁余の酒を、ある時には呑みちらかし、夕べには蕎麦
切り拾匁価ほどを食って散財していた。ここでは雑煮を何ほど
食ったと自慢のように心得、借金をしち
らかし、済ます時には返済方を渋り、僅かの家族さえ
も口が干上がるほどであった。そういうことで自然と借金返済に
迫られ事件を起こし、後代に悪名を残した
のは口惜しいことではないだろうか。ここに折山の親友で板橋
三次郎と言う人がいたが、年こそまだ若いけれども
大人しい人で、中々折山ごときの人はいないと、
内輪で少々金を貸したりしてきた人である。普段懇
意の折山が段々世話になって、自分の放埒を
棚に上げ出鱈目な異名を付け、つけつけと人を騙して、

借りたる金五両、彼の折山は済まさばこそ。三
次郎もあまりと度々の催促しきりなれば、折
山ぐつとせき切つて、扨々①懇意中(ママ)もない板橋
かな。済まし手段のあるなれば、なぜ面目を失
ふべき、心外なりと牙(ママ)をかんで重々の言ひ訳。
板橋も折山が仕方を見てあきれ果て居る
處へ、有(ママ)る夜折山、板橋が元へ参り、金の言ひわけ
すさまじく言葉餝りて、夕暮れの座敷へ残る
只弐人り。(ママ)板橋何げなくいかに折山殿、貴殿は
言ひ訳誠ならじ。凡そ此の春より幾度の②言ひ和
解なさるゝぞ。済まし手段なきならば呉れろと
言はしやれ。進ん上(ママ)致す。只③歴に金は貸す
まい。夫を貴殿のだまかしには其の意を得ぬ、
と言ひければ、折山腹に④居へ(ママ)兼ねて、過言なるぞ
板橋、某を乞喰(ママ)にしたな、堪忍ならず覚悟
せよと切り付ければ、心得たると飛び去つて抜き合は
せんとせし處へ、折山たゝみかゝつて首打ちお
とし其の俣垣をはね越えて、後の方へ逃げ
失せたり。かゝる處を三次郎が弟の三之助、是
を見るより、のがしはやらずと追ふて行く跡に、

①「懇意仲」である。
②「言ひ訳」である。
③「歴々」の意か、不明。
④「据ゑ」である。

借りた金が五両、彼の折山は済ませばよいが少しも返さない。三
次郎も余りに度々の催促がしきりなので、折
山はぐっとせき切り我慢できず、さてさて懇意仲の甲斐もない板橋
だな。返済する手段があるならば、どうして面目を失
うような事を致そうか、心外なりと歯がみをし、重ね重ねの言い訳をする。
板橋も折山のやり方を見て呆れ果てている
ところへ、ある夜折山が板橋のもとへ参り、金の言い訳をし、
ものすごく言葉を飾り、夕暮れ時座敷へ
ただ二人残ったのである。板橋は何気なくどうだ折山殿、貴殿の
言い訳は本当ではあるまい。一体この春から何度の言い
訳をなされたか。済ます手段がないならばくれろと
言いなさるがよい。貸した金は進上致す。①ただで上げるが金は貸す
まい。それというのも貴殿の騙かしは理解ができぬからだ
と言ったところ、折山は腹に据え兼ねて、無礼だぞ
板橋、某を乞食にしたな、堪忍ならぬ覚悟を
しろと切りつけたところ、心得たとばかり飛び退いて抜き合わ
せようとしたところに、折山が畳み懸かって飛びかかり、首を打ち
落としてそのまま垣根を跳ね越え、家の後の方へ逃げ
失せたのであった。こうしているところを三次郎の弟の三之助が、これ
を見るより早く、逃がしてなるものかと追って行くその後に、

①ここは前後の文脈に従って意訳してみた。

に(ママ)残る家内のもの泣き吼ゆるこそ道理なり。折
山が①浦口より岩間川へ懸(ママ)け付け、爰かしこた
ゞよふ處へ三之助懸(ママ)け来たり、折山返せ戻れやと
追ひ懸け追ひ詰め、遠近の人目②白砂の岩間川、兄の
敵と切りかゝればやさしい奴と振り帰(ママ)り、丁々
はつしと切つ先の火花をちらし、弓手に
受けて③女手《めて》に流し、息をもつかず戦ひしが、
板橋何とかしたりけん、忠太が太刀を受けは
づし、④眼を懸け面を切られ少しゆるんで見へ(ママ)
ける處へ、折山ぬつて飛び懸かり首筋どうと
切って落とし、⑤しすましたりと折山が暫く思ふには、
我今爰を立ち退きて此の姿なり、行く先人目の
程は如何ならん。爰には了簡あるかとて、其の
まゝ衣類大小投げ捨て、三之助が死骸をば川へ
蹴流し、其の身も川へ入りたる様に見せて、百
尋千尋の大川を流石の水練達者の折
山、難なく向かひへおよぎ付け、朧々に立ちまぎ
れ行衛(ママ)も知れず成りにけり。是とはしらず
家内のもの隣り三軒懸け付けて、此のよし早速
御城へ達せば、否や捕り手の月劔(カ)小藤治来るを

①「裏口」の意か。
②「知らずな」と「白砂」と両意を掛けたか。
③「馬手」である。
④「眼に懸け」であろう。
⑤原文は「すしましたり」とある。

残る家内の者達が、泣き吼えるのは尤もなことである。折
山が裏口から岩間川へ駆け抜き、ここかしこ漂
うところへ三之助が駆けて来て、折山引き返せ戻れと
追い駆け追い詰め、周りの人目もお構い知らず白砂の岩間川に出て、兄の
敵と切りかかったところ、優しい奴よと振り返り、丁々
はっしとばかり切っ先の火花を散らし、①弓手に
受けて馬手に流し、息もつかずに戦ったが、
板橋がどうしたことであろうか、忠太の太刀を受け外
し、眼元にかけて顔面を切られ少し怯んで見え
たところに、折山がぬうようにして素早く飛びかかり、首筋をどうと
切って落とし、してやったりと折山が快哉を叫んだが、暫く心に思うことには、
自分が今ここを立ち退いて、このまま行けばこの姿である、行く先人目に
ついてどうであろうか。ここは分別が必要かといって、その
まま衣類・大小を投げ捨て、三之助の死骸を川へ
蹴流し、自分自身も川へ入ったように見せかけて、百
尋千尋の大川を流石の水練達者の折
山、難なく向かいへ泳ぎつけ、朧に霞む川霧に立ちまぎ
れて行方も知れずになってしまったのであった。そうとは知らず
家族の者や隣り三軒の者が駆けつけて、この事件を早速
お城へ伝えたところ、すぐに捕り手の月劔小藤治が来たと

①「弓手」は、左手。「馬手」は、右手。

見たれども、春風のやみたる跡の川柳、袖のぬれたるばかりなり。頓て其の夜もなんとなく七ツの鐘に力ら《(ママ)》を得、三之助はどうしたと敵を討つた事やら何処まで追ふて行くやら、責めての事に戻れよと人を廻して弥生の末、はるばる爰に尋ね来て何とは①ものも岩間川、床に満ちたるさゞれ石の爰に大小かしこに衣類。得たりかしこし嘸《(さぞ)》や敵は討ち取りたるべしと懸《(ママ)》け見来ては見たれども、何處はどうやら砂原のとぎれに残る足の跡、川へ這ひ入るは仕舞ひかと尋ねて見れば案のごとく浅ましや三之助首筋ずんと切り落とされ惣身数ヶ處の疵受けて地籠のきしに漂ふたり。是を見るより引き上げ候ひて、無念の涙《ナミタ》の雨拂ひもあへぬ袖笠の、人目を恥ぢぬ家内のもの嘆くぞかなし。仮の世の名残りは尽きぬ事なれば泣く〻〻野邊の送りをもいと②念頃《(ママ)》に取り弔ひ、跡に茶の湯が残りけり。

現の曙

③三境は水の上の泡、光り《(ママ)》の前に消えんとせし、

① 「ものも言は〈いは〉ぬ」と「岩（いは）間川」と両意を掛けた。「岩間川」は岩木川をさすと思われる。
② 「懇ろ」である。
③ 「欲界・色界・無色界」の三界をさすか。

見えたけれども、春風が止んだ後の川柳と同じで何の手がかりもなく、袖が濡れただけであったのである。やがてその夜も何となく過ぎて七つ時の鐘に力を得、三之助はどうしたと敵をつけ回して行ったことや、どこまで追いかけて行ったことか思案をし、せめての事に戻れよと人を使って弥生も末の頃、はるばるこの三之助が殺された場所に尋ねて来たが、何と物も言わない岩間川の、川床に広がっているさざれ石が、ここに大小かしこに衣類と散らばっている。しめたものだ、さぞや敵は討ち取ったのであろうと、駆けつけて来ては見たけれども、どこがどうやら全く分からないが、砂原のとぎれた所に残る足跡を見つけて、川へ這い入ったのはもうお仕舞いかと更に探して見ると、案のごとく嘆かわしいことに三之助は首筋をずんと切り落とされ、全身数ケ所の疵を受けて、①地籠の置かれた川岸に漂っていたのであった。これを見るより早く死体を引き上げて、無念の涙を雨のごとくに流し、衣の袖を払おうともしない、また笠に隠して人目を恥じることもせず、家族の者達が嘆くのは、実に悲しいものであった。この世は仮の世とはいいながら、名残りは尽きぬ事なので、泣く泣く野辺の送りを懇ろに執り行ったのであったが、弔った葬儀の跡には茶の湯が残っただけであった。

現の曙

三界は水の上の泡のようなもので、光の前に消えようとしていたが、

① 「地籠」は、護岸用のため籠に礫石を詰めて設えたものである。

彼の折山が手段を見て、正しく川へはまつたる
べしいざ尋ねんと船を浮かべ、爰の水草
かしこの溜まり、渕の深みの水底まで尋ねて
見てもさぐつても、骸は①さらにあらみ川の岸に
漂ふばかりなり。去《ママ》ほどに折山が其の場を立ち退かるれ
ば、其の夜母方の叔父を頼み始終の事を
打ち明かし、岩間川の仕義《ママ》を言ひければ、伯《ママ》父大きに
驚き、扨はなまじひなることを仕出したるもの
かな、今更言ひて返らぬこと、片時も早く立ち
退けとて、衣類・大小・路金《ろぎん》を呉れ②別れてこ
そは行く春の、永き日数をはるばるとお江
戸さして急ぎけり。夫より板橋・折山の両家
身上《しんじゃう》召し放され、身置く處なんぎなる賎《しづ》の
手業の浅間《ママ》しや。然る處に三次郎が末の弟
に三郎といふて、今年十五歳になつて其の頃
菩提寺に見習ひに行つて居たりしが、弐人の兄
の横死を見て無念骨髄にてつし、何卒《なにとぞ》
敵を討ちたきものと諸神諸佛へ祈願を懸け、
つくづくと心に思ふよう、我いかなる因果にや、
幼き時父母に離れ弐人の兄を頼みにして、

①「さらに有らみ」と「荒み川」と両意を掛けた。
②「別れてこそは行く」と「行く春」と両意を掛けた。

彼の折山が普段水練をしていたのを見て、正しく川へはまったので
あろう、さあ尋ねてみようと船を浮かべ、ここの水草
かしこの溜まり、渕の深みの水底まで探して
見てもさぐってみても、死骸は更にあらず、荒々しい川の流れが岸に
漂うばかりであった。こうしているうちに折山はその場を立ち退い
て、その夜母方の叔父を頼み始終の経緯を
打ち明かし、岩間川の一件を語ったところ、叔父は大いに
驚き、さてはなまじっかな事をしでかしたもの
だな、だが今更言っても返るまい、この上は一時も早く立ち
去れと言って、衣類・大小・路金をくれ別れて行ったのであるが、
折しも頃は行く春の、日が長い時節となり、日数を重ねてはるばるとお江
戸をさして急いだのであった。それから後、板橋・折山の両家は
身上を召し放たれ、身を置く所も難しくなり、賎しい
手業をして暮らさなければならなくなったのは情けないことであった。ところが、
三次郎の末の弟に三郎と言う者が今年十五歳になり、その頃
菩提寺に坊主見習いに行っていたが、二人の兄
が横死をしたのを見て無念骨髄に徹し、どうかして敵を討ちたいものだと諸神諸仏
へ祈願をかけ、心につくづくと心に思うには、自分はいかなる因果であろうか、
幼い頃父母に死なれ二人の兄を頼りにして、

なき父母と思ひしに折山が為に切り殺され、
剰《あまつさ》へ代々の所領を失ひて、何を頼みに爰に居
らんや。凡そ日本は廣しといへども、尋ね逢はず
に済まそうか。昔漢の太子八歳にて猛虎を
射、①晋の豫譲は衣をきつて敵を取りたり
とかや。斯かるためしを聞きながら、折山ごときは
云ふにたらじと思案をめぐらし、夫より寺
を引き取りて、其の後同家中大野左門と申す
人に奉公せり。然るに此の左門と言ふ人は
一刀流の上手にて、家中の名を秀でたる人
なり。是を頼んで三郎は、昼夜心を尽くし
大野が機嫌を見て、有《(ママ)》る夜存念を打ち明かし
涙を流して委細にかくと頼みければ、大野も
是を聞いてともに袖をぬらし、同家中
に抱へながら、いかでか見捨て候ふべき。武士の常と言ひ
ながら、能く本望を達すまでかくまい申さん。
②氣違《(ママ)》ひ有るなと言ひければ、板橋厚く一禮し
て昼夜稽古おこたらず。無念の思ひはるゝ
事なく、噺もあれば折山が顔色心に見るが
ごとく、③牙《(ママ)》を噛んでぞ見へ《(ママ)》にけり。　一心岩

---

①「晋」のまちがい。晋の豫譲は中国春秋戦国時代の人。敗北した主君の仇を討とうとしたが果たせなかった。
②「気遣ひ」である。
③「歯を噛んで」である。

亡き父母とまで思っていたのに折山の為に切り殺され、
その上代々の所領を失って、何を頼りにここにおられ
ようか。凡そ日本は広いとはいっても、折山を尋ね逢わず
に済まそうか。昔漢の太子が八歳で猛虎を
射、晋の豫譲は衣を切って敵を捕らえた
とかいうことである。このような例を聞きながら、折山ごときは
言うに足らずと思案をめぐらし、それから寺
を退いて、その後同じ家中の大野左門と申す
人に奉公した。ところがこの左門と言う人は
一刀流の達人で、家中でも名前の知られた人
である。これを頼んで三郎は、昼夜心を尽くして奉公し、
大野の機嫌を見て、ある夜存念を打ち明かし、
涙を流して詳細に経緯はこうだと頼んだところ、大野も
これを聞いてともに袖を濡らし、同じ家中
に抱えられながら、どうして貴殿を見捨てようか。武士の常とは言い
ながら、立派に本望を達するまで①お助け申そう、
気遣いなさるなと言ったので、板橋は厚く一礼し、その後は
昼夜剣術の稽古を怠らなかったのであった。いつも無念の思いが晴れる
事なく、敵の噂話でもあれば折山の顔が心に浮かび、目の当たりに見る
ような気がして、歯を噛んで堪えているように見えた。　一念岩

---

①「かくまい」は、「お助けする」ぐらいの意であろうか。

を通すとはおろかならずや。誠に三郎は此の春からの稽古なれども、一年二年先の弟子より遥かに増して、稽古の折は度々の勝ちなり。勿論正直の生まれ付きにて、人と争ふ事なく師匠のおしへを急度《きっと》守り、愚かは更になかりけり。然るに同輩には八ツ橋源蔵と言ふ人の一子弥市といふて、今年拾四才の小児ありしが、心さまやさしく紅顔美麗の若ものにて、大野が門弟中の贔屓ものなり。又相弟子に成田力蔵と言ふ人、彼の弥市と睦まじき事誠に兄弟の如し。不断稽古の折節には成田と一處に通ひをなし、友あざける時は赤顔しけるは、坊主ごろしの業平には恐らくはおとるなし。また爰に三上直蔵と言ふ人、兼ねて弥市に眼を懸けれど、成田に丈へられて首尾調はず居たりしが、其の後病氣にとり付き何となく乱心がましき事なり。暫く引き籠もりて居たりしが、力蔵は近處の事なり、有《ママ》る日何心なく三上が元に見舞ひに来たれば、直蔵殊の外悦び、扨々能くこそ御出で候ふことかな。幸ひ

をも通すなどという、言葉では言い表せないほどであった。本当に三郎は、この春からの稽古であったけれども、一年二年先の弟子よりも遥かにまして上達し、稽古の折は度々勝ったのである。勿論正直の生まれつきで、人と争うこともなく師匠の教えをよく守り、愚かな行いは全くなかった。ところが同輩に、八ツ橋源蔵と言う人の一子に弥市と言って、今年十四歳の子供がいたが、心ざまが優しく紅顔美麗の若者で、大野門弟中の贔屓者であった。また相弟子に成田力蔵と言う人がいたが、彼の弥市と仲睦まじい事は誠に兄弟のようであった。普段稽古の時には成田と一緒に通って、友が嘲って馬鹿にした時には同じように赤面して、坊主殺しの業平にも、恐らくは劣ることがないであろうと思われた。またここに三上直蔵と言う人がいて、兼ねてから弥市に眼をかけていたが、[①]成田に邪魔されてうまい具合にゆかないでいたところ、その後病気にかかり、何となく乱心がましい状態でいた。暫く家に引き籠もっていたが、力蔵は近所のことでもあるし、ある日何心なく三上のもとへ見舞いに来たところ、直蔵は殊の外悦び、さてさてようこそお出でなされた。幸い

① ここはいわゆる、「衆道（男色）」のことをいっている。

貴殿に御頼み申したき儀も有つて、先づ〱是へと挨拶して三上が言ふ様、近頃無調法に候へども某《それがし》　明日より出勤致し候ふ間、断り状一通り御認め下されたくと言へば、力蔵の言ふ様、夫は恐悦①いよ御出勤にやと言ふ。三上あまり久々に罷り成るまゝ、一度出勤致し又引き籠もるまでも、先づ明日罷り出で候ふ。御苦労乍ら一寸御認め下されといへば、心得候ふとて硯箱を引き寄せ墨をする處に、直蔵無調法ながら私小用に参んじ《ママ》候ふとて床より出て、鉢巻きを②〆め《ママ》なおし枕元に小脇差しあるを取つて、前を小腰に成り後ろへ廻り聲をも懸けず、力蔵が肩先どうと切り付ければ、心得たりと飛びすさり腰なる脇差しを抜かんとせしが、鯉口に懸けたるさげ糸にさゝへられて、鞘からみ抜けて③天窓《あたま》を討つといへども、④疵をも。其の内直蔵は成田が首を討ちおとし、此の騒動に家内のもの是を見るより、病人の亭主は切られたると心得、やれ人殺しよと⑤手々に表へ懸《ママ》けおれば、直蔵ぐつとせき女子共《ママ》を追ひ散らし、抜き身をもつて表に馳け出し懸かる處へ板橋三郎、用事有つて

①「弥々（いよいよ）」の意か。
②「締め」である。
③「頭」である。
④以下省略があるか?意味不明。
⑤「手んでに」の意か。

貴殿にお頼み申したい事もござるので、先ず先ずこれへと挨拶をして三上が言うことには、近頃無調法でござるが某は明日から出勤致しますので、断り状一通をお認め下されと言うので、力蔵の言うには、それは恐悦至極いよいよご出勤でござるかと答えた。三上は余りに久々になってしまったので、一度出勤致しても、また引き籠もるようになるかもしれぬが、先ず明日出勤致したい。ご苦労ながらちょっと断り状をお認め下されと言うので、心得ましたと言って硯箱を引き寄せ墨を摺るところに、直蔵は無調法ながら私小用に参りますと言って床から出、鉢巻きを締め直し枕元に小脇差しがあるのを取り、力蔵の前を小腰になって後ろへ廻り、声もかけず力蔵の肩先をどうと切りつけたので、心得たとばかりに飛びすさり腰の脇差しを抜こうとしたが、鯉口に懸けた下げ糸に妨げられて鞘が絡み抜け、頭を打ちつけたけれども、①疵をも。そのうち直蔵は成田力蔵の首を打ち落としてしまったが、この騒動に家内の者達はこれを見るや否や、病人の亭主が切られたと考え、やれ人殺しよとてんでに表へ駆け出したので、直蔵は堪りかね女子供を追い散らし、抜き身を持って表に馳け出したが、ちょうどこの時に板橋三郎が、用事があって

①以下脱落があるか、意味不明。

其處を通りかゝりしが、此の躰を見て如何は
せんとよむ(カ)に立ち帰りさかり、己を遁がさんや、
真向ふに切つて懸かる。其の時、板橋弓付にとり付け蹴上げ
て倒し、刀をもぎ取り①提糸を以縄を懸けくつとも
すつとも云われればこそ。其の内に大勢より集まり
始終の様子尋ねければ、三上妻子逐一申した趣
早速上へ達せば、糾明を遂げられ翌日三上が
首を切られけり。誠に三郎が手柄のほどかんぜぬ
人はなしとかや。其の後板橋が一刀流の奥儀(ママ)
を極はめ、秘術のほどこそ歯のうきたる事
どもなり。扨亦其の年の春、大野が門弟に小泉
小藤太と言ふ人四五年此の方江戸詰めして、今度
国へ下り大野が元へ来て色々の咄に取り成し、
数多《あまた》の人の稽古を見るに、中にも板橋が達
者を見て小藤太大いに感(ママ)んじ、具に様子
を尋ねければ、大野が言ふ様、されば候ふ、板橋三郎と
申す人にて候ふ。先年不慮の義(ママ)にて弐人の兄
を切り殺され、其の後 某《それがし》 方へ弟子入り仕り、去年
三上直蔵を搦め捕り、只今では余ほど上手
になり候ふと言ひければ、小泉扨は左様に候ふか、天《あっぱれ》

①前出の、「下げ糸」か。

そこを通りかかったが、この様子を見てどうし
ようかと①悩んだが思い返して、おのれ逃がすものかと、
額に真っ向から切ってかかった。そうして板橋は相手を左手に取り掴まえ、蹴上げ
て倒し、刀をもぎ取り下げ糸を懸けたので、くっとも
すっとも動くことができない。そのうちに大勢寄り集まり
始終の経緯を尋ねたところ、三上妻子が逐一申した事を
早速お上へ届けたので糾明を致し、翌日三上の
首を切られたのであった。誠に三郎の手柄のほどを感心しない
人はいないとかいうことであった。その後板橋は、一刀流の奥義
を極めたが、その秘術の腕前は歯が浮くほどにすばらしいもの
であった。さてまたその年の春、大野の門弟に小泉
小藤太と言う人が、四五年この方江戸詰めをしていたが、今度
国へ下り大野の元へやって来て、色々な話をしながら
大勢の門弟達の稽古を見ていたが、中にも板橋が剣術の達
人なのを見て、小藤太は大いに感心し具に様子
を見ていたところ、大野が言うことには、そうなのでござる、板橋三郎と
申す人でござる。先年不慮の事件で二人の兄
を切り殺されてしまい、その後某の方へ弟子入り致し、去年
三上直蔵を搦め捕り、ただ今ではよほどの達人
になっておりますと言ったので、小泉は、さてはそうでござったか、天

①文脈から考えて「悩んだが思い返して」と訳してみた。

晴頼母敷《たのもし》く候ふ。如何にも某江戸詰めの内慥か左様の風説承知致し候へども左ほどには存じ申さず誠に驚《おどろ》き入り申し候ふ。夫より板橋に名乗り合はせ、事①念頃《ママ》に興を催し其の日は暮れて帰りけり。

斯くて小泉我が家に帰り、板橋が心中をつくづくかんじて実に頼母敷《たのもし》き心かな、定めて折山を打《ママ》ち果たさんとの心懸けなるべし。早く折山が有り處《ありか》を②しらせ得させべしと夫より書翰をもつて申しければ板橋何心なく小泉が元へ来たり、様々の饗應に成り、夫より板橋を一間に呼んで云ふ様、誠貴殿の御心中を察し入りて候ふ。夫に付けて申したき事の候ふ。某《それがし》久敷く江戸詰めのうち去年の朧月御用あつて、四ツ谷と申す處へ参り候ふせつ、思わず折山忠太に行き當たり候へ共、其のまゝしり合ひに御座無く候へば、互ひにしらぬふりにて行き過ぎ候ふが、折山が住處は元③十工田町と言ふ處に居て、夫より亀甲町へ参りたるべし、左様で御座ります、又男ぶりは白ろ《ママ》々として眼は丸く口は大きく痩せ形な奴で御座ろう、成るほど違ひ御座りませぬ、扨々委細御存じ成され候ふ

①「懇ろ」である。
②「知らせ得させべし」である。
③「十工田町」で、「徳田町」のことか？

晴れ頼もしいことでござるな。いかにも某が江戸詰めの時確かにそのような風説を聞き承知致してござったが、これほどまでとは存じ申さず、誠に驚き入りましたと言った。その後板橋に名乗り合わせ、懇ろに酒興を催しその日は暮れて帰って行ったのであった。

こうして小泉は我が家に帰り、板橋の心だてをつくづくと感心し、実に頼もしいお心であるな、定めて折山を討ち果たそうという心懸けであろう。早く折山の在処を知らせてやりたいものだと、その後書翰をもって申したところ、板橋は何の気もなく小泉の元へ来て様々の饗応に預かり、それから板橋を一間に呼んで言うことには、誠に貴殿のご心中を察し入り申す。それについて申したい事がござる。某は長く江戸詰めをしていたが、去年の十二月御用があって、四ツ谷と申す所へ参りましたる時、思いがけなく折山忠太に行き当たりましたが、そのまま知り合いでもござらず、互いに知らぬふりして行き過ぎましたが、折山の住所は元徳田町と言う処で、それから亀甲町へ参ったのであろう、そうでござる、また男ぶりは色が白々として眼が丸く、口は大きくて痩せ形な奴でござろう、なるほどそれに違いはござりませぬ、と様々話になった。さてさて委細ご存じなされていた

ものかな、して其の折山は江戸何處邊に居り候ふや、
其の儀はいかにと尋ぬれば、如何にも其の居處は
慥かに神田橋近邊の屋鋪(ママ)方へ侍奉公致して
居り候よし、しかとは知り申さず候へ共、先づ左様に
承知致し候ふ。然る上は貴殿日頃の鬱憤此處に
て候ふ。片時も早く江戸に到り、御本望御達し候へ。
及ばずながら此の小藤太味方に成り候ふべしと言ひ
ければ、三郎大きに力を得、其の旨厚く一禮して
左門が元へ帰り、小泉が言ひし趣つぶさに語り、
片時も早く江戸に到り、本意を達し申したく存じ奉り候ふ、
恐れ入り候へども、是までの御厚恩報ひ奉らず申し上ぐ
べき次第もなく候へども、①得ず候ふ間御暇下され
たくと言ひければ、其の時左門大きに感んじ(ママ)天晴《あっぱれ》
なる御心中かな。首尾能く本望を遂げられ
て、目出たく會合致さんと夫より旅の用意し
て、門出の盃残る處なく②別れてこそは行く
春の頃しも二月はじめ方、③永き日数を
指折りて、何日は江戸へ着くなりと勇み進んで
出にけり。夫より所々の高神へ祈り、又は
両親弐人の兄の墓に参り、祈念を籠めて

①「止むを」字脱落か。
②「別れて（こそ）行く」と「行く春」の両意を掛けた。
③「永い日」と「日数」とを掛けた。

ことであるよ。それでその折山は江戸のどこいら辺にいるのでござるか、
この事についてはどうかと尋ねると、いかにも折山は
確かに神田橋近辺のお屋敷方へ侍奉公致して
おる由、確とは存ぜぬが、先ずそのように
承知致してござる。この上は貴殿が日頃の鬱憤を晴らすのはここで
ござるぞ。一時も早く江戸に行き、ご本望を達しなされ。
及ばずながらこの小藤太が味方になりましょうと言っ
たので、三郎は大いに力を得、そのご好意に厚く礼をして
左門の元へ帰り、小泉が言ったことを具に語り、
片時も早く江戸に着き、本懐を達したく存じまする、
恐れ入りますが、これまでのご厚恩をお返し申さず、申し上げる
言葉もございませぬが、やむを得ざる次第ですのでお暇下され
ますようにと言ったところ、その時左門は大変感動し、天晴れ
なご心中でござるな。首尾よく本望を遂げられ
て、目出たくまた再会致そうと、その後旅の用意をし、
門出の盃を心ゆくまで酌み交わし、別れて行ったのではあったが、ちょうど行く
春の二月初めで、日が長くなった頃、日数を
指折り数えて、何日には江戸へ着くと勇み進んで
出かけたのであった。それから所々の名高い神に祈り、或いは
両親と二人の兄の墓参りに行き、祈念を籠めて出立し、

名残りのおしき国さかひ、或いは野に伏し
山により早や①五日にも鳴滝の、とうとう風の
漂ひて遠近しらぬ壱人旅、日は暮れ残る山岸
の、いとゞ②心の細道をたどりたどりて、瀧の鋸な
がれ傳へに行きにけり。所に百性(ママ)らしきもの通り
かゝり、旅人は何處へ通りやると聞く。三郎は
此の先の宿まで通りますと言ふ。その時百性(ママ)此の
所は永々の野原にて候ふが、急がれ候へと言ひ捨て
先へ懸(ママ)け抜き、行衛(ママ)方は更に見へ(ママ)ぬ夜の、③暮
らさはくらし、④草苅(ママ)て、三郎は間もなく
松の影に休み、今夜は爰に泊まれといふて、
懐中より餅など出し心能くしたゝめ、半時
余有りけるが、遙かに向こふに人の音致しければ
三郎あやしく思ひ、音に聞きしは爰らの事
なるべし。何にもせよ油断はせんと松の影
にそつと隠れ、息をつめて今や〳〵と待つ
處に、案のごとく大の男三人づれにて彼の
松の邊に来たり。其のもの共の言ふ様、扨々今
夜は⑤闇(ママ)い事かな。此の様子ならば勝負有るまい。
七面倒なものなりと言ふも果たさず、いやいや

①「五日にもなる」と「鳴滝」とを掛けた。「とうとう」は縁語。
②「心細（い）」と「細道」とを掛けた。
③「暗らさ」である。
④「草臥（くたびれ）て」か。
⑤「暗い」である。

名残りの惜しい国境を通り過ぎ、或いは野に伏し
山に寄り早や五日にもなるが、鳴る滝の音がとうとうと風が
漂い、遠近も知らない一人旅を続け、日が暮れ残る山岸
を、いよいよ心細くなりながら細道をたどりたどって、瀧の鋸
流れ伝いに旅を続けたのであった、その時に百姓らしき者が通り
かかり、旅人はどこへ行かれるかと聞いた。三郎は
この先の宿まで行きますと答える。その時百姓はこの
場所は長々と続く野原でございますので、急ぎなされと言い捨てて
先へ追い越し行方も見えなくなり、また辺りも全く見えない夜となり、暗
らさは暗し草臥れて、三郎は間もなく
松の木陰に休み、今夜はここに泊まろうと思って、
懐中から餅など出し美味しそうに食べ、半時
余りそこにいたが、遙か向こうに人の声がしたので
三郎はあやしく思い、噂に聞いていたのはここらの事を言うの
であろう。何れにしても油断は禁物と松の陰
にそっと隠れ、息を詰めて今来るか今来るかと待つ
ところに、案のごとく大の男が三人連れで、彼の
松の辺にやって来たのであった。その者どもが言うには、さてさて今
夜は暗いことだな。この様子ならば①勝負になるまい。
七面倒なものだと言いも終わらないうちに、いやいや

①「勝負」は、後の「仕合ひ」と同じ。追い剥ぎの為、相手と勝負し仕合いする事をさすと考えれる。

慥かに今夜は仕合ひすべし。其の子細は暮れ頃
に爰より一里ばかり先の所にて、としごろ廿ばかり
の男殊の外①草苅《（ママ）》て、此の先の宿まで通ら
んとて来たりし事告げたるもの有り。然るに
未だ是まで来る路には逢わず。慥かに此の辺
にうろついて居たるに相違なし。さがせや
者ども松の下、②手々に振りたる③明松《（ママ）》の、三郎
始終をよつく聞き、扨は油断はしたる物か、
南無八幡大菩薩と心に念《（ママ）》んじ居たりしが、
かのもの共三郎の蓑笠白く、人影《カゲ》の灯に
ちらりと見るよりも、得たりや此の松が根にだ
まつて居た。いざ突きまくれ打ち殺せと、てんでに
振りたる二尋《（ふたひろ）》の棒、時に三郎聲を懸けいかに
ものどもようこそ聞け、望み有りて日本せまし
と廻るものなり。始終の様子飽くまで聞けり。
汝ら如き奴原には事々敷くも言ひたる者
かな、命惜しくば逃げ失せろと言ふより早く、三
人はやさしい小兵と打つてかゝる。心得たり
と抜き合はせ表に進む大男、延ばしたる棒を横
に④はつし、⑤百會《（ひゃくえ）》を懸けて天窓《（あたま）》を割り、残り弐人

①「草臥」か?
②「てんでに」の意か。
③「松明」である。下に「明松の（灯り）」と補うべきか。
④「外し」の意か。あるいは「はっし（と）」の意か。
⑤「脳天」あるいは「顔の中央」のことである。「ひゃくえ」と読む。

確かに今夜は①仕合いがあるだろう。その訳は暮れ頃
にここから一里ばかり先の所で、年頃が二十ばかり
の男が殊の外草臥れて、この先の宿まで行こ
うとしてやって来たのを告げた者がいる。ところが
未だこれまで通って来るはずの道筋で出会ってはおらぬ。確かにまだこの辺
にうろついているに相違ない。探せや
者ども松の下までと、てんでに振りかざした松明に、三郎は
始終の様子をようく聞き、さては油断をしたものだ、
南無八幡大菩薩と心に念じていたところ、
彼の者どもは三郎の蓑笠が白く、人影が灯に
ちらりと見えたので、分かったぞこの松の根元で
黙って待っていたぞ。さあ突きまくれ打ち殺せと、てんでに
振り上げた②二尋の棒、その時三郎は声を上げ、何と
者どもよう聞け、望みがあって日本中狭まし
と歩き廻っている者である。お前達の始終の様子ははっきりと聞いた。
お前らのような奴らに事々しくも自分の旅の目的を言ってしまったもの
だが、命が惜しかったら逃げ失せろと言うよりも早く、三
人の者どもは優しい小童めと打ってかかる。心得た
とばかり抜き合わせ③前に進んだ大男が、伸ばした棒を横
に外し、④脳天を目がけて頭を打ち割り、残り二人

① 前述のごとく「仕合ひ」も「勝負」と同じ意で、追い剥ぎの為相手と仕合いする事をさすと考えられる。
② 一尋は、六尺である。
③ ここの「表」は、「前」の意か。
④「百會」は、ここも「脳天」の意にとる。

は前後に付き只一打ちと追ひ詰めしが、陽炎燃ゆる松明のはつしと打つて飛び違ひ、丁と切りたる太刀風に、弐人り《（ママ）》は右の腕を切り落とされ、生きた心地のあらばこそ。闇をくつて一散に川端さして逃げたりけり。遁がさじものと追ひ懸けて、川岸近くなりける所に我①迷《（ママ）》れじと川へ飛び込み、水の上を走り行く事、鵜のあら浪を走るがごとし。三郎是を見て横手をうつて立つたりけり。程なく夜明けて川を見れば、彼の盗人ら逃げたも道理、水の底一尺ばかりに潜《（カ）》り懸けて置きたりけり。不断なれたる山賊の勝手の道は能くしつたり、思ひ付かざる仕方なり。夫より三郎は夜を日に継いで江戸に到り、小泉が教へ通りに先づ神田橋邊に旅宿を求め、つくづく心に思ふよう、我爰に泊まりて此の姿を折山に見付けられてはたまらず、爰の處を立ち退かれてはならぬものと、得と思案を巡らし昨日に替はる深編み笠、②表憚る事のなく爰の人込《（ママ）》みかしこの溜まり、江戸は廣しと言ひながら十日余りも尋ね廻りけれど、見當たらぬこそ

①「遅れ」である。
②「面」の意か。

は前後につきただ一打ちと追い詰めにかかったが、三郎は陽炎のように燃える相手の松明を、はっしと打って飛び違い、丁と切りつけた太刀風に、二人は右の腕を切り落とされ、生きた心地もないのであった。そうして闇を①たぐるようにして一散に川端をさし逃げて行ったのであった。逃がすものかと追いかけて行ったところ、男達は川岸近くなった所で、逃げ遅れまいとして川へ飛び込み、水の上を走って行く様子が、鵜の荒波を蹴立てて走るような格好であった。三郎はこれを見て感心し、横手を打って立っていた。間もなく夜が明け川を見てみると、彼の盗人らが逃げたのも道理、水の底一尺ばかりに沈めて置いていたのであった。普段慣れている山賊は勝手のよい道はよく知っているが、これは思いもつかないやり方であったのである。それから三郎は夜を日に継いで江戸に着き、小泉の教えどおりに先ず神田橋辺に旅宿を求めたが、つくづく心に思うには、自分がここに泊まっていて、この姿を折山に見つけられてはたまらず、ここの場所を立ち退かれてはならぬと、よくよく思案をめぐらし、昨日に変わって深編み笠を被り面を悟られることのないように、ここの人混みかしこの溜まり場を、江戸は広いとは言いながら十日余りも尋ね廻ってみたけれど、見当たらないのも

①「くつて（くる）」は、「操る」か「刳る」か。

道理なれ。其の頃江戸中鳴り渡りたる田沼主
殿正、纔か三千石の御旗《（ママ）》本より経上がり、飛ぶ鳥も
白眼《（にら）》めば落ちる日の出の老中、門前市を
なす事昼夜絶へず。然るに佐野善左衛門
と申す侍、彼の田沼に意趣有りて、有るときに
御殿に於いて主殿正を打ち果たさんと思ひつめ、
廊下に待ち合ひ真二ツに討ち留めしは、主殿正にあら
ず嫡子大和守なり。親見違ふて子を
討つたも無理とは言われず。誠に殿中騒動
して、早速佐野は搦め捕られ屋鋪《（ママ）》に於いて
切腹しぬ。然るに彼の折山主人の変を聞き、
一散に御城へ①懸《（ママ）》け付け行きしが、思わず板橋に
行き當たり、ちらと見るより三郎は、すは折山よ
とせき切つて②跡に継いて追ひ懸《（ママ）》けたれども、中々
もつて追ひ付かず。扨々無念口惜しや。併し斯く見
當たる上は手の内の小鳥なり。何れへ行きしか、
定めて帰りも此處通らん。其の時は思ひしれと
③形《（ママ）》をのんで待つ處に、案のごとく大和の守の
死骸駕に入れて大勢附き添ひ通りければ、江戸
中の評判唯潮の涌くがごとく、往来の人々足

①「駆け」である。
②「後に付いて」の意か？
③「固唾をのんで」の意か。

道理である。その頃江戸中に鳴り響いてた田沼主
殿正は、僅か三千石の御旗本からのし上がり、飛ぶ鳥も
睨めば落ちるほどの、日の出の勢いがあった老中で、門前市を
なし昼夜も絶えないくらいであった。ところが佐野善左衛門
と申す侍が、彼の田沼に遺恨があって、ある時
御殿に於いて主殿正を討ち果たそうと思いつめ、
廊下に待ち合わせ真っ二つに打ち留めたのであったが、しかしそれは主殿正ではな
く嫡子大和守であった。親を見間違って子を
討ったのも①無理とは言われず。誠に殿中が大騒ぎ
になって、早速佐野は搦め捕られ屋敷に於いて
切腹した。ところが彼の折山は主人の異変を聞き、
一散にお城へ駆けつけて行ったが、思いがけなくも板橋に
行き当たってしまい、それをちらと見るや否や三郎は、さあ折山だ
と少しもためらわず跡につき追いかけたけれども、中々
どうして追いつかない。さてさて残念無念口惜しいこととは思ったが、しかしこう
して見つけた以上は手の中の小鳥のようなものだ。どこへ行ったか、
定めて帰りもここを通るだろう。その時は思い知れと
固唾を呑んで待つところに、思ったとおり大和守の
死骸を駕に入れ大勢付き添って通って来たので、江戸
中の評判は実に潮の涌くように巻き起こり、往来の人々は足

①なぜか理由が書いていない。

を留めて見物し、時に三郎群衆の中を
かひ《（ママ）》くゞり能々見れば彼の折山が、大和守が
駕に附き添ひて来たり。是を見るより三郎は、
拳を握り牙《（ママ）》を嚙み只一討ちと思ひしが、こ
ゝぞ大事の所なり。まのあたりには思ひ
しれと夫より跡に付き、急度《きっと》田沼が屋鋪《（ママ）》まで
見送り見済まし、其の夜は旅宿に帰りけり。
然るに折山は三次郎を打ち果たしてより江
戸に登り、田沼主殿正に中小性《（ママ）》に召し出されけれ
ども、敵持ちたる身の悲しさ、人目包んで居
たれども今三郎に見付けられ、運のつきた
る處なり。斯くて其の後三郎は、今日は折山
に行き合《（ママ）》はん明日は敵を討たんものと、くさり帷子
①居《（ママ）》首に着なし、股引き小手②勇々敷く袴羽織
に蔀の頭巾、すわやと言わゞ参らんと手違ひ
なく用意して、前日田沼屋鋪《（ママ）》の近處に
③すみこ《（カ）》み、門より外に出よかしと七日の間
ねがひしが、運の尽きたる折山が、其の日當番に
當たりて、菩提寺へ使者に行く。頃しも春の下旬
なれば、上州紬の袷に麻上下大刀すつと

①「猪首」である。
②「勇（ま）しく」の意か、あるいは「ゆゆしく」の意か。
③判読不分明の箇所。仮に読む。

を止めて見物していたが、その時に三郎は群衆の中を
かいくぐりよくよく見てみたところ、彼の折山が大和守の
駕に付き添ってやって来たのであった。これを見るより早く三郎は、
拳を握って歯がみをしただ一打ちにと思ったが、こ
こが大事のところである。目の前に敵を見て今に思い
知れと、その後籠の後につきずっと田沼の屋敷まで
見送り見済まし、その夜は旅宿に帰ったのであった。
ところで折山は三次郎を打ち果たしてから江
戸に上り、田沼主殿正に中小姓として召し使われていたのである
が、敵を持っている身の悲しさで、人目を忍んで暮らしてい
たけれども今三郎に見つけられ、運も尽きてしまった
状態である。こうしてその後三郎は、今日は折山
に行き会うだろうか明日は敵を討とうと、鎖帷子を
猪首に着こみ、股引き・小手も立派にし、袴羽織
に蔀の頭巾を被り、さあ敵だと言えばすぐにも駆けつけようと、手違い
なく用意して、前日田沼屋敷の近所に
住み込み、早く門から外に出て来いとばかりに七日の間
待っていたが、とうとう運の尽きた折山が、その日当番に
当たって菩提寺へ使いに行く。ちょうど春の下旬の頃
なので、上州紬の袷に麻上下をつけ、大刀をすっと

さし込んで①若党《ママ》草履取りを尻目に見て門を出れば、まち兼ねたる三郎は是をちらりと見るより、すわや爰ぞと用意して跡をねろうて行く内は、思ひやられし心なり。ほどなく拾丁余りも行き過ぎて、いざ爰なりと天を拝し、折山が後ろより先へ通りぬけ立ちふさがり、②大聲上にてイヤ珍らしや折山忠太、某《それがし》こそ板橋三次郎・三之助が弟三郎なり。汝を詮義《ママ》せし事一通りならず、能くも兄両人を殺したる。今こそ敵を思ひしれと、言ふより早く討つて懸かるを、忠太討ち留めながら過言な奴かな、己れも其《ママ》に成佛さすべし。③願念廣《カ》げと、④了とはつし、受けつ流しつ早業の両人、火花をちらし戦ひしが、やれ珍しや敵討ちと、往来の人々是を見て八重九重立ちならび、見物するも道理なり。中に両人目に血を上げ半時ばかり揉み合ひしが、板橋怒つて討《ママ》ち込む太刀に、折山が鼻先かけて口をきりければ、ゆるんでこそは見へ《ママ》にけり。時に三郎

①「若党」である。
②「大声上げ」か、あるいは「大音声」か。
③「願念」は「念仏」ぐらいの意か？
④「丁と外し」か、「丁々はっし」か。

差し込み、若党の者が草履取りするのを尻目に門を出てきたので、待ち兼ねていた三郎はこれをちらりと見るや否や、さあここだと用意して、後をねらって行くその間が、どんなであろうと三郎の心中が思いやられてくる。程なく十丁余りも行き過ぎて、さあここだと天を拝し、折山の後ろから先へ通り抜けて立ちふさがり、大音声をあげて、いやあ珍らしや折山忠太、某こそ板橋三次郎・三之助の弟三郎であるぞ。汝をこれまで探し続けてきた事は、並大抵のことではない、よくも二人の兄を殺したな。今こそ敵討ちをしてくれる、思い知れと言うより早く打ってかかるのを、忠太は相手の刃を打ち止めながら、よくもほざいたな、お前もそこに成仏させてやろう。念仏でも唱えておけと、相手の切っ先を丁と外し、受け流しながら早業の両人が、火花を散らして闘ったが、やれ珍しい敵討ちだと、往来の人々がこれを見て八重九重に立ち並び、見物するのも尤もなことである。衆人監視の中で二人は目を血走らせ半時ばかり揉み合ったが、板橋が怒って打《ママ》ち込む太刀に、折山が鼻先にかけ口を切られたので、手がゆるんで見えたのであった。その時を逃さず、三郎は

すかさず首をぞ落としけり。群衆の諸人
どつと聲をぞ上げ誉める時に、三郎、南無や
生霊弐人の兄、敵《かたき》を討つて手向けるよと言ふかと
思へば夢覚めて、夫より跡（ママ）は東雲《しののめ》の松風
ばかり残りけり。

于時安政三丙辰如月上旬手代要太郎夜々に写之

長内利東所持之　㊞

此書青森米町長内や覚兵衛の
私書なりしを亡父衛いまた市太郎
といふし（ママ）頃同家より贈られくれし書
なりし事衛存生中きゝ置けり（カ）
仍て其理由をしるし置きけり
友次（カ）

すかさず折山の首を落としたのであった。群衆の人々が
どっと声を上げ誉めたたえた時に、三郎は南無や
生霊二人の兄よ、敵を討って手向けるよと、言うかと
思っているその間に夢から覚めて、それから後は東雲の空に松風
ばかりが耳に残ったのであった。

于時安政三丙辰如月上旬手代要太郎夜々に写之

長内利東所持之　㊞

この書は青森米町[1]長内屋覚兵衛の
私書であったのを、亡父覚兵衛が未だ市太郎
と言った頃、同家から贈られくれた書
であった事を、覚兵衛が存生中に聞き置いたものである。
拠ってその理由を記し置いた。

友次

① 長内屋覚兵衛は、藩政期後半に活躍した青森町きっての豪商である。

東奥 津軽

『夢の松風』評説

一、『夢の松風』の文献的価値と文学的構成

一、『夢の松風』の文献的価値

『東奥　津軽　夢の松風』（以下『夢の松風』と略称）は、その序によって天明七年十一月日に書かれたものであることが分かる。天明七年というと、八万有余人の餓死者を出した天明三、四年の卯辰の飢饉からわずか三、四年しか経っていない。まだ飢渇の名残も生々しく消えずにいるこの時期に、最も鮮烈に飢餓の状況を描き出してみせたこの資料の価値は大きい。

この『夢の松風』の作者は、不明である。『青森市史』（人物編）には、「松風新作」という戯名の作者を記載しているが、『夢の松風』の内部徴証としては、作者の名前が明記されていない。

しかし、この『夢の松風』を読むかぎり、おぼろげながら作者の人物像が浮かんで見える。『夢の松風』では、弘前藩の内情がかなり詳しく記述されていることから、弘前藩御家中の家士と考えることができる。また、家老森岡主膳らを鋭く批判していることから、当時藩の大勢を占めていた津軽多膳派と目される人物であろうと思われる。しかも、藩の中枢部の政争を具体的に描出していることから、下級の藩士ではないのであろうと考える。

次にこの『夢の松風』の文献的資料としての価値をとらえてみようと思う。まずこの『夢の松風』は、歴史資料として重要な価値を有していると考えるものである。天明時代の藩の動向を知る上で、この資料は全く好個の材料である。また、天明の大飢饉がなぜに弘前藩領に於いて、最も悲惨な犠牲者を出してしまったのか、その歴史の真実を知るには、これ以上の歴史資料はない。

更にこの『夢の松風』には、もう一つの価値として、文学的に極めて貴重な作品であることを明記しておきたい。津軽には歴史資料としての文献は多く残っている。しかし、文学作品として短歌・俳諧の類は多少残っているものの、『夢の松風』のような読本風の作品は極めて少ない。

『夢の松風』は、解読・訳読をしてみて、いくつかの重大な弱点も見られた。例えば、津軽独特の訛語の混入は、作品の読解を妨げるのみならず、文学作品として価値を低めることにもなってくる。また、仮名遣いの混乱や無理な当て字の使用なども、読解に混乱を招いてはいる。

しかし、この『夢の松風』は、歴史資料では知り得ない真実と、尽きない文学作品としての興味を併せ持っている。先に筆者は『東奥　津軽　夢の松風』解読・訳読本を出したが、現代語訳まで添えて読者に供したのは、この尽きない文学的興味を読者に伝えようと思ってのことである。

普通歴史資料を解読した場合、現代語訳までする者はあまりいない。しかし、この『夢の松風』は、歴史資料として重要なものであるが、文学作品としても極めて貴重なものであることに気づかされたのであった。

そして、何よりも天明の悲惨を後世に伝えようとし、重大な筆禍の危険を冒してまで書いた、『夢の松風』の作者の労苦を多としたからであった。この『夢の松風』の作者の強い創作動機にあやかって、筆者もまたその解読・訳読本を完成させた。それはともかくも、訳読まで添えた拙著が、斯学研究のいしずえにでもなれば幸いと願うばかりである。

ところで、『夢の松風』の二面性、つまり歴史資料と文学作品の二つの側面こそが、この資料の評価を複雑なものにさせているようにも考える。この資料を読みすすめていけば、作品中の仮名の固有名詞に、わざわざ実名を割り注にして表示していることが分かる。例えば、「鈴森」は「青森」、「溝口弥太郎」は、「樋口弥三郎」、「盛下主馬」は「森岡主膳」と割り注にして、実名を明らかにして示していることである。これは、文学作品の領域からはみ出て、歴史資料の分野に足を踏み入れていることになる。また一方では、歴史の真実からはみ出て、文学的作意の見られるところもままあった。

このことは、文学的営為として考えれば当然のことと見ることができるが、反面歴史資料として額面どおりに受け取る訳にもいかない弱点が生じてくる。これが『夢の松風』の持つ真実と虚構の二面性である。

しかし、この後『夢の松風』の歴史的真実を検証するために、『津軽編覧日記』や『封内事実苑』の天明三年条を解読して気づいたことがあった。まず、第一に

驚いたことは、恐らくは作り話であろうと思われた『夢の松風』の諸事件が、真実の出来事であったことである。

最も芝居がかった読本風の筋立てと考えられた、「二人の吉内」の話は、『津軽編覧日記』にも、実在の人間として喜八なる人物が現れてくる。弘前藩上屋敷の御金蔵が破られて、一千両以上の金子が盗まれたのも本当であった。下手人は喜八という境関村の鳶の者である。やはりもう一人の喜八がいて、元は森岡主膳に仕えていた小者である。しかも、金蔵破りの張本人は、ドラ打ちをし金を使い果たした、江戸御用人大谷津七郎の長子、七十郎であるという。

これはその一例に過ぎないが、多分に作り話と思われた筋立てが、真に実際あった話だということを、『夢の松風』は示している。

右のことから推して、『夢の松風』は文学的作品としての側面から、ある程度の作意的な虚構を纏いながらも、限りなく歴史的真実に踏み込んだ、文学作品と評することができる。詳しい批評は後述に譲りたい。

二、『夢の松風』の文学的構成

『夢の松風』は、四〇〇字詰原稿用紙に換算して、約一五〇枚程の作品である。「目録」として、次のように十一編を配列している。

①大崎の浪花
②獅子の小塚
③弐人の吉内
④借家の札
⑤山の井の嵐
⑥鈴森騒動
⑦六の花駕
⑧小栗の出火
⑨盛下の露
⑩折山の水連
⑪現の曙

右の中、⑩折山の水連と⑪現の曙は、折山忠太という侍の仇討ち話で『夢の松風』の本題から外れた、傍系の文章である。従って右二編の紹介は割愛して、他の九編についてできるだけ簡潔に、その梗概を記してみようと思う。

①大崎の浪花

溝口弥太郎（樋口弥三郎）は、竹馬の友である盛下主馬（森岡主膳）に取り入って、何とか自分を、重用してもらうように画策する。度々主馬の屋敷へ押しかけて饗応を受け、日頃の所存を打ち明ける。その溝口の所存というのは、諸産物の移入を押さえ、できるだけ国産を奨励するというものである。米をはじめ大豆・穀類・絹・木綿等の産業を奨励して、領内の財貨をふやそうというのである。

主馬は溝口の意見を採り入れ、早速領主信寧に進言をする。溝口はすぐに抜擢されて、国産物の開発に乗り出す。具体的には木綿を織らせ、瀬戸物や楽焼きを作り、藤細工から竹の組み物、塗り物、下駄の類まで皆国産を始めることであった。

しかし、この溝口の国産奨励は悉く失敗する。先ずは糸虫（浅虫）の浦に塩を焼かせたが、この製塩事業は生産性がない上に、できた塩が黒く苦い。また、唐笠坂（常磐山）に仮屋を建て摺鉢を作らせたが、これも採算がとれない上に、実際摺子木を使ってみると泥と同じで使い物にならない。挙げ句の果てに、草津から連れてきた焼き物職人が只金をせしめて逃げてしまう。

これにも懲りず、溝口はいよいよ主馬に取り入り、今度は田畑の地広分を百姓から収奪しようと目論む。まず城下脇清水森という所に仮屋を建て、御郡内一統の田畑御吟味を始める。そうして御定法の竿打ちを厳格にし、地広分の田畑の摘発に乗り出したのである。そのための測量の仕方を溝口自ら考案し、領内に多分の年貢が増収されることになる。

このやり方に、領内一円から激しい怨嗟の声が上がるが、家老の主馬が後楯についており、威勢を恐れて誰も文句を言う者がいない。そのうちに、この溝口をはじめ、江戸詰め御用人大津三郎（大谷津七郎）、小山田五兵衛（山田彦兵衛）らが懇意になり、家老盛下主馬をかついで横暴な藩政を執行し、ついには領民から絞り上げた血税で、遊興に身を亡ぼすことになる。

②獅子の小塚

その年の春（天明三年）参勤交代の御供に家老の一人が病気のため、盛下主馬が勤めることになる。盛下主馬は二ヶ月も過ぎないうちに長屋暮らしに退屈し、大津三郎に化かされ、佐野勘蔵（佐藤丹蔵）を誘い、吉原へ通いはじめる。

領民の血税を入れあげたおかげで、吉原でも有名な御大尽となり、遊女と指を切るの爪を切るのと心中立てまでする仲となる。しかし、その遊女の揚げ代も底を尽き、借金の返済に迫られて、三人はとんでもない悪事を引き起こすことになる。

佐野勘蔵の親に使われていた者に小八という者がいて、父親が死んだ後もそのまま勘蔵に奉公をしていた。ところがここに吉内という小商いをする者がいて、この吉内に小八が金の小柄と毛彫りの三疋の獅子、それに鶏の香爐を持参し、これを売って金に替えてくれるよう頼みにくる。首尾よく済んだらそのご苦労賃は旦那からあるはずだと言う。吉内は承知し、早速小八を連れて人名の御屋敷をあちこちまわり、やっと獅子の小柄を二百両で売り、その翌日には香爐を百両に売って帰ってくる。

しかし、その帰り道吉内は悪心を起こし、小八を吉原の堤通りで切り殺してしまう。勘蔵は小八が金を持って逐電したかと思い、吉内の家に行くが誰もいない。そのうち吉原の土手で人が殺された話を耳にし、行ってみると奉公人の小八である。勘蔵は吉内が小八を殺したと悟り、大急ぎで大津三郎に注進に出かける。勘蔵の話すことばも終わらないうちに大津三郎は色を失ってしまう。

大津三郎らは、遊興の返済に詰まってしまい、佐野勘蔵の奉公人小八を使って、藩の御金蔵を破らせ、宝物を金に替えさせた後、小八を殺す手筈をしていたのであった。

そうこうするうちに、市中に出まわっていた鶏の香爐を見た者がいて、御宝蔵の破られたことが分かり、家老盛下主馬は下手人の探索を始める。掃除小人の者を捕まえて厳しく拷問をするが、真犯人が出てくるはずもない。御宝蔵奉行は閉門となり、その下役も遠慮を仰せつかる。

事件の噂を聞いて、佐野勘蔵から金子を預かっていた者が不安な気持ちに襲われ、お上にその金子七百両を差し出してくる。大津と佐野は事がもはや猶予のならない状況に追い込まれていることを知る。そうしてまた更に一計を案じて、前代未聞の凶事を重ねる。

ここに、先年御屋敷で使っていた掃除小人に、同じ名前の吉内という者がいて、都合のよいことに藩に断りもなく逐電していた者であった。この男を捕まえて拷問にかけ、責め殺してしまえば、死人に口なしで後は御金蔵破りの犯人に仕立ててしまえばよい。

盛下はじめ三人は、早速もう一人の吉内を搦め捕ってきて、手筈どおり厳しい拷問にかけ最後は毒薬を飲ませて、これを殺してしまう。本物の吉内は便船を借りて郷里に帰り、金に任せて豪勢な暮らしをする。しかし、噂が次第に広まって危ないと見るや、また江戸に舞い戻ってくる。

③弐人の吉内

吉内は江戸に舞い戻り、博打仲間の三八に会う。吉内は三八と一緒に茶屋で酒を呑みながら、自分がお尋ね者になっていることを告げ、助力を乞う。三八は快く引き受け、身代わりの吉内が殺された以上、今更真犯人がいたからといって、お上からお咎めはあるまいと励ます。

ところがここに大懸新五兵衛という侍が江戸詰めで仕えていたが、この新五兵衛が絶好の立身の機会と考え、毎日のように吉内を追っていた。十日以上も経ってから、小商いをしていた吉内の店で本人を見届け、否や手利きの早業で吉内を捕らえ、何の造作もなく引きずって御屋敷に届け出る。

盛下主馬は真犯人が出たとなって、気も動転してしまう。しかしこの時も大津三郎は機転をきかす。以前捕らえた吉内は、逐電の咎ある故殺されても当たり前、今現れた吉内は真犯人であるから、これも殺されて当然。しかし、本当のことを白状されてはかなわないから、例の毒物で殺してしまえば何でもないことだと言う。

主馬は大津の企みに従って、未だ一言も口を開かないうちに本当の吉内も殺してしまう。下手人の沙汰として、歯のない郷里の親父が江戸へ連れてこられ、塩漬けにされた我が子に悲しい対面をする。

④借家の札

その年も四月になり、参勤交代の時期となって、江戸詰めには用人和布苅右膳（津軽多膳）も加わることになった。国元では溝口弥太郎の産物がみな悉く失敗し、これに加担した者達をはじめ、これを重用した盛下主馬らの責任は極めて重大なものであった。しかし、盛下は大津の思うようにされ、溝口・小山田の四人も領民の苦しみを省みることはなかった。

和布苅右膳は、藩士の御給分を一律に三分の一差し引こうという盛下らの政策に、断固反対する正義の硬骨漢であった。それどころか、地広倹約の増収分を追及し、これを御給分に充当するよう強く要求する。しかし、結局は盛下主馬らの主張に破れてしまう。

また凶歳のために集めた一石一升米の行方を激しく大津に問い詰めるが、藩主の後楯があるため私利私欲に走って領民はますます飢餓に陥ってゆく。更に国元では御減少と称し、経費削減のため藩士をはじめ、お抱え職人の解雇をし始める。籤を引かせたり、年齢の順に従って辞めさせたりしたが、その混乱は言うまでもない。挙げ句の果てには、溝口に従って産物奨励をすすめてきた者までが知行を失い、肝返りして死んでしまうほどである。居城は手入れする者がなく、草木が繁って孤狸が棲み、城門の番人は昼いるばかりで、空城のようである。荒廃した城門に張り紙をした者がいて、見ると「借家有」と書いている。御減少であぶれた者達は、町や在郷に散らばり、刀を抜き散らかして暴れている。

追手門の近くの曲り坂では、食い詰めた藩士が、通りがかりの者から金品を強請り、抵抗すれば切りかかってくるという非道さで、もはや御政道も何も行き届かなくなってしまった。

⑤山の井の嵐

弘前の商人山の井四郎兵衛（山本四郎左衛門）は、藩の御用達を受け、領内一円凶荒の米を掻き集めて、領民の怨嗟の声も聞かず、江戸・上方の御廻船に積み登らせる。途中暴風破船の難にかこつけて、折角の御廻米を横領されることも考えられるので、船に一人ずつ上乗りと称して目付け監督を置くことを考え出す。御家中の御給分を三分の一に減らして米を買い集め、江戸・上方で十倍の利益を得て小山田を饗応し、盛下をもてなす。しかし、米を買い集めてこの方、五・六月にもなると穀物が一切払底してしまい、領民の間に不穏な動きが出始める。殊に鈴森（青森）ではこの春以来米留役を置いたため、一切の穀物を買い下げることができず、停泊していた二万石の廻米船は湊に留め置くべしと騒ぎ出す。

鈴森町奉行は盛下や小山田が取り上げてはくれまいと考え、町民の要望を取りついでもくれない。そのうち十日を過ぎて、例の御廻米船がいよいよ出航の手筈となる。町民は怒りだし、御廻米船の出帆を阻止しようと海に飛び込み、船を占拠する。

騒ぎを聞いて、弘前の城中では重臣達が狼狽してしまう。盛下主馬は烈火のごとく怒り、即刻雑人どもを討ちとれと叫ぶ。しかし、和布苅右膳は領民の窮状を理解し、領内一統凶作のみぎり、大切の領米を何故に江戸・上方へ積み登らせようとするのか、形相もすさまじく主馬を問い詰める。

⑥鈴森騒動

鈴森の町はもはや売り米が切れて飢渇が目前に迫ってきた。そこへ何者が仕出したのであろうか、町々の家主は諏訪神社に集まるよう廻文がまわってくる。出かけてみると、分限大家の米持ちから米を買いかかろうと言う。しかし、米持ちの商人は米を売ろうとはせず、ついに八月二十日夜明けの鐘にうちつれて大騒動が勃発してしまう。三千八百余人の窮民がてんでに得物を手にし町へ繰り出す。まず辻屋勘助の家に踏み込んで家蔵を潰し、それから村林平右衛門の酒蔵を踏み砕く。仕込み入れておいた酒桶を漕ぎ返し、小便をしちらかす。海原屋五兵衛の座敷へ踏み込んでは金箪笥を打ち割り、出てきた金子を雪隠に投げ入れる。

騒ぎを聞きつけて、鈴森奉行八戸庄蔵が鎮圧に乗り出すが、かえって火に油を注ぐ形となってしまう。一度も町民の願いを聞き届けてくれなかった町奉行の命令を、誰も聞こうとはしない。それどころか大勢の町民に取り囲まれ罵声を浴び、命からがら逃げ帰る。そうして日が暮れたので、町民は勝手に金品が持ち出されないよう、自ら金品の管理までする。一方町奉行は肝を潰して城下に注進に及んだが、早速足軽大将・勘定奉行・郡奉行を派遣し、鉄砲に玉薬を詰めて鎮圧に乗り出す。その勢はおよそ八百余人、夜通しかけて鈴森の町へ繰り出す。鎮圧隊は常光寺をはじめ、正覚寺・蓮心寺・蓮花寺などに分宿駐屯し、対策に乗り出す。町民は藩が送り込んだ鎮圧隊の武威に恐れて、鳴りをひそめてしまう。

鎮圧隊はこの度の騒動の頭取を検挙しようと躍起となるが、町役達も大勢のこと故、誰が頭取か分からないと答える。しかし、騒動の中でも荒々しい振る舞いをした者の名前を聞き出し、明日城下へ帰ると言って騙し、その夜の四ツ過ぎ寝込みを襲い搦め捕ってしまう。捕縛された者は弘前牢舎に押し込められ、また弘前町々へ預かりとなって厳しく監視をつけられたのであった。

ところが、それから十日も過ぎないうちに、今度は下在（木作）新田の百姓達が鈴森の騒動を聞いて、三千四五百人の者達が城下に押し寄せる。凶作のために年貢以外に備蓄させられた、一石に付き一升の米を受領するためである。村々の百姓達は次第にふくれ上がり、手に鋤・鍬・鎌をもって石渡の渡し場に詰め寄せる。

城下では騒ぎを聞いて色を失い、早速士大将はじめ与力組の者を呼び寄せ、城戸を固める。一方ではまた、郡奉行を岩木川原に駆けらせ、百姓の懐柔に乗り出す。一石一升の凶歳備蓄米を郡奉行工藤庄司は簡単に請け合ってしまったが、藩ではこれまで領民から取りたてた一升米もみな江戸・上方に廻してしまっているので、新田の百姓達に返す米は一粒もない。

窮余の一策で、一石一升米はそれぞれの村庄屋に預けてあるので、即刻それぞれの村々に立ち帰り、米を請求するように言う。新田中の分限者の名前を書き出し、書面に印判を据えて空切手を受け取り、百姓達は騙されて元来た道を引き返す。その時弘前の悪徳商人、山の井の四郎兵衛の店表に張り紙がされた。㊀と書かれてあり、虱をとって振り潰すという意である。

また、鈴森騒動の入牢者に、七十歳を越えてその名を九三子（くさんし）という才智の者がいた。俳諧を業として余生を送っているうちに、打ち毀し騒動の難に遭ったのである。お上では定めて九三子の分別でこの騒動が起きたのであろうと詮議に及んだが、九三子は極老無弁の私故、筆紙を頂戴して逐一申し上げたいと述べた。

その当時九三子の出した前句付けに、

なんのけもないへんてつもなひ
（という句の前に）
老子端の仕そこなふたる万年酢
（という句を）

付けた者がいたが、なにも身に覚えのない難儀を押しつけられて、九三子を不憫だと言わない者はなかった。

⑦六の花籠

ところで領国深崎（深浦）に高厳寺（荘厳寺）という寺があったが、ある日盗賊に襲われ、寺の什物が悉く奪われてしまった。住職がつくづく思うことには、御領内がこのように乱れているのは国の政事がよくないからだと、墨染めの衣に袈裟をかけ、はるばる江戸へ直訴の旅に出た。

ようやく本所の上屋敷御門前に辿り着いて殿様へお会いを申し出たところ、大津三郎は、このうさん臭い坊主は定めて自分らの足元をすくいに来たのであろうと考え、御前へのご面会を阻もうとする。そうして、高厳寺が御目見のない者であることを知って、本寺芝の増上寺を通して申し出よと命ずる。高厳寺は、それならばと本寺芝の増上寺を介して、殿への御面会を果たそうとしたので、大津は困惑して御前との面会を許す。勇躍して参上した高厳寺の僧は、御人払いをお願いし、委細御国元で起きている飢餓のありさまを、息も継がずに話す。藩主はこの高厳寺の話を聞いて仰天し、詳細に御国元の状況を聞きただす。

この間にも御領内の飢餓は進行し、城下の町脇に非人小屋を作って、一人片飯（かためし）三夕の粥を施すが、皆みいらのように痩せ衰え、死んでゆく者が後を絶たない。その死骸は犬や鳥に食い散らされ、目を覆うばかりである。窮民は露命を繋ぎかねて他国へ離散し、これを止める手段もない。

この悲惨な状態を具さに見て、和布苅右膳は、小山田五兵衛に掛け合い、盛下主馬に談判するが一向に埒が明かず、江戸へ上って大津三郎を糾問しようと所縁ケ関（碇ヶ関）を目ざし、明け六ツ時出立する。この右膳を妨害しようと刺客がさし向けられるが、運よく増水の川止めに遇い、右膳は辛うじて江戸に辿り着く。

江戸に着くやすぐさま、右膳は大津三郎の居宅に行き、御前に御面会の取り次ぎを頼むが、かえって三郎は右膳乱心と藩主に知らせる。しかし、ここに聡明な藩主の若君が現れ、右膳から御領内の悲惨な状況を聞きただし、藩主へ逐一報告する。藩主は仰天し、領内の騒動、飢渇の凄惨な様子をようやく認識することになる。

⑧小栗の出火

ところがその後、国元ではいよいよ事態が急迫してきて、騒動は止むことがない。高厳寺は国元に帰ると、盛下・小山田・大津のやり方を上聞に達しようとして、家老反田喜左衛門（添田儀左衛門）・大番頭大寺集太（大道寺隼人）らと手を結び、追い落としにかかる。これに与する家中の侍は凡そ三百五十余人もいて、皆大寺に味方をし、時の来るのを待っていた。

盛下と小山田は、今度右膳が江戸へ上って、藩主公に逐一上聞に達するようなことになれば、もはや立つ瀬がないと判断する。既に盛下は、藩主から再三の御不審を蒙り、申し開きができないことを知っていたからであった。殊に鈴森騒動のことは藩主に報告もしていなかったので何とも言い訳のしようがない。思案に余っているところへ、小山田はいっそのこと牢舎に入れてある、鈴森の囚人達の食を減らして殺してしまえと提言する。その日から一人につき二夕の粥を食わせたところ、囚人達は大騒ぎを始めたので、また元に復してしまった。こうして、盛下らの専横独断にますます人心が離れていった。

右膳は江戸に上って留守であったが、十二月半ばになって、時節到来と大寺集太らは小山田殺害を決行する。待ち伏せし闇討ちにしようとするところに、小山田がやって来る。お供の若侍が身を挺してかばうが、小山田は脳天を目がけて切られる。それでも鉢金に刃が止められ、辛うじて一命を取り留めることができた。

切られたる其恥かねをしらずしておや又
生て居るや五兵衛は

という落書が五兵衛の表門に貼られて評判となった。

一方、江戸に上った右膳は早速大津三郎を糾問するが、大津は言を左右にして言い逃れをする。真っ二つに切って捨てようとするが、藩主公からは、万事三郎に逆らうなと言われ、切歯扼腕する。国元では諸色高騰し、一切の食べ物が払底してしまう。施行小屋に入っていた窮民達は、死ぬ前に鱈腹食って死のうと、町へ出て食べ物屋に入り暴れ回る。ついには人肉を喰らう者も現れ、その非道は目を覆うばかりであった。

⑨盛下の露

さて、頼りにしていた小山田が師走に切られ、山の井の四郎兵衛は形勢悪しと行方をくらまし、盛下主馬は藩主から三度まで御不審を蒙ってしまったので、遠慮を申し立て肩から息を継ぐようにして逼塞していた。更に小山田を討つべしと、藩士大寺集太を中心に組子の者が談合し、正月二十日過ぎ決行に及んだ。そうしてその決行の夜、いよいよ得物を手にして出立しようとしたところ、和布苅右膳は殿様の夢のお告げだとして、後三十日待つように押し止める。事が決行されれば藩の存亡に関わると右膳は判断したのである。

一方盛下主馬は、再度高厳寺が江戸へ上ったことを聞いて、いよいよ覚悟を決め、家内の者には大病と言って食を止め、衣類を被って伏していた。その主馬の屋敷には弓矢が放たれ、鉄砲が撃ちこまれたりする。盛下主馬は万策尽き果て、二月の初旬春霞の立ちこめる明け方、次のような辞世の句を残し切腹して相果てる。

夢でなしいゝや現のはる霞

ところで江戸へ上った高厳寺は、藩主信寧にお会いしようと御屋敷に上がるが、藩主が御夕膳を召し上がっていて、さて高厳寺にお会いされようとした時、突然うんうんと唸りだし、典薬を召されたが、苦しみの余り眼を光らせてご介護のかいもなく、その日の暮れ頃に息を引き取ったのであった。あまりにもあっけない藩主の死に、大津三郎は自らも信寧の菩提を弔って剃髪し、御奉公の御暇を願い出る。そうして、藩主の後を追うように大津もまた大病にかかり、これまでの悪業の報いを受け、七転八倒の苦患の中に、生きながら地獄に落ちていったのであった。藩主信寧の急逝は、実は御自害されたということであり、領民渇命の中自ら命を絶たれたのであった。また、大津三郎は、惣身みいらのごとく痩せ衰え、雷鳴が轟く中百千の悪鬼が三郎の頭に取りついて、舌を抜いて去っていったという人の噂である。

⑩折山の水連　略

⑪現の曙　略

三、『夢の松風』資料概括

『夢の松風』の歴史資料としての概括は、次章で史実の検証という形で述べてみたい。ここでは、文学作品としての概括を若干試みることにした。まず、『夢の松風』の主要なテーマを三題ほど取り上げてみる。

1、『夢の松風』の主題

①まず、『夢の松風』の主要な主題というものは、未曾有の大飢渇、天明凶歳の悲惨を後世に伝えようとしたことであろう。『夢の松風』の中で、天明の飢民が人肉まで食したことを作者は書いたが、この大惨事を「後世に到りて是を偽りと思ふべからず」と述懐をしていることに着目したい。実に、この前代未聞といわれる天明卯辰の大飢饉を後世に記して残すことが本作品の最も主要な主題と考えられるのである。

こうして、この自然の災厄の恐怖を語るとともに、何らの御政道も為しえなかった、藩政担当者への怒りというものが次に銘記されるべきであろう。鈴森（青森）騒動の窮民達が言うことば、「譬へ凶作たりとも此の難儀には及ぶまじ」に、作者の強い主張が窺える。たとえ天明の大飢饉であっても、御政道のよろしきを得たなら、これほどの大災厄に至らずともすんだであろうのにという、作者の無念の思いが伝わってくるのである。

②次に『夢の松風』の主要な主題となっているのは、因果応報ないしは勧善懲悪の思想である。天明の大飢饉に、領民の窮乏をも省みず、栄華の夢を貪った極悪非道の者達に、『夢の松風』の作者は応分の結末を与えている。溝口弥太郎（樋口弥三郎）は、国産が悉く失敗し、最後は藩の御減少に遇い、一千石の知行も取り上げられてしまう。小山田五兵衛（山田彦兵衛）は、相良町の火事場に駆けつけた時闇討ちに遇い、辛うじて命が助かる。無為無策の藩主信寧は、御自害の風聞まで立ち、家老盛下主馬（森岡主膳）は病屈の挙げ句、切腹して果てる。これらの者達の末路は実に悲惨であり、非業の最期を迎えているのである。『夢の松風』の作者の厳しい倫理観は、作品の全編に横溢していて仮借がない。これらの者達は、犯した罪に応じて因果の報いを受け、悪行の懲戒を得たのであった。

③最後に、この作品に垣間見える根本の思想に、一種の無常観がある。それは端的に『夢の松風』の「序」に表出されている。「序」には「邯鄲の枕」の故事が引かれているが、黄粱一炊の栄華を夢見た盧生の話は、天明の大凶歳に栄達の夢を貪って政事を壟断した、盛下主馬・小山田五兵衛・大津三郎らの生きざまに通うものである。

作者は更に、領民を塗炭の苦しみに陥れた者達は勿論、被害に遭って虫けらのように死んでいった者達をも、ひとしなみ「空」なるものと捉えた。天明の大悲惨も過ぎてしまえば跡形もなく消えてしまう鈴森の松風に同じく、空の空なるものであったのである。それは仏教の無常観によく似ているが、仏教の諸行無常よりももっと現実的でかつ厭世的なものである。そうしてこれは、天明卯辰の大飢饉に遭遇した者のみが観じた、誠に特異な虚無感であったろうと考えるのである。

2、『夢の松風』の修辞法

次に『夢の松風』を修辞的な側面から見てみる。本作品では、中国の漢籍をはじめ、日本の古典からもしばしば引用がなされ、作者が一定の教養を得た人物であることを証明している。「邯鄲の枕」や「晋の豫譲」の話、「秦の趙高」の故事などが出てくる一方、「源氏物語」や「古今和歌集」などからの引用も見られ、文脈に彩りを添えている。また、作中人物に和布苅右膳の名が見られるが、和布苅（刈）というのは、歌舞伎作者並木正三の作品から取った名前である。

表現技法としては、縁語や掛詞はふんだんに使われ、文章に変化をつけていて面白みがある。また江戸登りの道中などは、七五調の道行きぶりが見られ、風情のある文体になっている。更に短歌や俳句も折り込まれ、興趣のあるものとなっている。殊に九三翁の前句付けや、盛下主馬の辞世の句などは、胸を打つものがある。

3、『夢の松風』の文学的特性

最後に『夢の松風』の文学的特性について述べたい。既に「文学的構成」で書いたように、本作品は誠に劇的な構成を持っている。この歌舞伎風の芝居がかった作風は、馬琴の読本などの影響があるのだろうかと推測することもできる。

しかし、本作品は作中人物の名前の下に、本名が割り注で示されるなど、全く実話風である。先に本作品の特性は、歴史資料であると同時に文学作品であると述べたが、その接点はこの特異な割り注である。そこで、この作品のどこまでが史実に添ったものであるのか検証してみたくなる。具体的な記述は次章に譲るが、結論から言えば『夢の松風』に書かれた殆どの事件は、実際にあった史実であることを書き添えておきたい。実に本作品は、史実をそのまま忠実に再現して見せたものと言っても過言ではない。そうしてそれがそのまま文学作品となって昇華したものだったのである。

二、『夢の松風』の史実検証と青森騒動

前章では、『夢の松風』の文献的価値と、文学的構成をまとめて紹介した。本章では『夢の松風』を他の歴史資料と比較・研究し、その史実と検証を試みることにしたい。併せて、『夢の松風』の記述から、逆に歴史資料の補完を試みたい。

一、『夢の松風』の史実と検証

1、江戸上屋敷の御金蔵破り

『夢の松風』では、家老盛下主馬（森岡主膳）が、江戸御用人大津三郎（大谷津七郎）とつるんで佐野勘蔵（佐藤丹蔵）と一緒に吉原に通い詰め、遊女に入れあげた借金の返済に困り、御金蔵を破ったと書いている。要約すると次のようになる。

①佐野勘蔵の親の代から使われていた小八という奉公人に、吉原の借金に困った盛下主馬らは、事もあろうに自藩の御金蔵を破らせ、盗んだ御宝物を売り捌かせようとした。

②ところが、小八一人ではなかなか商いがうまくゆかず、知り合いの吉内という小商人に応援を頼み、盗品の売却を図ろうとする。

③吉内は商い上手で、盗品の獅子の小柄を百両で売り払ってくれるが、まもなく悪心を起こして小八を吉原の土手で殺害し、金を独り占めにしてしまう。

右のように、『夢の松風』では、弘前藩の家老と江戸御用人の重役が仕組んだ前代未聞の大事件として、この金蔵破り事件が述べられている。これに対して、『津軽編覧日記』は、次のように記述している。

①天明三年四月二十四日、御宝蔵に盗賊が入り、金子千両の他に御宝物が紛失した。

②御宝蔵は堅固な造作で、公儀御宝蔵を模して作ったしっかりとしたものである。金梃子様のもので錠が撥ね上げられ、金子を入れておいた瓶が開けられて、金が盗み取られていた。

③この瓶へ金子を入れた時には、大谷津七郎が立ち会い、御小納戸御近習小姓四・五人が金箱を入れ、鳶の者二人が瓶の蓋を閉めたが、他には誰も関与していない。

右のように、御金蔵は公儀御蔵に則った堅固なもので、この御金蔵に出入りできた者は、江戸御用人大谷津七郎と、御近習小姓だけである。

次に、『津軽編覧日記』には下手人探索の経過が詳しく述べられているが、まずは御宝蔵破りの張本人が誰であったのか、『津軽編覧日記』の記事を紹介しながら述べてみる。

『津軽編覧日記』天明三年五月十六日条

此密事佐藤丹蔵大谷津孫之丞どら打、右借金返済ニ孫之丞差詰り了簡を頼候処、丹蔵工夫ニ而御土蔵を破り候由、段々詮義致候処七郎殿つまらぬ事ニ成故何となく御詮義相止候由、此事大々密事可秘々々、

右の記事には、目を疑うような極めて重大なことが書かれている。右の記事を要約すると、次のようになる。

①御金蔵破りの密事は、佐藤丹蔵と大谷津孫之丞が放蕩して借金返済に困り、よい了簡はないかと相談したところ、丹蔵は御金蔵破りを考えだし、実行に及んだ。

②下手人を詮議したところ、犯人は我が子、孫之丞も一枚絡んでいた。そのため大谷津七郎は、これ以上追及したらつまらないことになると考え、捜索を打ち切ってしまった。

③このことは、極めて重大な、秘密にすべき事件であるので秘すべきである。

右の記述では、御金蔵破りは森岡主膳や大谷津七郎ではなく、佐藤丹蔵という者と大谷津孫之丞という人物が、放蕩したため借金返済に困りやったことになっている。大谷津孫之丞は、七郎の長子で『津軽編覧日記』天明三年二月十五日の江戸表役替に、御近習小姓から、「御錠口御内聞役」になっていたことが分かる。「御錠口役」というのは、藩主奥向きの御殿警護を務める重い役目である。この四十日後に御宝蔵が破られたとすれば、大谷津孫之丞にも当然嫌疑の目が向けられて然るべきであろうが、それは全く不問にされている。

また、佐藤丹蔵は作事奉行をしていた者で、この時の罪を問われて「御預け并びに慎み」を命じられていたことが、同じ『津軽編覧日記』に見える。「作事奉行」といえば、家蔵などの建造物普請を担う役目柄であり、当然御宝蔵の作事もしていたと考えられてくる。しかも、上屋敷の御宝蔵は三年前の宝永十丑年に「惣出来」したものであると、『津軽編覧日記』には記している。

また、『封内事実苑』の八月条にも、佐藤丹蔵家来に喜八という者が、御宝蔵から金子を盗った旨の記載がある。結局のところ、どうやら御家老と御用人という重責が、自藩の御金蔵を破ったという嫌疑は晴れそうであるが、しかし依然として藩の重役が威勢をかさにきて、自分の子息の不始末を闇に葬ったという、疑いは消えそうにもないのである。

2、二人の吉内

続いて、この御宝蔵を破った下手人御詮議の模様を『夢の松風』は次のように記している。

①盛下主馬は、下手人の捜索を始め、掃除小人の者を捕らえて拷問にかけたりするが、犯人は出てこない。

②ところがここに、佐野勘蔵に頼まれ、盗んだ金子をそれとは知らずに預かっていた者がいて、七百両の金子をお上に差し出してくる。

③事態が急迫していることを知って、盛下主馬は、同名の吉内という掃除小人を犯人に仕立て上げ、搦め捕らえる。

④捕らえられた吉内は、以前盛下主馬の屋敷に仕えていた者で、藩に断りもなく逐電していたため、責め殺されても文句の言えない立場にあった。

⑤似せの吉内はこうして殺害され、本物の吉内は便船を借りて一旦郷里に帰るが、また江戸に舞い戻り、三八という博打仲間に匿ってもらう。

⑥そうこうしているうちに、真犯人をよく知っている侍がいて、下手人逮捕を出世の手がかりにしようと目論み、とうとう本物の吉内を捕らえてしまう。

⑦盛下主馬は、真犯人の出現に気も動転してしまうが、大津三郎に知恵をつけられ、本物の吉内も毒殺してしまう。似せ吉内は逐電者、本吉内は元より大罪人、どちらも殺されて文句の言えない人間である。

右のように二人の吉内は、本作品中で盛下主馬や大津三郎の残虐非道ぶりを浮き彫りにしている、重要な人物として登場している。話があまりにも芝居がかっているため、ついこれを文学的虚構と速了してしまいがちである。しかし、この

二人の吉内が実在した人物であったことは、次に述べる『津軽編覧日記』の記述によって明白にされる。すなわち、『津軽編覧日記』天明三年四月条によって、その後の御金蔵破り事件は、次のように記されている。

①御宝蔵普請の諸職人を悉く集め、取り調べが始まる。殊に金子を瓶に入れた鳶の者は、毎日のように厳しい詮議を受けることになる。
②更にこの年領国から江戸に登った鳶の者六人が取り調べを受け、拷問にかけられる。
③その後昨年江戸に登った鳶の者、玉八・仲右衛門、作事受払役木村金兵衛が御詮議を受ける。
④三人は、四月二十日日暮れ頃、誰とはなしに鳶の者の長屋に来て、御用があるので金梃子を持参して御馬場から入り、御土蔵際の路地口へ参るように言われたと供述する。
⑤三人は、言われたとおり金梃子を持参したところ、誰か分からないが、「しいしい」と言われたので、殿様がお出でと思い平伏した。
⑥その後早く帰るように言われ、金梃子を置いて早々に立ち去った。早速内から門がかけられてそのまま帰ったと、ありのままに話す。

右のように鳶の者が追及されるが、更にこれを密告したのは、佐藤丹蔵であることが記されている。勿論下手人の出てくるはずはなく御詮議は過酷なものとなる。

⑦五月十六日公儀同心を頼み石責めの拷問が行われるが、玉八・仲右衛門は石五枚、金兵衛は石三枚の拷問を受け、気絶してしまう。
⑧その後、鳶の者を呼びに来た者、並びに「しいしい」と言った者の御詮議が始められるが、一向に分からない。
⑨そうしているうちに、六月上旬になって掃除小人館田村傳蔵という者が、築館養和に密告してくる。町鳶の小使いをしている喜八という者が、近頃急に衣服廻りが美々しくなってきているというのである。
⑩この喜八という者は、境関村高無し与八郎という者の子で、御宝蔵普請の当初から出入りしていた者である。

ここでやっと喜八という下手人の存在に行き当るのであるが、「**吉**内・小**八**」と「**喜八**」は語音も通い、実在の人物喜八を想定して名づけられたことは容易に分かってくる。

この後紆余曲折はあるが、事件はようやく落着をみてゆく。但し問題は、真犯人の佐藤丹蔵と大谷津孫之丞の処遇である。大谷津孫之丞の方は、親の絶大な権力をもって事件が揉み消されたが、もう一方の佐藤丹蔵はどうかというと、『封内事実苑』天明三年十一月条には、次のように記されているので、これを参考に供したい。

①御宝蔵破りの一件で佐藤丹蔵は御暇を下され、同天明三年十一月十六日に御赦免された。
②佐藤丹蔵は「阿部伊豫守様」の「御内縁」がある者で、特別の計らいであった。
③盗んだ金子は、前町の八百屋二階に喜八が葛籠に入れて預けておいたところ発覚した。
④葛籠の金子の封印は、佐藤丹蔵の封印がしてあった。

右の下手人喜八の記述は、一年後の『津軽編覧日記』に、より具体的に述べられている。佐藤丹蔵は、阿部伊豫守の落とし子であるとも、また丹蔵の妻が阿部伊豫守に乳を上げた女とも書かれている。それでは次に事件の様子が大方判然としてきた一年後の『津軽編覧日記』から、事件の経過を追ってみたい。

『津軽編覧日記』天明四年閏二月廿六日条

①上屋敷では喜八が犯人とも断罪できずにいた。理由は、葛籠の金子の封印は佐藤丹蔵のものであったからである。
②喜八一人では堅固な御金蔵を破ることはできず、丹蔵が一味の先導をしたと考えられた。しかし、佐藤丹蔵だけではなく、無二の親友で御錠口役をしていた

大谷津孫之丞が犯行に加わらなければ御金蔵を破ることはできないと考えられた。
③二人は、喜八に先ず三四百両も金を与え、後でゆっくり盗んだ金を分配しようと考え、取りあえず葛籠に入れておいた。
④ところが、その金子が発見されて真犯人がようやく分かってきた。犯人の一人、大谷津孫之丞は、弘前藩江戸御用人の息子である。御金蔵破りのもう一人の犯人、佐藤丹蔵は阿部伊豫守の落とし子とも言われている。
⑤その「間柄」により丹蔵は、お取り立てに預かるほどの姻戚関係にある。丹蔵を捕まえて白状させたいが、下手に追及すると、「大きなる人」が痛みつくことになってしまう。
⑥葛籠の封印が佐藤丹蔵の封印であったため、やっと犯人が分かったが、阿部伊豫守は内密に罪を揉み消し、小姓に召し返すことまでしている。
⑦このような事情で最初は、喜八も厳しく御詮議を受けたが、後にはうやむやになってしまった。
⑧また、喜八一人を罪に落とそうとしても、喜八が白状すれば佐藤丹蔵が張本人と分かってしまい、丹蔵が口外すれば大谷津に罪が及んでしまう。
⑨そこを取り調べの同心が飲み込んで一服盛ったとも、丹蔵が同心に金をやり、喜八を毒殺したとも言われている。
⑩ところで、このような風聞は盗んだ金子の額も合わず、まちまちであることからも実説であると考えられている。

以上のように、弘前藩を揺るがした御金蔵破り事件は、二人の下手人を出した上、犯人が毒殺されるという、前代未聞の失態を引き起こして、ようやく落着をみるのである。全く嘘のような芝居がかった話で、これが藩ぐるみで行われたということに、いかに専制君主の時代でも、人々は皆肝をつぶしたに相違ない。ここでも『夢の松風』が、史実に即した事件を題材にしたものだと言うことができるのである。

3、高厳寺（荘厳寺）聞岌《もんぎゅう》和尚の直訴

『夢の松風』では、聞岌和尚のことについて、
①深崎の高厳寺（荘厳寺）に盗賊が入り、寺の什物が悉く奪われてしまう。住職聞岌和尚は、これは領国が乱れているからと考え、江戸上屋敷に直訴をするため無断で出奔する。
②上屋敷に着いて、藩主に面会しようとするが、大津三郎に妨げられる。本寺芝の増上寺を介してでも藩主に面会しようとするが、許されてやっと面会がかなう。
③藩主信寧に面会した聞岌和尚は、逐一領国の悲惨な飢渇の情況を述べる。

右のように、聞岌和尚は、お国の様子を藩主に伝え、その裁断を待つことになる。これに対して、『津軽編覧日記』でも、聞岌和尚の活躍を具さに記している。ただし、孤軍奮闘の単独行動ではなく、聞岌和尚の直訴を支援した仲間が多数いたことを述べていて興味深いものがある。『津軽編覧日記』天明三年十月十四日の記事をかいつまんで、次に述べることにする。
①十月十四日深浦荘厳寺が秋田を回って、深浦に帰着。九月三日に江戸に行き若殿様（信明）に面会、国元の騒動を委細報告する。
②荘厳寺は国元へ着くや否や先触（さきぶれ）を出し、若殿様から有り難き御意を承ってきているので、村々の庄屋たちは罷出るように告げる。
③若殿様からの御意とは、国元が大困窮なので、追っつけ津軽多膳を帰着させ善処させるというものである。
④その後荘厳寺は、雪中の旅で寒気に当てられ、早速弘前に出ることもできない。そのため江戸へ出立の時申合せた面々へ、直接報告もできず、書面で廻状をまわす。

右の記述から、深浦荘厳寺住職が江戸へ直訴に及んだのは、聞岌和尚の単独行動ではないという重大な事実が浮かび上がってくる。この後聞岌和尚の出した廻状が、誤って一味の者とは関係のない、赤石組の代官成田祐右衛門方に着いてし

まうが、その後の経緯を次に述べる。

⑤成田祐右衛門は、廻状の内容を不問にしてくれたので事なきを得るが、廻状は一味同心の名前が書かれてあって、極めて重大な文書であった。

⑥右の廻状には三十二人の連名があり、最初には溝口傳左衛門の名前が書かれている。右一味の中心人物は、深浦湊目付米橋嘉兵衛であり、また深浦町奉行千葉相良も加担している。更に千葉相良の「間柄」で津軽文蔵までが一枚加わっているのである。

右のように、荘厳寺の聞岌和尚の訴願には多くの人物が関わっていたことがわかる。しかも津軽文蔵は、『津軽藩旧記伝類』によれば、後に大組物頭になった藩の重鎮である。このことは領内の危機を救おうと立ち上がった人間が一人聞岌和尚にとどまらず、広汎に渡っていたことを示すものである。ところで、聞岌和尚は二度の江戸登りを果たしているが、二度目は藩主にご面会の直前、信寧が急死してしまうという、衝撃的な事態に巻き込まれている。聞岌和尚の面会が藩主信寧の死に影響を与えたことも取り沙汰されているので、次章の「藩主信寧」の項でもう一度触れることにしたい。ただし、次章では史実の検証から、更に文学的虚構の領域に踏み込んで、『夢の松風』を考究してみようと考える。

二、鈴森騒動（青森騒動）の出来《しゅったい》

青森騒動のことは本書の大きな主題で、これまで『弘前藩庁御日記』や『津軽編覧日記』・『封内事実苑』などを引き、詳しくその史実を述べてきたとおりである。ここでは逆に、歴史資料から裏付けを得るのではなく、『夢の松風』から新たな事実を掘り起こし、史実の肉付けをしてみようと考える。冒頭にも述べたように、『夢の松風』は、文学的な側面と歴史資料としての側面とを併せ持つが故に、青森騒動の真相をより正確に具象化することが可能である。

1、青森騒動の要因

青森騒動が起こった原因として、『夢の松風』は、弘前の豪商山の井四郎兵衛（山本四郎左衛門）が行なった無定限な領米の津出しを記している。以下騒動に至るまでの経緯を、『夢の松風』に従って整理してみる。

①米廻船に目付の上乗りをつけ、江戸へ五十艘、大阪へ五十艘、大量の領米を積み出す。これには百姓仕事を中断させ、人馬を出して蔵元から運ぶという難儀を強い、運送で目減りをした分は、農民に足し米までさせている。

②一方城下では、米不足になっているにもかかわらず、米値段を下値にさせようと無駄な努力をしている。

③この津出し米で上げた利潤は、藩主の奥方や娘の贈賄、盛下や大津の饗応に流用するが、巧妙に立ち回って誰も知る者がいない。

④ところが、五月初め頃大風が起こって御廻船が海に沈み、領民の「口を分け」て運んだ十二艘の船から米が藻くずと消えてしまう。

⑤五・六月になって、穀物が払底となり、天気が不順で凶作の色が濃厚となる。そのため、ようやく領民が騒ぎ出す。

⑥それにもかかわらず、七月の末になって、また江戸廻りの大船に二万石の御廻米を積んで、鈴森（青森）の湊から積み出すという。

⑦小売り米は手に入らず、湊にはこの春から米留役を置いて一切の米買い下げができないようになってしまい、この上廻米船を出されては生活が立ち行かなくなってしまう。

以上が、『夢の松風』に書かれた、青森騒動をめぐる情況である。鈴森（青森）の町民は、いよいよ決起し、要求に立ち上がるのであるが、今ひとつ七月十日に発生した青森大火のことも、騒動の大きな要因となったことは、まちがいのない事実である。しかし、『夢の松風』では、青森大火のことは書かれてはいない。次に鈴森（青森）町民が起こした惣町騒動の要求について述べる。

2、青森町民の要求

①右二万石の廻米を青森湊に留めおくべしと、まずは御廻米の停止を町民は要求する。しかし、町奉行は取り次ぎをしただけで、町民を返してしまう。

②その時、併せて米値段を当時の米相場の二倍にしてでも売ってくれるよう鈴森町奉行へ願い出る。
③鈴森町奉行は、町民の要求をもっともと考えるが、盛下や小山田は取り上げまいと考え、「只口よごし」とこれも追い返してしまう。
④この上はしかたがないと町民は、江戸で売り払う値段で、鈴森町民に米を売り下げてくれるように懇願する。今年は作合よろしからずと見た、町民必死の願いである。
⑤鈴森町奉行は、町民の申し出を尤もなことと考えるが、取り次いでもどのみち却下されるだけで「紙費え」とこれも返してしまう。
⑥その後十日過ぎて廻米を積み、いよいよ近日出帆の沙汰となり、鈴森町民は騒ぎ出す。殊に町々の小者たちは窮迫し、廻船に取りついて、出帆をさせまいと騒ぎ出す。
⑦廻船の危急を見て、騒動の旨を役所に届け出たので、湊目付・同心・足軽が派遣され、これを制止しようとしたが、騒ぎは収まらない。
⑧やむを得ず町奉行は、お上にこの趣を注進するが、盛下はこれを怒り直ちに騒動の者を捕らえようとする。
⑨反田喜左衛門は、この処置に反対し、領民に穀物の流通売買がないからと考え、小者たちの飯料を確保するのが先決と主張する。
⑩ところでこの成り行きを見た和布苅右膳（津軽多膳）は、強く盛下や小山田の措置を怒り、この凶作時になぜ領国から廻米を出そうとするのか詰め寄る。
⑪和布苅右膳は、小山田に廻米を続ける理由を問いただすが埒が明かない。小山田は、全ては盛下が知っていると逃げる。
⑫そこで和布苅右膳は盛下のところへ行き、鈴森の窮民のため米の流通売買ができるよう談判に及ぶ。盛下は烈火のごとくに怒り、右膳の要求をはねつける。
⑬盛下の言い分は、内々で米流通の様々な手段を自分たちもしており、また領民のためこの度の米廻船も留め置いたが、「公用」には替えがたいのだと弁明する。
⑭藩主の「公用」のためとは言うが、国民がただ今極難の飢渇にあえいでいる時に、そのように「公用」優先とばかり藩主は思召すだろうかと、右膳は訴える。
⑮和布苅右膳の必死の説得も実らず、盛下は二万石の廻米船をとうとう出帆させてしまう。これがもとでついに騒動が起きてしまう。右の記述から、青森町民が必死に知恵を絞り出して町奉行に訴願としている様子が窺われる。これに対して町奉行八戸庄蔵が一応の同情を示しながらも、盛下や小山田の威勢に押されて取り次ぎもしない、不人情な仕打ちがほの見えしてくる。また、藩主のためには「公用」と称して、文字通り領民の血税を割いて、やりくり算段している盛下ら藩の重役たちの、愚かしい行為も見えてくる。

3、青森窮民の決起

右のように七月中既に青森町民は、凶作を目前にし、領米が国外に出ることの窮難をよく承知していた。八月に入り、渇命に及んだ窮民はいよいよ行動に立ち上がる。以下騒動の実際を次に述べる。

①八月十日岩間山（岩木山）神社の御堂が鳴動し鈴が落下するという凶兆に始まり、いよいよ青森惣町騒動が勃発する。天候は依然として不順で、穀類は高騰、払底してしまう。
②八月末には米値段が、六十文で米八合の高値となり、それも中々手に入らない情況となる。
③そこで誰が始めたか分からないが、町々へ署名もなく宛所もない廻章が出されて、これには家主が諏訪大明神の社内に集まるよう書かれてある。合点なき者には存知よりがあるということである。
④そこで五人三人と打ち連れて翌日諏訪社に集まったところ、今年凶作で領民飢渇の折、米を隠匿している者がいる、これらの不人情な米持ちに米を無心してかかろうと言う。
⑤まず米を買いかかり、売らぬという時は家潰しをしようと相談を決め、三日の間実行に移す手筈を決めていた。
⑥いよいよ押しかけて行くと、米持ちたちは米を売ろうと折れて出る。一方では六十文で玄米六合を売ろうという者も現れたが、小者達は今更是非もないと、相談のとおり決行する。
⑦再び八月二十日の宵廻文が出され、翌朝夜明けの鐘に打ち連れて、三千八百余

人の者が、手に得物を仕入れて町に繰り出すことになる。

右のように青森騒動は大群衆にふくれあがり、米隠匿商人に対して、その怒りの矛先を向けることになってゆく。窮民たちは、鉈・鎌・鍬・鋤などを鍛冶屋から奪い、まず辻屋勘助の家蔵に踏み込み、狼藉の限りを尽くす。しかし、騒動は整然としたもので、家蔵を潰し家財を壊しても、これを私物として奪うことはしていない。

以下、騒動の実際を『夢の松風』は、極めて詳しく描いている。

4、青森騒動の実際

①群集はまず、青森町入口にある辻屋勘助の店に踏み込み飯料の無心をするが、ないと言われて家潰しに取りかかる。

②また一方では、村林平右衛門の酒蔵を踏み砕き、糞尿を撒き散らして狼藉の限りを尽くす。

③しかし、大勢の中にも目付を置いて、たとえ一銭のものでも盗まれないよう、厳重に監視をする。

④次に小濱屋宇八の所へ行き、家潰しにかかる。亭主は様々に懐柔するが、群集は容赦もなく打ち毀しにかかる。

⑤騒ぎを聞いて、町奉行八戸庄蔵が駆けつけるが、群集は町奉行に対しても立ち向かい、反撃する。かえって群集に追いかけ回され、同心・足軽たちも逃げてしまう。

⑥群集はいよいよ勢いづいて、次に三国屋平吉の家蔵を襲う。しかし、集めた一万俵の米には番人をつけ、監視を怠らない。

右のように、窮民たちは混乱の中にも目付を置いて、藩庁には弾圧の口実を与えないように行動している。この後いよいよ弘前藩庁から鎮圧隊が派遣されることになる。

5、騒動の鎮圧と頭取の捕縛

①弘前藩庁では大いに驚き、以下の鎮圧隊を派遣する。足軽大将には田中重右衛門・佐々木源作、勘定奉行には笹作之丞、郡奉行には工藤庄司、その他目付・与力・同心など、その総勢は八百余人である。

②青森町民三千人の結束はなお強く、鎮圧隊の武威も恐れず、抵抗は収まる様子もない。

③鎮圧隊はすぐに制圧しようとはせず、さらぬ体にして、常光寺・正覚寺・蓮心寺・法花寺などに分宿し様子を見守る。

④鎮圧隊の四人の重役たちは、足軽の者数十人を内偵に放ち、町民の動静を分析し始める。

⑤町民は江戸に登り、公儀に訴え出る気配すら見せ、事態が窮迫していることを知る。この後はいよいよ群集を蹴散らし鎮圧にかかる。

⑥一方で鎮圧隊は旅宿に帰るや、町役や打ち毀しに遭った者たちを集め、騒動の首謀者を挙げようとする。

⑦町役たちは、大勢のことで誰が事件の頭取と言うこともできないが、騒動の中で「荒びた」者は、誰々と辛うじて答える。

⑧鎮圧隊は、旅宿の寺の者にも分からないように相談を決め、明日弘前に引き上げると嘘を言って安心をさせ、夜の四ツ時過ぎ一斉に捕縛してしまう。

右のように、弘前藩庁から派遣された制圧隊の動きは、かなり卑劣なものであることが分かる。寝込みを襲われて、騒動の頭取と目された者たちは一斉に逮捕されてしまうが、中には最後まで抵抗し、大暴れをした大助という強力の者が活写されている。

6、弘前牢舎での囚人待遇

右のように青森騒動の頭取と目された者たちは、あえなく搦め捕られてしまう。捕縛された者たちの様子は、次のように記されている。

①四十五人の頭取は早速弘前城下に引かれ、会所に呼び出される。取り調べの中で捕縛者たちは、先年凶作の際は、お上が御憐憫をもって領民を救ってくれた

ことを述べる。
②しかしこの度の凶作にはお上の御憐憫もないが、自分たちは御国政を背いたのではなく、渇命に及んで穀物の流通が成り立つよう、米隠匿の商家に踏み込んで中を改めただけなのだと言う。
③更に事件の頭取という者は一人もおらず、騒動に参加した者は残らず頭取であると答える。

このように捕縛者の弁明は理にかなったもので、これを取り調べた役人も反論ができない。この後四十五人の捕縛者たちは、それぞれ断罪され、町預けになった者、弘前牢舎に入れられた者と分かれて刑に処される。更に『夢の松風』の末尾の方では、この青森騒動とその囚人の待遇について、驚くべきことが記されている。

④盛下主馬らは、和布苅右膳（津軽多膳）が再び江戸へ登り、自分たちの失政を藩主に告げられては、万事休すになると判断する。
⑤更に盛下主馬は、藩主信寧から三度も御不審を蒙っており、他のことは何とも言い訳が立つが、鈴森騒動のことは藩主に報告もしておらず、もはや申し開きもできないと考える。
⑥そうして、ここの急場を凌ぐためには、鈴森牢舎の者たちの口を塞ぐ以外に方法はないと考え、一日三夕の粥を食わせて殺そうと相談を決めるのである。しかし、囚人たちの猛烈な反発に遇い、やむなく断念することになる。

このように青森騒動は、激しい弾圧を受けたが、森岡主膳らの悪政に止めを刺した大きな要因にもなったことが、右の記述からうかがえる。こうして弘前牢舎で獄死した青森町年寄落合仙左衛門らの義挙も、無駄ではなかったことが分明になってきたが、しかし一日三夕の、水のような粥を飲まされた九三子落合仙左衛門の受難は、想像に余りあるものであった。

7、落合仙左衛門の最期

落合仙左衛門は、青森町から弘前に護送された後、町預けとはならず牢舎に送り込まれた一人であるが、その後の様子についても『夢の松風』に記載があるので紹介したい。

①鈴森騒動の入牢の者の中に七十歳を過ぎて、九三子といって才知が人に越え、俳諧を業とする者がいた。
②騒動の災難が青森に起きたが、お上ではこれは九三子がやったことで、事件の頭取であろうと考えた。
③会所へ呼んで御詮議をしたところ、自分は極老無弁故、筆墨を借りて騒動の次第を書き述べたいと言った。
④何と書いたのかは分からないが、全く身に覚えのない罪をかけられて、不憫だと言わない者はなかった。
⑤「なんのけもないへんてつもなひ」という句に、「老子端の仕そこなふたる万年酢」という前句を付けた者がいたが、九三子は殊の外これを賞美して、これを前句付けの巻頭に置いたことがあった。今これを思い返してみると、これは九三子が自分の身になぞらえたのだと驚嘆しない者はなかった。

右の記事には、九三子が罪に落とされた理由が一つも書かれてはいない。強いて落合仙左衛門の罪を挙げれば、才知が人に越え、俳諧を業としていたくらいのものであろう。才知のある俳諧を業とする文人で、青森町年寄の要職にあった者が、この騒動に参加したという事実そのものが、弘前藩庁にとっては一大驚異でもあったのであろうと、これまでの研究では考えられてきた。ただし後述のように、落合仙左衛門の捕縛には、宝暦の改革との関わりから、弘前藩庁では重大な事件首謀者と最初から目をつけていたことが、ようやく分かってきている。本書の「五、宝暦の改革と青森騒動」を参照されたい。

それは後述に譲るとして、本章では落合仙左衛門ら五人を除き、青森騒動の頭取たちが釈放されたという『津軽編覧日記十』（天明三年十月三日条）の記事を次に紹介し本章を終えることにしたい。その残された五名の者とは、

落合仙左衛門

田中権次郎
大塚勇右衛門（祐右衛門）
喜代十郎
金沢久左衛門

の五人である。落合仙左衛門は、この後天明三年十二月十一日に、飢えと寒さに迫られ七十二歳の生涯を閉じたのであった。

三、『夢の松風』の虚構表現と創作動機

前章では、『夢の松風』の史実を検証し、その記載がほとんど事実に近いものであることを述べた。本章では、逆に『夢の松風』の記載を、史実には即してはいるが微妙に異なる表現を照合して、その文学的虚構について考えてみたい。これまでも、『夢の松風』は、歴史的事実に即した資料ではあるが、虚構表現のある文学作品だということを述べてきた。このように、『夢の松風』は、史実に即しながらも、微妙に文学的作意を介在させてきたが、いわば『夢の松風』は、その虚実と皮膜の間に、特異な存在価値を有してきたと言えるのである。本章では、その『夢の松風』に見られる文学表現の陰影の襞を探り、創作の秘密を解き明かしてみたい。併せて、筆禍が降りかかるかもしれない危険も省みず、『夢の松風』を世に書き残した、作者の強い創作動機を嘉し、その探究もしてみようと考える。

一、『夢の松風』虚構表現

1、藩主信寧

第七代信寧は、天明の大飢饉や、それ以前には明和の大地震に遭遇した、不運な藩主ではある。『つがるの夜明け』を書いた山上笙介氏は、信寧を学問や武芸を好んだが、政事には無関心とその著に述べている。更には、領民の評判も悪かったらしく、伝記も絵姿も残されていないと評されている。ところで、この不運の藩主信寧を『夢の松風』では、その末期を「御自害也」と割注で記している。正史の『弘前藩庁御日記』にはない記述で、びっくりしてしまうが、その真偽を中心に藩主信寧の記述に見られる、文学的作意を述べることにしたい。藩主御自害は、『夢の松風』作品中、随一の虚構表現であるから、できるだけ詳しく述べることにしたい。

さて、『夢の松風』では、信寧の最期をどのように記述しているか、例によってまず順を追いながら抜き書きしてみる。

①天明四年二月初旬、国元では盛下主馬（盛岡主膳）が切腹し、やがて高厳寺（荘厳寺）の住職聞岌和尚が江戸に到着する。
②早速藩主信寧にお会いしようとするが、また大津三郎（大谷津七郎）の妨害に遇う。大津は、聞岌和尚が、藩の者とぐるになって自分らを失脚させようとして来たと考える。
③藩主信寧は、二度目の面会ではあるし、聞岌和尚に会うことを承知する。大津は御夕膳があるので、その後にお会いするのがよいでしょうと言う。
④結局御夕膳の後にお会いすることになって藩主は夕食を召し上がるが、その後俄に信寧の容体が急変する。
⑤典薬を呼ぶが他行をしていて、なかなか往診に来ることができない。やっと来た時に信寧は既に虫の息である。
⑥信寧は、その日の暮れ頃には絶命し、御家中の面々がお供をして、懇ろに葬礼が執り行われる。
⑦御家中の取り沙汰では、評議がまちまちで、藩主信寧が自害に及んだという噂が飛んでいる。

右のように、藩主信寧の死を記述しているが、ここでいくつか問題点を提起したい。まず、藩主信寧の死亡は、実際は家老盛岡主膳の切腹より一年以上も前だということである。また、高厳寺の直訴は、聞岌和尚の単独行動のように描かれているが、『夢の松風』の作者も、ここでは大津の口から、藩の侍とぐるになっていたことを匂わせていることである。

更には藩主の死が、聞岌和尚の面会をきっかけにしていることも、問題点となろう。そうして何よりも、『夢の松風』には、藩主信寧が御自害されたと、割注で示していることである。これらのことについてはこの後具体的に述べることになるが、ここでは問題点として、まず注意を喚起しておきたい。

それでは次に、詳細な『津軽編覧日記』の記事によって、藩主信寧の死を検証してみることにする。

『津軽編覧日記』天明四年正月十四日条

①江戸表より飛脚到来、藩主信寧が正月朔日より御積気で、御容体が極めてよくないから、御機嫌伺いのため御屋形に罷出て記帳するように指示される。同じ十四日、盛岡主膳が、江戸表への御用状を認めていた時、夜五時急に「中症」に当たり、手足・身体、言舌が叶わなくなってしまった。

②藩主信寧が閏正月八日に御逝去されたと飛脚が伝えたが、実は正月二日の夜暁、寅の刻であった。しかし、御末期の御用手続きがあるので、公儀には八日と報告した。臨終の詳細は、次のとおりである。

ⅰ藩主信寧は、明二日に小川町にお出でのため、夕膳は普段のとおりに遊ばされた。御夕膳後には荘厳寺にお会いの予定であった。

ⅱ荘厳寺にお会いの件は、会わない方がよいという御詮議があったが、阿部様と相談した結果、面会することになったものである。

ⅲ藩主信寧は、荘厳寺聞岌和尚との面会を殊の外お引き延ばしされようとお思いになって、御苦労遊ばされた由で、御心中気分が悪くていらっしゃった。

ⅳ藩主信寧は「御肩」の痛みが殊に強くて、女中方が背中をさすってあげた。しかし、最早介護の甲斐もなく大病のおもむきとなってしまった。刻限は朔日昼八つ時である。

ⅴやっと御近習医がやってきて、ご容体を診たところ、「御中風」と診断された。灸治をしたりしたが、即効もなく弱っていった。

③江戸上屋敷では様々に末期の対応をする。まず、丸山様や阿部様の御姫様へ、藩主危篤の知らせをする。伊勢宮には、御中小姓の松本彦右衛門に代参を命じ、夜五時前出発をさせる。しかし、信寧の病状が極めて悪いと知って、代参の者を引き返させる。

④それから、段々御大病が重らせられ、ついに二日明け七つ時に御逝去されてしまう。幕府から大目付衆長田甚左衛門を始め、検死の者がやってくるが、藩の側近の者の話を聞いただけで、「御様躰」を見もせず、薬用の仕方も問題ないと帰ってしまう。

⑤藩主の御病症は「御卒中風」で、お国元が飢饉大騒動の折、万民がお上を恨み奉っている時に、逝去されたのは何とも恐れ入ることだと述べている。

⑥近習詰医はおらず、御広間当番湯浅正甫が呼ばれて介護した。「免犀圓（めんさいえん）」を御酒で信寧に服用させようとしたところ、藩主は案のごとくむせた。

⑦そこで、御灸と針をしてさしあげようとしたが、湯浅正甫を藩主の寝所へお通しすることもなく、夜はしんしんと更けていった。

⑧近臣の諸士は皆帰ってしまい、御用所には新役御用人半右衛門が残っているだけであった。そこへ、夜半過ぎ松平大和守様の御家老が、弘前藩の御家老に会いにくる。しかし、既に御家老は帰った後で、当番の半右衛門が応対に出る。

⑨松平大和守様の御家老は、若殿様に御面会した後で、御退出されるのであろうとは思ったが、信寧の死は八日までも隠していたことなので未だ存命のように、御看病の体にしてしまった。

⑩玄圭院様の時とは違って、日頃大禄をいただきながら、君の御一生のお別れに早々と近臣達が下宿に帰ってしまうのはいかがなものであろうか。

⑪正月元日聞岌和尚は、江戸着後、兼松七郎右衛門に書付をもって取り次ぎを頼んだ。しかし、若殿様はこちらでは何とも応対しかねるので「表」へ申し出るように書付を返した。

⑫そこで、表に申し出、藩主に御目見を願い出た。御書役の稲葉新蔵がその時さまざまに応対したが、藩主御面会はさておき、柳原御屋敷へ両目付を添えて足軽を監視につけ、禁足にしてしまった。

⑬そうして、いろいろ御不審を蒙り尋問されたが、聞岌和尚は一々申し開きをし、御目付は閉口してしまった。何とか聞岌和尚を咎に落とそうとし、御町奉行曲渕様へ内々相談に及んだ。

⑭御町奉行曲渕様は、咎の軽重にもよるが、たとい出家であっても君の御為を思って、はるばるをやって来た僧を、御糾明もなく咎に落とすことは天下の法に背くと答える。更に出家の取り扱いは、寺社奉行の管轄なので、阿部備中守へ相談するよう言われる。

⑮しかし、阿部備中守は、君の御為とあれば道心坊主小人でもお会いになる方で、早速去月暮れ若殿様にお尋ねになり、夜五時お帰りになってから、更に藩主信寧と相談なされた。

⑯その後急に藩主信寧は、聞岌和尚とお会いになることが決まって、正月元日聞岌和尚がお屋敷に出向いた。そうして聞岌和尚が控えて待っているうちに、藩主信寧が急病になられたのであった。

『津軽編覧日記』の記事の紹介が少し長くなったが、藩主信寧の死にはいろいろ重要な問題点を含んでいるので、詳しく書いてみた。そこで次に、右の『津軽編覧日記』の記述の特徴を整理してみようと考える。

①ここでまず問題となるのは、幕府の検死人が、信寧の「御様躰」を見もせず、藩側近の者の「取捀咄し」を聞いただけで帰ってしまったことである。このため、弘前藩主津軽信寧の御自害説が国元でまことしやかに飛び交ってしまったのであろう。しかも、時は天明の大飢饉の、領内では八万人の餓死者を出して、その責めを一身に負わなければならない立場にあった藩主である。

②信寧が学問や武芸を好み、政事には無関心で、領民の評判も悪かったことは既に述べた。さなきだに不評判の信寧が、天明大飢饉に遭遇し無為無策であったことに、『夢の松風』の作者が、その文学的作意を強く働かせたと見てよいのであるまいか。

③右の『津軽編覧日記』には、藩主の死に際し、看病もせず早々にかえってしまう家臣団の姿が描かれている。しかし、ことほどさように、藩主信寧の不人気ぶりが浮き出て見える文節ではある。少なくとも、家臣団は藩主信寧に敬愛尊崇の念を抱いていなかったことだけは確かである。

④幕府の検死人が藩主の御遺体を診ることもせずに帰ってしまったことが、藩主御自害の疑惑を生んだことも想定される。しかし、何よりもこの藩主不人気が、領民の信寧御自害説を押し出していったことは、容易に想像できるのである。天明の大飢饉で鬱屈した領民の気持ちを、『夢の松風』の作者が、藩主御自害という屈折した形で表出したというのは、考えすぎであろうか。

⑤従って、藩主御自害説は、『津軽編覧日記』の看護の記載を読めば、全くの誤りであることが分かる。信寧に対する詳細な看病記録は、近臣達が信寧の病気を看護している様子を伝えていて、自害したのだとは到底考えられない。むしろ問題は右に述べたように、病死の藩主に御自害説がまことしやかに流れてしまったことの方であろうと思われるのである。

⑥ところで、信寧が病死だとして、その病名は何であろうか。『津軽編覧日記』の病状の記事を子細に読むと、信寧は夕膳後、急に「御塞」が強くなり、「言舌」も叶わなくなって、「御肩」が殊の外お痛みなされた、と記していることが分かる。女中方が「御脊」をさすり、「免犀圓」という薬を御酒で含み飲ませたが、かえって苦痛がひどくなりむせてしまったことも書かれている。そこで、信寧の病気を「中風」と診断しているのである。この「中風」というのは、心筋梗塞の類だと判断される。

⑦さて次に、聞岌和尚が、江戸御屋敷にやって来たことについての「推量咄」が風聞されている。『夢の松風』でも、荘厳寺の聞岌和尚が、藩主へ御目見に来たところ、突然大病を発したように描かれていて、聞岌和尚の来訪が藩主の御大病を招いたように描かれており、問題となる点である。『津軽編覧日記』には、聞岌和尚の面会に信寧が甚だ苦慮をしている様子が窺われてくる。

⑧前章で述べたように、聞岌和尚の江戸登りは、個人的に動いていたのではなく、国元の藩士たちの多くに支援があったことが分かっている。だからこそ、御目見もない一介の田舎坊主に、藩主信寧も面会を余儀なくされたのであろう。そうして、右の『津軽編覧日記』の記述を見る限り、信寧は国元の家臣団の要求を快く思っていなかったように考えられるのである。

⑨右の事情から藩主信寧は、聞岌和尚との面会も、決して望んでいなかったように見受けられてくるのである。結局は、聞岌和尚と会うことが、国元の家臣団の内圧を受けることになり、聞岌和尚と会わないとなれば、阿部大和守他の縁

戚関係から外圧を受けることになるという、ジレンマに陥ることになる。このジレンマが、信寧を心筋梗塞に追い込んだというのはどうであろうか。

⑩『津軽編覧日記』天明四年四月三日条には、聞岌和尚が荘厳寺本尊のお告げによって江戸出奔を決意したことを、逸話として書いている。お告げには岩木山の異変が現れ、聞岌和尚のうなじに岩木山が乗り移り、江戸登りを急いだと言う。それ故、藩主信寧が聞岌和尚を一目見た途端、「其侭御倒れ血を御はき」即死されたのだとまことしやかに語っている。つまり、聞岌和尚の肩の上に岩木山権現が乗り移っているため、その御神威によって信寧が倒れたのだと言うことである。『津軽編覧日記』では、これを偽りとして退けているが、この逸話は、津軽民衆の尊崇の的である岩木山権現までが、藩主信寧を見限ったことを象徴している話である。先の信寧御自害説と併せて参考にされたい。

2、盛岡主膳（盛下主馬）切腹

森岡主膳は『夢の松風』の悪役として登場し、最後には切腹してあえなく果てる。この非業の弘前藩御家老盛岡主膳は、作中盛下主馬の名前でその非道ぶりを発揮する。しかし、翻って考えてみると、藩政時代は米経済で、各藩の経済は廻米換銀によって成り立っていた訳であるので、格別盛岡主膳らの廻米政策が悪かったというものでもない。つまり、津軽弘前藩の御政道が格別よろしくなかったためでもないのである。しかしまた、かほどに盛岡主膳らが、領民から恨まれたというのは、やはり天明大飢饉という、自然の脅威を全く配慮しなかった、独断専横の政事向きにあったことも確かのようである。更に後述の「七、有能な家臣と無能な藩主」で述べるように、藩主信寧の「公用」のため無理な財政を強いられて、御廻米強行に走ったとも考えられることも付記しておきたい。

極言すれば、すべてこうした森岡主膳らの御政道も、基本的には既に藩主信寧の了解済みでやったことであろうし、家老盛岡主膳一人の罪ではないと言えよう。しかしそれはともかく、盛岡主膳は、虫けらのように餓死して果てた飢民の恨みを一手に受けて、ついに自害して相果てた。その森岡主膳は、実は切腹の一年前から病に伏していたのであったが、最期の切腹の凄まじさは筆舌に尽くしがたいものがある。

『夢の松風』の中では、御家老盛下主馬は口を極めて酷評されているが、最後には妹の子竹内舎人という者に絶縁され、身内からも疎んじられてしまう。盛岡主膳の屋敷には、夜な夜な弓や鉄砲が撃ち込まれ、危なくて戸外にも出られない状態である。あまつさえ、前述のように前年の天明四年閏正月十四日には、中風で倒れ引き籠もり状態となっている。まさしく災患交々来たりて逃る能わずといったところである。

以下、『夢の松風』から、盛下主馬臨終の場面をかいつまんで述べたい。

①頼りにしていた小山田五兵衛（山田彦兵衛）は、藩士たちに暗殺されかかって、すっかり鳴りをひそめてしまうが、盛下主馬（森岡主膳）もいよいよ逼塞して自宅に引きこもる。
②それでも、大寺集太（大道寺隼人）らは追撃の手をゆるめず、再び襲撃を受けかかるが、和布苅右膳（津軽多膳）の説得によって辛うじて事件は未然に収まる。
③盛下主馬は、高厳寺の聞岌和尚が再度江戸登りをしたのを知り、既に三度藩主から御不審を蒙っていることではあり、いよいよ引責の覚悟を決める。
④そうして、家内の者には大病といって食を止め、衣類を被って引きこもるが、その主馬の屋敷には弓や鉄砲が放たれ、一時も気の休まらない日々が続く。
⑤とうとう二月の初旬、春霞のたちこめる朝、次の辞世の句を残して相果ててしまう。

夢でなしいゝや現のはる霞

ここでは、盛岡主膳の死を二月の初旬としていることに目を留めていただきたい。藩主信寧の死の前に、盛岡主膳の死を記述しているので、主膳の死も同じ天明四年の二月に死んだように考えられる。しかし、後述のように、主膳が死んだのは、一年後の天明五年で、しかも四月二十四日のことである。これは重大な齟齬で、『夢の松風』作者の文学的作意を感知される箇所ではある。さて『夢の松風』では、盛岡主膳の辞世の句を添えて、その死を極めて淡々と伝えている。しかし、事実は小説よりも奇なりで、実際の主膳の切腹は、最も凄絶なものであった。

次に『弘前藩日記』を参照し、その最期の様子を述べることにする。

①天明五年四月二十四日息子森岡金吾から、親、森岡主膳が自害し相果てた旨の申し出があった。

②森岡金吾の申し出によれば、森岡主膳は「病屈」していたと見えて「自薬」を使い、養生していたが、今暁自害したとの旨である。

③森岡主膳は年齢五十一歳。自害は今暁七つ半、自宅居間の次の間、三坪の物置で切腹。発見者は召使いの下女である。

④森岡主膳の自害を検分のため、二十四日九時過ぎに検使並びに御目付御徒目付等が森岡主膳宅へ派遣される。

⑤検使の御用を勤めた者は、検使が杉山源吾、御目付は小山五左衛門、御手廻が岡勘解由、御徒目付は小田桐軍蔵である。なお、寄合検使として杉山源吾が、西館織部宛に報告書を提出している。

⑥報告文書は、その覚によって切腹の生々しい様子が知られてくる。

覚

一、腹臍之上切口指幅八寸位深サ弐寸位、
　　但臓腑出申候、
一、手足血付罷有候、
一、火燵江倒懸り西向キ罷有候、
一、九寸五歩無銘之小脇差柄糸
　　大納戸茶
　　　但右脇差主膳右之脇江差置申候、
　　　尤切先之方弐寸程ぬれ付申候、
一、着服綿入小袖弐ツ着罷有候、

思わず息を呑んでしまう場面である。最期は従容として死に赴いた森岡主膳の潔さが窺われ、哀憐の情を禁じ得ない。

それはさておき、問題は森岡主膳が天明五年四月二十四日に死んでいるという事実である。『夢の松風』では、藩主信寧が急逝する前に、森岡主膳が切腹して果てたように書かれているが、実際はこのように信寧の死の一年以上後に森岡主膳が死んでいたのである。これは大いに問題となるべきところであるが、ここにも実は『夢の松風』の作者の、重大な文学的作意が働いていると考えられるのである。

つまり、天明の大飢饉に、大勢の領民を飢渇に追いやった藩主を自害させた作者は、その実際の政事担当者であった森岡主膳も生かしておくことはできなかったと考えるのである。藩主の責任は、重役の責任であるという通念からすれば、家老森岡主膳が、天明秕政の責任をとって、藩主が死ぬ以前に詰め腹を切るべき必要があったのではないかと憶測するのである。このことは、大谷津七郎の末期も全く同じである。大谷津の場合には、最も文学的作意が強く働いているように思われるが、これは後で述べることにしたい。

3、津軽多膳（和布苅右膳）への刺客派遣

次に、窮民を救った正義の人として、津軽多膳の活躍を取り上げなければならない。森岡主膳が極悪非道の悪人として描かれたのに比べ、津軽多膳は積極果敢に藩の秕政をただし、領国の破滅を防いだ。その津軽多膳の活躍が最も躍如として描かれているのが、危険を冒して藩主へ直訴のため江戸登りをしたくだりである。国元では、この江戸登りを阻止しようとして、森岡主膳らが津軽多膳に刺客を差し向けたとしている。津軽多膳の活躍は多方面にわたっているので、ここでは江戸登りに焦点をしぼって紹介し、津軽多膳に差し向けられたとされる刺客の実際について検証してみたい。

①鈴森（青森）では売り米が払底し渇命に及んでいるところに、江戸・上方の御廻米船がいよいよ出帆の手筈となり、窮民達は騒動に立ち上がる。青森町奉行八戸庄蔵は、慌てて弘前藩庁に注進するが、盛下主馬は激怒して弾圧しようとする。

②そこで和布苅右膳は、藩の重役会議の席上で盛下主馬らを糾問する。盛下主馬は、これまでも領民救済のためいろいろ手を尽くしてきたことを弁明する。しかし、藩主の「公用」には替えがたいのだと答える。

③やがて領国は未曾有の凶作に見舞われ、飢民は露命を繋ぐため他国へ離散を始める。既に国家の大事に及んだと見て、和布苅右膳は小山田五兵衛に米銭を支給するよう、再度談判する。

④小山田五兵衛は、米銭のありかを盛下主馬に尋ねるように言う。そこで和布苅右膳が盛下主馬に掛け合ったところ、委細は大津三郎が知っていると答える。よんどころなく、和布苅右膳は、江戸登りをして大津三郎に会うことを決意する。

⑤途中和布苅右膳の支持者が助力を申し出るが断り、所縁ケ関（碇ヶ関）で野宮勘解由が右膳の江戸登りの意図を聞くので、先々の目論みを告げる。更に帰国途中の聞岌和尚が、和布苅右膳に会って、逐一江戸の様子を知らせ、二人は誼を結む。

⑥国元では盛下が小山田と相談をし、和布苅右膳が江戸へ登ったならば藩主に何と上聞するか分からず、館田権内・赤石弥左衛門に命じて、右膳を討つため右膳の跡を追わせる。

⑦討手は後少しで右膳に追いつきそうになるが増水の川止めに遇い、討ち果たすことができない。和布苅右膳は虎口を逃れて大津に会い、領国の米銭をどのように処置したのか追及する。

右のように、津軽多膳は刺客に追いかけられ、危ういところを助かって大津へ談判に及ぶという本作品中の名場面である。血湧き肉躍る劇的構成で、思わず作中に引き込まれてしまいそうであるが、『津軽編覧日記』や『封内事実苑』では、別の記述をしている。『夢の松風』の文学的作意の感ぜられるところなので、右膳刺客の一点に絞って言及してみたい。『津軽編覧日記』天明三年九月二十六日条に、津軽多膳江戸登りの経緯が簡潔に記されているので、ここに紹介したい。

①既に御領内の食料は払底し、領民が残らず餓死の体に見えても、山田彦兵衛は御払い米の手当もせず、ただ家臣を叱りつけるだけであった。堪りかねて津軽多膳が山田彦兵衛に抗議すると、自分は御屋形様から「重き」仰せ付けをいただいていると開き直ってしまう。また、山田彦兵衛の背後には、家老の森岡主膳が控えていて、どうにもできない。

②そこでついに多膳は、御屋形様に直接国元の窮状を訴えようと決意し出奔する。これに対抗して森岡主膳は、江戸にいる多膳の兄内膳に書状を出し、多膳の江戸登りは許可されていないものであると通達する。

③兄の津軽内膳はこの通達を受けて、御中小姓を派遣し、多膳に江戸登りは無用であるとして押し止めようとするが、既に津軽多膳は江戸に到着し、大津に面会してしまう。右のように、津軽多膳の江戸登りを差し止めるため、江戸にいる兄の内膳から御中小姓が差し向けられているが、刺客が向けられた訳ではない。『封内事実苑』には、別の記載があるので、これも参考まで次に紹介する。

④津軽多膳は、「御中立」の上で出立するのではなく、碇ヶ関の通行切手をもらい江戸に登る。ところが、江戸にいる兄の内膳から御飛脚が来て、多膳へ江戸へ来るには及ばずとの書状が出される。しかし、多膳は悪津から船で江戸に登ったため、行き違いになる。

ここでも『津軽編覧日記』と同様、津軽多膳に刺客が向けられた記述のないことが分かる。結局『夢の松風』の刺客話は、読者の興味を引くための文学的作意かと、憶測もされてくる。しかし翻って、所縁ケ関の奉行野宮勘解由（野呂勘解由）の決死の行動などを考慮に入れると、右膳暗殺は実際あった話であろうとも推測される。ただし、右膳に刺客が向けられたのではなく、単に兄が弟の無断出藩を押しとどめただけのことであれば、物語の興味も半減するところではある。

更に、『夢の松風』では、津軽多膳が江戸登りの途中、帰国に向かった聞岌和尚と偶然出会ったように書いている。聞岌和尚の江戸登りが聞岌和尚一人の思いつきではなく、津軽文蔵をはじめ国元の多くの藩士の支援があったとすれば、多膳と道中で遭遇することもありうることではあるまいか。聞岌和尚は、御国に帰るや早速、津軽多膳が御米の手当をしてくれることを農民達に広言しているが、単に道中で偶然出会っただけの雲水に、弘前藩御用人津軽多膳が、早速大事な託し事をするであろうか。

4、その他の文学的作意

前章では『夢の松風』を、主としてその史実の側面から手がけてきたが、本章ではその虚構に重点を置いて検証してみた。しかし、『夢の松風』という作品は、再三にわたって断ってきたように、あくまでも史実に根ざして書かれた文学作品だということである。つまり、『夢の松風』は、史実の太い幹に虚構の枝を伸ばし、その根から天明の真実を吸い上げたものだということである。この後更に、その文学的作意の強く表出された、顕著な例をいくつか述べてみたい。

①大津三郎（大谷津七郎）の最期

『夢の松風』に描かれた大津三郎（大谷津七郎）の最期は壮絶である。藩主信寧が死ぬ前に、御家老盛下主馬が死出の旅路の供をするようにして自殺した。その藩主の急逝の四十九日後まもなく、今度は大津三郎が病気になり凄まじい最期を迎える。大津の最期は、『夢の松風』で次のように表現されている。二日も三日も一切食い物を受けつけず、喰おうとすれば、眼を怒らし胸を苦しめ、滝水のように汗を流して苦しんだ。大津三郎の最期には、雷鳴が轟き大雨が降り、黒雲がたなびいて、百千の悪鬼が三郎の頭に取りつき、舌を抜いて去っていった、と。

まさに生きながら地獄に堕ちていったのであり、大津の最期は生前の報いを受けて、当然といえば当然の結果ということにもなろうか。しかし、ここにも大きな矛盾が『夢の松風』に仕組まれていたのである。盛下主馬が藩主信寧の前に死んだように書かれていたのは、その先後関係からいって誤りであることを先に述べたが、大津三郎の死も大いに問題があったのである。それは、実名の大谷津七郎も、藩主信寧の没後、七、八年経ってから死んでいたのであった。大谷津七郎の死亡は、寛政七年六月二十八日で、藩主御逝去の四十九日後、まもなく病死したという訳にはいかないのである。しかし、ここにもやはり『夢の松風』の文学的作意というものを感じざるを得ない。やはり、藩主の死後できるだけ早く、大谷津七郎には天明大飢饉の責めを負い、死んでもらわなければならなかったのである。

②小山田五兵衛（山田彦兵衛）の闇討ち

小山田五兵衛が相良町の火事場に駆けつけた後、藩士によって闇討ちを受けたことは先にも述べた。山田彦兵衛も、やはり領民を苦しめた因果応報により、大津三郎同様勧善懲悪の兇刃を受けたのであった。問題は闇討ちを受けた後、誠に絶妙な落書が残されたことであった。

　切られたる其恥かねをしらず
　してをや又生て居るや五兵衛は

この落書は案に相違して、実際に書かれたものではなく、『夢の松風』作者の頭脳から湧き出た虚構の狂歌であることが分かってくる。右の落書では、実名の「彦兵衛」ではなく作中の「五兵衛」を使い、実名の「山田」ではなく「おや又（小山田）」と作中の人物名で表現している。「小山田」・「五兵衛」という名前は、『夢の松風』の中でしか存在しない、作中人物名だからである。とすれば、盛下主馬の辞世の句も作者の創作ということになってくるが、その作者が作り拵え上げた落書はなかなかのものである。

③折山忠太（江利山久太郎）の仇討ち

折山忠太の仇討ちは、歴史資料によって実存した事件であることが分かった。『封内事実苑』『津軽編覧日記』の天明六年四月二十六日条によれば、江利山久太郎という高岡下役が長柄足軽と喧嘩をして殺されたことが記されている。「折山」と「江利山」、「忠太」と「久太郎」を並べてみると、これも作者腐心の仮名であることが分かってくる。折山忠太の仇討ち話は、天明の悲劇を描いた『夢の松風』の本題とは懸け離れた物語であるが、花のお江戸でお国の侍が群集注視の中、めでたく仇討ちを果たしたことに感じ、筆を添えたものでもあろうか。ここにも作者の文学的作意というものを感得できるところである。

四、天明飢饉後の民情と『夢の松風』の流布

前章で、『夢の松風』の資料価値と構成、史実と虚構の考究を終えることができた。しかしその後、『津軽編覧日記』の解読も進み、青森騒動に関わる研究も

新たな進展をみるようになってきた。

まず『津軽編覧日記十二』に、天明大飢饉を回想した『風の行衛』という、新たな資料が掲載されていることをあげなければならない。この『風の行衛』なる古記は、『夢の松風』と同様、天明の大飢饉を読本風に描いたものと推定されるが、今は散佚して伝わっていない。しかしこの書物の中には、大明大飢饉の悲惨を描いた『夢の松風』が紹介されており、刮目させられたのであった。ついでに前後するが、『津軽編覧日記十一』には、森岡主膳と山田彦兵衛に対する断罪がなされており、注目された。それぞれ嫡子・嫡孫に罪状を申し渡したのであるが、天明飢饉失政の責任を、弘前藩庁が最終的に決定したもので、重要な記載であった。本章は、右の二点について述べることになるが、ここにまた、最近『新青森市史　資料編4』(近世2)が刊行されて、青森騒動に関わる新たな史料も紹介されるに至り、大いに注目された。しかし、『新青森市史』についての論究は、次章に譲りたいと考えている。

一、天明飢饉後の民情と『夢の松風』の流布

『津軽編覧日記十二』天明八年十二月二十八日条

一、去ル天明三癸卯年国中大凶作にて其姿残、尓今見るか如し、誠に上下の隔なく国中動き渡て人の死事何万と云数をしらす、米ハ壱匁に黒米弐合五夕して我人求め兼、在初として家中に至る迄、外聞を捨て粮粥をくらひ、恥とも思わす人目を忍んて物を盗ミ、牛を殺し馬を喰ひ、犬猫鶏何にても目に当る物を喰ふ、併是ハ在々斗の事、町家御城下には左様の事なし、親ハ子にしらせす、子ハ親にしらせす口を養ひ、端々風情の者共は、豆腐粕に目を懸買んとするに一揚壱匁弐分なれハ買れす、粒油の絞粕ハ鋸にて引て、是を我も我もと買ふて喰ひけれとも、頓而海道に倒れ果、往還に死骸をさらし、犬馬に喰殺されしハ、既に六年先なり、未あつミもさめぬ内に我人貪敷を忘れ、当時人の奢事揚て算へかたし、其節端々の生残候者共、此節奉公に住んて雑飯を喰時ハくたくたをぬかし、我々死へきを助りていつかいつ迄か様の物を喰ふへき、爰の家ハ喰物悪きに依て他へ行んとす、亦左も所ハ給金不足なりといふて居らす、当時奉公人皆それに成て少しも居悪き所にハ奉公するものさらになし、されとも此節人不足なれハ在々杯ハ家来の機嫌取なから、おのつから給金を増、男壱人年中三百匁余に、米の一石斗宛も手当して、中々雑飯ハ於の事、昼酒の不足なれハ不機嫌の有様也、凶作にハ百匁を限にして究竟の若者うろたへて有しか、先か様にも成ものか、纔十里の道一疋の馬を雇んとすれハ、賃銀三拾匁余成り、夫も早速雇兼て賃馬滞に及へり、去に依て手間日間駄賃を取者最早油粕の味を忘れて、我人共に奢る事昼飯夜食の菜迄に肴をくらひ、並酒はわるひと言ふて、一升弐匁余の諸白を呑ちらかし、一日人に雇れて四匁余を取て横柄をぬかし、明日ハ五匁口六すんハいや也と云て、殆と仕事をかき、人不足なれハ力及ばす、言に任セて雇ぬれハ、一日の手間銭四五日の飯料也、当時十七八匁の米を喰ひ、何程の仕事をしてつれおふへきや、夫ハ銘々祖父ハちゞ、かゝハかゝ、むす子ハむす子の様に、毎日三匁四匁と銭を取る故に好なる口を利き、豆腐粕ハ犬に喰わする、最早町はつれに捨て鼻握む斗也、去に依て中々山野に苦しミ薪を取野菜を摘、売ものさらさらあらハこそ、稀に仕事のなき折ハ近山へ到て柴苅、城下に至て商ふ有様、凶作ならハ纔に弐分五厘したる割木ハ、此節七分して求めかたし、故に一日山江行て荷る木ハ既に七八匁代也、是を思へハ一日四匁そこらに雇れぬと言も尤也、又是木を買ふて焚人々も有故也、扨又豆三文しいつれの店にも翌年迄売残たる馬沓ハ、当時八文して 折度売切れ求るになへ、五文か六文の紙緒草履ハ三増倍して殊之外麁相也、一本弐文か三文かしたる草箒ハ弐分の余して売切たり、去に依て自然と無人情に成て纔の城下にて絹・木綿・真綿・麻糸・筆・墨・紙・鬢付・たは粉・酢・醤油・あふらの類に至る迄其高い事、銘々我々の商買也、譬ひ他の町にて六分するものハ、此町にて七分也、又此町にて四分のものハ他の町にて五分也、前々弐分五厘の袖候ハ当時七分にてよわし、是につれなへて一切売物皆三増倍の直段也、扨亦肴の類凶作前にハ纔三文四文のするめハ此節十文して其売る事しけし、其外生肴たとへ直段何程しても二日と残らす、初鱈三十匁してせり買になれり、是国家混乱之故也、前々拾匁の木綿ハ当時三十匁して町人百性其美服なる事沙汰に不及、仲買風情の者ハ、ひとへちりめんの羽織にふうつうの帯に金入つむきの類を着重ね、江戸仕出しの狗犯油を付て、拾六匁余の雪駄をけかけ、青梅嶋(ヲウメ)の長羽織を着して、何程儲るとおもへハ、やうやう一日四五匁取かとらす、是をおもへハ皆奢の

頂上也、扨又在町分限の者ハ大半衰微に及んて、無拠手段を拵へ諸役人江賄賂をつかい、借銭をして酒を呑せ、大キなやうに見せかけても、内々ハからん鳥の仕合故に、軽薄を以て上をくらまし、様々なる手段を拵へ、往々顕れて家蔵を失ひ、袋米を喰ふ輩当時沢山也、又其内小商人の者ハ先年凶作の折から二足三文の捨売物を買集め、其儲る事、たとへハ其時ハ三文四文に買たる皿砂鉢を此節七八分にせり買して、高直に構わす買調へ、綿着物壱ツ七拾匁におれか売た我ハ八拾匁に買たといふ、おもへハ卯の年にはよふよふ拾弐三匁の物也、三分したる布こきんハ此節七匁にうらす、纔五六年の内にかやうに違ふへきか、左様の者ハ身上を仕上ケ家蔵を建、元ハ名もなき身なれとも、当時歴々に肩をならへ美肉を喰ふ有様、奢とハいはん、夫に準して一切の売物多クハ小商人の者共皆〆買にしてつもりつもりに売故に、前々壱匁五分したる焚炭ハ此節三匁して入少し、必竟在人不足にて炭焼者の無とハいへ共、是双方共無人情の故也、七八匁にせり買したる桶鉢当時三増倍に出来す、一切の諸職人共払底成事沙汰に不及、眼腐大工の手間ハ一日五匁より下ハ無シ、障子壱間求めんとするに中々弐十匁にうらす、前々ハ七八匁之物也、夫にくらへて万事のものハ歯の浮たる事也、去に依而自然と家中屋敷を初、町家の小家のやつれたる事、何れの家ももらぬハなし、柾かゝへの付たる家ハ一町に珍らし、勿論卯の年にハ死絶に及たる明屋敷、城下の町真中に囲もせす荒果は（ママ）てたる有様、凡何程か有へき、され共此節昌にもする者あらハこそ、我人唯一日やりに口を養ひ苦を見るものハさらになし、扨亦在々の事ハ去凶作にハ百性高無シ大半死絶て、多く田畑の廃る事何万と言数をしらす、此節生残たる者ハ銘々の抱地を捨て勝手次第に手寄りの方を仕付、翌年よりかくまいして、中々飯料はなさハこそ、義理外聞を捨て我人心替りして、地頭銀主にハ悪米を納め内々にハ米・粟・麦・豆・其外雑穀をしたゝかに貯へ、心の侭に手入をすれハ、其翌年も相応の実のりを得て、最早両三年の内に高無小者の果迄も一両年の飯料を持て、甚不正直成事沙汰に至らす、たとへハ廃田を切開き村役初として年貢収納もせす、作取の者揚て算へ難し、既に国中拾万石余の廃田只芦芽に埋まつて、長尺の及ふ事にあらす、在々一統皆押領の手段を拵我人共に奢事、たとへハ毎年八月に入岩木山参詣の節ハ、在々の若者其美服なる事歯のうきたる事也、小袖着ぬものハ多く木綿着物を着る者ハ少なし、是等の者ハ前々布こきんの手合の奴原成か、此節壱人の物入中々三百匁に揚らす我侭の奢也、然るに上々にて廃田の多き事を沙汰して、家中一統望の者ハ勤仕を引て、廃田開発勝手次第申出へきとあれハ、諸士の面々向寄の方を申立、妻子眷属を其村々江引連、農行に苦む輩歴々を初として、諸士の面々数多ありといへとも、皆仕損して借金にせまり、纔両三年にして多引取、是在々の無人情の故也、たとへハ其面々に雇われたる小者をハ、村中一統この所に雇頭出入もするな、世話もやくなと云て、自然と居られぬ様にすると見得たり、是内々わさわひの出来ぬ様にとの断也、上にて是を御詮儀の上、在々富佑分限の者を御撰ミ有て大庄屋と名付、帯刀御用捨有て御目見被仰付、権威を鼻に懸て組子をひしき、随一廃田取上方情を出すといへ共、私欲、奸にして奉行代官に呑込せ、たとへ一村の内一反歩の廃田開発すれハ、纔四五畝歩の表を書上、皆内々をあたゝまる事国中少なからす、上是を察して廃田開発の分ハ、三か年の間年貢収納半分通り用捨致也となためて見れとも、第一其預たる者取扱へ悪きに依て百性疑惑に及ひ、皆我々の無人情成か故に少しも上の御易なし、扨亦其大庄屋たる者ハ私を以て組子をかすめ上をくらまし、只私欲を重するか故に、身上を仕上ケ家蔵を建、時節を弁へす小袖を着し、金銀をちりはめたる長大小を横たへ、小者の難儀に成もしらす人馬費し、諸役人に賄賂を遣ひて首尾を調へ、年々賞美に預り権柄を払ふ有様ハ、人目に思ひやられたり、扨亦当時家中といへは既に十年前より渡り方の内三ケ一減せられ、其後凶作打続いて上々逼迫に及はせられ、家中一統困究成事委細ハ**夢の松風**に是より先に書顕したる通、眷属大勢の族ハ自分の渡方煎餅にしても廻し足らす、大半家屋敷を売払、歴々たる面々商人の裏口に屈まり、成へきたけハ苦しめ共往々凌兼て身上を渡し、家内ちりちりに成て行衛しらぬ輩数多有、是等ハ多ク町々の小者或ハ在々百性の諸兄弟、大金を出して掠め取、昨日今日迄叺を背負たる奴原か、俄に侍に成て大小をがゞめかし上下にからまりたる有様ハいやはやおかしきもの也、前々有徳の面々ハ格別、又ハ年々在勤をして有余て田畑抱地杯持たる面々ハうらやむに忍ひす、左も無キ輩ハ亭主初として妻子眷属外聞を捨て、山野に苦しミくそ汗を流して柴を苅、土くゝりをして諸芸をし掻て家中の面々自慢のやうに心得、拙者ハ薪を何拾匁代取たり、畑の者ハ何程有、乍憚是也とまめたらけの垢たらけ、胼たらけの拳を出し、いや拙者ハ薪を売テ袴を着たり、拙者儀ハ羽織に替たりと、若侍の寄合て恥を恥共思わす、我人自慢の様に心得、明暮嘯ハ笠を縫ひ隠居ハ草履を作て、一日何程もふくると咄セハさすか侍也、扨亦何そ病身か幼少ものゝたつふりとある、老たる親を養ふて仕方無き身の者も数多あり、是等ハ極々の困究に及て、良共すれハ在々所々の遠方に至り、無理無躰に無心を言懸ケ、是悲迫て自刃に及たる事、皆諸人の知る所也、是等の儀ハ夏の虫と起せし先に顕せる書に委細に記せり、又極難にせまりてハ町家に至り、大どろほうの巧をして金銭をとるも数多有、城下とこそいへ町の中、細わかめの如成帯をメ、赤すゝけたる解糸にからまり、或夕暮にハ肴を持、又有時ハ薪を手に下け、尾花の如鬢髭を風にそゝけらかし、尻の切たる沓をはき、よさよさしたる有様たとへんものもなし、又極々の困窮に及んてハ、冬寒気の砌も一衣おうへき物もなく、菰筵を引懸てふせり、五日七日一粒一盃もくわすして過す輩も有、妻子ハ猶更左之通りなれハ、うへにかつゑ寒気にあたり、寒死する輩も所々に多ク有、いか成国に如此の所あらん、言語筆紙にも及はさる事共也、家中如此なれ共凌に可成程の御手当も無之、いつを限りとなく此境界にておわらん事口惜き次第、既に国家大乱此時に極りたり、かなしむへし、穴賢、

右ハ**風の行衛**と言上下二冊の書の内、下冊より抜書す、

いささか引用が長くはなったが、『津軽編覧日記十二』天明八年十二月二十八日条には、右のように極めて興味深い記事が書かれていた。まず一つには、天明飢饉六年後には、物価高騰にあえぎ、飢渇の窮乏生活を忘れてしまった、人心のあさましい姿が生々しく描かれていることである。今一つは、右の人心荒廃を描くに、『風の行衛』なる書物を引用していることである。そうしてこの『風の行衛』の記事を引用する中に、往時の天明飢饉の悲惨が、『夢の松風』に詳しく書かれていると、紹介されていることである。

このことは『夢の松風』が、一般的に当時巷間に流布していた可能性を示唆していることである。これは筆者にとっても大きな発見であり、特筆すべき記事であった。それでは次に、右の二点について簡単にその内容を紹介し、批評を加えることにしたい。内容については、文意の重複しているきらいがあるので、特徴的な点をかいつまんで述べることとしたい。

1、天明飢饉後の民情

右の天明八年十二月二十八日の記事は、その殆どが天明飢饉後の、物価諸色の高騰と民心の荒廃について、悲憤慷慨したものとなっている。天明の大飢饉でようやく死を免れたにもかかわらず、往時の困窮難儀を忘れた人心の「無人情」に、著者の筆鋒は極めて手厳しいものとなっている。次に、右の引用記事を簡潔に要約してみる。

①去る天明三年の大凶作には、死者が何万という数も知れないくらいあった。米は一匁に二合五勺して、人々は他人の物を盗み犬猫の肉を喰らって飢えを凌いだものであった。端々風情の者どもは豆腐粕に目をかけ、買って喰おうとするが、一揚げ一匁二分もして口に入れることもできない。餓死者の死骸が往還に晒され、犬馬に喰い殺されたのが、わずか六年前のことである。

②その往時の窮乏惨劇も忘れて、人々は奉公先で雑飯を嫌い、給金が不足だといって文句を言う。しかし当節は人不足なので、年間三百匁余の給金をはずみ、米の一石ほども手当して、昼酒まで出して飲ませたりする。

③凶作の時には奉公人一人百匁も給金を出せばよかったものを、当節は昼飯夜食にまで肴を出してこれを喰らい、酒も諸白（清酒）でなければ飲もうとしない。豆腐粕は犬に喰わせ、今は山野に薪木を取り、野菜を摘む者とてさらさらない。

④諸色物価は高騰し、二分五厘の割木が七分し、三文の豆が八文してしかも売り切れてない。五文か六文の紙緒が三倍もし、二文か三文の草箒が二分余してこれもない。この他、絹・木綿・真綿・麻糸・筆・墨・紙・鬢付・たばこ・酢・醤油・油の類にいたるまで、値段が高騰してしまっている。殊に弘前の町は物価が高く、他の町で六分するものが七分し、四分するものが五分もして、三増倍の値段である。

⑤畢竟するにこの物価高騰の原因は、凶作のため在々の人々が多く死んで、人不足のせいであろうと考える。焚炭が高いのは炭焼く者がいないため、桶鉢が三増倍の値段なのも職人がいないためである。目腐れ大工の手間賃が一日五匁もし、障子一間作るのにも苦労する。このため御家中の家屋敷をはじめ、町家小

家が荒廃し、すさんだ有り様である。

⑥また在々の農家も田畑は廃れ、地頭銀主には悪米を納めて、年貢収納は怠る始末。しかし、中には銘々勝手に雑穀を田畑に仕付け、心のままに雑穀を貯える不正直者が後を絶たない。そうしてこれらの者どもは、岩木参詣に装束をこらし、常日頃布こぎんは着ないで、美服の奢りをしている。

⑦ところでお上では、廃田の多いことから開発を進めたので、妻子眷属を引き連れ農耕にいそしむ。しかし皆仕損じて借金に押し詰まり、わずか三年で引き取ってしまうことになる。この失敗の原因は、多く在々の者たちの不人情のせいである。

⑧これらの藩士土着の制によって農耕にやってきた侍たちは、在々百姓たちの無人情によって悉く立ち行かなくなってしまう。藩士に協力する小者たちは、村中出入りもできないようにしてしまうからである。

⑨お上ではこれを詮議して、富裕分限の者を大庄屋にし、在方支配を統制しようとする。しかし、これらの大庄屋は権威を鼻にかけて私欲奸佞に走り、一反歩の廃田開発を四五畝歩に直して私腹を肥やしている。

⑩お上ではこれを察知し、廃田開発の分は三ケ年の間年貢収納を免除しようとする。しかし百姓たちはこれに疑惑をはさみ、大庄屋たちはさらに私財を増やそうとする。これらの大庄屋たちは、組子《くみこ》をひしぎ掠め取って家蔵を建て、大小を腰に差し込んで人馬を費やし、権柄をふるっている有り様である。

⑪さて御家中の侍たちはといえば、既に十年前からご給分を三分の一減らされ、その後も凶作がうち続いて、困窮一途の生活に追い込まれている。その委細については**『夢の松風』**で、この書物よりも以前に書き表してあるとおりである。

⑫御家中の面々は給分を減らされ、家屋敷を売り払い、家内ちりぢりに離散をし、行方も知らぬ有り様である。ところが一方では昨日今日まで叺を背負って歩いていた奴原が俄に侍になって大小をがめかしている。

⑬前々から財産のある面々は格別のことで、御家中の者は糞汗を流して柴を刈り、土こねりをして農作をし、拙者は薪を何十匁代取った、いや拙者は薪を売って袴を買ったなどと、恥も外聞も忘れて自慢する始末である。

⑭しかし内に病身の者を抱え、幼少の者を養い、老いたる親の介護に迫られ、困窮の挙げ句、無理無体に無心を言いかけ、是非にも及ばず自刃して果てた者もいる。これらのことは、以前「夏の虫」と書き起こした書物の中に詳しく書かれている。

⑮極難に迫った町家の者は、大泥棒のたくらみをして金銀を奪い取る。城下を細わかめのような帯を締め、薪を手に下げて売り歩き、尾花のような鬢髭を風にそよがせている。冬寒気が迫ってきても、一衣の身に覆うべきものとてなく、菰筵を引きかけて伏している。

⑯五日七日一粒一杯も食べ物を口にせず、寒死に追いやられた者が各地に見られ、言語筆紙にも書き尽くしがたいほどである。いかなる国において、領民がこのように飢餓に苦しむ国があろうか。御家中にはお手当もなく、いつを限りにこの困窮が終わることとてもない。この窮迫の惨状をみれば、既に国家大乱に極まったというべきであろうか。悲しむべし、あなかしこ。

⑰右の文章は、『風の行衛』という上下二冊の書物の中、下冊から抜き書きしたものである。

2、『夢の松風』の流布

少し紹介が長くなったが、大意はおおよそ要約できたものと考える。右の文意の内容は、煎じ詰めれば、天明飢饉後の物価の高騰、人心の荒廃、窮乏を忘れた驕奢の流行、これに対する義憤ということに尽きるであろうか。これらの記事は、天明大飢饉後の民情を知る上では好個の材料ではある。しかし、本書ではそれとは別に、『夢の松風』に関わる記事に注目したいのである。以下『夢の松風』が、巷間に流布していたと推測されることがらを中心に、右の記事をまとめてみたい。

①まず右の記事は、『津軽編覧日記』の著者（木立要左衛門）が、天明八年十二月二十八日の条に引用したものだということである。引用された書物は、上下二冊から成る『風の行衛』という未見の資料である。この『風の行衛』の下冊から、六年以前の天明大飢饉の惨状の記事が抄出されたということである。

②『津軽編覧日記』の著者は、『風の行衛』を引用抄出しておきながら、御給分

の三分の一減給にふれたところで、このことは『夢の松風』に詳述されており、これを引用している旨、断り書きを加えている。ただし『夢の松風』を引用した部分が、単に「三ケ一減給」のところだけなのか、あるいは全般に関わっているのかは不分明である。『夢の松風』には、御家中給分減額のことが詳しく述べられているので、前者の方と考えるがいかがであろうか。

③いずれにしても、ここに『夢の松風』が、天明飢饉の六年後には、既に巷間に流布していた可能性を示唆していることが分かってくる。これまで、『夢の松風』に書かれている内容が極めて重大で、かつ筆禍の危険性があるものなので、一部の好事家にのみ伝承されたものと速断していた。しかし、この『津軽編覧日記』の記事を読む限り、『夢の松風』という書物が、既にかなり広い範囲の人々に読まれていたことが推測されてくるのである。

④筆者は先に『夢の松風』を解読・訳読をしたが、その原本は青森町の豪商、長内屋覚兵衛が所持していたものであった。それがまた一方では、このように『風の行衛』という書物にも紹介されていることを考慮に入れれば、相当の人々に読まれていたと解することができる。ただし長内屋覚兵衛は、天保年間に藩が廻米を強行しようとしたとき、これを食い止めようと活躍した人物でもある。単に青森の商人、読本（よみほん）の好事家が、偶然『夢の松風』を所持していたとは考えにくいものがあろうか。

⑤ところで、この散佚したと思われる『風の行衛』の内容は、今日知るよしもないが、右の『津軽編覧日記』の記事から推せば、大方想像できることになる。つまり、天明飢饉の大悲惨をつぶさに描き、窮民が飢えて渇死するさまを写し、飢饉後の人心の荒廃を詳しく書き記したと考えられるものである。

⑥更にこの『風の行衛』は、『津軽編覧日記』に書かれた時日から考えて、天明八年十二月二十八日以前には成立していたものである。長内屋覚兵衛の所持していた『夢の松風』が筆写されたのは、天明七年十一月であった。このことから考えると、この二つの作品は、ほぼ同時期に書かれたものであるということになる。

⑦しかし、『風の行衛』が『夢の松風』を紹介していることを考えれば、『夢の松風』の方が『風の行衛』より以前に成立していたことになる。題名に「風」という文字を共有していることも考慮に入れれば、『夢の松風』。に強い影響を受けて、『風の行衛』が書かれたと推測される。

⑧ただし、『風の行衛』が、『夢の松風』の三ケ一減給の部分のみを引用したとは考えずに、『津軽編覧日記』の記事そのものが、『夢の松風』と『風の行衛』の記事双方を同時に混入していると考えれば、両者の先後関係は不確かなものとなってくるがいかがであろうか。

⑨いずれにしても、同時期に同内容の、読本風の書物が世間に流布していたことはまちがいないようである。おそらくは、天明卯辰の大飢饉が、民衆の心を衝き動かし、津軽には稀な文学的読本を成立せしめたものでもあろうか。さらに、右『津軽編覧日記』の記事には、「夏の虫」と書き起こした書物の存在も記されている。飢饉後に、天明の惨劇を後世に伝えようとし、いくつかの作品が時期を同じくして、成立したとみるべきであろうか。

二、森岡主膳・山田彦兵衛の断罪

次に、『津軽編覧日記十一』の記録から、森岡主膳と山田彦兵衛の秕政を断罪した、弘前藩庁の記事を紹介することにしたい。

『津軽編覧日記十一』天明四年十月三日条

一、同三日於津軽内膳宅申渡　大道寺隼人　森岡金吾

森岡主膳儀段々結構被仰付、重役も被仰付置候処、常々貪令名恣権威近年別而奸曲ニ相募、其上去年大凶作天災と乍申、取扱方も可有之処無其儀、人民疲労数万之死亡ニ至候義、是全等閑之取扱、国家之大事不弁之段、不届至極被思召候、依之重き可被及御沙汰候得共、先祖謹功思召、格段之以御憐愍知行三百石被召上蟄居被仰付候、倅金吾へ家督被下置御手廻被仰付候、

於同所宅　牧野左次郎　山田剛太郎

山田彦兵衛儀段々御取立被仰付、先年用人兼帯再勤も被仰付候処、甚奸曲之儀共多、我意増長今以て諸人憤逆有之、御国政妨に被思召候、依之急度可被仰付候得共先祖被思召、以御憐愍知行弐百石被召上蟄居被仰付、倅剛太郎江家督被下置、御留守居組被仰付候、

天明飢饉の惨劇を招いた森岡主膳・山田彦兵衛・大谷津七郎らについては、前章「三、『夢の松風』の虚構表現と創作動機」他に述べたとおり、それぞれ応分の結末を迎えたのであった。しかし、弘前藩庁が公式の断罪を下したことは、まだ本書では述べていなかったので、ここに『津軽編覧日記十一』天明四年十月三日条の記事を付け足し、弘前藩としての裁断を記してみた。

1、森岡主膳の断罪

①まず右の申し渡しは、飢饉がようやく収束に向かってきた天明四年の十月に出されたものであることが注目される。そうしてこの断罪の半年後、天明五年四月二十四日に、森岡主膳が自害していることを考え合わせれば、右の申し渡しが森岡主膳に与えた影響は、極めて大きいものであったと考えられてくるのである。この申し渡しは、津軽内膳宅において、家老大道寺隼人から森岡主膳の嫡子、森岡金吾に申し渡しされている。

②罪状は、次の三点である。

ⅰ藩の重役を仰せつかりながら、令名を貪り、権威に誇り、近年殊に奸曲のふるまいをしたこと。

ⅱ去年大凶作のとき、天災とはいえ、取り扱い方もあるべきはずなのに、何らの対策も講じなかったこと。

ⅲこれは国家の大事をわきまえない、全く等閑の取扱いであること。

③罪科としては、重き処分にすべきところを、先祖の勤功を配慮され、格段の御憐愍をもって、次のように裁断を下されたとしている。

ⅰ知行三百石を召し上げられること。

ⅱ蟄居を命じられること。

ⅲ倅金吾に家督を下され、御手廻役に命じられること。

2、山田彦兵衛の断罪

①処分の申し渡しは、同じ日に津軽内膳宅において、牧野左次郎から、山田彦兵衛の嫡孫剛太郎に申し渡されている。この牧野左次郎は、山田彦兵衛の四男ではあるが、牧野家に婿入りし、津軽多膳に与して活躍した人物である。つまりこのときは、山田彦兵衛の四男が、山田家の家督を継いだ孫の剛太郎に藩の裁断を申し渡すという、皮肉な結果を招いている。

②罪状は、次の二点である。

ⅰ先年藩の御用人兼帯再任を仰せつかりながら、甚だ奸曲のふるまいが多く、我意増長に走ったこと。

ⅱその件で人々が今もって憤激している者があり、国政の妨げになっていること。

③罪科としては、強い処分にすべきところであるが、先祖のことを考慮され、御憐愍をもって、次のように裁断されたとする。

ⅰ知行二百石を召し上げられること。

ⅱ蟄居を命じられること。

ⅲ倅（実は孫）剛太郎に家督を下され、御留守居組に命じられること。

以上が、天明大飢饉の責めを負わされて処断された、森岡主膳・山田彦兵衛の罪科の内容である。

前述のように、森岡主膳は、翌天明五年四月二十四日、蟄居中のところ気鬱が高じ、自宅物置で切腹し圧政独断の一生を終えている。また山田彦兵衛は、森岡主膳が自害して果てた一年後、天明六年四月二十七日に大病の挙げ句、権柄専横の一期を終えた。

森岡主膳は、蟄居中自宅に弓・鉄砲を射かけられたことが、『夢の松風』に描かれている。また、山田彦兵衛は、天明四年閏正月二十四日、相良町で出火の際通り違いざまに切りつけられたことが、『封内事実苑』にも記されている。いずれも、天明飢饉における二人の非道・秕政が、いかに領民や家中に恨まれていたかを示す、好個の材料とはなっている。なお、山田彦兵衛を襲撃した武士は、直源流の達人、笠井園右衛門とされていることを付言して、この章を終えることに

したい。

五、宝暦の改革と青森騒動

前章において、『新青森市史　資料編４』（近世２）が刊行され、青森騒動に関して、脇野博氏が新たな資料を発表されたと記した。本章は脇野博氏が提示した資料と研究がどのようなものであるか詳しく述べてみたい。まず、脇野博氏が述べられた『新青森市史　資料編４』（近世２）の注目すべき記述を、次に紹介したい。

一、『新青森市史』（脇野博著）の青森騒動に関わる新説

1、『新青森市史』第3章

「青森町人の生活と生業」

なお、首謀者の一人である落合仙左衛門は、「高岡霊験記」に見えるように弘前藩の宝暦改革の時期に登用された伊勢屋市郎右衛門である可能性がある。「国日記」によれば、宝暦四年（一七五四）七月に青森町人伊勢屋市郎右衛門がそれまでの村井伝右衛門に替わって町年寄に就き、その直後に先祖の苗字であるという落合に改姓している（同年七月十一日・二十日条）。改名の時期については不明ではあるが、同七年には落合千左衛門（仙左衛門）と名乗っていることが分かる（同年十一月二十七日条）。落合千左衛門（仙左衛門）は同八年十一月にその職を解かれ、再び村井伝右衛門が町年寄に就いている（同年一一月十四日条）。また、資料№八三によれば、風聞ではあるものの青森騒動に荷担した者たちは乳井貢と佐藤官蔵のお咎め御免を願い出ているという。

このようにしてみたとき、青森騒動は凶作による米不足によって起きたというものばかりではなく、弘前藩の宝暦改革との関わりを持つ事件であったともいえよう。青森騒動に関しては、岩田浩太郎『近世都市騒擾の研究―民衆運動史における構造と主体―』（吉川弘文館二〇〇四年）を代表とする近年の研究によって種々のことが明らかになりつつあり、騒動の全容については今回割愛した資料も含めて通史編で触れていきたい。

さて、右の脇野博氏の記述をまとめると次のようになる。

①落合千左衛門（仙左衛門）は、宝暦改革の時期に登用された伊勢屋市郎右衛門である可能性があること。
②宝暦四年七月に青森町人、伊勢屋市郎右衛門が村井伝右衛門に替わって町年寄に就き、落合姓に改姓していること。
③改名の時期は、宝暦七年に落合千左衛門（仙左衛門）と名乗っていること。
④風聞ではあるものの、青森騒動に荷担した者たちが、乳井貢と佐藤官蔵のお咎め御免を願い出ていること。

以上のことから、脇野博氏は、青森騒動の要因は凶作による米不足によって起きたというものばかりではなく、弘前藩の**宝暦改革との関わりを持つ**事件であったと、注目すべき推論をしたのである。更に脇野博氏は、その論拠となる史料に『高岡霊験記』『弘前藩日記』『津軽編覧日記』等の記事を掲載している。

2、落合仙左衛門の素生

『高岡霊験記 乾』宝暦九年以前

主水・毛内・乳井三士江戸登の事
付り御趣意方の役人三士の留守の跡預る事

斯て乳井か趣段心のごとく米金融通して御所帯方の御手繰自由なし、又御国民の人情ハ毛内廉直に仕立しと主水へ執達したりけれハ、温和成主水大きに歓喜して、此上ハ幼君江戸にましませハ江府へ罷登江戸御家中の風義を直し、幼君を補佐して美々敷御入部を成せ奉らんと三士手を揃へ江戸表へ罷登りぬ宝暦五年亥ノ三月、扨三士留主の跡御趣意方といへるを立置、夫々に教化を受て勤仕したりけり、然るに此御趣意方にも毛内派・乳井派と其趣何となく別れたり、元より御趣意方にもあら

さる面々ハ猿猴の菓に離れたるかことく嬰児の父母をしとふかことく思ひて、御趣意方といへハ不筋非道を吐け共権威に恐れて、無き尤も御尤に也、御趣意方にあらさる族ハ道利をいへとも反せりと嘲哢す、勤功有族も昨今の新参者に嘲れて面目を失ひ、夫のミならす古きを捨新敷を用るの趣段なれハ、役人の仕フ事誠に畳の如く有之しかハ人気増々疑ひのみにして信実なく、家中皆偽りの世となり行社浅ましけれ、斯て毛内派族ハ益勇猛を本意として指揮せし事なれハ是に劣らし、是ハ彼に劣るましと致せし程に無斬の事共多かりける、閑道を経て官位に登たる座当を搦へて関所破りの科なりとて刎首し（了碩と言る、座当なり）、俵形見苦敷仕立し百姓を捕て獄門にかけ（撫牛子村喜兵衛と言百姓なり）、普請方早敢取らぬ人夫をからめて斬罪に行ひ前代未聞の事共故、民恐るゝも断なり、爰に青森町の宿老村井伝右衛門と言るハ、祖先の功も有之数代町年寄役を勤めし者なれ共、彼ハ正直一へんにて支配方手当宜しかりしかハ、勤方緩怠也とて知行を没収し宿老を取上ケ、彼か跡として逸懲阿諂の伊勢屋市郎右衛門といへるてれん者を取立宿老とせしかハ、落合千左衛門杯と改名し支配の町中己か曲れる意心を以テ取蟄《ヒシキ》しかハ、青森・油川に於て名有町人共無実に追放闕所に及ひし族上ケて計かたし、其悲歎言語に尽す、

脇野博氏新説の根拠となった、重要な『高岡霊験記』の記事なので、少し長いが抜き書きしてみた。くだくだしい解説は端折って、本論に関係することのみを、次に要約してみる。

①御趣意方の三士(主水・毛内・乳井)が、御家中の風儀を正すため江戸登りした後、国表では御趣意方の権威に恐れて汲々とし、これに追随する者が多くあった。
②しかし、同じ御趣意方でも、毛内派は勇猛を本意としているので無斬のことが多い。間道を通って官位を受けに登った座当を捕らえて、関所破りの科を着せ刎首したり、年貢米の俵形が見苦しいといって百姓を捕え、獄門にかけたりした。また、造作普請のはかどらない人夫を搦め捕らえて斬罪に行うなど、前代未聞の事が数多くあった。
③更にまた、青森町の宿老村井伝右衛門は、先祖代々町年寄を勤めてきた者で、正直一辺の上支配方手当も宜しかったのに、勤め方が緩怠であるとして知行を没収し、町年寄を罷免してしまった。
④その後釜には、「逸懲阿諂」の伊勢屋市郎右衛門という「てれん者」を取り立て町年寄とした。そうして落合千左衛門（仙左衛門）などと改名し、青森町を己の「曲がれる」心でもって支配させたので、無実なのに名のある町人が数多く追放闕所の扱いを受けた。

右の引用文は、宝暦の改革を進めた武断派の立役者、毛内有右衛門の業績を非難した一文である。この後、もう一方の立役者乳井貢が、金銀を融通して権威に傲った事績を述べている。

ここで注目すべきは、伊勢屋市郎右衛門が、代々青森町年寄をしていた村井伝右衛門を押し退けて、自分がその後釜に座ったという記述であろう。更にこの時、落合千左衛門（仙左衛門）と改名したことも、重要な記述となろう。

ただし、右の脇野博氏の『新青森市史　資料編4』（近世2）における資料は、すでに本稿で筆者が紹介したとおりである。次章に落合仙左衛門の子孫である山田幸雄氏の書簡を紹介して、この間の経緯を詳しく述べるので、参考にしていただきたい。更に山田幸雄氏の書簡の中には、諏訪神社の神官諏訪明雄氏（俳号諏訪柳々）の、『津軽の前句附点者―落合九三子―』という一文があった。諏訪明雄氏もまた、すでに落合仙左衛門の出自について研究しており、これも併せて紹介しようと思う。

また、落合仙左衛門を「逸懲阿諂」「てれん者」「曲がれる」心の持ち主と、口を窮めて非難しているのは、『高岡霊験記』の著者後藤兵司自身が、当時藩論を二分した反改革派の人物であることを指摘してきた。

宝暦の改革は功罪相半ばし、これを非難する勢力が多くあったが、落合仙左衛門は、宝暦の大飢饉に被害を最小限に押しとどめた、改革の御趣意に賛同し、協力したと考えられる。

続いて、脇野博氏が『新青森市史　資料編4』（近世2）で紹介し、本文は省略されている『弘前藩日記』の記事を、次に抜き書きして掲載することにしたい。

3、『弘前藩日記』に記載された落合仙左衛門

『弘前藩日記』宝暦四年七月十一日

七月十一戊子日快晴朝之内陰晴

一、足羽次郎三郎倅長十郎儀御用達見習申付候間、申渡候様調方勘定奉行江申遣之、

（中略）

一、青森町人伊勢屋市郎右衛門儀同所町年寄被仰付、新知五拾石被下置候旨、申渡候様同所町奉行江書状を以申遣之、

『弘前藩日記』宝暦四年七月二十日

七月二十丁酉日陰晴酉之刻雨

一、青森町年寄伊勢屋市郎右衛門申立候、私先祖之苗字落合と相改申渡旨申出之、窺之通申付之、

『弘前藩日記』宝暦七年十一月二十七日

十一月二十七乙卯日曇時々雪

一、落合千左衛門儀男子無之候ニ付、甥伊勢屋藤太郎儀養子願之通申付候、此旨申渡候様ニ青森町奉行江連名之切紙申遣之、

一、右願書付左之通、

乍恐以書付申上候、私儀宝暦四戌年七月御奉公被召出、青森町年寄役被仰付、新知五拾石被下置、冥加相叶難有仕合奉存候、然は私儀当年四拾六歳罷成未男子無御座候、依之私甥伊勢屋藤太郎儀当年十九才罷成申候、私嫡子被仰付被下置度奉願候、宜御沙汰奉仰候、以上、

落合千左衛門
名乗書判

宝暦七己酉年十一月

三　久太郎様
成　茂左衛門様

『弘前藩日記』宝暦八年十一月十四日

十一月十四己酉日　晴　卯之刻前辰之刻前小雨則刻止

一、於青森町奉行所申渡之覚

青森町年寄
落合千左衛門

其方儀勤方不宜候ニ付、役儀被召放知行被召上之、

申渡　青森町奉行
同所在勤　御目付代
勤番　御徒目付
青森　町同心

右之通明後十六日申渡候様、書札を以在勤町奉行江申遣之、出座之儀も夫々申遣之、

一、青森町村井傳右衛門儀前々之通青森町年寄被仰付之、知行五拾石被下置之候、此段申渡候様在勤町奉行江書札を以申遣之、

右の『弘前藩日記』の記事から窺い知れることを、次にまとめてみる。

①宝暦四年七月十一日に伊勢屋市郎右衛門が町年寄となり、新知五十石を拝領することになった。同じ日に、宝暦の御改革で乳井貢を支えた足羽長十郎が御用達見習になった。

②同じ月の二十日には、青森町年寄となった伊勢屋市郎右衛門が、自分の先祖である落合姓を名乗りたいと申し出ており、これが認められた。

③宝暦七年十一月二十七日条には、落合千左衛門（仙左衛門）は男子がないため、甥の伊勢屋藤太郎を養子に願い出ており、承認された。

④しかし翌年の宝暦八年十一月十四日、青森町奉行所において勤め方宜しからずという理由により、落合千左衛門（仙左衛門）は青森町年寄を解任され、知行五十石も召し上げられた。それと同時に村井伝右衛門が前々のとおり青森町年寄に復帰し、知行五十石を拝領した。

以上、『弘前藩日記』や『高岡霊験記』の記事を見ただけでも、落合仙左衛門が青森町年寄になったことには、何かいわくがありそうである。更に脇野博氏は、『津軽編覧日記十』の記事を引用し、落合仙左衛門が宝暦の改革と結びついていたことを指摘している。これは脇野博氏の新しい見解で、その炯眼を高く評価したい。それでは次に、問題の『津軽編覧日記十』の記事を紹介したい。

ところで、脇野博氏は落合千左衛門（仙左衛門）を宝暦改革の時期に登用された、伊勢屋市郎右衛門である「可能性がある」と述べておられるが、『津軽編覧日記七』を見ても、間違いのない事実と考えられる。

4、落合仙左衛門と宝暦改革

『津軽編覧日記十』天明三年七月条（資料No.八三）

右者廿日より騒動いたし同廿三日ニ静り申候、其故ハ町奉行より小売米壱升四合ニ相払候様ニと触御座候故漸静り申候由、彼等願者先七ケ条の願差出申候由、一説ニは八ケ条共申候、一説ニ右願之外ニ又七ケ条願申候由風説有之、右七ケ条ハ、

一、御家中三ケ一御免願之事、
一、乳井貢・佐藤官蔵御咎御免帰参願之事、
一、御役人森岡主膳殿・山田彦兵衛殿御仕置ニ被仰付候様奉願候事、
一、山本四郎左衛門私共江被下候様奉願候事、
一、町々与内銭多く出名主・町年寄之私欲ニ罷成候間、此所御詮義被仰付候様奉願候事、
一、御蔵方御役人一年替りニ而居りニ御勤不被成候様奉願候事、
一、湊方右同断之事、

右七ケ条も跡より相願候様虚説有之候得共、此七ケ条之願之儀者風説之由風聞有之候、

右の記事は『津軽編覧日記十』に記載されている、問題の箇所である。それでは青森騒動で「風説」と付記されたもう一つの要求について解説をし、論評してみたい。

①青森騒動の要求は、『弘前藩日記』などの公式記録に残っているものとして左の八項目が上げられていた。

1米値段を一升四合にすること。
2御廻米を中止すること。
3御米留番所を引き払うこと。
4寄合を独弁の上町奉行所で行うこと。
5町年寄佐藤伝蔵を復帰させること。
6役人の賄料を負担させないこと。
7目明かしを使わないこと。
8家屋敷売買の際に、十分の一税を取らないこと。

②右の正式の要求項目の他に、『津軽編覧日記十』では、「風説」として、更に七項目を記していたのである。

1御家中の給分三ケ一減額を止めること。
2乳井貢・佐藤官蔵の罪を許し、帰参させること。
3森岡主膳・山田彦兵衛を御仕置きすること。
4廻米強行の山本四郎左衛門を引き渡しのこと。
5与内銭を私欲に使われないようにすること。
6御蔵方役人を一年交替にしないこと。
7湊方役人も同様であること。

右の要求項目で注目すべき点は、2の乳井貢と佐藤官蔵の帰参願いである。乳井貢は宝暦改革の立役者であり、佐藤官蔵は後でふれるように、乳井貢と共に改

革を強力に推進した人物である。

③右の七ケ条の要求項目は「風説」と断ってはいるが、確かに青森**町民**の要求にしては、その分限を越えたものであることに注意しなければなるまい。森岡主膳・山田彦兵衛の御仕置きや山本四郎左衛門の引き渡し、乳井貢・佐藤官蔵の帰参願いなど、弘前藩政に深く立ち入った問題で、「風説」ととられてもしかたがないものである。

④しかし、『高岡霊験記』にあるように、落合仙左衛門が「てれん者」と口を極めて非難されている事実と、宝暦の改革で活躍した乳井貢・佐藤官蔵が、同じように手厳しく批判されている事実は、両者が共通の立場にあることを示している。

⑤しかも、落合仙左衛門が宝暦四年青森町年寄となり、米稟二棟を献納していることから、宝暦改革に積極的に協力していると考えられる。以上のことを考慮に入れれば、落合仙左衛門が事件の頭取をしたとされる青森騒動において、乳井貢・佐藤官蔵の帰参要求をしたのも、またむべなるかなと思われてくるのである。

このように考えてゆけば、脇野博氏の説かれたように、「青森騒動は凶作による米不足によって起きたというものばかりではなく、弘前藩の宝暦改革との関わりを持つ事件であったともいえよう」という見解が、大きな比重をもって注目されてくるのである。

二、『新青森市史』（脇野博著）の新説に対する評価と問題点

次に、『新青森市史　資料編4』（近世2）の脇野博氏の新説に対して、宝暦の改革と青森騒動の二つの観点から、評価と問題点をさぐってみたい。

1、宝暦改革の観点から評価

①落合仙左衛門が宝暦四年七月に、これまでの青森町年寄村井伝右衛門に替わって、青森町年寄に抜擢され、名前も落合千左衛門（仙左衛門）と改めたことは、安方町に稟倉二棟を作って寄進したこととも関わりがあるかと思われる。

『津軽俳諧年表』には、落合仙左衛門が安方に米稟二棟を献じたのは、宝暦四年五月としている。そのわずか二ヶ月後の七月に、落合仙左衛門は、青森町年寄に抜擢されているのである。また、乳井貢が宝暦の新政に着手したのが、一年前の宝暦三年正月のことだとされている。ここで、宝暦の新政を始めた異能乳井貢に、義人落合仙左衛門が強く影響を受けたとしても不思議ではない。

②次に、『高岡霊験記』の著者後藤兵司が、落合仙左衛門を、「逸懲阿諂」・「てれん者」と非難していることについて言及しておきたい。元来後藤兵司は極めて保守的な人物と考えられ、改革に敵対した人物であるので、割り引いて考える必要があろうと思われる。しかし、宝暦の改革が、功罪相半ばした改革であったこともまた確かである。

『平山日記』では、落合仙左衛門のことを「元来御用じとく立障りし故、御さげすみ強くして」と書いてあり、文意の通りにくいところではあるが、決して落合仙左衛門を誉めているのではないことも確かである。落合仙左衛門が乳井貢らの改革に協力的であったとすれば、これを批判する人間も多くあったことは、想像に難くない。

③それにしても宝暦の改革で、乳井貢らが、飢渇の脅威から多くの飢民を救ったのは事実である。落合仙左衛門が、商人ながら乳井貢らの義に感じたのも、当然であったろうと思われる。そうして、落合仙左衛門が、改革の御趣法に賛同し、青森安方町に米稟二棟を寄進したと考えるのは、当然推測の範囲内にあることであろう。

④更には宝暦の飢饉で、被害を最小限に食い止めた乳井貢らの御政道を、落合仙左衛門ら青森町民が、天明の大飢饉に際し強く待望したとしても、不思議ではないと考える。殊に、森岡主膳や山田彦兵衛・大谷津七郎らの秕政で、未曾有の天明大飢渇が迫ってきては、なおさらのことであったと考えられる。

2、青森騒動の観点から評価

落合仙左衛門が、宝暦の改革と関係があるとする脇野博氏の新説は、多くの点

で青森騒動の事件解明に、大きく寄与すると思われる。

①まず、落合仙左衛門がなぜ事件の首謀者として、いちはやく検挙されたかという疑問が氷解する。これまでは、前句付けの宗匠で寺子屋の師、青森町年寄の落合仙左衛門が、町民の難儀を見かねて立ち上がった行動と、単純に考えられてきた。実際、『夢の松風』を見ても、宝暦の改革にまつわる決起かも知れないということは、これまであまり詮索されないできた。

②殊に辞世の句と考えられてきた「老子端の仕そこなふたる万年酢なんのけもないへんてつもなひ」によって、落合仙左衛門が何の「意趣」もなく、町民の窮乏を見かねて立ち上がったと考えられてきたのであった。

③しかし、ここに宝暦改革と関係があるとすれば、問題は新たな様相を呈してくる。つまり、落合仙左衛門らの義挙は、宝暦の大飢饉に藩政を指導した、乳井貢や佐藤官蔵らの御政道を待望して、この天明の大飢饉を乗り切ろうとしたことが考えられてくるからである。

④『津軽編覧日記』の著者は、この記述を「風説」と断っているが、いかにも首肯できる「風説」なのである。そうして宝暦改革と青森騒動が関係ありとすれば、これまで推測のままにしてきた、いくつかの問題も解明できることになる。七十歳を過ぎた落合仙左衛門が、青森騒動で格別粗暴なふるまいをしていたとは思えないのに、いきなり騒動の頭取筆頭に挙げられているのも、この「宝暦改革との関わりを持つ事件」とみられたからであろう。

⑤落合仙左衛門は、騒動を企てた張本人として、町預にはされず弘前牢舎に押し込められ、他の者は赦免されても、仙左衛門一人、天明三年十二月に牢死するまで、放免されることはなかった。つまり、落合仙左衛門は、徹頭徹尾青森騒動の首謀者として、藩当局の予断があったことを物語っていると考えられる。

　こうして考えてみると、脇野博氏の研究は刮目に値する見解であると思われてくる。脇野博氏の新説が発表された今、青森騒動で誰がどこへ惣町要求書を突きつけたかといった問題などは、無用の論議となってきた。嘆願書を奉行所に持っていったか、名主会所に持っていったか、あるいは嘆願書を落合仙左衛門が持っていったか、名主代表が持参したかという問題も、もはや些末な疑問となってきたのである。

　事実は、青森町民が天明の大飢饉時に、乳井貢らの行った宝暦の救済策を慕って、以前町年寄をしていた落合仙左衛門を先頭に立ち上がった、惣町一揆だったと考えられてきたのである。勿論、落合仙左衛門は、宝暦時代の義侠の心を失なってはいなかった。仙左衛門はしがない寺子屋の師をし、前句付けの点者（てんじゃ）をしていたが、かつて青森安方町に米稟二棟を建て、廻船問屋を差配し、町年寄を務めた器量を失っていなかったと思われる。実に落合仙左衛門は、乳井貢・佐藤官蔵らの宝暦新政を慕って、未曾有の大飢渇に喘ぐ青森窮民のため、騒動に立ち上がったと考えられるからである。

3、新説に対する若干の問題点

『新青森市史　資料編4』（近世2）で、脇野博氏が述べられた、青森騒動に関する研究は、このように卓越した見解ではあるが、なおここにいくつかの問題点を提起してみたい。

①まず、脇野博氏が指摘されたように、宝暦改革と青森騒動に重大な関連があるのであれば、なぜ他の資料にそのことが記されなかったのかという問題点が上げられる。『弘前藩日記』・『津軽編覧日記』・『封内事実苑』その他、数多くの史料には、落合仙左衛門が事件の頭取として捕縛されてはいるが、その理由は何一つ説明されてはいない。

②『夢の松風』にはかろうじて、

　扨亦鈴森入牢の者既に七拾に満ちて其の名を九三子と言ふ才智他に越へ、常に俳諧を業として月日を送るうちに斯かる難こそ出来せり。上には是を聞こし召し、定めて彼れが分別にて頭取なるべし

と、簡単に落合仙左衛門逮捕の経緯が書かれているだけである。しかもそれが、「みぢんもしらぬ難題を不便（不憫）と言わぬ者ぞなし」とあって、落合仙左衛門が青森騒動に何の関わりもないことを述べ、同情している。

③また『津軽編覧日記十』の記載に、「風説」と断りのあった七ケ条の要求項目は、

そのほとんどが、一般町民の要求とは考えにくいものばかりであった。それは、ただに乳井貢・佐藤官蔵の復帰願いにとどまらない。御家中の給分三ケ一減額・乳井貢佐藤官蔵の帰参・森岡主膳や山田彦兵衛の仕置き・山本四郎左衛門の引き渡し・与内銭の扱い・御蔵方役人の交替期間・湊方役人の交替期間など、どれをとってみても藩政時代の一般町人には直接関係のないことである。

④しかし、青森町年寄までした前句付けの宗匠落合仙左衛門ならば、右の要求を考えついたかもしれないと疑問を挟む向きもあろうか。しかし、いかに落合仙左衛門でも「御家中の給分三ケ一減額」などは、庶民には全く関わりもない問題で、落合仙左衛門も思いつくはずがないと考えるのである。

また、乳井貢や佐藤官蔵の帰参・森岡主膳や山田彦兵衛の仕置きなども、町年寄風情が立ち入る問題ではあるまい。悪徳商人山本四郎左衛門の引き渡しや与内銭の扱い・御蔵方や湊方役人の交替期間などが、かろうじて町人の要求範囲であろうと考えるが、いかがであろうか。

⑤こうしてみると、脇野博氏が指摘された、『津軽編覧日記十』の、「風説」と断りのある七ケ条の要求項目も、その真偽は極めて危ういものとなってくる。あるいは、付記されてあるごとく、本当に全くの「風説」であった可能性も出てくる訳である。ともあれ、『新青森市史資料編4』（近世2）で、脇野博氏が宝暦改革と青森騒動を結びつけて考えたことは、やはり注目すべき見解であることは論を俟たない。

落合仙左衛門が、飢渇の被害を最小限にとどめた、乳井貢らの飢饉対策に深く感銘し、安方町に稟倉二棟を献納したことは、当然考えられることである。更には、宝暦の新政を強く想起し、青森騒動に立ち上がったことも、十分推測できる。そうして、今なお牢居を余儀なくされている、乳井貢・佐藤官蔵らの帰参を、青森騒動の際、要求したとしても不思議ではないことなのである。

4、宝暦の改革と青森騒動の関連（補足）

最後に後藤兵司著作の『高岡霊験記』にある、左の記載を付記し、乳井貢・佐藤官蔵の記載を紹介して、宝暦改革と青森騒動の関連を補足しておきたい。

『高岡霊験記』上下合本

此節山本長次と申すもの彼ハ御先代莫太の御用を達したる者とて、御代々御用達職を蒙り相勤たるものなれ共、当時御趣法に反する事有とて、職を取上家財家屋没収せられけれハ、町方にてハ如斯重き家柄にてしら御ゆるしなし、況や我々においてをやとて大すくミして乳井かいひ出し事に於てハ、如何成事にもいなむ者なし、又財用の融通当時の潤沢、誠に目を驚しけり。斯趣法を立んとして、先調方と称し新役所を構へ、此取扱にハ、是迄の勘定奉行之内佐藤伝左衛門如官蔵おのれに同意ならん事を見立て此職を扱ハす、おのれ自ら趣法を立なから己ハ却而伝左衛門か手伝也と下手に付て、万一事あらん時ハ其失（カ）を伝左衛門に懸んか為也、扨下役を立て御郡内の万事を此一役に受込調へを致さす事々混雑累年上の御不益あけて数かたし

右の『高岡霊験記』の記事から、次のことが分かってくる。

①佐藤伝左衛門は初め官蔵と称し、勘定奉行の一人であった。乳井貢は、この佐藤官蔵を調方に抜擢し、宝暦改革の御趣意方に手なずけた。山本長次は、弘前一の豪商であったが、藩へ借金返済を迫ったため免職となった。

②そうして、乳井貢は、佐藤官蔵を自分が登用しておきながら、自らは手伝いと称してその下役についた。万一改革の御趣法が失敗したときは、その責任を佐藤官蔵に押しつけるためである。

ここで「調方」というのは、宝暦三年十二月二十五日に役所を統廃合して、経済関係の役方を、すべて取立調方役所の取り扱いにした役方をいう。調方役所は、乳井貢・佐藤官蔵らの「存寄（ぞんじより）書」によってできた行政機構であるが、右の一文からは、乳井貢らのやり方を激しく糾弾している論調が読みとられる。

しかし、ここで筆者が述べたいのは、『高岡霊験記』の著者が、乳井貢らに対して強い非難中傷を浴びせた、ということではない。実にこの一文から、乳井貢と佐藤官蔵が、宝暦の改革においてどのように結びついていたかを、知ってほし

かったからである。そうして、前述の『津軽編覧日記十』に見られる、青森騒動で「風説」とされた乳井貢・佐藤官蔵の帰参要求が、どのようにして生まれてきたのかを参考にしてほしかったためである。

六、落合仙左衛門の出自と末期

前章において、『新青森市史　資料編4』（近世2）に脇野博氏が、落合仙左衛門の出自にふれ、その資料が紹介されていることを述べた。本章では、『新青森市史資料編4』（近世2）をはじめとした資料以外に、筆者の管見に触れた重要と思われる資料を次に紹介したい。筆者の手元には、諏訪柳々（諏訪明雄）氏の『津軽の前句附点者―落合九三子―』と、落合仙左衛門の末裔、山田幸雄氏書簡の独自資料二点がある。

しかし、諏訪明雄氏の『津軽の前句附点者―落合九三子―』の方は、これまでその概要を抄出し、既に紹介してきたものである。諏訪明雄氏の研究は、『弘前藩日記』や『高岡霊験記』を引用したもので、九三子研究の先鞭をつけたものであった。諏訪明雄氏の研究は、現在もなお重要な資料であると考えられるが、紙数のつごうで論評を割愛したい。

本章では従って、山田幸雄氏の書簡資料を重点的に取り上げ、読者の尊覧に供したい。『新青森市史　資料編4』（近世2）が発刊されるに及んで、改めて落合仙左衛門の出自が問題となってきているので、筆者も可能な限りの論述を試みたい。本章では、落合仙左衛門を含む、山田家の墓碑についても紹介してみたい。また墓碑銘の関連から、落合仙左衛門の姓名についても言及してみる。

それではまず、平成十二年十二月に、筆者に送られた、山田幸雄氏の書簡を紹介する。落合仙左衛門の出自に関する重要な資料なので、全文掲載することにした。

一、落合仙左衛門の出自

平成十二年十二月山田幸雄氏から送られてきた書簡

山田家の墓地には昔から「伊勢屋十右衛門親治」の墓石と「九三翁」の墓石だけあって、それを先祖として祭り、守ってきたのである。

昭和三一年に、父山田金次郎の死亡により、「故山田金次郎」の墓石を建立し、平成六年に、母の死亡により、共同墓石を建立し現在に至っている。従って現在、山田家の墓地には四基の墓石がある。

山田家にとって現在判っている最も古い先祖は「伊勢屋十右衛門親治」である。伊勢屋専左衛門（幼名喜助）の父であり、享保二〇年（一七三五年）に死亡し、墓石には俗名のほかに「釈浄喜」の法名が刻まれている。

伊勢屋十右衛門については、青森市町内盛衰記33ページには、正徳二年（一七一二年）に浜町において廻船問屋を営み、またその10ページには、正徳四年（一七一四年）に本町において酒造業を営んでいた、と記録されている。

当時、廻船問屋や酒造業を営んでいたということからすると、かなりの資産家であったと考えられる。

また、伊勢屋がいわゆる土着の人であったか、他国から来た人であったかについては、享保五年二月一九日（一七二〇）の「御国日記」には、伊勢屋五郎兵衛（後の十右衛門）が、私は「伊勢山田」の出身であり、元禄一一年（一六九八）に青森に来た者である。……と青森町奉行に書き付けで申し立てている記録があるとのことであるから、伊勢屋も伊勢の国からきた商人であることが分かる。（同封資料19ページ下段、左から3行目）

主題の「落合専左衛門親義（法名　釈誓悦）」は、初めは伊勢屋市郎右衛門として、正徳二年（一七一二）に生まれたと言われており、その頃は伊勢屋十右衛門が当主で、船問屋と酒造業を営んでいた時であった。その伊勢屋十右衛門は元文一年（享保二一年丙辰年四月二四日、一七三六年、釈浄喜）に死亡した。

伊勢屋市郎右衛門は宝暦四年（一七五四年）五月に安方稟倉二棟を津軽藩に献納、その他、町内の信望が厚く、推されて「町年寄番代」となって、このとき「落合」と改姓した、となっている。（津軽徘諧年表）

このことからすると、本来は「伊勢屋」であって、「落合」ではなかったのである。晩年に及び、家運漸く衰え、浜町の居宅を人手に渡して（津軽徘諧年表）大町に移転（寺院志、90ページ）。名を「仙左衛門」と改め（徘諧年表）、寺子屋を開きて児童に読書、習字などを教えて僅かに生計をたてたり。

天明三年（一七八三）七月一〇日青森大火出火、283軒焼失。しかも大凶作であったため、米価高騰し、市民大いに苦しむ。これに対し奉行これに処するよろしきを得ず、富豪また救恤するなし。

ここにおいて市民蜂起し、数千群をなして豪戸を破壊し、米穀を奪い取り去る。七月二〇日朝、全戸杉畑に寄り合いのふれがでた。湊奉行に嘆願したが聞き入れられず、町家に乱入、連座首謀と認むべきもの四六人が逮捕され、七月二八日弘前入牢。独り九三子が罪を引き受け余人は皆赦され、九三子が天明三癸卯年（一七八三）一二月一〇日に牢死したという。（七〇有余才、法名釈誓悦）

落合姓が山田姓に改姓された時期や理由は明らかではないが、推察するに落合家は津軽藩に対しては「罪人」であったことから、落合姓を継続することが憚られ、出身地の地名をとって「山田」と改姓したのではないかと考えられる。

山田家の墓地には、昔から「伊勢屋」の墓石があり、先祖として祭ってきたことからして、先祖に間違いないと思っている。

右の山田幸雄氏の書簡は、筆者の質問状の回答を兼ねて、寄せてくれたものである。既にその書簡の要点は紹介したことがあるが、今回刊行された『新青森市史資料編4』（近世2）に触発されて、その全文を掲載した。山田幸雄氏の書簡には、落合仙左衛門にまつわる山田家の系譜が、克明に綴られており注目されるのである。次に、本稿に関わる山田家の系譜に焦点を合わせて、重要な記述をかいつまんでまとめてみる。

①享保五年二月十九日の『弘前藩日記』に、伊勢屋五郎兵衛（後の十右衛門）と記載してあるのが一番古い記録で、山田家の祖先である。十右衛門は、元文元年四月二十四日に死亡している。

②落合専左衛門（落合仙左衛門）は、正徳二年に十右衛門の子として生まれた。落合仙左衛門は、元伊勢屋市郎右衛門とはじめ称したが、宝暦四年安方に稟倉二棟を献納して後、町年寄番代となり落合姓を名乗った。

③晩年に至って家運が漸く衰え、名を落合仙左衛門と改めた。その頃落合仙左衛門は、寺子屋の師匠をして、かろうじて生計を立てていた。

④天明三年青森騒動の際、事件に連座した首謀者の一人とされたため、津軽藩に憚って落合姓を捨て、出身地伊勢山田の地名をとり、山田姓を名乗った。

右のように山田幸雄氏の書簡から、落合仙左衛門の系譜を要約してみた。右にある、「町年寄番代」という職名は、他の資料にも散見するが、後述のように落合仙左衛門は、確かに「青森町年寄」を弘前藩庁から拝命し、新知五十石を得ているので、「番代」という職名は使わない。

右の山田幸雄氏の書簡は、多くの示唆に富んでおり、非常に参考になったものである。なお、落合仙左衛門の名前は、混乱を避けるためこれまでのとおりに落合仙左衛門で統一しておきたい。

さて、ここで諏訪明雄氏の『津軽の前句附点者—落合九三子—』の記事を総合すると、落合仙左衛門の系譜は、より完全なものになる。

⑤『弘前藩日記』の享保五年二月十九日の記事により、青森町伊勢屋五郎兵衛（十右衛門）は、青森浜町に酒造業を営んでおり、伊勢山田の出身であった。

⑥当時四十二歳になる妻と、十歳になる娘がいて、存命中の母を看病するため、伊勢に赴いた。

⑦御国表には、八歳になる倅の喜助と、義理の弟甚四郎三十八歳を残して行く。倅の喜助というのは、後の落合仙左衛門である。甚四郎は上磯出身の者で、十右衛門が弟分としてきたが、血のつながりはない。

⑧更に『弘前藩日記』宝暦四年七月十一日の記事によって、伊勢屋市郎右衛門（落合仙左衛門）は、当時町年寄であった村井伝右衛門の罷免にともない、新たに新知五十石を賜り、青森町年寄となった。

以上が、落合仙左衛門の出自に関わる、山田幸雄氏の書簡の内容である。『新青森市史　資料編4』（近世2）の記事と相まって、参考にしていただければ幸いである。

次に、同じ山田幸雄氏の書簡に示された、山田家の墓碑について述べてみたい。「九三翁」の墓碑は、これまでよく写真に撮影され知られているところである。しかし、その父親である十右衛門の墓碑や、山田金次郎氏の墓碑は、あまり知られていない。ここにその山田家の墓碑を紹介することも、大きな意味があるものと考える。また、後述のように、落合仙左衛門の姓名がさまざま称されて混乱を招いており、墓碑銘からもこれを推論してみたいと考えたためでもある。

二、九三翁並びに山田家墓石（青森市三内霊園）

①右の墓石

表

故山田金次郎之墓

裏

昭和三十一年五月三日
山田幸雄
山田いち

元東奥日報社社主の墓碑
（不正を憎み弱者を救済するため敏腕をふるった―『山田金次郎小伝』）
山田幸雄氏は山田家の当主
（墓碑の説明やご教示をいただいた）

②中央の墓石

表

九三翁墓

裏

天明三癸卯年
法号釈 誓 悦
十二月十日

落合仙左衛門の墓碑
（九三翁は俳号）

③左の墓石

表

伊勢屋十右衛門親治墓

裏

浄□ 五月□日
浄喜 □□□□
釋
妙閑 四□□□
妙意 明□□□

父伊勢屋十右衛門の墓碑
（初め伊勢屋を名乗った）

三、九三翁の墓

正面

九三翁墓

＊落合仙左衛門の墓碑
（初め蓮心寺にあったものを移した）

側面

落合仙左衛門親義

＊諸史料に「仙右衛門」「千左衛門」「千右衛門」「専左衛門」「専右衛門」などの表記があるが正しくない。画像は不鮮明であるが、碑文はまちがいなく「仙左衛門」と判読できる。

裏面

裏

天明三癸卯年
法号　釈　誓　悦
十二月十日

＊落合仙左衛門の法号
＊実際に落合仙左衛門の牢死したのは十二月十一日である。誤って十日と伝え聞いたのであろうか。但し碑文は不鮮明である。

右の図のように、山田家の墓碑は、一区画にまとめられて整然と建っている。他に山田家累代の墓碑が一基あり、合わせて四基の墓石がある。それでは、山田家の墓石について、簡単な解説を試みたい。

①右の墓石は、「故山田金次郎之墓」と刻まれている。山田金次郎氏は、『青森県人名事典』・『山田金次郎小伝』（伊藤徳一編纂）その他の著書にも記載されているが、東奥日報社主まで勤めた人物である。正義感あふれ、青森県のジャーナリズムを導いた硬骨漢で知られている著名人である。
②中央の墓石表は、「九三翁墓」と刻まれた、落合仙左衛門の墓石である。『青森市史』（人物編）によれば、「九三翁墓」の墓碑は、元「蓮心寺境内の大いちょうの木の下にあったが今は三内霊園に移された」とある。墓碑の裏面には、「落合仙左衛門親義」「天明三癸卯年」「法号釈誓悦」が刻銘されている。「**釈**誓悦」の法号は、蓮心寺が浄土真宗の寺院であることによる。
③左の墓碑の表は「伊勢屋十右衛門親治墓」とあって、落合仙左衛門の父の墓碑である。伊勢山田から青森にやってきた山田家の祖先で、老病の母をみるため、落合仙左衛門が八歳の時伊勢に赴いている。裏面は不詳で、もう一度確かめてみたいと考えている。

これらの墓碑は、山田幸雄氏の書簡によって、父山田金次郎が昭和三十一年に逝去、平成六年に母が死去されたのにともない、現在の位置に整理されたものであるという。

さてここで、落合仙左衛門の墓碑銘から多少の解説と問題点を提起してみたい。

①「九三翁墓」の墓碑は、蓮心寺から移されてきたもので、昭和二十年の戦災に遭って、山田家の墓地に移されてきたのであった。蓮心寺はこれまで、明和三年の大地震で倒壊に遭い、昭和二十年の戦災でも大きな被害を受けた。山田幸雄氏の書簡によれば、蓮心寺が戦災に遭ったりしたが、山田家の過去帳は残っているということであった。
②「九三翁墓」の側面にある、「落合仙左衛門親義」の碑銘が問題である。これまで『続つがるの夜明け』（山上笙介著）などには、「専右衛門」の名前が記され、これまで通用されてきたが、山田家の墓碑銘を見る限り、まちがいなく「落合**仙左衛門**」と判読される。しかし、『弘前藩日記』には、「落合**千**左衛門」の名が記載されていて、混乱を招いている。罪人と目されたため、役人にぞんざいに扱われたのでもあろうか。
③落合仙左衛門が青森で捕縛された直後は、「落合文右衛門」という名で記録され、弘前藩庁に報告されている。その後は間違いに気づいたのか、「落合千左衛門」に訂正され、ほぼ千左衛門に統一されている。他の囚人も名前が一定せず、当時の役人の混乱ぶりがうかがえてくる。
④更にこの時代には、「仙**右**衛門」・「仙**左**衛門」という、名前の「右」と「左」の字は、よく混用される。また、「**千**左衛門」・「**専**左衛門」の混同は、字音が同じであることから生じたものであろうと思われる。
⑤『津軽編覧日記』には、「仙左衛門」と正しく表記されているが、一ケ所だけ「専左衛門」という名で記述されている。しかし、ほぼ墓碑に記された「仙左衛門」の名前になっており、正確な表現になっている。
⑥『平山日記』には、「落合**専左**衛門」と表記されており、字音はほぼ正確に伝えている。『平山日記』は、弘前城下から遠い五所川原湊の豪農平山家が残した日記であるが、その情報力には感心する。
⑦下澤保躬が書いた『津軽古今偉業記』には、間違いなく「落合仙左衛門」と記録されており、さすが津軽の碩学と感服してしまう。
⑧それにしても、『続つがるの夜明け』の著者山上笙介氏は、その著書の中に「九三翁」の墓碑を写真入りで紹介しておきながら、撮影に行ったときに、墓碑の側面を見なかったのであろうかと首を傾げてしまう。『つがるの夜明け』は、陸奥新報に連載出版されて、多くの読者に影響を与えた著作である。これがため、山上笙介氏が紹介した「落合**専右衛門**」の名が、そのまま一般に普及していったのである。
⑨その点、東奥日報が一九九三年八月二十一日に出した、九三翁追悼の記事には、はっきりと青森騒動の義人「落合仙左衛門」として紹介している。報道の正確さと真実追及の姿勢がうかがえてくる。

⑩結論をいえば、「落合**千**左衛門」という名は、『弘前藩日記』に記載されているので、公的には「落合千左衛門」と言いたくなってくるが、しかし、墓碑銘が間違えるはずもないので、正しくは「落合仙左衛門」であると言わなければならない。「落合仙左衛門」の墓碑銘は、前句付けの弟子や落合家の遺族も関わって建立したものと考えるので、やはり「落合仙左衛門」の名前が正しいと考えるのである。

⑪これまで落合仙左衛門の名前に異同が見られたのは、青森騒動捕縛時の混乱、名前の「左」「右」通用に、字音の「千」「専」などの混用がもたらしたものと考えて、今後は「落合**仙左衛門**」を正しい氏名とし、使うべきではないかと考えるのであるが、いかがであろうか。

⑫次に「九三翁墓」裏面の、「天明三癸卯年」「十二月十日」の日付が、また少しく頭を悩まされた問題点であった。諸民が飢餓に苦しんでいた、この時節に墓碑を建立することは、かなり困難なことであろうと考える。従って、「天明三癸卯年」の「十二月十日」の日付は、落合仙左衛門の命日であって、墓碑が建立された年月日ではないと思われる。しかし、この「十二月十日」の命日は、次に述べるように正確なものではなかったのである。

⑬「**釈誓悦**」の碑銘は、蓮心寺が浄土真宗（大谷派）であることから、その法号がつけられたものである。浄土真宗の門徒であることは、あるいは義人落合仙左衛門の思想・信念を強く形成したのかも知れない。

⑭「九三翁墓」の右隣にある「故山田金次郎之墓」であるが、山田金次郎は元東奥日報の社主で、青森警察署長収賄事件の摘発や囚人虐待事件報道、悪徳医師の非行を暴く記事や他紙を圧した憲政擁護運動で、大いに青森県報道史にその名をとどめた人物である。その生涯は、伊藤徳一著の『山田金次郎小伝』にも残されていて、まことに興味深い人物である。

⑮なお、一九九三年八月二十日に青森・まちと歴史の会（戎昭会長）が落合仙左衛門の追悼会を行った際、これを東奥日報紙が翌八月二十一日に大きく報道している。その見出しには、「青森騒動の義人　落合仙左衛門」とあって、さすがに正確な記述をしている。

なお、落合仙左衛門の牢死のことが『弘前藩日記』に記載されているので、最後に落合仙左衛門の最期を次に紹介しておきたい。

四、落合仙左衛門の最期

『弘前藩日記』天明三年十二月十二日条

天明三年十二月十二己巳日　晴

一、主膳其前監物大目付場左衛門半左衛門罷出候、

一、於森岡主膳宅申渡之覚　　山田彦兵衛

御自分儀遠慮

御免被仰付之、

（中略）

一、町奉行申出候、

青森町

牢舎之内　落合千左衛門

右之者先頃より相煩罷有候処、

昨晩牢死之旨申出候間、町目付見分

之上片付之儀申出之通申付旨申遣之、

右の記事は、天明三年十二月十二日の記事であるから、「昨晩牢死」ということは、落合仙左衛門が天明三年十二月十一日に死去していたことになる。これまで落合仙左衛門は十二月十日に牢死したということになっていたが、右の『弘前藩日記』を読むかぎり、仙左衛門の死去は十二月十一日であると考えなければならない。前掲の「九三翁墓」の裏面にあった、「十二月十日」の日付けは、誤って聞き伝えたものであろうか。あるいは、碑文は不鮮明なもので、「十二月十一

日」に判読できない訳でもない。

それはさておいて、青森騒動で捕縛された者達の殆どが赦免された後も、落合仙左衛門はじめ五人の者が、引き続いて弘前牢舎に残されてしまう。娑婆にいてさえ生きられない飢渇の世に、寒い牢舎の中で生き残る術もなく、日頃から痩せ衰えていた落合仙左衛門は、ついに息を引き取ったのであった。天明三年十二月**十一日**の晩のことである。仙左衛門が牢舎でひっそりと死んでいった同じ日に、森岡主膳の屋敷では御廻米を強行し領民を飢饉に追い込んだ山田彦兵衛が許されて、お上から遠慮御免を申し渡されているのも、皮肉なことであった。

七、有能な家臣と無能な藩主

一、森岡主膳と乳井貢の不幸

1、森岡主膳の「御公用」

前章で、「御公務」が『夢の松風』に出てくる「御公用」と同じ意味で使われ、それが「信寧**公**」の「用**務**」をさすのではないかと説いた。そうして、「御公務」と同じ語の「御公用」を、『夢の松風』では、はっきり藩主「信寧**公**」の「**用務**」＝「財**用**」の意にとれる使い方をしていると指摘した。『夢の松風』の次の用例を参考にしていただきたい。

『夢の松風』〈山の井の嵐〉

此の度の米積み登せ候ふ儀、鈴森より申し出候ふ通り御扣へ、成し下さるべく候ふ。殊に喜左衛門殿申し出の通り小者共の為、商賣致させ然るべしと存じ候ふ。夫もつて御承知なくば、不躾ながら、某申し請けたしと言わせも果たさず、盛下はさも悪き躰に咳拂ひいかにも夫は左様にも候へども、御内々さまざまの御趣段あるを貴殿御存じあるまじ、譬へば国民の為を存じ、此の度の廻舩留め置き候へども、**公用**には替へがたしと伸べければ、和布苅然からば四民を渇死させ公一人相残りて諸事相済むや。公用とばかり申せども現世のもの丶苦しみも救はずば如何ん。

右の引用文は、和布苅右膳（津軽多膳）が、盛下主馬（森岡主膳）の御廻米強行を非難糾問している場面である。これに対して盛下主馬（森岡主膳）は、「**公用**には替へがたし」と弁明している。これに反論し、和布苅右膳（津軽多膳）は「四民を渇死させ**公**一人相残りて諸事相済むや」と難詰している。つまり、信寧公一人が生き残って、それですむことであろうかと抗議しているのである。

要するに、ここでの「公用」の意味は、はっきり「藩主**公**（信寧公）」の「公用」の意に見てとれるのである。そうとすれば、後年森岡主膳が、領民の窮乏に背を向けて、ひたすら御廻米の強行に走った訳が、明瞭になってくる。実に森岡主膳は、藩主信寧の「御公用」＝「御財用」のため一切を犠牲にし、最後には、天明飢饉の責任を一身に負って自決していったことになるのである。

2、乳井貢の「御公務」

また、宝暦の改革で農民から神仏のように崇められた乳井貢が、なぜ後年不換紙幣に似た標符などを発行して、領民から糾弾非難をされなければならなかったのか。これも藩主信寧の「御公務」＝「御公用」と、関係がありそうである。『津軽編覧日記七』宝暦六年七月条の記事を参考に供したい。

『津軽編覧日記七』宝暦六年七月条

七月一日

一、七月朔日乳井市郎左衛門貢と名被下置、貢と名被下候ニ付、御発句御添被下置候由、

　幾世まで四季の間絶へぬ貢哉

七月十五日

一、七月十五日之晩屋形様東長町足羽長十郎於見世踊高覧、

八月二十六日

一、同廿六日屋形様大鰐江御湯治、十月三日御帰城、御湯治中為窺御機嫌、御家
　　老より四奉行迄差上物有之、尤御菓子嶋台からくり人形等也、其外花火浄瑠
　　璃有之、町人足羽次郎三郎已下大庄屋御運送下加町人迄、銘々奉差上候様被
　　仰付候、

右の記事の冒頭は、乳井貢が藩主信寧から「貢」の字をいただいて、誉れとした有名な箇所である。『つがるの夜明け』の著者山上笙介氏は、この句を次のように解説している。

『つがるの夜明け』中巻

「四季の間」とは、弘前城内における城主の居室の名であるとともに、「年中」をも意味する。一年中、弘前城に貢米が絶えないように望み、あわせて、乳井の財政手腕をたたえたのであった。

しかし右の記事にあるように、弘前城内の藩主の部屋に年中貢米を納めるというのも少し変である。右の『津軽編覧日記七』の引用文には、次に藩主が町人足羽長十郎の店で踊りを高覧とある。またその次の項には、既に「森岡主膳の失脚」の項で示したように、問題となった大鰐での湯治・遊蕩のことが描かれている。第七代藩主信寧は去・当年大凶作にもかかわらず、十月三日まで一ヶ月以上大鰐で湯治をし、からくり人形・花火・浄瑠璃を見物したことで、御家中でも問題となっていた訳であった。その上前章の『津軽編覧日記七』宝暦六年九月十九日条にもあるように、「両濱より遊女」をお召しなされて放蕩三昧をしていたのである。このような藩主の部屋へ、米の収穫は秋と決まっているのに、四季の間・年中、貢米が絶えないことを願うというのは、誰が考えても不道徳な臭いがしてくるのである。

乳井貢の貢物は、単に御城内への貢米による財政手腕にとどまらず、藩主信寧への「御公務」＝「御財務」の貢物が、年中いつまでも絶えないことを願ったものではあるまいか。森岡金吾（主膳）は、藩主の言いなりになっている乳井貢を、「他年混雑の御世帯、已ニ御**公務**ニも及候處、抜群之存寄ヲ申上候」と弁護している。

3、藩主信寧の「御用務」

言うまでもないことではあるが、藩政時代の当時は、藩主が絶大な権限を持っていた。藩主の「御公務」＝「御公用」は何ものにも増さって、最優先された時代である。そうして、この「御公務」＝「御公用」には、信寧の奥向き賄いや、大鰐湯治などの遊興費、正室側室の作事普請などの、すべての「御財務」＝「御財用」が含まれていたと考えられる。殊に信寧は多芸多趣味で知られた藩主で、その分多くの「御公務」＝「御公用」が要った訳である。

それも信寧が幼少の頃はまだ、父信著が家臣団を取り仕切って、無難な藩の政事が行われたことであろう。しかし、信寧が成長し、父信著が他界するに及んで、いかに優秀な側近達でも、遊芸・遊興好きの藩主を御することができなくなっていたのである。しかも第七代藩主信寧の治世は、信政に次いで長く、四十一年間の長きに渡っている。

実に乳井貢と森岡主膳は、この藩主信寧の「御公務」＝「御公用」を最優先させて、粉骨砕身働いてきた訳であった。その結果、乳井貢は川原平へ牢居させられ、森岡主膳は自宅の物置で切腹を余儀なくされた。ともに、藩主信寧の「御公務」＝「御公用」を忠実に遂行しようとしたためである、と筆者は考えるがいかがであろうか。

また、『夢の松風』には、信寧の最期について、「御自害説」が割注にして書かれてあった。信寧はことほどさように、領民からは、「御自害」説が平気で噂されるような、不人気の藩主であったと考えられる。ただし、信寧自害説が間違いであることは、既に述べてきたとおりである。

宝暦の飢饉は乳井貢らの活躍で凌ぐことができたにしても、その後明和の大地震による地異、天明卯辰の大飢饉による天変で、政事を家臣団まかせにした藩主への不信感は強かったのであろう。

信寧は天明四年閏正月二日、国表では領民が雪下の草根を探して、飢渇をまぬかれようとしている時、御吸い物に「御鷹之鴨」を食し、年酒を酌んで中風にかかり死亡した。その病状を観察すれば、心筋梗塞や脳疾患などの循環器系統の病

気で命を落としたと考えられるが、御自害説が飛び出たのもまた宜なるかなと嘆息せざるをえないのである。

二、藩主信寧の評価

1、『つがるの夜明け』に見られる信寧評価

信寧は学問、武芸を好み、みずから学んだほか、家中にも奨励した。程朱学の戸沢半左衛門惟顕（祖州）を召し抱えて儒道を勉学、兵学は甘田孫太夫親邦を師とし、定日に講席を開いて、家士に普及した。剣は小野派一刀流の免許皆伝。馬術を有馬一学に学び、柔術も鈴木清兵衛（直参御家人）から皆伝を受けた。また、絵や俳句をよくして、俳号を千路といった。

（中略）

しかし、為政者としては、凡庸であったらしく、在職中を通じ、政務を家臣団にまかせっ放しだったようである。このために、執政の座についた寵臣が権力をふるい、いくたびか、失政があった。襲封したころは幼少だったので、家臣団まかせも、当然といえるのであるが、成人したのちも、それに馴れてか、政務に積極的でなく、側近の者にあずけていたのである。

これも、公正、有能の士が責任者であったときには、問題もなかったのであるが、やがて、寵に馴れた「君側の奸」がはびこり、天明大飢饉という「人災」をひき起こしたとの批判もある。この大飢饉のときの殿様・信寧は、よほど領民の評判が悪かったらしく、津軽にはくわしい伝記も、絵姿も残されていない。

右の『つがるの夜明け』の一文を要約すると、信寧の人物評価も浮き彫りにされてくる。

①信寧は、学問・武芸を好み、いずれも奥義を究めるほどに堪能で、絵や俳句もたしなんでいた。
②しかし政事的には凡庸で、政務は幼少の時分から、家臣団まかせに馴れていた。
そのため、有能な家臣がいる時はよかったが、「君側の奸」がはびこる原因ともなり、天明の大飢饉は、人災という側面も持っていた。
③信寧は、この天明の大飢饉で、よほど領民の評判が悪く、伝記も絵姿も残されていない。

これが、現代の山上笙介氏がとらえた藩主信寧の人物評価である。ここには、君側の奸と目された、異能乳井貢と有能森岡主膳が、実は政事的には無能な信寧の犠牲者であったことを暗示している。問題は信寧が、学問・武芸はいざ知らず、政事に関して無為、危難に際して無策であったことに、その根本原因があったと思われる。それは信寧が幼少時代に襲封したことで、生じてきたのであるかも知れない。そうして藩主信寧は、その政事的無能・無力を、武芸・学問などの才能で満たしてきたのでもあろうか。

ところで、当時津軽では、信寧の伝記も絵姿も残されなかったというが、歴史資料に残された信寧に対する評価はどうか。次項に紹介するのは、『津軽編覧日記十』天明三年十二月末条に見られる、信寧死亡後の評価の一端である。

2、『津軽編覧日記十』に見られる信寧評価

『津軽編覧日記十』天明三年十二月末条

（前略）御逝去之事ハ八日迄も諸士へ御隠し被遊候事ニ而候へハ、御役人中之御看病之躰ニ而可有御座御儀と奉存候、玄圭院様之御時ハ杉山八兵衛殿御用所ニ昼夜七日之内眼ばたきもせす詰切被居、食事も録々否成候而しやうじゆう茶碗にてわかし被呑候よし傳承候、何共心外成有様日頃大録を戴栄花に暮しなから、君の御一生之御別レニさうさうと不残下宿被成候事、さりとハ感心仕候重役之被成方、誹談仕候ニハ無御座候得共、江戸常府之諸士もこそつて肝を潰し居申候、

右の記載は、信寧が死去した後に、家臣団が、どのような態度をとったかを知るよすがとなって、興味深い記事である。右の文を簡単に要約してみる。

①信寧逝去のことは、正月八日までも、御家中諸士には隠して、まだ存命看病の

体にしていた。
②玄圭院様が死去した時には、杉山八兵衛が七日間通夜をし、食事もろくろくとらなかったものである。
③ところが現在、藩主信寧一生のお別れに際して、重役の者達が日頃大禄をいただきながら、皆残らず下宿に帰ってしまっている。
④このことを非難する訳ではないが、江戸詰めの諸士たちも皆びっくりしている始末であった。

信寧の死去は、天明四年閏正月二日であったが、公儀に対しての報告は、大名末期の「御振廻」として、八日まで隠しておいたものである。そのため一般の家士は、藩主死去の弔問ができなかったと断った上で、通夜もせず下宿に帰ってしまった、あまりにも薄情な重役達の振るまいを憤激したのであった。しかし、翻って考えてみると、ことほどさように、第七代藩主津軽信寧は、家臣たちからも見限られていたことが分かってくる。

3、津軽信寧の不幸

それにしても、凡庸な津軽藩主は、他にもいたことは確かである。しかし、なぜ信寧だけが、こんなに藩士はじめ領民達に不人気であったのか。

これはやはり、第七代藩主信寧の治世の間に、数多く襲った天変地異のせいであったろうと思われる。宝暦の飢饉、明和の大地震、そして未曾有の天明大飢饉など、信寧四十一年の治世に襲った激烈な天変地異が、かくも不人気の藩主像を、こしらえあげてしまったと思われる。次に同じく『津軽編覧日記十』天明三年十二月末条から、藩主信寧が遭遇した不幸と災難に、同情をした記事が見えるので紹介したい。

『津軽編覧日記十』天明三年十二月末条

一、屋形様御病症ハ御卒中風と専ら奉申候、死生有命と乍申如何成御事ニ被遊御座候哉、御入部已来御心労無止事、剰此節御国元飢饉大騒動之時節ニ御怠病ニ被為入候御事、御一生涯御国民之安堵も御聞なく、此節下万民上を奉恨候節ニ当り御逝去被遊候事何共奉恐入候、就夫去春より御国江戸之凶事変事様々の事のミ御座候由、

右の記載から、『津軽編覧日記』の著者木立要左衛門が、藩主信寧に示した同情がかいまみられるが、これを要約してみたい。
①藩主信寧は御入部以来心労の止むことがなかった。
②その上国元では飢饉騒動が続き、折悪しく大病に罹ってしまった。
③信寧は、一生の間、国民が安堵しているという報告を聞くこともなかった。
④そのため万民は信寧を恨み、その恨みもとけないうちに死去してしまったのは、何とも恐れ入ったことである。

このように、藩主信寧の生涯を振り返り、その心労と不幸なめぐり合わせを悼んでいる。けだし、『津軽編覧日記』の著者が示した、心温かな同情の記事ではある。

翻って考えてみるが、政事的には全く無能な藩主が、四十一年間も弘前藩領を支配し、芸能・遊蕩三昧にふけっていたというのは、ただに藩主信寧個人の罪にのみ帰するものではないと思われる。かかる天明の大飢饉に、かかる政事の不始末を招いた責任は、このような藩主の無為・無策を許した、藩政統治そのものの仕組みにあったとも考えるからである。

【参考1】九三子落合仙左衛門の前句付け
——本文95ページ

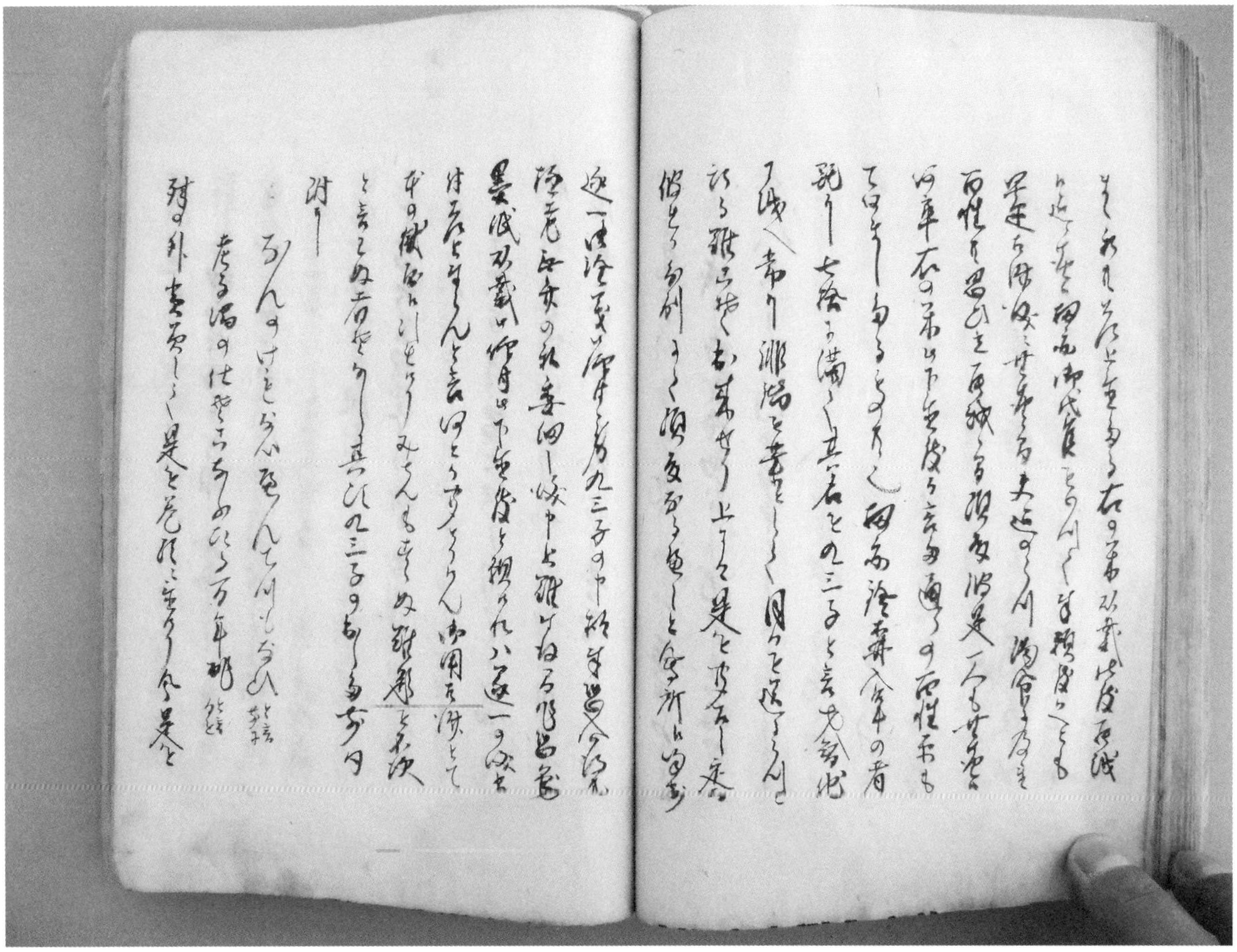

『夢の松風』（弘前市立弘前図書館所蔵）

【参考2】青森騒動で捕縛された者並びに護送
——『弘前藩庁御日記』（御国日記）

天明三年七月二十八日条

一、青森町奉行申出候、同町狼藉之者
頭取并其外共ニ都合四拾人、搦捕候ニ付
引上申候、右名前別紙を以申出之、
委細之儀は追々可申上旨申出之、
右名前左之通、

大町　落合文右衛門
米町　田中権次郎
大町　大塚祐右衛門
米町　金沢久右衛門
寺町　小濱屋喜八
米町　上林太次兵衛
寺町　喜与十郎
同　七郎次
同　寅之助
同　孫四郎

右は此度騒動相企候頭取之者ニ而、
邪智甚敷者之由相聞得申候、

安方町　成田八十郎
同　奥田大次郎
同　中村理右衛門
同　沖舘屋子之丞
同　金惣松
同　三次郎
同　小太郎

右之者共悪党仲間之内、平日
とも二奸謀甚敷者共之様ニ相聞得
申候、

大町　山形屋藤助
蜆貝町　岡本善之助
同　加賀屋馬之助
鍛治町　孫兵衛
元来他領者之由
新町　四郎次
大町　吉之助
博労町　丑松
濱町　次五兵衛
同　千蔵
大工町　次郎兵衛
濱町　福松
大町　孫兵衛
寺町　蔵七
鍛治町　傳兵衛
寺町　礒

右は此度家々取毀候節手荒ク
相働、狼藉甚敷者共ニ御座候、

鍛治町　丑之助
寺町　福助
米町　市右衛門
大町　喜兵衛
博労町　角右衛門
大町　八三郎
大町横町　久五郎
同　金五郎

都合四拾人
右之通御座候、

一、工藤忠次笹角之丞申出候、青森町
騒動ニ付、右徒もの今朝明方より
物頭并私共同所町奉行御目付
寄合夫々申合、刻限相定捕手
夫々相向、召捕候者共四拾人、
今日昼頃爰元出立申付候、

一、右四人途中附添之儀は、此度
御用ニ而罷下り候面々相談之上、
浦町組代官壱人、大組与力壱人、
大組足軽拾人、弘前より罷越候
町同心八人、両目付山中為見継
當所町同心三人、浦町組手代庄屋
五人組人夫共相増、夫々申付引上
申候、一躰惣町取〆り附添被仰付候、
度々附添罷上り候町同心之儀ハ、
私共より可申付旨申出之、伺之通
申付旨大組物頭江も申遣之、

【参考3】「東奥日報」（一九九三年八月二十一日）より転載

東奥日報

埋もれた墓見つけ供養

飢餓の民救おうと獄死

青森騒動の義人 落合仙左衛門

冷害による凶作に悩まされ、多くの犠牲者が出た天明の飢饉（ききん）のさなか、住民が起こした「青森騒動」の責任を一人で負い、獄死したという落合仙左衛門の追悼会が二十日、青森市の三内霊園墓前で行われた。

郷土の義人・落合仙左衛門を供養する市民

先人ゆかりの地の発掘などを続ける青森・まちと歴史の会（戎昭会長）が、厳しい風土と闘った義人を見直そう―と、今回初めて行った。市民ら約五十人が参列。戎会長が追悼の言葉を述べ、読経が流れる中、参列者が次々と焼香、江戸の世に死んだ義人のめい福を祈った。

青森騒動は天明三年（一七八三年）七月二十日、青森の町人が藩米の払い下げを嘆願。却下されたため米問屋などに押しかけ、暴徒と化した。

捕えられた四十六人の中の一人、七十歳を超えた落合仙左衛門は首謀者ではなかったが、自ら企てたもので他の町民に罪はないことを強く主張。ただ一人獄中の人となり、同年十二月、弘前の獄舎で死亡したと伝えられる。

落合の墓の所在は不明だったが、平成三年十月、会員が三内霊園で発見した。

戎会長は「青森の先人は多くの天災に果敢に立ち向かった。貴い業績の遺志を受け継ぎ、語り継いでいきたい」と話していた。

［参考４］
青森騒動の発端
――『津軽編覧日記』天明三年七月十九日条

一、同十九日之夜中、青森ニ而蓑笠を着候者両人、
町々江触廻（マハリ）候ハ、明廿日之朝杉畑并毘沙門之境内ニ
おゐて申談候儀有之間、亭主々々杉畑江罷出
候之様、尤町内寄集相談之上当町奉行所江
願之筋有之ニ付、惣町中一聞無之候而ハ難相済
儀有之間、大家小家ニ不限人数ニ洩不同心之族
有之候ハヽ、徒党之人数を以其者之家打潰
可申と家毎ニ申触相廻候由、依之町中何事と
思ひ不得止事翌廿日之朝杉畑へ罷越候処、其人数
幾百人と言数も不知程相詰居候而、願書之趣
左之通相談ニ及候由、
去秋凶作ニ付当所逸々飯料貯も不足ニ付、月々
二千俵ツヽ当所江附下ケ通切手被仰付、米売
場相立居候所、当正月より七月迄一万四千俵米高之内
是迄売米ニ相成候分四五千俵位之由、尤御定直段
一升四合ニ被仰付候、然處段々引上ケ既ニ去ル十八日より
壱匁ニ付八合買ニ相成申候、其上売場所ニ而有米
無之由、猶又売場相立候節見世々々小売米売
場より買受米無之候得は、小売も不相成趣ニ付、
所々小売米も不足ニ相成端々難儀之筋、殊十八日
十九日之両日多少ニ不限売米一向無之、端々及
飢渇候ニ付、一万余之通り切手之米如何致候哉
之旨売場江相尋候処、不残附下相済候事故、
致徒党弥飯料御定直段御沙汰不被仰付候ハヽ、
米持之族江押込所存有之由、右願名主会所江
差出候由、若町奉行所ニ而御沙汰不被仰候は、
右人数弘前江罷上り御役人江願之筋有之間
見合、弘前江罷出可申旨申合候由、右願差出
候節同所寺町嶋屋長兵衛と申者、少々米買
込置候ニ付、近所之事故常光寺江頼置可申と
取賦せ候を、右徒党之者之内右之様子見当り、
ケ程米不足ニ而端々懸命之時、隠米等致し不
人情者有之間、何れも弘前へ参候ハヽ其跡ニ而
ケ様成者多く可有之間、先長兵衛を初夫より
町家大家分限之者江押込家潰可申と
申合、廿日之昼頃長兵衛方江押込家を取潰し、
売物并蔵家財衣類雑具之類ずんずんにひき
さきすて、鍋釜等迄不用立様ニ打割、金銭
ミちんに打砕き申候、右人数之内怪我致候而
疵杯付候者ハ、緋縮緬白綸子等を引きさき疵
口をゆひ候由、其上貯置候塩取出し脇の川へ
投入候、質蔵江は手を付不申、米穀之分ハ積重
置麁末ニ不致候様ニ申合候由、右之通長兵衛家を
潰、夫より松屋太右衛門方江何れも参、刃物之類取出し
相渡候様、大勢ニ而申入候故、質物ニ取候刃物類取出シ
相渡候処、夫より大町横町辻甚左衛門、下米町村林平治、
濱町瀧屋善右衛門、安田町升屋忠兵衛、博労町
奥野屋庄右衛門、上米町近江屋利助、右七軒之
分は家財雑具迄用不立様ニ致候由、尤右之
者共万一取潰候家より、何品ニ而も私欲等致候哉と
被疑候而ハ一分立不申候、夜中ハ盗人も入込候儀
難斗間、昼之内斗取懸夜中ハ用心一通り
致候由ニ而、夜は杉畑江帰り昼四ツ時頃より取懸り
家潰申候、然るに右人数之内白木綿取候者
有之、其者を高手小手ニいましめ町中
引廻致候由、右人数大工之家へ押込大工道具鉈
鋸等引出シ、銘々ニ得物を引下ケ中々防き方成
かたき勢なり、又其後取潰候家ハ下米町瀧屋
傳七、同町能登屋惣兵衛、同町吉田三郎次、博労町
村田太郎兵衛、右四軒ハ半潰に成、尤瀧屋善右衛門家
潰候節、町奉行川越九郎左衛門とかめ候所、過言ニ
及候ニ付腰物抜候處、若者共七八人丸はだかに
成刃の下江参、見事ニ切られ可申と言所江、
竹鑓を持両人詰かけ後には刃広のまさ
かり持立向ふ故、役人引取候処、比興之至と
嘲候由、此節九郎左衛門抜候刀納候とて獨手に
手前之額を少々切申候由、扨御米積出之
御廻船差留候由、万一出帆致候ハヽ帆を打割
米を海江投入候様ニ申合候由、

（以下略）

主な参考資料　　順不同

『弘前藩庁御日記』（御国日記・江戸日記）
『新編弘前市史』（通史編２）
『新青森市史』（資料編４）
『陸奥史談第八集』中村良之進
『永禄日記』みちのく叢書
『つがるの夜明け』山上笙介
『山田金次郎小伝』東奥日報社編
『平山日記』国書刊行会
『津軽古今偉業記』青森縣叢書
『津軽史事典』弘前大学国史研究会編
『津軽藩旧記伝類』みちのく叢書
『落合専左衛門と関連する事項について』山田幸雄
『津軽の前句附点者―落合九三子』諏訪柳々
『古今和歌集』岩波古典文学大系
『青森市町内盛衰記』肴倉彌八
『青森騒動のこと』（私家版）畑山信一
『天明飢饉史料』（私家版）畑山信一
『青森市沿革史』青森縣叢書
『本藩旧記下巻』奥瀬清簡
『津軽歴代記類上』みちのく叢書
『天明三年大凶年店表日記』青森県史研究第８号
『高岡霊験記』（私家版）畑山信一
『津軽編覧日記』（私家版）畑山信一

あとがき

天明三年の大飢饉に青森町で起きた、いわゆる「青森騒動」のことを調査研究しているうちに、この『東奥津軽夢の松風』という史料に行き当たった。そうしてやっと弘前市立図書館の郷土資料室に、この書があることを突き止めた。以来刻苦勉励、蝸牛の歩みでこつこつと解読作業を押し進めてきた。

もうかれこれ十八年近くになるが、著者は幸か不幸かリウマチにかかってしまった。しかし身体は不自由になったが、休職したりしたため思いがけず、判読の時間をふんだんに有することができた。また右の資料室で、郷土史家の諸先学にいろいろご批正をいただき、順調に研究を進めることができた。

定年退職後は、更に訳読の作業にも足を踏み入れることになった。退職して気が遠くなるほど豊富な時間を、ひたすら黙々と解読・訳読に日を過ごし、退職年の九月に入ってようやく完訳することができた。その後早速市立弘前図書館に、三年越しに完成した、本書『夢の松風』を架蔵していただき、研究者の閲覧に供することができた。

ところが、十年以上経って喜寿を迎えるようになってから、本書をもっと多くの人々に読んでいただきたいという、強い気持ちが湧いてきた。ついには、天明飢饉で亡くなった領民の、無念の思いが乗り移って、ついに発刊の日を迎えることができたのである。

この『東奥津軽夢の松風』は、天明の大飢饉で虫けらのよう死んでいった者達に対して、満腔の同情をよせて書かれている。また領民の膏血を搾って栄華の夢をみた非道の者達に対しては、激しい怨嗟の声を浴びせている。更に青森騒動の頭取と目されて、非業の死を遂げた落合仙右衛門に対しては、哀悼の声を惜しんで止まない。松風は儚く吹き消えても、天明の世を懸命に生きようとした者達の、必死の思いは消えることがない。

筆者はこの『東奥津軽夢の松風』に秘められた、悲痛の思いを受け継いで、本書を世に送る決意をした。更に、本書では、天明飢饉に青森町民の飢餓を救うため立ち上がった、落合仙右衛門の義挙にも焦点をあてて書いている。筆者は、年来九三子の俳号を持つ、青森町年寄を務めた落合仙左衛門の義挙に、強く心を惹かれていた。

その『九三子』の小説も、市立弘前図書館のご高配で、架蔵することができた。また、青森県教職員の文芸雑誌『三潮』にも、これまで長い間連載し、読者の高覧にそなえることができた。拙作ではあるが、筆者苦心の意を汲んで、併せてご一覧を願うところである。元来筆者は、この『九三子』を小説に書こうと思って、古文書の解読に手を染めたものである。

それはさておき、今この『東奥津軽夢の松風』梓行に際し、長年の努力が報われた感じがして、全身が充実感で満たされたような気持ちでいる。末尾になるが、北方新社の工藤慶子氏の丁寧な編集と校正のお陰で、立派に本書の発刊ができたことを感謝している。また、長く宿痾の身を支えてくれた、糟糠の妻の労を多としたい。

二〇二〇年二月　　　　著　者

著者略歴

畑山信一（はたけやましんいち）

昭和19年生。弘前大学教育学部卒業。黒石高等学校にて定年退職。
郷土史家、小説家。弘前古文書教室講師。

著書

『津軽編覧日記』解読文（全１３冊）弘前市立弘前図書館所蔵・国立国会図書館所蔵
『封内事実苑』 解読文（全３３冊）弘前市立弘前図書館所蔵・国立国会図書館所蔵
『天明飢饉史料』（全３冊）弘前市立弘前図書館所蔵
『夢の松風』解読・評釈　弘前市立弘前図書館所蔵・国立国会図書館所蔵
『九三子』（小説）弘前市立弘前図書館所蔵
『青森騒動のこと』 私家版
『高岡霊験記』解読文　弘前市立弘前図書館所蔵
『愛宕邯鄲枕』対訳本　弘前市立弘前図書館所蔵
『東日流記』解読文　弘前市立弘前図書館所蔵
『安永律』解読文　弘前市立弘前図書館所蔵
『寛政律』解読文　弘前市立弘前図書館所蔵
『膝栗毛山形路記全』対訳本　弘前市立弘前図書館所蔵
『解読 獨楽徒然集』（共著）北方新社
『古文書解読集』（共著）黒石市教育委員会発刊
『津軽落書考』 北方新社
　その他多数。

東奥津軽 **夢の松風**

令和二年二月二十五日発行

編　著　畑　山　信　一
発行者　木　村　和　生
発行所　㈲北　方　新　社
〒036-8173 弘前市富田町五二
電話 〇一七二-三六-二八二一
印　刷　㈲小野印刷所
ISBN978-4-89297-269-0 C0093